붉을 홍
紅

# 붉을 홍<sup>紅</sup> 1

초판 1쇄 찍은 날 | 2019년 10월 7일
초판 1쇄 펴낸 날 | 2019년 10월 17일

지은이 | 김정화
펴낸이 | 서경석

편 집 책 임 | 이은주
편      집 | 박지원
　　　　　　신주영
　　　　　　김나경

펴 낸 곳 | 도서출판 청어람
등록번호 | 제387-1999-000006호
등록일자 | 1999. 5. 31
어람번호 | 제11-0102호

주소 | 경기도 부천시 원미구 부일로 483번길 40 서경B/D 3F (우) 14640
전화 | 032-656-4452 팩스 | 032-656-4453
http://www.chungeoram.com
E—mail | chungeorambook@daum.net

ISBN 979-11-04-92051-6　04810
ISBN 979-11-04-92050-9　(SET)

1부 ———
독을 품은 꽃

붉을 홍 紅

chungeoram romance story

김정화 장편소설

1

도서출판 청어람

# 목 차

## 1부 독을 품은 꽃

# 1부
## 독을 품은 꽃

* 작중 등장하는 기방(妓房)의 모습은 기록에 기초하여 상상을 덧붙인 것으로 실제와는 다릅니다.

* 작중 대둔산(大芚山)의 설정은 완전한 허구이며 실제 대둔산과는 관련이 없습니다.

## 서장. 적월야(赤月夜)

"열 냥! 내 열 냥에 저 계집의 초야를 사리다!"

중늙은이의 호기로운 목소리 뒤로 왁자한 웃음소리가 따라붙었다.

"어림없지. 저 계집은 내 것이네! 내 열두 냥을 내겠소."

"그렇다면 나는 열닷 냥이오!"

멀리 완산칠봉 봉우리가 보이고, 뒤편으로 전주천이 유유히 흐르는 전주 기방 월야관(月夜館).

기방 안에서는 대발식(戴髮式)[1]이 한창이었다.

동기(童妓)는 머리를 얹은 후에야 어엿한 기생이 되는 법. 일패기방에서야 점잖게 머릿값만 내주고 물러가는 군자들도 있다지만, 월야관에서 머리를 얹는다는 건 곧 처녀의 하룻밤을 사는 것을 의미했다. 주객들 사이 경쟁이 붙은 탓에, 해웃값은 끝없이 치솟고 있었다.

"이러다가 서른 냥까지 가는 게 아닌가?"

"어이쿠, 나는 이만 빠지겠네. 계집 머리를 올려주려다가 대들보가 휘

1) 기생의 머리를 올리는 성인식

청하겠구먼."

일찌감치 발을 뺀 사내 하나가 입맛을 다셨다.

검은 너울로 얼굴을 가린 동기를 본 사내가 입 끝을 비죽거렸다. 제 깟 게 얼굴을 가리고 앉아 있을 건 또 뭐란 말인가. 아무리 절색이라 한들 결국 몸을 팔러 나온 계집, 천하디천한 창기일 뿐이었다.

"서른 냥!"

우렁찬 목소리에 사내들이 숨을 죽인다.

사내의 손을 타지 않은 처녀래 봤자 결국 천출에 지나지 않았다. 그런 계집의 머리를 얹어주는 데 서른 냥이라니.

"서른 냥! 우리 나리님들 배포가 어쩜 이리 크실까!"

기생 어미이자 월야관 행수인 옥련이 요란하게 코맹맹이 소리를 냈다.

"더 부르실 분 아니 계십니까?"

옥련이 흡족한 음성으로 좌중을 둘러보며 물었다.

서른 냥은 그럴싸한 집 한 채의 대들보를 세울 수 있는 돈이다. 게다가 월야관은 어엿한 기방이랄 수도 없는 곳이었다. 기방 흉내를 낼 뿐, 실상은 은근짜(隱君子)[2]를 모아놓고 은밀히 매음을 하는 곳이기 때문이었다.

색주가나 다름없는 하류 기방 동기의 초야가 서른 냥에 팔리다니. 전주 어디에도 그런 머릿값을 받은 기생은 없었다.

'내 확실히 계집 보는 눈이 있지.'

옥련이 뿌듯한 시선을 홍에게 던졌다.

홍.

배(襄)씨 성에 이름은 홍. 동기에게는 아직 그럴싸한 기명(妓名)이 없었다.

---

2) 몰래 몸을 파는 여자

"서른 냥, 더는 없으신 게지요?"

옥련이 재차 물었다. 그 이상 돈을 쓸 배짱이 없는 사내들은 눈치만 볼 뿐 입을 열지 않았다.

서른 냥에 홍의 머리를 올려주겠다 나선 이는 늙수그레한 만석꾼인 박 생원이었다. 그가 주색에 빠져 산 탓에 누리끼리한 눈으로 홍을 바라보았다. 큰돈을 쓴 김에, 제대로 난봉질을 해 볼 심산인 듯했다.

"좋은 것을 어찌 나 혼자 볼 수 있으리? 내 계집의 초야를 샀으니, 일단 그 거추장스러운 너울이나 좀 걷어 올리고 시작함세."

박 생원의 말에, 좌중의 사내들이 와하하하 웃으며 장단을 맞추었다.

"미색이 대단하다 온 전주에 소문이 자자하다지? 너울을 걷었는데 절색이 아닌 박색이라면, 내 필히 서른 냥을 무르고 말 것이야!"

그 왁자한 소리가 거슬리는 듯 내내 무표정하던 홍의 미간 언저리가 꿈틀했다. 그러나 그녀는 순식간에 표정을 지웠다. 너울 속 눈동자가 차게 얼어붙었다.

분을 바른 탓에 밀기울처럼 새하얀 얼굴, 세필로 한 올 한 올 새긴 듯한 눈썹, 감정이 보이지 않는 검은 눈, 연지로 물들인 붉은 입술.

정교하게 빚은 듯한 용모였으나 또래 여인다운 생기란 느껴지지 않았다. 그런 까닭에 홍의 모습은 대단히 아름다웠지만 또 어딘지 기묘했다.

"자자, 오늘 밤 내 수청을 들 계집 얼굴 좀 보자!"

벌써부터 아랫도리가 동한 모양. 제 흥에 취해 떠들어대던 박 생원이 벌떡 자리에서 일어섰다.

다른 것도 아닌 제 처녀를 사겠다는 사내 아닌가. 아무리 냉랭한 성정인들 호기심에 얼굴이라도 훔쳐보기 마련이거늘, 홍은 박 생원 쪽으로 눈길조차 주지 않았다.

"아니지. 얼굴 따위야 언제든 볼 수 있잖은가! 서른 냥이나 주고 계집을 샀으니, 얼굴보다 더 좋은 걸 보아야겠다."

박 생원이 실실 웃으며 홍에게 다가섰다. 당장에라도 옷고름을 낚아챌 듯 손을 들이미는 그를 옥련이 슬쩍 밀어냈다.

"성격도 급하셔라. 생원 나리, 일단 머릿값 먼저 치르고 시작하시지요."

혹시라도 해웃값을 못 받으면 큰일이다. 그 와중에도 조금이라도 더 몸값을 올릴 수 있을까 싶어 옥련은 좌중을 바라보며 물었다.

"서른 냥 이상 내실 나리님은 안 계신 거지요? 그럼, 홍의 초야는 생원 나리께……."

순간 덜컹— 분합문(分閤門)이 활짝 열렸다. 요란한 문소리에 방 안에 늘어앉아 있던 사내들과 옥련, 홍 모두가 고개를 돌렸다.

"공자님!"

옥련이 당황한 듯 외마디 소리를 내뱉었다.

문을 연 것은 관례를 치른 지 오래지 않아 보이는 젊은 선비였다. 기껏 스물이나 되었을까. 선비는 아직 수염조차 자리 잡지 않은 말간 얼굴을 하고 있었다.

그러나 키가 유난히 큰 탓인지, 혹은 긴 듯한 눈매에 서린 매서운 기색 때문인지 그에게서는 제법 위압적인 기운이 풍겼다.

"고, 공자님께서 어인 일로……."

옥련이 당황한 듯 말끝을 흐렸다.

기방에 난입한 젊은 선비의 성은 김이요, 이름은 시헌. 그는 전주 향교 안에서 가장 다루기 힘들다 소문이 난 유생이었다.

문지방에 버티고 선 채 방 안을 응시하던 시헌의 냉한 눈길이 홍에게 닿았다.

쩔그렁!

노끈에 꿴 묵직한 엽전 더미가 방바닥 한가운데 던져졌다. 시헌에게 향해 있던 좌중의 시선이 바닥에 널브러진 돈더미로 옮겨갔다.

붉을 홍紅

"백 냥."

열린 문 사이로 들이치는 바람에 홍의 얼굴에 드리워진 너울이 펄럭였다.

"백 냥을 내지."

삽시간에 주변이 고요해졌다.

"배, 배, 백 냥."

옥련이 제 치마폭을 꽉 틀어쥐었다.

"백 냥. 백 냥! 정녕 진심이십니까?"

듣고서도 믿기지 않는다는 듯 옥련이 되물었다. 시헌의 형형한 눈을 마주한 옥련이 입술을 핥으며 손바닥을 비볐다. 분명 진심이다. 진심이다마다.

"공자님께서 백 냥을 부르셨습니다! 더는 없으시지요?"

그제야 고요가 깨졌다. 자리에 앉아 있던 사내들의 입에서 탄식 같은 아우성이 터져 나왔다.

"뒤늦게 난입하여 이게 무슨 강짜인가! 백 냥이 뉘 집 애 이름도 아니고, 말장난을 하자는 게야 뭐야?"

박 생원이 버럭 성을 내었다. 방 안에 앉아 있던 이들 역시 아들뻘 되는 젊은 선비의 난입이 불쾌한 듯 인상을 찌푸렸다.

불만을 내뱉는 이들 사이에 앉아 있던 옥련이 혼미한 정신을 가다듬었다. 정신을 바짝 차려야 할 일. 백 냥이 어디 보통 돈인가. 박 생원 패거리가 기방에 쓰는 돈이 암만 많아봤자 그에 비하면 새 발의 피였다.

옥련이 냅다 선언했다.

"공자님께서 홍의 초야를 사셨소이다!"

기방 안에 기묘한 웅성임이 일었다. 본디 기방에서 패싸움이 나는 일은 흔하디흔했다. 자칫하다간 박 생원 패와 시헌 사이에 드잡이가 생길 수도 있었다.

"여기서 이러지 마시고 나가십시다. 별당에 신방을 차려놓았습니다, 공자님."

시헌에게 말을 건네는 와중에도, 옥련의 눈길은 방 한가운데 번쩍이는 은자 더미를 떠나지 못했다.

대답 대신 시헌은 저벅저벅 문지방을 넘어 방으로 들어왔다. 순식간에 그는 홍의 앞으로 다가왔다.

"가자."

너울 속에 감춰진 홍의 얼굴이 미동했다. 그러나 웃는 것인지, 난감한 표정을 띤 것인지, 화가 난 것인지 좀처럼 보이지 않았다. 그러나 제 표정이 어떻든 간에 시헌이 전혀 상관치 않을 것임을 홍은 안다.

그녀가 예상한 그대로였다. 시헌이 홍의 손목을 움켜쥐었다. 색색 비단 천에 감싸인 몸뚱이가 속절없이 일으켜 세워졌다. 우악스러운 손길 탓에 홍의 잇새로 아으, 하는 낮은 소리가 튀어나왔다.

"가자고."

홍의 신음에도 시헌은 개의치 않았다. 그녀의 손목을 단단히 쥔 채, 시헌은 걸음을 옮겨 문지방을 넘었다.

시헌과 홍이 떠나간 자리. 풀어진 도포 사이 바지춤으로 고개를 내밀었던 욕망들은, 헛기침 소리에 파묻혀 슬금슬금 제자리로 기어들어 갔다.

휑하니 열린 문짝이 덜컹 소리를 내며 닫혔다.


홍등이 꺼진 바깥은 벼루처럼 새카맸다. 그러나 시헌은 마치 제집처럼 뜰을 가로질렀다. 홍은 시헌에게 손목을 붙잡힌 채, 종종대며 끌려가듯 그를 따르고 있었다.

월야관 뒤편으로 향하는 그들의 등 뒤로 기생들의 분주한 발소리와 목소리가 들리기 시작했다. 닭 쫓던 개 지붕 쳐다보는 심정이 되었을 박 생원과 패거리들을 위한 여흥이 시작되려는 모양이었다.

"아파요."

뒤뜰에 위치한 별당에 당도해서야 홍은 작게 내뱉었다.

시헌은 그제야 걸음을 멈추었다. 손아귀의 힘을 푼 그가 홍의 팔을 당겨 흐릿한 달빛에 비춰보았다. 홍의 손목에는 불그죽죽하게 손자국이 나 있었다.

"그리 꽉 잡으니 아프다고요."

홍이 팔을 비틀었다. 그러나 제 손목을 틀어쥐고 있는 시헌의 손가락은 군건했다.

"아으……."

홍이 외마디 소리를 내뱉었다. 잡힌 손목이 시큰거렸다.

"놓아주세요, 라고 살갑게 부탁하면 어련히 알아서 놔줄 것을."

탁, 시헌이 손을 뗀다.

"그리 고집을 부려 벗어나려 애쓰니 점점 더 옥죄고 아픈 것이다."

홍이 시헌을 노려보았다. 제 어리석음에 기가 막혀 헛웃음이 나왔다.

문간에 서 있던 그 위풍당당한 모습에 속아 잠시 넋을 잃었던가. 시헌은 종잡을 수 없는 사람, 그리고 잔인한 사람이었다. 그걸 뻔히 알면서 무언가를 기대했다니.

홍이 잘근 아랫입술을 깨물었다. 그 모습을 본 시헌이 재미있다는 듯 웃었다.

"이제 무얼 하실 것입니까?"

"무얼 할 거냐고?"

시헌은 정녕 몰라 그러냐는 듯 되물었다. 홍이 고집스럽게 고개를 끄덕였다.

"그새 잊었나 보구나. 내가 너를 샀다는 사실 말이다. 그러니 무엇을 할 것인지는 자명하지 않은가?"

여전히 시헌은 웃고 있었다.

"네 몸을 희롱하며 긴 밤을 기쁘게 보내야겠지."

홍이 시헌을 노려보았다. 능글맞고 얄미운 웃음을 짓는 그를 보자니 속이 뒤틀렸다. 손톱을 세워 저 허연 얼굴을 피가 나도록 쥐어뜯어 주고 싶었다.

"어찌 내 눈을 보지 못하는 게야. 부끄러우냐?"

갑자기 시헌이 허리를 숙여 홍의 코앞으로 얼굴을 들이밀었다.

숨결까지 느껴지는 거리. 그러나 심장은 뛰지 않는다. 그저 저 반반한 낯짝에 침이라도 퉤 뱉을까, 라고 생각할 뿐.

"어차피 돈푼에 팔리는 몸뚱이, 부끄러울 리가요."

홍이 씹어뱉듯 중얼거렸다.

"그래. 참으로 훌륭한 창기의 자세가 아니랄 수 없겠구나."

"예. 창기답게 잘 모시겠습니다. 백 냥을 내셨으니 돈값을 해야 할 터인데, 미천한 계집의 몸뚱이 따위 흡족하실까 걱정입니다."

홍이 싸늘하게 대꾸했다.

그녀가 여염집 여인이었다면 사내 앞에서 나신을 드러내는 상상만으로도 얼굴이 불그죽죽해졌을 것이다. 그러나 월야관 은근짜들의 삶은 보통의 여인들과는 근본적으로 달랐다. 사내의 욕정이란 그네들에게 있어 생계의 근원이기 때문이었다.

그러므로 홍 역시 초야를 부끄러워하거나 두려워하지 않아야 한다. 처음 월야관 문지방을 넘었던 열 살 시절부터 귀에 인이 박이도록 들어오지 않았는가. 해웃값에 팔린 기생의 몸뚱이는, 제 것이 아닌 돈을 낸 사내의 소유라는 사실을.

"그래. 그러하면 어서 신방으로 들어가자. 하, 신방이라니. 누가 들으면 혼례라도 치른 줄 알겠군."

"웃기지 마십시오."

홍이 쏘아붙였다.

"선비님이 사신 것은 이년의 하룻밤일 뿐입니다. 마치 제 서방이라도 된다는 양 굴지 마십시오."

"설마 그럴 리가. 네 스스로 미천한 계집이라는 말을 입에 달고 살지 않았느냐? 내가 누군지 정녕 잊었나 보구나. 천한 네가 나에게 가당키나 할까. 꿈도 크다."

어처구니없는 소리를 들었다는 듯, 시헌의 잇새로 낮은 웃음이 흘러 나왔다.

홍이 이를 악물었다. 그의 말이 옳았다. 시헌이 전주의 어떤 양반도 감히 맞설 수 없는 귀한 집안의 공자임을 잠시 잊었다.

"개돼지처럼 팔려갈 것을 사주셨으니, 무어라 비아냥대시든 가만히 듣고만 있어야겠지요?"

"그래. 그게 몸 파는 계집의 본분 아니더냐?"

가뜩이나 흰 홍의 얼굴이 더욱 파리해졌다. 시헌의 말투는 바스러질 듯 건조하여 온기라고는 느껴지지 않았다.

"박 생원에게 팔려가도록 그냥 내버려 두시지 그러셨습니까? 저를 경멸하시면서 어찌 그 큰돈을 내셨답디까? 아, 저를 조롱하고 모욕하고자 머릿값을 내신 것이었습니까? 백 냥쯤이야 선비님께는 그저 푼돈 나부 랭이에 지나지 않으니까요?"

"네 좋을 대로 생각해라. 어차피 말을 섞으려고 너를 산 게 아니다."

그때였다.

"홍아!"

타다닥 들려오는 바쁜 발소리. 옥련이 엉덩이를 실룩대며 그들에게 다가왔다. 본래 기분파인 탓에 홍을 아끼다가도 버럭 성질을 부리곤 하던 옥련의 눈길에 애정이 그득했다.

그도 그럴 것이, 옥련은 방금 시헌이 내던진 엽전의 개수를 확인하고 온 참이었다. 세상에 손바닥에 고인 돈 냄새처럼 향기로운 것이 또 있을까. 그러니 세상 모든 것이 아리따워 보일 수밖에.

"홍아, 어찌 뜰 가운데서 이러고 있는 게냐. 내 오래도록 첫날밤의 예에 대해 가르쳤잖아! 뭐 하느냐? 어서 공자님을 안으로 뫼시지 않고! 고뿔이라도 걸려 바들대며 밤일을 치를 셈이냐?"

옥련이 호들갑스럽게 일장 연설을 했다. 그녀가 시헌을 향해 머리를 조아렸다.

"자, 어서 가시지요, 선비님. 정성껏 준비한 주안상을 들여놓았습니다. 방을 화려하게 단장해 두었으니 마음에 드실 겁니다."

신방이라 거창하게 말하지만, 그래봤자 홍이 내내 사용하던 별당 구석방에 지나지 않았다.

성큼 앞서간 옥련이 방문을 열어젖혔고, 시헌이 문지방을 넘어섰다. 그러나 그의 뒤에 멈춰 선 홍은 묵묵부답이었다.

"어서 들어가지 않고 뭐 하느냐. 선비님, 우리 홍이가 부끄러움을 타는가 봅니다."

옥련이 홍의 등을 떠밀었다. 얼굴은 웃고 있으나 힘이 실린 매서운 손길이었다.

"공자님. 이년이 오래도록 방중술(房中術)이며 비방을 많이 가르쳤습니다. 홍은 명기를 타고났답니다. 분명 흡족하실 겝니다."

홍에게 들릴 것이 자명함에도 옥련은 굳이 목소리를 낮추지 않고 주절거렸다. 마치 홍이 듣지도, 보지도 못하는 것처럼.

"그러나 아직 사내를 모르는 계집이니, 너무 거칠게 다루지는 마소서. 부디 고이 품어주십시오."

당부를 마친 옥련이 홍에게 잠시 시선을 던졌다.

"명심해라. 잘 모셔야 한다!"

덜컥, 문이 닫혔다. 오호호호, 하는 경박한 웃음소리가 문밖으로 멀어졌다.

닫힌 문 안, 숨 막힐 듯 짙어진 향내에 홍과 시헌은 동시에 인상을 찌푸렸다. 곳곳에 둔 향낭에서 농염한 향기가 진동했다.

방을 화려하게 꾸몄노라는 옥련의 말은 빈말이 아니었던 모양이었다. 방에는 대체 어디서 가져온 것인지 모를 휘황찬란한 금침이 깔려 있었고 벽에는 새빨간 휘장까지 걸려 있었다. 그러나 그것은 화려함에 앞서 천박하기 짝이 없는 모습이었다.

홍이 쓴웃음을 지었다.

제 이름도, 옷도, 요와 이불도, 밖에 뜬 달도, 그리고 돈푼에 거래되는 제 처연한 청춘마저도 어찌 이리 사무치도록 붉은 것이냐.

"백 냥을 들여 너를 산 까닭이 무어냐고 물었지."

홍이 낯선 제 방의 모습을 바라보는 사이, 시헌은 성큼 그녀의 코앞까지 다가와 있었다.

홍은 나이에 비해 키가 크고 호리호리했다. 그러나 시헌은 사내치고도 보기 드문 장신이었다. 하여 고개를 들어 올려봤자 보이는 건 그의 예리한 턱선뿐이었다.

"돈이 썩어나신 탓에 재미 삼아 계집을 사신 것 아닙니까?"

"네가 생각하는 내가 어떤 자인지 모르겠지만, 고작 말장난을 하고자 백 냥을 쓸 만큼 미련한 취미는 갖고 있지 않아."

시헌의 시선이 홍의 얼굴에 머물렀다. 입술을 깨무는 습관 탓에 붉은 연지가 낙조처럼 번진 홍의 입가를 향해 그가 손을 뻗었다. 얼룩진 입술을 닦아주려는 요량이었으나 홍은 매몰차게 고개를 돌렸다. 그 바람에 연지는 더욱 번져, 그녀의 입가에는 선홍빛 물이 들고 말았다.

시헌이 피처럼 붉은 물이 든 손끝을 도포 자락에 쓱 문질렀다. 그러나 지문 깊이 스며든 홍색은 쉽게 지워지지 않는다.

"하면, 왜 굳이 난입하여 제 초야를 사신 겁니까?"

홍은 진심으로 궁금했다. 차라리 박 생원이나 그 패거리 중 하나에게 팔렸더라면 저런 질문 따위 하지 않았으리라. 그들이 홍의 머리를 얹어 주겠다며 백 냥이니, 이백 냥이니 흥정을 붙인 이유는 묻지 않아도 뻔한 것이기 때문이었다.

욕망, 정욕. 누구도 가지지 못한 어린 계집을 제 것으로 만들겠다는 늙은이의 역한 허영심.

그러나 시헌은 젊고 수려한, 누구라도 눈길을 빼앗길 법한 사내였다. 시헌에게 한눈에 반해 그를 치마폭에 담고 싶어 하는 여인이 기방 안에만도 여럿이었다. 게다가 그는 평범한 생원이며 기생 따위는 상상조차 하지 못할 만큼 지체가 높은 사람이기도 했다.

말인즉슨, 시헌은 돈을 주고 계집을 살 이유 따위 없는 이였다.

"사내가 계집을 사는 이유가 달리 있더냐?"

갓끈을 풀어 헤친 시헌이 갓을 툭 내던졌다. 색색 구슬 끈이 부딪치는 청량한 소리는 끈적한 분위기와 어울리지 않았다. 이내 푸르스름한 도포 역시 바닥에 떨어졌다.

기생이라면 응당 사내의 의관을 벗겨주고 고이 개켜 정돈하는 것이 도리이리라. 그러나 홍은 움직이지 않았다.

"돈에 팔린 계집이 아직 제가 팔린 까닭을 모르다니 한심하기가 짝이 없다. 내 똑똑히 가르쳐 줘야겠군."

냉랭한 시헌의 음성에 홍의 눈꺼풀이 아스라하게 떨렸다. 시헌을 처음 만났던 날의 풍경이 떠올랐기 때문이었다.

지나간 겨울의 일. 그를 처음 보았던 날에도 홍은 이 방 안에 있었다. 그날 방문을 연 그녀의 시야에 들어온 것은, 흐드러지게 떨어지는 눈송이 한가운데 서 있는 젊은 공자였다. 눈발이 휘날리는 후원에 고고하게 서 있는 선비와 눈이 마주치던 순간이 기억에 스쳤다.

코끝을 마비시켰던 차디찬 설원의 향기. 선비의 도포 소맷부리에 점점이 튀어 있던 먹물자국은 쏟아지는 눈 속에 서글프도록 검었다.

그윽한 묵향을 풍기던 그 선비가 지금 그녀를 모욕하는 이 사내란 말인가.

"홍이라는 계집의 색(色)이 휘황하다 전주 일대에 명성이 자자하더구나. 내 너를 알았음에도 미처 몰랐다. 네가 그리도 유명한 계집인 줄은."

시헌의 입에서 나오는 제 이름이 어찌 이리 낯설까. 홍은 고개를 들었다.

"그래서 내 너를 샀지. 길지 않은 시간이었으나 우리 사이에도 나름의 연이 있지 않더냐?"

"연이라니요. 악연에 지나지 않습니다."

"악연도 인연이다. 하여, 다른 사내가 올라타기 전에 내가 먼저 갖는 것이 그 연에 대한 보답인 듯하여."

시헌이 한쪽 입꼬리를 들어 올리며 웃었다. 그의 손이 홍의 옷고름을 채갔다. 속절없이 풀어진 붉은 옷고름이 먹먹하게 가라앉자, 그 무게 탓에 저고리가 양쪽으로 활짝 벌어졌다.

반사적으로 가슴팍을 가리던 홍의 손이 툭 떨어졌다.

동기이던 홍의 몸의 굴곡이 유려해지고, 가슴에 몽우리가 잡히고, 분홍빛으로 부푼 여인의 상징 위에 소록소록 솜털이 솟아나기 시작하자 옥련은 그녀에게 밤의 일들을 가르치기 시작했다. 초야를 치르기 전까지 제 몸을 어찌 관리해야 하는지, 사내와의 교합(交合)은 어떻게 하는 것인지, 어떤 방식으로 사내를 기쁘게 해야 하는지 따위의 일들이었다.

어린 소녀였던 홍에게는 녹록치 않은 일이었다. 사내를 모르는 몸이라 하여 수치심까지 모르지는 않았기 때문이었다.

그러나 교육은 끝났다. 홍은 오늘부로 동기를 벗어나 머리를 얹은 기생이 될 것이다.

나신을 드러낸다거나, 사내와 교합한다는 이유로 부끄러워하는 것은 천기(賤妓)인 홍에게 어울리지 않는 일이었다. 그것은 수치가 아닌 풍류. 그것이 기생이라 불리는 자들 중 가장 하급의 창기가 모여 있는 기방 월야관의 법도였다.

"……명성이 자자하다 한들, 계집의 몸뚱이야 거기서 거기 아니오리까."

칭칭 동여맨 치마끈 위로 불룩 솟아오른 가슴 둔덕이 시리다.

"그래. 여느 계집처럼 거기서 거기일지, 아니면 내 혼을 쏙 빼놓을지 오늘 마침내 확인할 수 있어 기쁘구나."

번진 연지로 얼룩덜룩 붉은 홍의 입술이 앙다물렸다. 드러난 속살에 스미는 바람 탓인가. 푹한 봄날이거늘 이상하게 오한이 들었다.

돈푼깨나 있다고 고깃값을 흥정하듯 제 몸에 값을 매기는 사내. 세 치 혀로 끊임없이 저를 농락하는 사내.

그 앞에서 드는 감정이 화가 아닌 회한이라는 것이 참으로 난감할 따름이었다.

"왜. 할 말이라도 있느냐?"

한참이나 제 얼굴을 올려다보는 홍에게 시헌이 물었다. 앙칼지게 대꾸하던 모습과는 달리 홍은 작게 고개를 흔들었다.

"그런데 왜 그런 눈으로 보는 거냐. 울기라도 하려고?"

"안 웁니다. 그저…… 예전에는 이럴 줄 꿈에도 몰랐으니까요. 다시 생각해도 기막힌 일이잖습니까."

"예전?"

"선비님을 처음 만났던 날."

"눈 오던 날 말이냐?"

홍이 고개를 끄덕였다.

그때 시헌의 눈빛은 지금과는 완연히 달랐다. 붉지도, 저렇게 번질대지도, 갈 곳 없이 헤매는 온갖 욕망과 악에 차 있지도 않았다. 그게 고작 지난겨울이었다.

홍은 시헌과 처음으로 눈이 마주쳤던 순간을 기억한다. 그날 시헌의 눈동자에는 쏟아지는 눈발과 홑처마 아래 매달려 달랑이는 풍경이 비치고 있었다. 그의 눈동자 속에 담긴 홍은 화장기 없이 말갛기만 했다.

저 사내가 저를 얼마나 비참한 나락으로 떨어뜨릴지 조금도 알지 못한 채.

"내가 이럴 줄 꿈에도 몰랐느냐? 한데 이를 어쩐다."

시헌의 얼굴이 천천히 다가왔다.

"나는 너를 보자마자 하룻밤 안으면 딱 좋을 만한 계집이라 여겼거늘."

"……그러셨습니까."

제까짓 게 무슨 주제라고. 그래, 그랬던 거구나.

회한이 쓰디쓰다고 생각한 순간 시헌의 입술이 밀어닥쳤다.

그는 아무런 예고 없이 그녀의 입술을 범했다. 갑자기 덮쳐 들어 입술을 덮는 미끌미끌한 감촉에 홍은 몸을 움츠렸다. 본능적으로 한 걸음 물러나려 했지만 시헌은 그녀의 몸을 단단히 감싸고 있었다.

거칠게 포개진 입술. 곧 뜨거운 혀가 입안으로 치달아 들어왔다. 시헌은 우악스럽게 홍의 입안을 점령했다.

"하윽……"

겹쳐진 두 입술 사이 좁은 틈으로 홍의 신음이 흘러나왔다. 그러나 쾌락의 신음과는 거리가 먼, 지독한 탄식 같은 소리였다.

시헌의 입술도, 손길도 잔혹했다. 무참한 입맞춤. 그것은 사랑도, 욕망도, 열정도 아니다. 소유하겠노라는, 제 발밑에 무릎 꿇리고 말겠다는, 값을 치렀으니 당장 가져야겠다는 잔인한 선포에 지나지 않았다.

집요하게 밀어붙이는 시헌의 입술 탓에 숨이 막혔다. 홍은 그를 밀쳐 내려 애썼다. 그러나 그녀의 몸 역시 그의 팔 안에 갇혀 있었다. 버둥대 보지만 사내의 완력을 이길 방도란 없다. 이에 스치고 씹힌 입술이 쓰리고 아팠다.

그리고, 다가왔을 때처럼 순식간에 그의 입술이 떨어졌다.

"원하지 않는 게다, 너는."

시헌의 숨소리가 거칠었다. 그가 홍에게서 몸을 떼었다.

"내게 내내 거짓을 말했던 게지. 진심인 척, 다른 계집과는 다른 것처럼."

"대체 제가 무얼 어쨌다고 이러십니까?"

되묻는 홍의 입술은 벌에 쏘인 것처럼 붉게 부풀어 있었다.

"말해보아라. 너와 내가 알아온 시간 동안, 지금껏 네 단 한 번이라도 진심으로 나를 원해본 적 있었더냐? 네 정신 나간 뜻을 이루려고 나를 이용한 것 말고, 진심으로 나를 바란 적 있었냐 묻는 게다."

입안에 남은 그의 향기, 미끈대는 타액의 감촉과 맛, 음습한 열기. 가쁜 숨을 고르던 홍이 시헌을 빤히 바라보았다.

"제가 선비님을 이용했다 하셨습니까? 그렇다면 선비님은 저를 농락하지 않으셨습니까? 원했냐고요? 원하든, 원치 않든 그것이 이년에게 무슨 의미가 있답디까."

그녀의 대답에 시헌이 헛웃음을 지었다. 그의 입술 사이로 부는 바람이 홍의 귓불을 스쳤다.

"그래. 너에게는 아무런 의미 없는 것이겠지. 네 초야를 산 것이 내가 아닌 저승꽃 만발한 늙은이였대도 너에게는 하등 관계없는 일일 테니. 그러하지?"

"저는 기생이니까요. 창기이니까요. 종일 제게 그리 말하시지 않았습니까? 제가 그럴 수밖에 없는 운명임을 아시지 않습니까."

"그럴 수밖에 없는 운명?"

시헌이 자문하듯 되뇌었다. 그 음성은 이상하리만큼 가라앉아 있었다.

"하면, 만일 네가 기생이 아니었다면 달라졌겠느냐?"

"무엇이 달라진단 말씀이십니까?"

좀체 시헌과 눈을 마주치지 않던 홍이 그에게로 시선을 돌렸다.

홍이 미동할 때마다 호롱불이 흔들려 불빛이 춤을 췄다. 붉은 휘장과 노란 불빛이 잔상을 남기며 부서졌다. 시헌의 모습마저 검고 붉고 노랗게 이지러진다.

그는 정말이지 종잡을 수 없는 사내였다. 방금 전까지 금수처럼 저를 모욕하고 범하려 들지 않았나. 그래놓고 미련이라도 남은 사람처럼 저를 떠보는 것이다.

시헌은 본래 그런 이였다. 헛된 기대를 품게 만들고서는, 산산이 망가뜨리고 부수는 것을 즐기는 사람이었다.

속지 마. 다시는 그에게 속아선 안 된다. 홍은 마음을 다잡았다.

"네가 기생이 아닌 평범한 여인이었더라면, 우리가 처음 만났던 날처럼 그리 만났더라면 어찌했겠냐 묻는 것이다. 너도 나를 원했겠느냐고."

홍이 고개를 저었다.

기생이 아니었다면- 이라는 가정은 아무런 의미조차 없는 것이다. 홍은 기생의 옷을 입고 기생의 머리장식을 꽂고 기방 안에 앉아, 돈을 내고 저를 산 사내를 마주 보고 있었다. 그와 밤을 보내고 나면, 곧 그녀의 이름은 기적에 오를 것이다.

그것은 쓸모없을 뿐 아니라 그녀를 비참하게 만드는 가정이었다.

"그러기를 바라셨다면, 이년을 사지 마셨어야지요."

시헌이 백 냥을 집어 던진 순간 홍은 그에게 팔린 것이다. 창기가 된 것이란 말이다.

어찌 그는 그걸 모를까. 홍의 몸뚱이에 값을 매겨 구입한 최초의 사내가 자기 자신이라는 것을.

"시간이 흘러갑니다. 이미 한 식경은 지난 듯합니다. 제 초야를 백 냥에 사셨지요? 밤이라는 것이 길어야 네다섯 시진이니, 한 식경은 몇 냥쯤 되겠습니까?"

홍이 고개를 들었다. 참혹하게 어그러진 시헌의 얼굴이 보였다. 팔린 것은 저이며 선뜻 돈을 지불한 것은 그인데, 어찌 저런 표정을 짓는지 알 수 없었다.

옥련은 몸을 내어줄 뿐 마음 따위 주지 말라 했었지. 좋을 것도, 싫을 것도 없는 것이 기생의 삶이라 하였다.

홍 역시 그리하리라 마음먹었다. 감정 따위, 혹시나 하는 기대 따위, 천치 같은 미련 따위 갖지 않을 것이다.

뱃속에서부터 치밀어 오르는 새카만 회한을 홍은 꿀꺽 삼켰다.

"시간이 자꾸만 가는데도 이리 이상한 말씀만 늘어놓으시니, 저 스스로 벗겠습니다."

스륵, 홍이 제 어깨에 걸쳐진 비단옷을 밀어냈다. 목욕을 마치고 기름을 발라 반질반질 윤이 나는 어깨 위에 불빛이 어렸다.

"가지십시오. 오늘 밤은 선비님의 것입니다."

앞에 있는 사내는 시헌이 아니다. 선비님이라는 모호한 이름 안에 갇혀, 앞으로 무수하게 홍을 지나쳐 갈 누군가일 뿐.

하룻밤 몸을 섞으면 그만. 결코 마음을 섞지는 않을 것이다.

"그래…… 오늘 밤만은 내 것이겠지."

지친 듯한 목소리로 중얼거린 시헌이 팔을 뻗어 홍의 몸을 당겼다.

얼굴이 포개지고 입술이 겹쳐졌다. 시헌의 혀가 홍의 입술을 갈랐다. 동시에 그의 손이 치마끈을 잡아당겼다. 스슥, 풀을 먹여 **빳빳한** 옷감이 홍의 여린 살결을 스치듯 베었다. 동기치고는 지나치게 잘 여문 가슴이 왈칵 쏟아져 흔들렸다. 거추장스러운 치마폭을 밀어낸 그의 손이 여린 살을 움켜쥐었다. 그의 손길을 따라 이리저리 흔들리던 몸뚱이가 상처 입은 것처럼 발갛게 물들었다.

시헌이 제 옷고름을 풀어 헤쳤다. 벌어진 옷섶 사이 드러난 가슴팍은 너르고 창백하다. 욕망인지, 분노인지 모를 본능으로 사내의 몸은 진즉 돌처럼 단단했다.

그는 성급하게 홍을 쓰러뜨리며 몸을 포갰다. 가쁜 숨을 몰아쉬던 홍의 입술이 벌어졌다.

"아으……."

시헌이 뜨거운 입술을 홍의 목덜미에 묻었다. 방 안에 진동하는 향내와 홍의 달큼한 살 내음이 뒤섞였다.

독취.

속이 울렁대는 와중에도 오감은 미칠 듯 꿈틀거렸다. 이대로 홍의 몸에 코를 묻고 있다간 저 자욱한 향에 질식해 숨이 멎어버리리라. 홍의 목덜미에서 입술을 뗀 시헌이 몸을 반쯤 일으켰다.

홍을 비추는 불빛.

빛의 촉수가 홍의 벗은 몸 위를 쓸어내렸다. 희고 긴 목선 아래 쇄골이 자리한 우묵한 지점에 맺힌 땀방울이 주룩 흘러내린다. 가파른 곡선을 그리는 가슴팍이 잘게 흔들렸다.

저급한 기방의 몹쓸 전통인가. 시헌은 홍의 가슴 한가운데마저 연지 칠을 해놓았다는 사실을 깨달았다.

새하얀 살결 위, 낙화한 꽃잎이 머문 듯 붉은 물이 든 자리. 시헌의 입술이 느리게 움직였다.

"……으."

홍이 억눌린 소리를 내뱉었다. 눈을 질끈 감은 채. 그러나 신음 소리가 실수이기라도 한 듯 이내 그녀는 잠잠해졌다.

시헌이 홍의 품에 파묻고 있던 얼굴을 뗐다. 그대로 그는 그녀의 입술로 덤벼들었다. 축축한 입술이 밀어닥쳐 다물어진 입술을 억지로 갈랐다. 배려 따위 없는 입맞춤은 길고 집요했다.

"홍."

잠시 입술이 떨어진다. 그가 그녀의 이름을 부르지만 대답은 돌아오지 않았다. 시헌이 체념한 듯 다시 고개를 떨어뜨렸다. 다시 입술이 맞닿았다. 그의 몸에 닿은 굴곡진 나신은 나무토막처럼 뻣뻣했다.

원했다. 바랐다. 그러나 제가 원하는 것이 정녕 무엇인지 시헌 자신조차 알 수가 없었다.

몸을 원하는 것일까. 저 아래 진즉부터 잔뜩 부풀어 올라 아프도록 불뚝거리는 욕망을 터뜨리기를 바라는 것일까. 혹은, 마음을 원하는 것일까. 만남 이래 이해하거나 받아들이려고 노력한 때보다 할퀴고 모욕한 날들이 더 많은 그들이었다.

난 너에게 무엇을 원하는 걸까. 너의 무엇을 바라기에 이토록 미쳐가는 걸까…….

"홍아."

그러나 여전히 대답이 들리지 않았다.

"……망할 계집."

시헌이 홍의 입안으로 거칠게 파고들었다. 뒤로 물러나던 그녀의 혀가 미처 자리를 잡을 새도 없이, 시헌은 그 혀를 잡아채 깨물었다.

"아앗!"

아픈 것인지, 혹은 쾌락에 들뜬 교성인지 알 길이 없었다. 그러나 결국 홍은 굴복했다.

"아홋……."

홍의 몸이 조금씩 흔들리고 입술이 벌어졌다. 희열인지 흐느낌인지 알 수 없는 신음이 흘러나왔다. 시헌의 손이 그녀의 치마폭을 헤쳤다. 거추장스럽게 서걱대는 속치마가 끝도 없이 많아 조바심이 났다. 옷자락을 헤치며 그는 홍의 입술을 강하게 빨아들였다.

열이 오른 탓에 시헌은 이성을 잃었고 힘을 조절하지 못했다. 그의 송곳니가 홍의 입술에 쩌덕, 붙었다 떨어졌다.

"아앗!"

홍이 외마디 소리를 내질렀다. 이전과는 달리 분명 고통에 의한 비명이었다. 비릿한 피 맛이 겹쳐진 입안에 퍼졌다. 그제야 입술이 떨어져 나갔다.

삽시간에 피멍울이 진 홍의 입술.

연지가 번진 입가에 몽글몽글 핏물이 솟았다. 쌀알만 하던 멍울이 순식간에 커지더니 주르륵, 검붉은 피가 흐르기 시작했다.

"이런."

시헌이 제 옷소매를 끌어당겨 홍의 입가에 가져다 댔다.

"실수였어. 피를 보게 하려 한 것이 아니야."

홍의 입가를 누르는 시헌의 손길이 다급했다.

"미안하다."

홍은 그의 몸에 짓눌려 바닥에 모로 누워 있었다. 그 탓에 입술에 맺힌 핏방울이 똑, 똑, 입안으로 흘러들었다. 입안이 시고 비렸다. 역한 쇠 맛이 났다.

계속 눈을 감고 있었던 건 부끄러워서도, 시헌의 행동이 낯설어서도 아니었다. 마음이 비쳐 보일까 두려워서였을 뿐.

홍은 그제야 눈을 떴다. 새까만 눈동자가 시헌에게로 향하였다. 제 입술에 난 상처를 살피는 시헌이 보였다. 그의 손끝이 퉁퉁 부어오른 그녀의 아랫입술을 살살 스쳤다. 아팠다.

"흐……."

인상을 찡그리던 홍이 불현듯 쓰게 웃었다. 세상에 미련을 놓은 이처럼, 마치 우는 것 같은 웃음이었다.

"어찌 웃는 게냐."

그래봤자 맹수가 아닌 사람에게 뜯긴 상처. 건강한 몸뚱이인 덕에 피는 금세 멎었다. 홍의 입술 위에 누군가의 발길에 짓밟힌 모란처럼 검붉은 딱쟁이가 들러붙었다.

"홍아."

제 앞에서 처연한 표정을 짓고 있는 시헌이 기막혀 홍은 또 한 번 웃었다.

그토록 사람을 모욕하고 괴롭히더니, 고작 피 조금 보았다고 이리 야단법석이란 말인가. 이렇게 종잡을 수 없이 얕은 사내라니. 그답다, 그다웠다.

"모르느냐?"

늪처럼 검은 홍의 눈. 그녀가 그토록 숨기고 싶어 했던 것들이 부글대며 떠올랐다.

시헌이 천천히 가쁜 숨을 골랐다. 그의 입에서 흘러나오는 숨결이 오소소 소슬바람이 되어 홍의 드러난 살을 스쳤다. 사내의 입에 처음 담겨본 동기의 가슴이 몸서리쳐지도록 시리다.

"정녕 모르느냐?"

홍이 혀를 내밀어 검은 피가 엉겨 붙은 입술을 핥았다.

"진즉 알았으나⋯⋯."

알았다. 어찌 모르겠는가.

"안다고 무엇이 달라지오리까."

알아도 모른 척, 흘러가듯 세월 틈에 묻혀 살아가는 것이 제 주제임을 진즉 깨달았을 뿐이다.

"말해. 말해다오⋯⋯ 제발."

시헌의 목소리는 그새 쉬어 있었다.

허옇게 드러난 몸을 가리지도 않은 채 홍은 쓸쓸하게 중얼거렸다.

"연모하신 것을요."

시헌이, 그녀를.

"귀하디귀한 공자께서 미천한 동기를 사랑하신 것을요."

## 1장. 폭설

"옷을 벗어보아라."

그 말을 처음 들었던 순간을 홍은 뚜렷하게 기억한다.

홍의 나이 열 살. 할머니의 손에 이끌려 월야관 문턱을 넘은 직후였다.

"벗어보아라."

"예?"

"저고리와 치마, 속곳까지 남김없이 모두 벗어보란 말이다."

"여기서요?"

"그래. 여기서."

홍이 서탁 하나를 사이에 두고 앉은 중년의 행수를 바라보았다. 비록 어린 나이였으나, 홍은 말귀를 알아듣지 못할 만큼 어수룩하지는 않았다.

"스스로 벗겠느냐, 내가 억지로 벗길 때까지 버티겠느냐? 아니면, 목구멍이 포도청일지언정 반가의 여식 된 도리로 옷 따위 벗을 수 없다 지조를 지키겠느냐?"

행수의 입꼬리가 재미있다는 듯 올라간다. 어린 소녀는 그것이 시험임을 대번에 알아챘다.

홍은 잠시 생각했다. 사내들이 과거에 급제하면 큰 소리 땅땅 치는 벼슬아치가 된다던데, 지금 이 시험 역시 그것과 비슷한 일일까? 옷을 홀홀 벗어버린다면 행수가 던진 시험에 통과하여 무언가를 얻게 될까?

"스스로 벗겠습니다."

여름이나 겨울이나 주어진 의복은 달랑 두 벌. 값싼 천으로 지은 무명옷은 세월에 닳아 축축 늘어졌다. 하도 오래도록 입은 탓에 소매는 짧아졌고, 치마는 발목 위로 한 뼘이나 올라와 있었다.

그러나 오늘따라 낡은 옷고름이 돌덩이처럼 무거웠다.

"정 벗지 못하겠다면 내 말리지는 않으마. 마침 부엌간에도 몸종이 필요하거든. 거기서 평생 밥이나 하면서 늙는 수밖에."

엉거주춤하니 옷고름을 쥐고 있던 홍이 행수를 바라보았다. 고집스럽게 닫혀 있던 소녀의 입매가 꿈틀거렸다.

"벗으면, 어찌 되는 것입니까?"

행수가 빙긋 웃음을 지었다. 그녀가 문갑 위에 팔꿈치를 괴고 홍의 코앞까지 얼굴을 들이밀었다. 일순간 머리가 어질해지는 진한 향내가 풍겨왔다.

"계집의 부끄러움을 내던질 수 있을 만큼의 용기가 있다면야, 부엌데기가 아닌 기생이 될 자격이 있지."

"기생이란 무엇을 하는 것이기에요?"

질문하는 홍의 태도는 어린아이답지 않게 꼿꼿했다.

"사내들을 불러 모으는 꽃이지. 너처럼 고운 아이가 얹은머리를 하고 기방 안에 앉아 있으면 말이다, 돈깨나 있다는 사내들이 네 앞에서 안달복달 난리를 피우거든. 기방 안에서는, 네년도 정경부인이며 마님들이 부럽지 않을 수 있다는 뜻이다."

옥련이 지긋한 시선으로 홍의 눈매를 바라보았다.

단단한 성미를 미루어보건대 울었을 턱이 없음에도 홍의 눈가는 촉촉하고 붉었다. 관상쟁이들이 홍염이 들었다 부르는 눈. 사내를 홀리는 눈이다.

"여기가 고관대작들이 드나드는 일패기방이라면 네게는 더 좋았겠지. 그런 진짜배기 기생들은 몸 따위 팔지 않고 긍지를 지키니까. 하지만 월야관 같은 은근짜들의 기방으로 흘러들어 온 것 역시 네 팔자 아니겠느냐? 너라면 조선 최고의 명기는 못 되더라도, 전주 사내들을 죄 치마폭에 넣어 어를 수는 있을 게다."

무엇인가를 골똘히 생각하던 홍이 앞에 앉은 행수를 응시했다.

화려한 붉은 비단, 농염한 향기, 잘 먹어 기름이 도는 얼굴, 물일이라고는 해 본 적 없음이 분명한 매끈한 손마디.

"하지요."

홍이 손에 쥐었던 옷고름을 쓱 잡아당겼다.

포근한 날씨이기도 했고, 속곳 따위를 챙겨 입을 만큼 넉넉한 살림이 아니기도 했다. 군데군데 기운 자국이 난 볼품없는 저고리가 바닥에 툭 떨어지고, 둘둘 감긴 치마끈이 풀렸다. 그 안에는 닳아빠져 헤진 곳을 기우지도 않은 초라한 고쟁이가 너풀대고 있었다. 벗은 것보다 입은 것이 더 부끄러울 판이라, 홍은 그마저 재빨리 벗어 바닥에 떨궜다.

제 앞에 닥친 일들을 이해하기에는 너무 어린 나이였다. 그렇다고 한들 어찌 수치스럽지 않겠는가.

그러나 기이하다 느껴질 만큼 홍의 태도는 꼿꼿하여, 소녀는 벗은 제 몸을 가리지조차 아니하였다.

"되었습니까?"

장지문 밖으로 스며든 엷은 햇살이 홍의 흰 살결 위에 머물렀다. 역광이 소녀의 몸을 감싸 살갖은 희미한 빛을 머금었다.

빈틈없는 눈매로 홍의 몸 곳곳을 샅샅이 살피던 옥련의 입가에 숨길 수 없는 미소가 솟았다. 그러나 잠시 멈칫, 무엇인가가 옥련의 시선을 잡아 붙들었다. 옥련이 나체의 홍에게 가까이 다가섰다.

유약을 바른 도자기처럼 청아한 피부 위에 자리한 불그스레한 흠결들. 홍의 팔뚝이며 등, 허벅지와 종아리에 남은 것은 분명한 매질의 흔적이었다.

그와 동시에 툭, 아이의 뺨을 타고 굵은 눈물 딱 한 방울이 떨어진다. 새하얀 낯빛과 대비되는 눈가는 눈밭 속에 피어난 동백꽃처럼 선홍빛이었다.

"홍이라 했지? 잘 어울리는 이름이로구나."

자리에서 일어난 옥련이 아이의 나신 위에 비단 장옷을 벗어 걸쳐 주었다.

"그딴 누더기 따위 다시 걸치지 말고 기다리거라. 내 좋은 옷을 가져다주마."

홍은 본디 양반의 여식이었다. 일찍이 어미가 홍을 낳다가 세상을 떠난 후, 그녀는 할머니의 손에서 자랐다.

홍의 아비 배씨는 나라의 녹을 먹는 하급 관리였다. 그러나 워낙 한미한 가문이었던 탓에 이름만 양반일 뿐 살림살이는 중인만도 못했다.

홍의 나이 열 살, 아비 배씨가 투전 노름에 빠져 큰 빚을 지게 되었다. 돈을 갚지 않으면 발목을 자르겠다며 무뢰배들이 매일 집으로 찾아와 난장을 피웠다. 본래 빈궁한 집안인 탓에 그들이 가진 것이라고는 알량한 목숨 하나뿐. 결국 아들보다 귀한 것이 없다 여기던 조모는 홍을 기방에 팔기로 결정했다.

월야관은 전주 교방(敎坊)에 속해 있기는 하였으나 평범한 기방과는 달랐다. 관리들의 묵인 하에 창기를 두어 영업하는 곳이기 때문이었다.

일패들은 함부로 몸을 팔지 않는 법이기에, 근방 기생들은 월야관을 색주가나 매음굴과 다름없다며 손가락질하곤 했다. 그러나 월야관의 행수인 기생 옥련은 세간의 입방아에 콧방귀조차 뀌지 않았다.

옥련은 이미 불혹을 넘긴, 산전수전 다 겪은 기생 어미였다.

조모의 손에 이끌려 기방 문턱을 넘은 홍을 본 순간, 옥련은 제 인생에 봄이 올 것임을 직감했다. 아이의 화사한 얼굴에서는 돈 냄새가 났다. 정확히는, 저 아이가 물오른 처녀가 되었을 때 몰려들 사내들의 전대에서 쏟아져 나올 돈 냄새가.

"계집의 나이가 몇이오?"

안 그래도 굽은 등을 더욱 깊이 수그리며 홍의 조모가 대답했다.

"어어, 그러니까……. 계집애 나이가……."

"올해 열 살이에요."

더듬거리는 조모 대신 홍이 대뜸 대답했다.

"흐음."

저도 모르게 콧소리를 낸 옥련이 헛기침을 했다.

옥련이 홍의 눈을 가만히 들여다보았다. 한두 번 눈을 깜빡이면서도 홍은 시선을 피하지 않았다. 어린 계집임에도 눈빛이 만만치 않았다.

옥련은 아이의 기세가 마음에 들었다. 기생인 어미에게서 태어난 계집들도 막상 기방 생활을 해야 한다면 으레 울음부터 터뜨리기 마련이었다. 형편이 어찌하였던들 양반의 여식이 저리 의연한 것은 꽤나 신기한 일이었다.

제가 팔릴 것을 몰라 그런다기엔, 이미 할미와 옥련의 대화를 뻔히 듣지 않았는가.

"어디 보자."

옥련이 옷고름을 들어 홍의 볼과 입술에 쓱 문질렀다. 까칠한 무명천의 감촉에 놀란 듯 홍의 눈이 반짝 커졌다.

"백분 가루나 연지를 발랐나 하여 닦아본 것이다."

"백분 가루가 무엇입니까?"

홍의 물음에 대답하지 않은 채, 옥련은 문갑 깊숙한 곳에 손을 넣어 더듬거렸다. 대충 손끝으로 무게를 가늠한 옥련이 호기롭게 묵직한 것을 내던졌다. 희끄무레한 은덩이가 조모의 앞에 툭 떨어졌다.

"오천 동이면 된다 하였지? 은 한 량이니, 못 되어도 칠천 동의 가치는 할 것이네."

은이라는 것을 처음 본 조모의 눈이 휘둥그레졌다. 조모는 무릎에 고개를 처박을 기세로 굽실대며 은을 받아 챙겼다.

옥련이 문서를 내밀었고, 글을 모르는 조모는 손바닥에 치덕치덕 먹물을 칠해 종이에 찍었다. 매매는 눈 깜짝할 사이에 끝났다. 홍의 의견을 물은 이는 아무도 없었다.

곡식이 떨어졌을 때, 빚쟁이들이 닦달할 때, 삯바느질 값을 떼였을 때. 온갖 핑계가 생길 때마다 조모는 홍을 매질하는 것으로 분풀이를 했다. 홍을 남겨놓은 채 월야관을 떠나며 조모가 남긴 말 역시, 손녀에 대한 걱정이나 회한은 아니었다.

"어찌 그리 쳐다보는 게냐? 적어도 네 애비 다리몽둥이는 간수하게 되었잖으냐? 자식으로 태어나 아비를 위해 효도한 것이니 서러워할 것하나 없다."

"……."

"네 팔자가 박복한 탓이니, 혹여라도 애비 탓은 하지 마라. 부정 탄다."

홍이 고개를 들어 올려 주름진 노파의 얼굴을 바라보았다.

작별의 순간이라는 것을 안다. 그러나 계집아이는 일언반구 입을 열지 않았다. 단지 제 할미를 물끄러미 응시할 뿐.

"독한 년."

조모는 고개를 슬쩍 젓더니 짚신을 꿰어 신고 월야관을 떠났다.

그날로 홍은 월야관에 속한 동기로 새 삶을 시작했다. 그녀의 나이 열 살, 반가의 여식으로 태어난 홍의 인생에 찾아온 첫 번째 격변이었다.

✿

시간은 무심히 흘러 긴 세월이 지났다.

홍은 기방 생활에 완전히 익숙해졌다. 때로 홍은 제가 가난한 양반의 여식으로 태어나, 찢어지도록 궁핍한 유년 시절을 보냈다는 사실마저도 잊었다.

신장이며 팔다리가 시원하게 긴 탓에 홍은 일찍부터 처녀티가 났다. 정수리부터 목과 등은 굽힘없이 반듯했고, 곡선을 그리기 시작한 몸의 선은 물 흐르듯 유려했다.

옥련이 그런 홍에게 춤을 배우게 한 것은 당연한 결정이었다.

응당하게도 옥련의 선택은 옳았다. 춤을 가르치는 퇴기의 감탄을 살 정도의 재능이었다. 춤을 시작한 지 얼마 되지 않아, 월야관에서 춤으로는 홍을 따를 기생이 없었다. 동기인 까닭에 객들 앞에 나서는 일은 없었으나, 한량들 사이에는 월야관에 춤을 기막히게 추는 절색의 어린 기생이 있다는 소문이 알음알음 퍼져 나갔다.

그러나 소문과는 별개로 실제 홍을 본 사내들은 극소수였다. 그마저 월야관을 찾았다가, 별당 뜰에 나와 있는 홍을 스치듯 본 것에 지나지 않았다. 옥련이 홍을 밖에 내보이는 것을 극도로 싫어했기 때문이었다.

"동기 따위가 객들에게 얼굴 팔려봤자 고약한 소문이나 돌고 해웃값이나 떨어지지. 그러니 해 진 후에는 별당 밖에 얼씬일랑 말아라."

옥련의 으름장이었다. 그런 까닭에, 매일 밤 거문고 소리 위에 분 냄새, 술 냄새가 질펀하게 어우러지는 기방 풍경에 어울리지 않게 홍의 일상은 고요했다.

홍이 하는 일이라고는 어렵지 않은 허드렛일을 돕는 것이 전부였다. 그 외의 시간에는 퇴기에게 춤을 배웠으나, 진즉 그녀의 실력이 스승의 솜씨를 뛰어넘은 탓에 그마저 심드렁해졌다.

후두둑, 무료한 시간들이 홍의 옆구리를 치고 지나갔다. 날은 금세 밝고 또 금방 저물었다.

그렇게 월야관의 사계(四季)가 흘러간다.

봄에는 담장 아래 빙 둘러 심은 매화나무 꽃향기가 자욱했다. 여름이면 풀 냄새에 젖은 흙냄새가 뒤섞여 비 소식을 알렸다. 가을이면 떨어진 낙엽들이 꽃신 아래 밟혀 바삭대는 소리가 분주하게 들려왔다.

그리고 겨울.

그해 겨울에는 일찍부터 한파가 몰아쳤다. 마른하늘에 벼락이 치듯 갑작스레 눈이 오는 일이 잦았고, 아침이면 차디찬 운무가 종아리 위까지 차오르곤 했다.

비좁은 제 방 안에 다리를 쭉 펴고 앉아 있던 홍이 나른하게 몸을 비틀었다. 대충 미시(未時)[3]쯤 되었을까. 문밖이 환한 오후. 월야관 기생들이 느지막이 자리에서 일어나 눈곱 뗀 얼굴에 분칠을 할 시간이었다.

"누구……?"

문밖에서 들려오는 인기척에 홍이 고개를 들었다. 이내 왈칵, 아무런 예고도 없이 방문이 열렸다.

"깜짝아."

홍이 외마디 소리를 내뱉었다. 문틈으로 얼굴을 내민 것은 열 살가량 먹은 까무잡잡한 계집아이였다.

3) 오후 1시에서 3시

"어이구, 추워."

"팥쥐 너, 기척도 없이 덜컥덜컥 문 열지 말라 했지?"

"미, 미안……. 기척했는데……. 아, 안 들렸나……."

홍의 타박에, 팥쥐라 불린 아이는 그제야 주먹으로 문을 툭툭 두드렸다.

팥쥐는 어린 나이임에도 빈말이나마 귀엽다는 소리조차 하기 힘든 얼굴이었다. 아이의 낯빛은 평생 땡볕 아래서 밭일이라도 한 노파처럼 새카맸고, 마마를 앓은 얼굴은 얽은 자국투성이였다. 툭 튀어나온 입술 탓에 꽤나 심술 맞아 보이는 인상이기도 했다.

"난 못 들었어. 그리고 기척을 했으면 진득하니 대답을 들은 후에 들어오든가 해야 할 거 아냐."

홍의 새초롬한 대답에, 문틈으로 모가지를 들이민 팥쥐가 슬금슬금 눈치를 살폈다. 막상 추운 날씨에 그러고 있는 꼴이 안 되어 홍은 까딱 손짓을 했다. 얼굴이 확 펴진 팥쥐가 방으로 쏙 들어왔다.

그 와중에도 홍이 고뿔이 들까 걱정이 되는지, 팥쥐는 바람이 들세라 재빨리 문을 닫았다.

"언니 주려고 가져왔어."

"또 뭐기에? 필요 없대도 그래."

"아이, 그, 그러지 말구……. 내 언니 주려고 잘 챙겨두었던 거야."

팥쥐가 숨겨 가져온 무엇인가를 홍의 손에 단단히 쥐어주었다.

"됐다니까……."

말이 채 끝나기도 전에 훅 끼쳐 드는 새콤한 향기. 무엇인지 확인할 겨를도 없이 입안에 침이 먼저 고였다.

"유자네."

손을 펴 보자, 오도카니 샛노란 유자 하나. 주로 먼 남해에서 난다는 유자는 좀체 보기 힘든 귀한 과실이었다.

그젠가 질펀하게 놀다 간 돈 많은 객이 있었는데, 그가 거드름을 피운답시고 기생들에게 나눠준 것이지 싶었다.

"팥쥐 너, 또 훔친 게지?"

홍이 중얼거렸다.

"아, 아니야! 훔치기는! 그런 거 아냐."

"아니긴 뭐가 아니야. 내가 네 속을 죄 들여다보고 있는데. 누구 앞이라고 거짓부렁을 해?"

"그게 아니고, 그, 그냥 부뚜막 옆에 있기에……."

"또 거짓말!"

홍이 팥쥐의 머리를 콩 쥐어박았다.

팥쥐가 무언가 좋은 것을 훔쳐 숨겼다 홍에게 건넨 것은 이번이 처음이 아니었다. 번번이 손버릇이 좋지 않다 욕을 먹으면서도, 좋은 것이 있으면 기어이 가져와 홍에게 주어야 직성이 풀리는 것이다.

팥쥐는 홍보다 먼저 월야관에 들어와 살고 있던 아이였다. 듣자니 눈도 못 뜬 갓난아이 시절, 강보에 싸여 기방 앞에 버려져 있었다고 했다.

마침 출산한 지 얼마 되지 않아 젖이 남아도는 기생이 있어, 옥련은 아이를 거둬 팥쥐라 이름 붙였다. 본디 기생으로 키우려는 심산이었으나 자랄수록 용모가 흉한 탓에 팥쥐는 월야관의 몸종 노릇을 하게 되었다.

갓 동기로 팔려왔을 때, 너무 어려 딱히 할 일이 없던 홍에게는 팥쥐를 돌보는 일이 주어졌다. 그때의 기억이 또렷하기 때문인지 팥쥐는 젖동냥을 해준 기생보다 오히려 홍을 더 가깝게 여겼고, 결국 따르는 것이 지나쳐 귀찮을 정도가 되었다.

"귀한 과일이라더니 향이 참 좋네."

"그, 그치? 나, 남들 보기 전에 어여 먹어. 이걸 먹으면 피부가 하얘지고 몸에서 좋은 향내가 난대."

홍이 힐끔, 팥쥐를 본다.

"나는 그만 하얘져도 돼. 이건 팥쥐 네가 먹어야겠다."

"나, 나는 그런 거 필요 없어! 무, 물론 언니야 유자 같은 거 먹지 않아도 대갓집 따님처럼 귀하고 곱지만……."

"기생한테 대갓집 따님 같은 게 무슨 소용이 있다고."

"마, 말이 그렇다는 거지! 공주마마 옹주마마보다 언니가 더 고울 거라고……."

주먹을 바르쥔 팥쥐의 목소리가 달달 떨렸다.

홍에게는 이토록 헌신적이었으나, 월야관의 모두가 팥쥐를 좋아하지 않았다. 팥쥐의 성격이 나이답지 않게 고약하고 음침하다며 모두가 기피하는 것을 홍 역시 알고 있었다.

그러나 아직 어린애이지 않은가. 홍은 가뜩이나 체구가 작은 데다 늘 눈치를 살피는 팥쥐를 가엾게 여겼다.

"팥쥐야! 팥쥐 어디 갔느냐!"

문밖에서 들려오는 요란한 목소리는 몸종 우두머리인 덕이 어멈의 것이었다.

"에이……. 그새 또 찾으러 왔네."

툴툴거리며 팥쥐가 방문을 열었다.

"문 닫지 말고 잠깐 열어놓아. 군불을 하도 때서 덥다."

"알았어."

이내 팥쥐의 뒷모습은 쪼르르 문지방을 넘어 사라졌다.

"무슨 눈이 저리 많이 온담."

한 뼘 정도 열린 문밖은 완전한 백색이었다. 팥쥐가 들어왔을 때만 해도 맑았던 날씨는 그새 돌변하여 흰 눈이 온 천지를 뒤덮고 있었다. 눈발이 몹시 거세어 사방이 분간되지 않았다.

새하얗고 높다란 담장 속에 홍 홀로 오도카니 있는 것 같은 묘한 고립감이 들었다.

"으응……?"

펑펑 쏟아지는 눈송이를 바라보던 홍이 고개를 갸웃했다. 눈발 탓에 흐릿한 시야 너머로 무언가 움직이고 있었다. 분명 사람이었다.

한 발짝, 인영이 다가온다. 어렵지 않게 홍은 그것이 사내의 형상임을 알아챘다.

"누구지……"

뒤뜰 사립문으로 들어왔음이 분명한 사내의 모습이 점점 가까워졌다. 이내 하얀 세상 속에서 가뭇한 갓을 쓴 머리가 불쑥 튀어나왔다. 홍이 저도 모르게 몸을 일으켰다.

"아무도 안 계시오?"

굵직한 음성이 들림과 동시에, 뜰에 서 있던 선비와 홍의 눈이 마주쳤다. 선비의 발걸음이 멈추었다. 잠시간 그는 할 말을 잊은 사람처럼 입술을 뗀 채 멀거니 서 있었다.

"지나가는 객인데……"

눈 속에서 나타났기에 더욱 그러하지만, 선비의 모습은 시리도록 흰 빛이었다. 도포 자락마저 새하얘서 갓이 아니었다면 사람이 있는 줄도 몰랐을 것이다.

게다가 낯빛마저 여느 여인 못지않게 희디희었다. 타고난 피부색이 저런지, 날이 추워 허옇게 질린 것인지 알 길은 없었지만.

"지나가는 객인데, 잠시 댁 마루에서 눈을 피해도 되겠습니까?"

"……"

홍이 끄덕, 고개를 움직였다. 이내 선비는 눈을 피해 처마 밑으로 들어왔다. 무척이나 장신이었던 데다 음성이 낮아 나이가 찬 사내일 줄로만 알았거늘, 가까이서 본 그는 의외로 앳된 인상이었다.

갓을 벗어 툇마루에 올려놓은 그가 머리며 어깨를 탁탁 털었다. 조심성 없는 손길이었다. 사방으로 튄 눈송이들이 홍의 볼이며 어깨 위로 떨어졌다.

"송구합니다, 낭자. 눈 속에서 갑자기 사내가 나타나 몹시 놀라셨겠소."

"……."

홍은 대답 대신 눈을 깜빡였다. 무어라 대꾸해야 할지 머릿속이 캄캄했다. 홍은 나이치고 대범한 성격이었고, 매사에 무심하여 옥련에게 늘 정이 없다는 소리를 들었다. 그러나 이상하게 입이 떨어지지 않았다.

여전히 눈발은 소복소복 쌓여가고 있었다.

홍은 멍하니 그를 응시했다. 갓을 벗은 선비의 얼굴은 솜씨 좋은 장인이 깎아낸 조각품처럼 수려했다. 그러나 홍의 시선이 향해 있는 곳은 그의 얼굴이 아닌 옷소매였다.

눈보다 더 흰 도포 자락의 너른 소맷부리 위, 먹물이 튄 자국이 분명한 세 개의 검은 점.

하늘도, 땅도, 눈에 보이는 모든 것이 새하얀 세상 속. 그 선명한 흑색이 홍의 마음에 점을 찍었다.

"낭자, 무례한 물음인 것 같지만 궁금하여서 말입니다. 혹시 낭자께서는 말씀을 못 하시오?"

"……아니요."

홍이 급히 입을 열었다.

"그럴 리가요. 그저 갑자기 객이 나타나 놀라서……."

마침내 홍이 입을 열자 선비의 얼굴 전체에 파문처럼 웃음이 번졌다. 더 이상 밝아질 것 없이 새하얀 세상. 그마저 무색케 하는 청아한 미소였다.

"송구합니다. 당연히 놀라셨겠지요. 한데 저 역시 놀랐습니다."

"……왜 놀라셨는데요?"

"갑자기 눈이 한없이 쏟아져 천지간이 백색인데, 그 와중에 이런 미인의 얼굴을 보았으니까요. 처음에는 신수에게 홀린 줄 알았습니다. 정녕 사람인지, 선녀인지 분간이 가지 않아서 말입니다."

허무맹랑한 소리였으나 어쨌든 선비는 홍의 아름다움에 감탄하고 있었다. 칭찬이 듣기 싫지는 않아 홍은 희미하게 미소 지었다.

"저야말로 멀리서 오는 것이 사람인지 신선인지 모르겠다 여겼습니다."

"신선이 아니라 한낱 한량이라 실망하시었소?"

"실망할 것이 무어 있겠어요. 어느 댁 공자인지도 모르는 처음 뵌 분인 것을……."

말끝을 흐리며 홍은 툇마루에 걸터앉은 선비를 슬쩍 마주 보았다.

끝이 살짝 치켜 올라간 눈매. 선비의 눈동자는 햇살이 차오른 것 같은 말간 밤색을 띠고 있었다. 그 눈빛은 사방을 뒤덮은 눈과 얼음에 대비되어 퍽 따스하게 느껴졌다.

"내 소개를 하리다. 나는 김시헌이오. 이곳 사람은 아니지만, 전주에 잠시 내려와 있는 유생이라오."

시헌이 부드러운 음성으로 신분을 밝혔다.

"이것도 인연인 듯하여 여쭈니 무례를 용서하시오. 낭자의 이름은 무엇이오?"

"소녀는……."

홍은 잠시 머뭇거렸다. '낭자'라는 호칭이 무척이나 낯설었다. 그녀로서는 평생 들어본 적 없는 호칭이었다. 기생은 본디 천한 존재라, 저리 깍듯한 이름으로 불릴 일이 없었던 것이다.

대부분의 기생들은 관에 매인 노비 출신이었고, 설령 노비가 아니어도 대부분 홍처럼 천애고아나 다름없는 이들이었다. 월야관의 몸종들마저 옥련을 제외한 기생들에게 이랬수, 저랬수 하며 격 없이 구는 것이 보통이었다.

"내게 이름을 말해주기 싫은 것이오?"

"홍이에요. 성은 배가이고요."

"그럼, 홍 낭자라 부르면 되겠습니까?"

"예……."

고개를 작게 끄덕이던 홍의 눈빛이 흐려졌다. 시헌이 그녀에게 깍듯이 존칭하며 예를 갖추는 까닭을 깨달은 탓이었다. 그녀가 잘근 입술을 깨물었다.

지독한 눈보라 탓에 어디가 지붕이고 어디가 벽인지조차 분간이 쉽지 않은 상황이었다. 폭설 속에 길을 잃은 시헌은 여기가 기방인 줄 꿈에도 모르는 것임에 분명했다. 초롱이 걸리지 않은 낮 시간의 월야관은 얼핏 담장 높은 기와집처럼 보였으니, 그는 홍을 반가의 귀한 규수라 여기는 것임에 틀림없었다.

"표정이 어찌 그러시오? 내 이름을 물어 마음이 상하시었소?"

"……아닙니다. 그리 부르시어요."

홍이 굳어 있던 표정을 풀었다.

애당초 이곳이 기방인지도 모르는 사람이었다. 월야관에 들락거리는 사내였다면 여기가 어디인지 모를 리 없었다. 그런 시헌에게 굳이 내가 기생이고 여기는 기방이라고 구구절절 설명할 이유 따위 무어 있을까.

게다가 굳이 따지자면, 조모의 손에 이끌려 팔려오기 전까지 홍 역시 한미하나마 양반집 딸이었지 않은가. 그리 생각하니 마음이 한결 편안해졌다.

"선비님, 전주 분이 아니시면, 어디서 오셨습니까?"

"한성에서 나고 자랐소. 외숙부 댁에 잠시 내려와 있는 중이라오."

기방 밖으로 몇 발짝 나가는 것조차 드문 홍이었다. 그녀에게 한성이라는 먼 도읍의 이름은 별천지처럼 낯설었다.

홍이 새삼스러운 눈길로 시헌을 바라보았다.

역시 조선에서 가장 큰 고을 사람이라 이리 남다른 데가 있는 건가. 그는 눈에 띄는 사내였다. 월야관 별당에 유폐되다시피 살아가고 있는 처지라 많은 사내를 본 것은 아니지만, 굳이 다른 이와 비교하지 않아도 알 수 있었다— 그가 꽤 아름다운 사내라는 것을.

"내 얼굴에 뭐가 묻기라도 했소, 낭자?"

"아."

홍이 시선을 돌렸다. 괜히 민망한 마음이 들어, 그녀는 불쑥 질문을 던졌다.

"어디로 가시는 길이시기에 눈 속에서 길을 잃으셨습니까?"

"전주에 내려온 지 그리 오래지 않은 데다, 갑자기 눈보라가 거세지는 통에 길을 찾을 수가 없었습니다. 객사를 찾아가는 길이었는데, 아무래도 길을 잘못 든 것 같소."

"객사요? 거기는 완전 반대쪽인 것을요. 오신 길을 따라 쭉 가다 보면 한벽당(寒碧堂)이 나옵니다."

말을 마친 홍이 시헌을 올려다보았다. 시헌과 눈이 마주쳤으나 홍은 눈을 피하지 않았다.

그 태도에 부끄러움이나 망설임이 전혀 없어, 시헌은 의아한 듯 고개를 갸웃했다.

"낯을 가리지 않는 성격이신가 봅니다."

"제가요? 왜요?"

"낭자께서 워낙 스스럼없이 대답하시는 것이 신기하여 그렇습니다. 보통 반가의 따님들은 낯선 사내와 말을 섞는 것을 꺼리니까요. 눈조차 마주치지 않으려 하는 여인들이 대부분이니……."

"아."

홍이 짧게 내뱉었다. 그녀의 뺨이 붉게 달아올랐다.

제가 양갓집 규수가 아님을 그새 눈치챈 것일까?

신분의 계급이 가혹하리만치 분명한 세상이었다. 홍은 기생, 그것도 보통의 기생도 못되는 은근짜가 될 동기였다. 그런 주제에 양반 앞에서 아씨 흉내를 내었으니, 뺨을 맞는대도 할 말이 없을 처지이긴 했다.

"나쁜 뜻으로 한 말이 아니오. 생소해서 그랬을 뿐입니다. 객에게 다정히 대해주시니 고마운 일이지요."

예를 갖추어 말하던 시헌의 눈빛이 잠시 반짝였다. 그의 입가에 비뚜름한 미소가 스쳤다.

"그대는 재미있소."

"재미요?"

"그냥 해 본 소리요. 마음에 두지 마십시오."

선비의 얼굴에 떠올랐던 묘한 장난기가 금세 수그러들었다.

기실 홍의 생각과는 달리 시헌은 별 뜻 없이 한 말에 지나지 않았다. 시헌의 말에 뼈가 있는 것이 아니라, 신분을 속인 탓에 괜히 홍의 제 발이 저린 것일 뿐이었다.

홍은 기방에 온 지 얼마 되지 않았던 시절의 일을 떠올리고 있었다. 열 살 무렵이던가. 냇가에서 양인 아이들과 어울리다, 동기인 것이 들통나 뺨을 맞고 쫓겨났던 적이 있었던 것이다.

어린 홍이, 왜 기생은 양인과 말을 섞으면 안 되냐고 이를 갈며 들어왔던 그날. 생각해 보니 옥련이 바깥출입을 금했던 때 역시 그 즈음이었다.

갑자기 얼굴이 화끈거렸다. 힐끔, 홍이 시헌을 본다. 저 사내도 속으로 무슨 생각을 하는지 알 길이 없지 않은가. 어쩌면 천것 주제에 반가 여인 흉내를 내는 것을 눈치채고 그녀를 떠보는 것인지도 모른다.

그러나 시헌은 태평한 표정으로 여전히 눈발이 휘날리는 처마 밖을 바라보고 있었다.

"큰 눈은 지나간 듯하니, 다시 눈보라가 치기 전에 이만 떠나야겠습니다."

시헌의 말을 들은 홍이 저도 모르게 하아, 안도의 한숨을 내쉬었다.

그는 한성 사람이라 했고, 전주에는 잠시 들른 것일 뿐이라 했다. 그는 머지않아 이곳을 떠날 사람이었던 것이다.

사실 먼저 오해한 것은 그쪽이었다. 홍은 분위기에 휩쓸려 동기임을 밝히지 않았을 뿐, 나쁜 뜻을 품고 부러 거짓을 말한 것은 아니었다. 그저 월야관에서 그를 내보내면 그만일 짧은 인연에 지나지 않는다.

"눈이 쏟아져 막막하던 차에 낭자 덕에 몸을 피할 수 있었으니 고마운 일이오. 내 며칠 안에 한 번 더 찾아와도 괜찮겠소?"

처마 밖으로 나갈 채비를 하던 시헌이 던진 말. 그가 어서 떠나기만을 바라고 있던 홍이 당황하여 내뱉었다.

"아니요. 오지 마십시오."

시헌의 눈빛이 의아해졌다. 별일이었다. 방금 전까지 눈동자를 반짝이던 여인이 삽시간에 이리 쌀쌀맞아지다니.

"흐음. 내 홍 낭자에게 무언가 실수한 것이 있습니까?"

그의 단정한 입술 새로 불만족스러운 듯한 소리가 흘러나왔다. 홍 앞에 내내 예를 갖추어 공손하던 눈빛이 잠시 변한 듯도 했다.

홍의 눈에 처음 비친 시헌의 모습이 강렬했듯, 그의 눈에 담긴 홍의 첫인상 역시 범상하지는 않았다. 전주 사람인 외숙부의 체면도 있고, 순진한 반가 여인이라 생각하여 최대한 공손한 태도를 보이려 노력했던 그였다. 한데 친절하던 그녀의 태도가 손바닥 뒤집듯 달라지는 것이 퍽 이상스러웠다.

"그런 것 없습니다. 또 길을 잃으실까 봐 그렇지요. 그런 사람을 어려운 말로 백면서생(白面書生)이라 한다든가······."

헙. 홍이 급히 입을 다물었다. 어서 그를 보내야 한다는 조바심에, 글도 모르면서 잘 알지도 못하는 말을 함부로 내뱉은 게다.

백면서생. 밤이나 낮이나 글만 읽어 얼굴이 허연 선비를 일컫는 말로써, 세상일에 경험이 없는 자를 뜻하는 말이다. 홍이야 되는 대로 주워섬긴 것에 지나지 않았으나, 흔히 샌님이라는 뜻으로 쓰였으니 선비에게는 충분히 모욕적일 수 있는 말이었다.

"지금 나 들으라 하신 말씀이오?"

아니나 다를까. 시헌의 음성이 서늘해졌다.

순간, 별당 너머 월야관 안쪽에서 작은 기척이 들려왔다. 홍은 쭈뼛 긴장했다. 옥련을 비롯한 기생들이 아직 잠들어 있을 시간이긴 했으나, 몸종이라도 들이닥쳐 여기가 기방이라는 사실이 들통 났다간 그야말로 망신스러운 일이었다.

"아까 선비님께서도 말씀하셨잖습니까. 반가의 여식 된 처지에 낯선 분과 긴 시간 대화하는 것이 편치 않아 그러니, 귀찮게 하지 마시고 이만 가십시오."

조바심이 난 탓에, 스스로도 과하게 여겨질 정도로 홍의 목소리에는 날이 서 있었다.

그때였다. 기세가 꺾인 눈송이 사이로 사박사박 발소리가 들려왔다. 이내 눈의 장막 사이로 모습을 드러내는 푸른 치마폭.

"거기, 뉘시오?"

카랑카랑한 여인의 목소리가 눈발을 뚫고 들려왔다.

모습을 드러낸 이는 월야관의 행수, 옥련이었다. 옥련이 낮 시간 후원에 출입하는 것은 흔한 일은 아니었다. 예기치 못한 행수의 등장에 당황한 홍의 얼굴이 귀까지 새빨개졌다.

낭패였다. 시헌 앞에서 반가의 아씨인 척했을 뿐 아니라 귀찮게 하지 말라 면박까지 주지 않았는가.

그사이 낯선 선비를 발견한 옥련의 걸음은 빨라져, 그녀는 금세 홍과

시헌의 곁으로 다가왔다,

"아직 머리조차 올리지 않은 년이 외간 사내에게 얼굴을 내보이다니, 뭐 하는 짓이냐. 썩 방으로 들어가지 못해!"

아뿔싸. 홍이 입술을 꾹 물었다. 그러나 시헌에게 거짓말을 한 까닭에, 홍은 바로 방으로 들어갈 엄두를 내지 못했다.

"왜, 왜요?"

"왜냐니? 들어가라면 냅다 들어갈 것이지, 어린년이 어찌 그리 따박따박 말대꾸를 하는 게야? 들어가거라, 어서."

눈이 쏟아지는 탓에 관절이라도 쑤시는지 옥련은 심기가 좋지 않은 듯했다. 다시금 옥련이 홍을 향해 눈을 부라렸다. 어쩔 수 없이 홍은 방 안으로 들어갔다. 이어 옥련이 턱 소리 나게 홍의 방문을 닫았다.

방문이 스르르 닫히는 그 틈새, 홍의 눈동자에 시헌의 모습이 비쳤다. 그와 눈이 마주쳤던 것도 같다.

방은 곧 캄캄해져 홍의 몸은 탁한 어둠에 파묻혔다.

안절부절 좌불안석이 된 홍이 손마디를 맞잡았다. 애당초 여기는 기방이고 저는 동기라 말했으면 되었을 것을, 그야말로 귀신에 홀린 것처럼 규수 행세를 하고 말았다.

뜨거운 볼을 손의 찬 기운으로 식혀보던 홍이 원망스러운 눈길로 종이를 바른 문을 바라보았다. 햇살인지 쏟아지는 눈의 빛인지, 혹은 선비의 시리도록 흰 도포 자락 탓인지는 알 수 없었으나 밖은 야멸치도록 환했다.

"미쳤나 봐."

홍이 낮게 중얼거렸다. 뺨이 화끈거렸다. 그녀는 기척 없이 가만히 문에다 귀를 가져다 댔다.

홍을 방으로 들여보낸 옥련은 미심쩍은 표정이었다.

월야관을 오가는 보부상이나 장돌뱅이들 사이에는 별당에 사는 동기의 미색이 기막히다는 소문이 퍼져 있었다. 그런 까닭에 홍의 얼굴을 보겠답시고 별당을 기웃대는 놈팡이들을 쫓아내는 것이 드문 일은 아니었다. 그러나 눈앞의 선비는 그런 치로 보이지는 않았다.

"처음 뵙는 공자신데, 이른 시각에 기방에는 어인 일이십니까?"

옥련의 말투가 한결 누그러졌다. 무엇보다, 하나같이 최고급품임이 분명한 시헌의 차림새에 마음이 혹했기 때문이었다.

"음?"

시헌이 옥련의 말을 곧이곧대로 이해하는 데는 약간의 시간이 걸렸다.

"지금, 기방이라 하셨소?"

"예. 기방이요. 선비님께서 계신 이곳 말입니다. 여기가 기방이 아니면 달리 어디란 말씀이십니까?"

시헌의 눈매가 가늘어진다. 옥련의 화려한 트레머리를 보고서야 의미를 깨달은 그의 입에서 허, 하는 외마디 소리가 흘러나왔다.

속았다.

시헌의 시선이 홍의 방문으로 향했다. 그러나 굳게 닫힌 문짝은 미동 없이 고요할 뿐이었다.

"그럼 여기가 여염집이 아닌 기방이란 말이오?"

"어찌 같은 것을 거듭 물으시는지……. 예. 기방이 맞습니다. 전주 기방 월야관이요."

시헌의 입에서 허탈한 웃음소리가 흘러나왔다. 맥이 탁 풀린 듯, 그는 연거푸 헛웃음을 지었다.

"아아, 앞이 보이지 않을 만큼 눈이 쏟아지더니만, 기방인 줄 모르시고 여염집이라 생각하신 모양이지요?"

그제야 눈치를 챈 옥련이 호호 소리내어 웃었다.

"산신들이 술판이라도 벌이다 고주망태가 되었나 봅니다. 마른하늘에 날벼락 같은 이런 눈보라라니요. 어쩌면, 선비님을 우리 월야관까지 모시고 오고자 하는 여우의 장난질인지도 모르겠고요."

"분명 평범한 대갓집이라 생각하여 눈을 피하려 한 것인데, 정녕 귀신에 홀린 것 같소."

"귀신은 무슨. 계집의 미색에 홀린 것이겠지요. 운이 좋은 줄 아셔야 합니다. 홍의 얼굴을 이리 가까이서 보셨으니 말입니다."

옥련의 입에서 홍의 이름이 나오자, 시헌이 혀를 쯧 찼다.

참으로 깜찍한 계집이 아닌가.

"그러면, 여기 있던 홍이라는 낭자 역시 기생이오?"

당연한 것을 묻느냐는 듯 옥련이 고개를 끄덕였다. 뻔한 것을 거듭 묻는 것이, 아무래도 향교에서 글만 읽는 백면서생이 아닌가 싶었다.

"엄밀히 말해 아직 머리를 올리지 않았으니 기생이 아닌 동기이지요. 머리를 얹을 날이 그리 머지는 않았지만……"

방 안에서 옥련과 시헌의 대화를 엿듣던 홍이 끙, 앓는 소리를 냈다. 얼굴이 참을 수 없을 만큼 화끈거렸다.

옥련은 홍에게 잘 대해주는 편이었으나 바깥출입에는 유독 엄격했다. 사내들의 호기심을 자극하여 훗날 초야 값을 두둑이 받아내려는 속셈 때문이었다. 그렇기에 홍은 월야관을 벗어나 본 적도 거의 없었고, 낯선 이를 만난 것 역시 손에 꼽을 정도로 드물었다.

열 살 어린 나이부터 기방에서 살아온 홍이었다. 동기였으므로 응당 월야관에 속한 기생이 되리라는 것뿐, 그녀는 제 삶에 대해 달리 생각해 본 적 없었다.

그런데 참으로 모를 일이었다. 늘 자연스럽게 여겼던 제 신분이 지금은 어찌 이리 부끄럽게 느껴지는 것인지.

소리 없이 발을 동동 구르는 홍과는 달리 옥련과 시헌의 대화는 물

흐르듯 이어지고 있었다.

"어느 댁 공자이신지 여쭈어도 되겠습니까?"

"이미 홍에게 신분을 밝혔소. 김시헌이라고."

"말투를 보아하니, 한성에서 살다 오신 분 같사옵니다."

"확실히 기방 여인이라 눈썰미가 좋구려. 그렇소. 본디 한성 사람으로, 잠시 전주에 머무르고 있소."

"오, 그렇습니까……."

옥련이 말꼬리를 길게 끌었다.

그녀는 시헌이라는 선비의 가치를 가늠하는 중이었다. 그의 도포 자락에서는 손을 뻗어 만져 보고 싶을 만큼 우아한 윤기가 흘렀다. 갓에 매달린 색색의 옥구슬 끈은 더없이 사치스러웠다.

그러나 무엇보다 옥련의 시선을 끈 것은 그의 도포 위에 매어진 자색 술띠였다. 붉은 술띠는 높은 신분의 상징. 그러나 전주에 자색 술띠를 달고 다닐 만큼 지체 높은 젊은 선비가 있다는 말은 듣지 못했다.

잘생긴 공자에게서는 돈 냄새가 폴폴 났다.

"기왕 월야관에 오셨으니 그냥 보내 드리기는 아쉽지 않겠습니까? 게다가 이리 눈까지 쏟아지니 말입니다. 몸을 덥혀 드릴 술 한 잔 올리리다."

옥련의 제안에, 시헌은 흔쾌히 대답했다.

"그렇다면 눈이 그칠 때까지만 잠시 방을 좀 빌리겠소."

"그러시지요. 이쪽으로 모시겠나이다."

두런대는 옥련과 시헌의 목소리, 뽀드득 쌓인 눈을 밟는 발소리가 조금씩 멀어져 갔다. 이윽고 문밖에는 휘잉 칼처럼 우는 바람소리만 남았다.

옥련과 시헌이 별당을 떠났음을 확신한 홍이 슬쩍 문을 열었다.

눈발은 성기어졌으나 여전히 바깥은 눈 천지였다. 폭설 속에 서 있던 시헌. 강렬했던 그의 첫 인상이 흰 바탕 위에 떠올랐다.

왠지 시선을 뗄 수 없던 그윽한 눈동자, 새하얀 세상과 퍽 잘 어울리던 흰 얼굴. 이상한 노릇이었다. 매일같이 마주하는 부엌데기 덕이 어멈 얼굴도 가물가물한데, 어찌 잠깐 본 선비의 얼굴이 이리 선연한 것인지.

생각에 잠겨 있던 홍이 시선을 다시금 마당 밖으로 돌렸을 때, 눈은 뚝 그쳐 있었다.

"밖으로 나가볼까……."

홍이 조그맣게 중얼거렸다. 시헌은 분명 눈이 그칠 때까지만 방을 빌리겠노라고 했었다. 어쩌면 다시금 마주칠 기회가 생길지도 모른다. 그를 찾아 거짓을 고한 것을 사죄한다면…….

그러나 본의가 아니었을지언정 그를 속였을 뿐 아니라, 막판에는 백면서생이라는 말까지 내뱉지 않았는가. 그녀가 동기인 것을 안 그가 해코지나 아니 하면 다행일 판국이었다. 그가 옥련에게 고자질이나 하지 않았길 바라는 수밖에.

"나야말로 귀신에 홀렸나. 얼굴이 시허연 게……. 꼭 몽달귀신 같았고만."

자꾸만 떠오르는 해사한 낯을 밀어내려고, 홍은 부러 쓴 소리를 해 본다.

"할 일이 없으니 괴상한 생각이 자꾸 드는 거야."

홍이 투덜거렸다. 일상이 지나치게 무료한 탓에 낯선 타인에게 관심이 가는 것이리라. 사실 동기로서 살아온 몇 년간의 삶은 단조롭기 짝이 없었다. 처음 이곳에 왔을 때 거창했던 옥련의 태도가 무색하게도 지금까지의 기방 생활은 평탄하기만 했다.

홍은 차라리 머리를 얹은 기생들이 부럽다는 생각을 하곤 했다. 그네들은 매일 밤 객을 맞아야 했기에 정해진 일과에 따라 움직였다. 기생들에게는 나름의 일상이란 것이 존재했으나, 홍에게는 아니었다.

그때, 멀리서 들려오는 거문고 소리.

기생 누군가가 가락을 연습하고 있는 것일까? 혹은 시헌의 앞에서 홍을 돋우고 있는 것인지도 모른다.

눈발 속에 서 있던 인상이 워낙 고고하였으나, 그래봤자 그 역시 사내였다. 지금쯤 기생의 저고리 앞섶에 손을 넣고 희희낙락하고 있을지 모르는 일이었다.

홍은 무엇에라도 홀린 것처럼 문지방을 넘어 뜰로 내려갔다. 뜰에는 시헌과 옥련의 발자국이 남아 있었다. 홍은 정갈하게 찍힌 그 발자국을 비껴, 아무도 밟지 않은 눈밭에 꽃신 신은 발을 디뎠다. 뜰을 가로지르는 그녀의 발길 아래 뽀드득, 소담스레 쌓인 눈이 바스러졌다.

그때였다.

끼익- 안뜰 너머에서 들려오는 대문 여닫는 소리. 이어서 옥련의 것이 분명한 웃음소리가 들렸다.

"가나 보네."

아직 문을 열기엔 이른 시각. 객을 배웅할 때면 유독 더 간드러지게 웃는 것이 옥련의 습관이었다. 시헌이 월야관을 떠난 것이 틀림없었다.

"휴. 살았다."

홍이 안도한 듯 한숨을 내쉬었다.

별당 동기인 까닭에 기생들의 삶을 자세히 알지는 못했으나 어깨 너머 보고 배운 것이 있어 아예 무지하진 않았다. 기방을 찾은 사내들은 기생들에게 너그럽지 않았다. 기생 주제에 사내의 비위를 거슬렀다든가, 감히 되바라진 소리를 했다는 이유로 머리채를 잡히고 뺨을 맞는 일이 비일비재했다.

해코지 없이 기방을 떠난 것을 보니, 선비는 생각보다 너른 심성을 가진 모양이다. 운이 좋았다.

"으음?"

다시금 거문고 소리가 들려왔다.

시헌의 방에서 들려온 소리가 아니었던가 보다. 일찌감치 잠에서 깨어난 누군가가 거문고를 타는 모양이었다. 그 자리에 선 채, 홍은 거문고 가락에 귀를 기울였다. 지나치리만치 잔잔하던 일상에 작은 바람이 스친 것 같은 기분이 들었다.

이윽고, 사뿐사뿐 홍의 발걸음이 움직였다. 끊길 듯 말 듯 희미한 거문고 소리를 따라 홍의 몸뚱이가 음률을 탔다.

홍의 움직임은 더할 나위 없이 우아하고 부드러웠다. 손끝과 발끝, 전신을 타고 흐르는 몸의 선에는 사람의 마음을 끄는 애틋함이 있었다. 가냘픈 몸을 지탱하는 홍의 발아래 작은 눈 폭풍이 일었다.

홍에게 춤이란, 무료한 일상의 유일한 낙이었다.

비록 동기라는 이름으로 살아가고 있으나 아직은 알 길이 없는 기생의 삶. 그러나 그것이 음악에 취하고, 술에 취하고, 춤에 몸을 맡길 때 빙글빙글 돌아가는 풍경에 취하는 것이라면 기꺼이 기쁘게 여기리라.

춤사위에 노니는 몸, 그 순간만큼은 세상 그 무엇도 존재하지 않았다. 오직 가벼이 움직이는 바람결 같은 몸뚱이뿐. 홍은 속박도 신분도 잊었다. 조선을 지탱하는 신분제의 최하층에 속한 천한 계집이, 세상의 모든 무게를 잊은 채 삶 위에 군림하는 순간이었다.

눈밭 위에서 빙글 돌던 홍의 발이 불현듯 정지했다.

"깜짝아……!"

홍이 외마디 소리를 냈다.

분명 대문을 통해 떠나는 소리를 들었거늘, 언제부터 거기 서 있었는지 모를 노릇이었다. 시헌은 속내를 알 수 없는 표정을 지은 채 홍의 모습을 바라보고 있었다.

"기척도 없이 어찌 이리 놀라게 하십니까!"

"네가 놀랬던들, 나만큼 놀랬겠느냐?"

시헌이 미동 없는 표정으로 되물었다.

분명 술을 들었을 것이나 취한 기색은 보이지 않았다. 단지 갑자기 하대를 하는 말투가 홍은 귀에 거슬렸다.

"아까 뵈었을 때는 귀한 반가 아씨처럼 대하시더니, 기생이라는 것을 알자마자 하대를 하시네요."

"세상 양반과 상놈의 구분이 뚜렷한 법이거늘, 당연한 일이지 않으냐. 아까는 천것인 줄 모르고 존대하였을 뿐이다."

"......"

홍도 그것을 모르지 않았다. 시헌의 말은 구구절절 옳았다. 자존심을 다치거나, 서운하게 여길 문제도 아니었다.

그런 시대였다. 양반이 천것의 숨통을 끊어도 별다른 죄가 되지 않는 시대.

"감히 천한 동기 따위가 나를 속였느냐?"

화를 내는 것 같지는 않았으나, 홍에게는 꽤나 아픈 말들이었다.

그러나 역시나 옳은 말. 거짓을 고한 죄를 빌어야만 했다.

"송구합니다. 나쁜 뜻으로 속이려 든 것은 아니었습니다. 용서하시옵 소서. 나리."

어쩔 수 없는 노릇. 홍이 고개를 깊이 숙였다. 허리를 수그리자 눈밭 위에 굳건히 서 있는 시헌의 발이 보였다.

"그런데 이를 어찌할꼬. 나는 입바른 말 몇 마디에 용서를 해줄 마음 이 전혀 없다."

갑자기 시헌이 허리를 기울였다. 그의 얼굴이 홍의 코앞까지 다가왔 다.

그에게서는 지금껏 맡아보지 못한 낯선 향기가 났다. 도포 자락 곳곳 에 짙게 스며 있는 듯한 자욱한 묵향, 그의 숨결에서 맡아지는 홧홧한 술 냄새.

홍으로서는 처음 맡는, 사내의 향취.

"어찌 선비를 농락하고서, 송구하다는 말 한 마디로 **빠져나가려** 드느냐."

"하오나……."

왠지 머리가 어질어질했다.

시헌에게서 풍겨오는 향기 때문일까. 혹은 그의 숨결마저 고스란히 느껴지는 거리 때문일까. 애써 처량한 표정을 지어보지만, 시헌은 조금도 개의치 않는 듯 보였다.

"송구하옵니다. 소녀가 아직 철이 없어 감히 공자를 욕보였으니 부디 너그럽게 용서하여 주십시오, 나리."

홍은 다시 한번 제가 아는 최대치의 예를 갖춰 읍소했다. 간절한 어조의 애원이었다.

낯이 흰 만큼, 사내라기엔 지나칠 만큼 붉은 입술이 부드럽게 휘어졌다.

"성에 차지 않는구나."

그의 입꼬리가 쓱 치켜 올라갔다. 시헌이 흰 이를 드러내고 웃는다. 그 웃음에 배인 것은 너무나 노골적인 조소였다.

"그럼 소녀가 어찌해야 화를 푸시겠습니까?"

"무엇이든지 하겠느냐?"

"무엇이든지요?"

"그래. 무엇이든지."

홍 역시 제가 잘못했음을 모르는 것이 아니다. 그러나 거짓말을 하였다 해서 큰 피해를 끼친 것도, 문제를 일으킨 것도 아니었다. 죄라면 젊으신 양반 나리 앞에서 아무 말이나 주워섬겨 그의 심기를 불편케 한 것 하나뿐이지 않나. 슬슬 오기가 치밀었다.

"무엇을 바라시옵니까?"

"청한다면, 할 것이냐?"

대체 무슨 소리를 꺼내려고 저리 확인하고 뜸을 들이는 걸까. 당최 무엇을 바라는 것인지 궁금하여 홍은 끄덕, 수긍했다.

"춤을 춰보아라."

"예?"

이건 또 무슨 봉창 두드리는 소리인가 싶어 홍은 시헌을 노려보았다.

"방금 전까지 여기서 춤을 추지 않았느냐. 내 네가 아는 것보다 더 오랜 시간 그것을 지켜보았다. 춤을 춰보아라."

홍이 기가 막힌 표정을 지었다.

시헌의 요구는 모욕적이었다. 눈밭 위에서, 다른 이도 아닌 오직 그를 위해 춤을 추라니. 내키지 않았다.

"홀로 있는 줄 알고 춘 것이지, 누군가에게 보이려 춘 춤이 아닙니다."

"무엇이든 한다고 하지 않았느냐?"

"차라리 매를 치시옵소서. 못 합니다."

"나를 여인에게 손을 대는 파렴치한이라 생각하는 게냐? 내 그리 수치를 모르는 자는 아니다."

"어차피 공자께서 신으신 갖신에 묻은 개똥만도 못한 미천한 년입니다."

"그리 여긴다면 내 명을 따르라. 그저 나는 네 춤이 한 번 더 보고 싶을 뿐이다."

말장난을 하자는 것인지, 떼를 쓰는 것인지 종잡을 수 없는 소모적인 언쟁이 오갔다.

"아직 누군가에게 보이기에는 부족하여 부끄럽기 짝이 없는 실력입니다."

"무엇이 부족하단 말이냐. 내 처음부터 보고 있었거늘."

무슨 소리를 하려는 것인가 싶어, 홍은 눈을 치켜뜨며 시헌을 보았다. 그의 얼굴이 조금 더 다가왔다. 뜨거운 숨이 목선에 닿았다.

"나는 무척…… 아름답다 여겼다."

닿을락 말락, 입술임이 분명한 감촉이 귓불을 스친다. 당황한 나머지 한 걸음 물러나려던 홍의 발이 눈밭에 주욱 미끄러졌다. 홍의 꽃신이 벗겨지며 몸이 기우뚱했다.

그대로 넘어지려나 싶었던 찰나. 시헌의 팔이 홍의 몸을 받쳤다.

허리에 감기는 사내의 팔. 그녀의 눈동자에 비친 시헌의 모습은 창백했다. 그는 사내라기엔 어렸고, 소년이라기엔 장성했다. 한마디로 시헌은 홍과 비슷한 세월의 경계에 서 있었다.

그는 강인해 보이지 않았다. 눈매가 날카로웠으나 이목구비의 선은 유려했고, 몸은 호리호리하고 부드러운 느낌이었다. 그러나 소매 속에 감춰진 그의 팔뚝은 의외로 강건하여 홍의 몸을 지탱하고 있음에도 흔들림조차 없었다.

허리를 휘감은 팔에 소스라치게 놀란 홍이 중심을 잡으며 그의 품에서 벗어났다.

"무슨 짓입니까!"

"넘어지려 하기에 붙들었을 뿐이다."

"어찌 여인네의 몸에 스스럼없이 손을 대시는 겝니까?"

"여인네?"

시헌의 입술 끝이 다시금 치켜 올라갔다.

"또다시, 한낱 기생 따위가 조신한 반가 여인의 흉내를 내려는 것이냐?"

붉은 입술이 그리는 호선. 얼굴을 맞대고 있은 지 한 시진도 되지 않았는데, 진저리가 나도록 저 조소가 꼴 보기 싫다. 할 수 있다면 저 비틀어진 미소가 떠오른 얼굴 위에 손톱자국을 내주고 싶었다.

그때였다.

"언니, 홍 언니! 행수가……."

잰걸음으로 안뜰을 가로지르며 홍을 부르던 팥쥐가 자리에 멈춰 섰다. 눈이 쌓인 뒤뜰에서 서로를 노려보고 있는 홍과 시헌을 발견한 팥쥐의 얼굴이 순간 일그러졌다.

"언니!"

팥쥐는 순식간에 줄달음쳐 홍과 시헌의 사이로 끼어들었다. 열 살이 될까 말까 한 조그만 계집이 양팔을 활짝 벌린 채 시헌의 앞을 막아선 것이다. 마치 홍을 보호하기라도 하려는 듯한 태도였다. 또한 우악스럽고 꽤 난폭한 데가 있는 행동이기도 했다.

"누, 누구요! 누구시기에 여기서 이, 이러시오!"

"팥쥐야!"

"언니! 아무 일 없어? 괜찮은 거야? 요, 용이 할아범을 부를까?"

"아니, 그러지 마! 진정해, 팥쥐야. 월야관에 객으로 드신 분이야."

"그런데 어찌 그리 눈을 치뜨고 있어? 무슨 일이 있었던 게야? 언니를 괴롭힌 거야? 못살게 굴었어? 무슨 짓을 한 거냐고!"

팥쥐의 모습은 퍽 기이했다. 얼굴에 땟국이 흐르는 꼴 자체도 기방과 어울리지 않았지만, 무엇보다 눈을 까뒤집기라도 할 듯 시헌을 노려보는 모습이 더욱 괴이쩍었다.

팥쥐의 불같은 성질은 월야관 안에서도 악명이 높았다.

평소 말수 없이 음침하게 돌아다니던 팥쥐는, 놀라거나 예상치 못한 일이 생기면 눈을 까뒤집고 이성을 잃곤 했다. 특히 홍과 관련된 일이 있을 때 팥쥐의 행동은 걷잡을 수 없이 극단적이어서, 경기를 하거나 정신을 잃을 때도 있었다.

분을 참지 못하겠다는 듯, 팥쥐가 조그만 발을 동동 구르며 시헌을 노려보았다.

"저런."

시헌이 중얼거렸다. 밤톨만 한 계집아이의 눈에 시퍼런 살기가 어려 있었다.

"선비님, 오늘은 그냥 가십시오."

온몸을 부들부들 떠는 팥쥐의 어깨를 팔로 감싼 홍이 시헌에게 간청했다.

"선비님, 제발……."

그로 인해 받았던 모욕감 따위에 신경 쓸 겨를이 없었다. 자칫하면 팥쥐가 기방에서 쫓겨나게 될지도 모르기 때문이었다. 한 번 더 지랄발 광을 했다간, 팥쥐를 월야관에서 내쫓아 버리겠다는 옥련의 엄포가 있었던 것이다.

홍의 간절한 눈빛이 시헌의 시야에 담겼다.

"흐음."

시헌이 휙 몸을 돌렸다. 두텁게 쌓인 눈이 떠나는 그의 발아래 바드득 으스러졌다.

❀

"이상한 날이다."

월야관을 벗어나 객사로 향하는 길. 눈이 그친 탓에 이제야 이곳이 어디인지 구분되었다.

홍이 했던 말 그대로였다. 눈 속에서 길을 잃은 탓에 목적지와는 반대 방향으로 오고 만 것이다.

"이상한 날이야……."

시헌이 낮게 중얼거렸다.

외숙부의 부탁을 받아, 풍패지관(豐沛之館)에 머물고 있다는 한성 관리를 만나기 위해 나온 길이었다. 종일 하늘은 티 없이 맑았다. 그런데 길을 나선 직후 마른하늘이 캄캄해지더니 눈보라가 휘몰아치기 시작한 것이다. 그는 이내 어디가 앞이고 어디가 뒤인지 구분할 수 없는 상태가 되었다.

다행스럽게도 멀찌감치 대갓집 한 채가 보였고, 시헌은 높다란 처마를 솟대 삼아 걸었다. 한데 그곳이 하필 여염집이 아닌 기방일 줄이야.

"흥."

그리고 거기서 만난 솜털이 채 가시지 않은 계집. 천기 신세인 어린 계집이 눈 하나 깜빡하지 아니하고 그를 농락하다니.

김시헌이 누구던가. 날고 기는 한성 세도가라 한들 감히 그에게 하대하지 못하는 귀인이었다.

집안의 분노가 수그러들 때까지 조용히 범인으로 묻혀 살기 위해 선택한 전주행(行). 애당초 내키지 않는 걸음이었으나, 외숙부에게까지 누를 끼치고 싶지는 않았기에 양갓집 아씨 앞에 고분고분 예를 갖추려 애썼다. 한데 그 여인이 반가의 규수는커녕 기생, 그것도 동기라니. 기가 찰 노릇이었다.

게다가 팥쥐라는 어린애의 행동 역시 기이하기 짝이 없었다. 저를 죽일 듯 노려보던 눈빛과 까드득 쇠를 긁는 듯 쨍쨍한 목소리가 귓전에 선연했다.

"그야말로 여우에게 홀리기라도 한 것 같은 날이다……. 아니면, 정녕 꿈이라도 꾼 겐가?"

시헌은 끝내 헛웃음을 짓고야 말았다.

쏟아지던 폭설.

홍이 그 폭설을 뚫고 나타난 공자 앞에서 잠시 말을 잃었던 것처럼, 그에게도 눈 속에서 마주친 소녀의 자태는 강렬한 인상을 남겼다.

갓 위에 소복소복 쌓여가는 눈을 털어내며 아담한 내별당을 바라보았을 때, 그 문 속에서 세상 놀란 표정으로 저를 보고 있던 여인. 그 커다란 눈동자 속에 하염없이 내리던 흰 눈.

실상 따지거나 윽박지르러 다시 뒤뜰을 찾은 것은 아니었다. 천것인 홍이 반가의 여식인 척 행동했다면, 그는 빈정대기 좋아하는 모습을 숨긴 채 예를 아는 반듯한 공자 흉내를 냈으니 말이다.

시헌은 오히려 계집의 배포가 대단하다 여겼다. 오랜만에 호기심을 불러일으키는 여인이었다. 그런 까닭에 굳이 월야관 밖을 돌아오는 수고를 마다치 않고 별당에 이르렀을 때, 그를 맞이한 것은 설원 속에 펼쳐지고 있는 홍의 춤이었다.

그녀가 빙글 돌 때마다 발끝에서 눈보라가 몰아쳤다. 스스로의 춤사위에 취해 있는 여인은 이 세상 사람 같지 않았다.

물론 홍의 춤은 아름다웠다. 그러나 한성에서 이미 내로라하는 일패며 명기들의 춤을 감상했던 그였다. 그의 걸음을 멈추고 숨을 죽이게 만들었던 것은 몸의 움직임이 아닌 홍의 표정이었다.

완벽하게 도취된 몰입의 표정. 또한 그 표정은, 쾌락의 정점에서 흐느끼는 매혹적인 여인의 모습을 연상시켰다.

"다시 보게 될 게다. 기다려라."

생각에 잠겨 있던 시헌이 중얼거렸다. 그사이, 그의 걸음은 풍패지관 앞에 당도하여 있었다.

"공자, 오셨습니까!"

종종대며 다가온 나이 지긋한 벼슬아치가 시헌에게 고개를 조아렸다.

월야관의 밤은 공기마저 들뜬다. 사내들의 여흥을 위해 살아가는 기생들이 분주해지는 시각이었기 때문이었다.

그러나 동기인 홍은 해가 떨어지면 별당을 떠나지 않았다. 괜스레 어슬렁거리다 술에 취해 눈이 벌건 객이라도 마주쳤다간 낭패인 까닭이었다.

밤이면 밤마다 안채에서 들려오는 거문고 소리, 여흥을 즐기는 목소리들 탓에 홍 역시 새벽이 되어야 잠이 들었다. 단잠에서 깨어나면 늘 해가 하늘 꼭대기까지 솟아 있는 한낮이었다.

"아우, 더워……."

잠에서 깨어난 홍이 이불을 휙 젖혔다. 어찌나 불을 세게 땠는지 솥단지 안에 들어와 있는 듯했다. 후덥지근한 공기로 방 안이 가득 차 숨이 턱턱 막혔다.

"땔감이 남다 못해 발에 차이는가 보다. 나를 삶아 죽일 작정인가."

작게 투덜거리며 몸을 일으킨 홍이 문을 밀어 열었다.

"눈……."

열린 문틈으로 보이는 건, 반짝이는 백색 세상.

찬바람이 훅 끼쳐 왔다. 시린 코끝에 진한 물비린내가 밀려들었다. 겨울에 눈이 쌓이는 것이 무어 그리 대수로운 일이겠냐마는, 이날 문밖 풍경은 홍에게 강렬했던 기억을 상기시켰다.

며칠 전, 저 모습과 똑같은 설원 속에 서 있던 선비.

김시헌이라 자신을 소개했던 선비가 다녀간 지 여드레, 혹은 아흐레 정도가 지났다.

그날의 갑작스러운 눈보라는 변덕스러운 날씨의 전조였던 듯했다. 며칠간은 지독한 추위가 몰아쳐 처마 끝마다 팔뚝만 한 고드름이 매달렸다. 또 다음 며칠은 솜옷을 입지 않아도 될 만큼 따스해져, 고드름이 낙하하여 땅에 부딪치는 펑펑 소리가 종일 들려왔다.

종종 눈이 왔고, 또 쉬이 그쳤다. 툇마루 아래 섬돌에서 신을 신을 때, 혹은 수시로 저를 보러 들락대는 팥쥐를 볼 때 홍은 문득문득 그를 떠올렸다.

하얀 도포 소매 위에 붓 끝으로 콕 찍어 그린 듯한 검은 먹자국과 여인처럼 선이 고운 용모, 저를 용서할 마음이 없다 비아냥댈 때 드러내던 꽤나 날카로운 눈빛. 그리고 중심을 잃어 비틀대던 그녀를 감싸 안았던 그의 품에서 느껴지던 자욱한 묵향…….

그러나 떠올려 봤자 사나흘이었다. 누군지도 모르는, 게다가 홍이 기생이라는 이유 하나로 낯을 바꾸며 온갖 모욕을 주었던 그를 굳이 기억할 이유는 없었다. 이내 홍은 시헌을 잊었다.

"꿈이라도 꾼 것 같네."

홍이 중얼거렸다. 그녀의 시선은 이리저리 방향 없이 흩어지는 눈송이에 머물러 있었다.

"귀신에 홀리기라도 했었나 봐……."

혼잣말을 하던 홍은 말을 채 끝내지 못했다.

헤에, 작은 입술이 벌어졌다. 아직 잠기운이 남아 헛것이 보이는 겐가. 홍은 여러 번 눈을 깜빡였다.

"어찌 그리 귀신이라도 본 것 같은 표정인 게냐."

정녕 눈이 오면 나타나는 산신인가. 홍은 그때와 다름없이 선연한 시헌의 입매를 바라보았다.

달라진 것이 있다면 그의 옷차림 정도일까. 흰색 도포 자락을 휘날리던 그는, 솜을 넣어 누빈 데다 짙푸른 쪽물을 들인 사치스러운 중치막(中致莫) 차림이었다.

"무얼 하는 게냐. 어서 일어나 문안부터 올리지 않고."

"뉘십니까?"

보자마자 시헌인 줄 알았으면서도 홍은 천연덕스레 모른 척을 해 본다. 애당초 언제부터 살가운 사이였다고, 마누라에게 명령하듯 문안을 올려라 마라 염병을 떠난 말이다.

"그때나 지금이나, 눈 하나 깜짝 않고 거짓을 고하는 데는 일가견이 있구나. 정녕 모르겠느냐, 나를?"

성큼성큼, 시푸른 옷자락이 다가왔다. 그와 홍의 시선이 맞닿았다. 피식, 시헌이 웃었다. 그러나 기뻐서 웃는 듯한 표정은 아니었다.

느른하게 비틀어지는 그의 입매에서 홍은 비아냥과 조소를 읽는다. 뻔한 일이었다. 그날의 앙갚음을 하러 찾아든 것이리라.

시헌은 아예 툇마루에 자리를 잡고 앉았다. 그 꼴이 뻔뻔하기 그지없어 홍은 하, 하고 낮은 탄식을 뱉었다.

"뉘신지는 모르겠으나, 고귀하신 양반나리께서 천한 기생년 곁을 얼씬거리다가 행수에게 욕을 처먹을 것 같다는 건 알겠습니다."

감히 양반에게 할 수 없는 무엄한 말이었으나 홍은 개의치 않았다. 어차피 그는 모욕하고 욕보이러 왔을 뿐, 사과를 받으러 온 것이 아니었다. 홍을 발가벗기기라도 하는 듯한 노골적인 눈빛을 보면 알 수 있었다. 그런 그에게 제 풀에 고개를 수그리며 굴종하고 싶지는 않았다.

이럴 때만큼은 제가 동기인 것이 다행스러웠다. 기생에게 모욕을 당한 앙갚음으로 억지 술 시중을 들게 하는 사내들이 적잖았기 때문이었다.

또한 그녀의 말에는 틀림이 없었다. 월야관에 드나드는 사내들 중에 우연히 홍을 보고 반하여 말이라도 붙여보겠다 주접을 떨던 이가 제법 있었던 것이다. 그 사내들의 말로는 한결같았으니, 옥련에게 욕지거리를 듣고 쫓겨나거나 팥쥐의 패악질에 질려 도망치거나 둘 중 하나였다.

"처음 보았을 때는 빗어놓은 듯이 고요하여 벙어리인 줄 알았더니, 이제 보니 입이 아주 거친 계집이었구나."

"그러셨습니까? 저도 비슷합니다. 저 역시 선비님께서 친절하고 진중한 나리님인 줄 알았으니까요."

홍의 대꾸를 들은 시헌의 얼굴에 웃음기가 배었다.

"조금 전까지는 누구인지조차 모르겠다더니, 이제는 친절한 나리였다고 하는 게냐?"

"뭐, 이제야 생각이 나서요."

고분고분 대꾸하는 것마저 귀찮아, 건성으로 대답한 홍이 방문을 닫기 위해 팔을 뻗었다. 그러나 시헌의 손이 훨씬 빨랐다. 그가 문을 향해 뻗는 홍의 손목을 낚아챘다.

"무슨 짓입니까!"

"사람 면전에 두고 문을 닫으려 하다니, 이리 매몰찬 여인이었더냐?"

"놓으시란 말이오!"

홍이 외쳐 보았으나 시헌은 꿈쩍도 않았다. 오히려 그는 재미있어 죽겠다는 듯한 표정이었다. 잔뜩 악에 받친 홍이 이를 바득 갈았다.

"잊으셨나 본데, 소녀는 기생이 아닌 동기입니다. 세상천지 동기와 수작하는 객을 반길 행수란 없단 말입니다! 행수가 봤다간 저는 물론이고 선비님도 혼쭐이 날 겁니다!"

그리고 홍의 말이 끝나기가 무섭게 들려오는 목소리.

"대낮부터 기방이 이리 소란스럽다니, 어찌 된 일이냐!"

모습을 드러낸 것은 아니나 다를까, 옥련이었다.

"……내 진즉 이럴 것이라 말하지 않았습니까."

옥련의 등장이 이리 반가울 줄이야. 그제야 느슨해진 손아귀에서 손목을 빼낸 홍이 그를 노려보았다.

"아니, 이게 누구십니까!"

갑자기 옥련이 꽥 소리를 내질렀다. 뒤뜰을 가로질러 오던 옥련의 걸음이 빨라졌다.

"공자님 아니십니까! 어찌 이런 이른 시각에 어려운 걸음을 다 하셨는지……."

옥련의 반응은 예상 밖이었다. 그녀가 시헌을 향해 허리를 굽실거렸다. 홍의 얼굴이 당황으로 얼룩졌다.

"지나가는 길에 들렀네."

"이 행수가 보고 싶으셨던 겝니까?"

"그런 농일랑 꿈에서도 하지 마시게나."

웃음기조차 없는 면박이었으나, 옥련은 입꼬리를 잔뜩 끌어 올린 채 마냥 감격한 표정을 짓고 있을 따름이었다.

홍의 낯이 무참히 구겨졌다. 대체 이 무슨 괴이한 상황이란 말인가. 아무리 양반이고 귀한 객인들 동기를 희롱하는 자를 용납하다니. 이는 기방의 법도에 어긋날 뿐 아니라 옥련의 성미에도 전혀 어울리지 않는 일이었다.

"이리 밖에 서 계시다가 고뿔이 듭니다. 바람이 차니 어서 내실로 드시옵소서!"

"대낮부터 술은 무슨. 되었네. 근방에 일이 있어 잠시 지나가다 들른 것이네."

흘낏, 시헌이 홍에게 눈길을 던졌다. 그러나 그의 시선이 닿는 순간 홍은 새치름하게 눈길을 거두었다.

"이만 가봐야겠네. 조만간 야음을 틈타 한번 오겠네."

"아아, 알겠습니다, 선비님! 성심을 다하여 모실 것이옵니다."

전례가 없을 만큼 과하게 굽실대는 옥련의 태도가 몹시 꼴사나워, 홍의 얼굴이 구겨졌다. 멀어지는 시헌의 푸른 뒷모습 너머로 옥련의 간드러지는 웃음소리가 들려왔다.


시헌을 문밖까지 배웅한 옥련이 별당으로 돌아왔다. 그때도 홍은 제 방 문가에 그대로 앉아 있었다.

"홍아. 대체 공자께서 무어라 말씀하시더냐? 너를 보겠노라 여기까지 오신 게냐?"

조급하게 캐묻는 옥련의 태도가 수상쩍었다. 대답하는 대신 홍은 인상을 찌푸리며 되물었다.

"대체 그 선비님이 누구라고 이리 호들갑이오?"

"왜. 궁금하냐?"

"하도 난리 법석을 떨어대니 궁금할 수밖에요."

"누군지 들으면 깜짝 놀라 자리에서 벌떡 일어날걸? 너처럼 냉하기 짝이 없는 년이라도 말이다."

"누구이기에요? 일단 듣기나 해 봅시다."

옥련의 얼굴에 묘한 미소가 서렸다.

그야말로 제 발로 그물에 걸려든 물고기, 그중에서도 본 적 없는 대어 아닌가. 새삼스레 홍의 얼굴을 살피는 옥련의 입가에 흡족한 웃음기가 감돌았다.

곧 머리 올릴 때가 다가오는 동기와 한성에서 내려온 지체 높은 공자. 부러 짝이라도 맞춘 것처럼 딱 맞아떨어지는 조합이었다. 그야말로 한몫 단단히 잡을 기회였다.

"대체 그분이 누구기에 이리 뜸을 들이신답디까?"

좀처럼 입을 열지 않는 옥련에게 홍이 심드렁히 물었다.

시헌의 지체가 어떻고 돈이 얼마나 많은지에 대해 홍은 관심이 없었다. 홍은 동기였다. 사내들이 월야관에서 얼마나 대단한 놀음을 벌이든, 얼마의 재물을 뿌리고 가든 그녀와는 전혀 관계없는 일이었다.

"눈 오던 날, 기억하느냐? 처음 공자께서 월야관을 찾았던 날 말이다."

"기억이야 하지요."

홍이 심드렁하게 대꾸했다.

그러나 '눈 오던 날'이라는 말을 듣자마자 머릿속에 생생하게 펼쳐지는 그날의 고즈넉한 풍경. 그리고 그 풍경 속에 서 있던 시헌…….

"그날 공자께 술을 대접하며 긴히 대화를 나누었었지. 공자의 태도와 말씨도 그러하였지만, 의복이며 갓신마저 촌것인 내 눈에는 본 적 없을 만큼 귀하였다."

"그냥 돈이 많아 보인다면 되지 뭐 그리 요란뻑적지근하게 말합니까? 그저 허우대 멀쩡하고 돈깨나 있는 선비라고 하면 될 것을……."

시헌의 모습을 되새겨보던 홍이 내뱉었다. 그러나 옥련은 절레절레 고개를 저으며, 역시 너는 어려서 모른다는 눈빛으로 쳐다보는 것이다.

"사람은 아는 만큼 보이는 법이지. 필시 평범한 댁 자제는 아닐 것이라 여겨, 그길로 수소문을 조금 하였지."

"아, 그래서 대체 그분이 누구냐고요. 뭐, 임금이라도 된답디까?"

"요년이, 입방정은."

옥련은 며칠 전 밤의 기억을 떠올렸다. 깊은 밤, 월야관에서는 질펀한 술자리가 벌어졌다.

월야관의 단골 중에는 남 이야기를 좋아하는 첨지가 하나 있었다. 전주 근방의 소문이라는 소문은 다 꿰차고 다녀, 뉘 집 계집종과 옆집 마당쇠가 붙어먹은 것까지 일일이 기억한다는 늙수그레한 사내였다.

마침 그자가 월야관을 방문하였으니, 옥련은 그날따라 그의 옆을 떠나지 않고 몹시 아양을 떨었다.

그리고 끝내 한성에서 왔다는 '시헌'이라는 공자의 이야기를 물었던 것이다.

"시헌? 아아, 강영완 영감의 외조카 말인가? 얼마 전 한성에서 내려와 향교에서 수학하고 있는 선비 말이지?"

"강영완 영감이라고요?"

그러면 그렇지! 강영완의 조카였다니. 폴폴 풍기는 돈 냄새를 헛 맡은 것이 아니었다.

강영완은 전주 일대는 물론 윗 지방까지 명망이 높은 거부였다. 그는 시대를 풍미하는 큰 장사치였으며, 전주의 전답 반 이상이 그의 소유일 것이란 풍문이 돌 정도의 어마어마한 땅 부자이기도 했다. 또한 호방하고 배포가 커 주변 평판 역시 꽤 좋은 이였다.

"하나 대인배라는 강영완 대감에게도 김시헌이라는 조카는 꽤나 골칫거리일걸세. 시헌이라는 공자는 태생부터 이름이 드높았지. 얼마나 귀하게 얻은 자손인지, 내 그 이야기를 먼저 들려주지."

첨지가 들려준 이야기는 이러하였다.

한성의 명망 높은 김씨 가문에는 큰 고민이 있었다. 온갖 정성을 들이고 별의별 비방을 동원해도 대를 이을 아들이 태어나지 않는 것이었다.

시헌의 어머니는 명문가의 여식이었고 또 대단한 강성(强性)이었다. 그녀는 시집가기 전날 용이 구슬을 물고 노니는 상서로운 꿈을 꾸었는데, 이는 분명히 대길한 태몽이었다. 그러나 부부 사이에는 내리 딸만 태어나 종국에는 여식만 일곱에 이르렀다.

그 와중에 임금께서 이를 측은히 여겨 내리신 내온(內醞)[4]이 효험이 있었는지, 마침내 시헌이 태어났다.

시헌은 어려서부터 용모가 아름답고 총명하여 기대를 한 몸에 받았다. 그는 유난히 흰 피부에 생김새가 고귀했고, 유년 시절부터 이미 자태가 고고하였다. 어린 나이임에도 예와 도리를 알았고 수많은 서책을 독파하였으니, 모든 이들이 그가 큰 인물이 되리라 입을 모았다.

그러나 시헌의 나이 열여섯 무렵 모든 것이 바뀌었다. 집안의 기대를 한 몸에 받는 공자였던 시헌이 달라진 것이다. 자세한 내막은 알려지지

4)  임금이 내리는 술

않았다. 단지 큰 사건을 계기로 김시헌의 무언가가 뒤틀려 버렸다고 추측할 뿐이었다.

시헌은 벗 삼던 책들을 모두 내다 버렸고 글벗들과의 교분 역시 끊었다. 내뱉는 말마다 날이 서 있었으며 공자가 입에 담아서는 안 될 불경한 언사를 일삼았다.

이윽고 관례를 치른 후에는 주색잡기에 빠져 시간을 보내느라 집안의 재물을 뭉텅뭉텅 축내는 것이 일상이었다. 소문에 의하면 그가 탕진한 재물이 무려 천 냥 이상에 달한다던가.

나이 스물이 되기 전부터 난봉꾼으로 하도 이름을 날리다 보니, 명망 있는 가문 어디에서도 딸을 주려 하지 않았다. 그렇다고 그의 어머니 성격에 한미한 가문의 여식이 성에 찰 리도 만무한 일. 해서 시헌은 혼인도 하지 않았다.

"한마디로 젊은 공자께서는, 난봉질을 하던 끝에 결국 전주까지 쫓겨 오신 게지."

이야기를 마친 첨지가 킬킬대며 웃었다. 정보를 알려주었으니 너도 무엇인가를 내놓아보라는 듯, 사내의 손이 불쑥 옥련의 옷섶 사이로 들어왔다.

아앙, 하며 감흥 없는 소리를 내뱉는 순간에도 옥련의 머릿속은 바삐 돌아가고 있었다.

"한데, 귀하다 귀하다만 하시고 정작 그 공자가 어떤 집안의 자제인지는 알려주지 않으실 생각이시우?"

"알려주지 않다니? 진즉 말해주지 않았나. 강영완 영감 댁 외조카라고."

"그야 들었습니다만, 공자의 외가 말고 본가가 궁금한 게지요. 얼마나 대단한 집 자제이기에 그러시는지."

옥련의 말에, 첨지가 고개를 갸웃했다.

"자네, 모르고 있었나?"

"무얼 말씀이시오?"

"강영완 영감의 외조카라니까? 영감의 누님이 누구인지, 자네 지금껏 듣지 못했단 말인가?"

"예. 들은 적 없습니다만……."

한 손으로 옥련의 옷고름을 헤치던 사내가 허허 웃었다.

"강영완 영감의 누님, 즉 그 공자의 어머니께서는 부부인(府夫人)이라 불리시지."

"부…… 뭐요?"

"부부인."

"부부인이라 함은……."

알면서도 믿기지 않아, 옥련은 눈을 껌뻑이며 재차 물었다.

"그래. 공자의 누이께서 이 나라 조선의 중전마마시라는 말이네."


첨지에게 들은 이야기를 전하는 옥련의 눈은 흥분으로 반짝이고 있었다.

"놀랍지 않으냐? 내 생전 그렇게 귀한 분을 직접 보게 될 줄이야……. 중전마마의 동생이라니!"

옥련이 소름이 끼친다는 듯 몸을 부르르 떨었다. 무릇 평범한 백성들에게 왕실의 존재란 이토록 지엄하게 느껴지는 법이다.

"그게 뭐 어떻다고요? 차라리 그분이 중전마마였다면, 내 기꺼이 놀라 자빠졌을 것을요."

그러나 공자의 이야기는 홍에게 별다른 흥미를 불러일으키지 못한 모양이었다. 태연하게 되묻는 홍을 바라보던 옥련이 기가 막힌 듯 쇳소리를 냈다.

"이것아. 이게 무슨 소리인지 정녕 못 알아듣겠다는 게야? 기생 팔자에 다시 오지 않을 큰 기회라는 것을 어찌 모르느냐? 쯧쯧. 아직 대가리에 피가 마르지 않아 뭘 몰라서 저러는 게로군."

"대체 무슨 기회요?"

홍이 반문했다. 본디 버럭버럭 성을 잘 내기는 하는 옥련이었으나 이토록 흥분하는 것을 좀체 본 적이 없어 낯설었다.

"무슨 기회기는. 그런 귀한 공자가 네게 관심을 보이니, 이 기회에 어여삐 보여 한몫 든든히 잡으면 얼마나 좋으냐는 게지."

들뜬 표정의 옥련이 말을 이었다.

"그 집안이 대체 어떤 집안인데 그리 심드렁하게 구느냐? 조선 팔도를 통틀어 가장 재물이 많다 소문이 난 가문의 외아들이란 말이다!"

홍이 감정 없는 눈빛으로 옥련의 얼굴을 올려다보았다.

"그것이 이년에게 무슨 소용이 있기에 그러십니까? 나는 한낱 동기인 것을요."

틀리지 않은 반박이었다. 홍은 기방에 매인 몸이었다. 만일 그녀가 도망이라도 친다면 옥련은 온갖 무뢰배들과 추노꾼을 풀어 그 뒤를 쫓을 것이다. 홍은 기방 월야관의 재산이기 때문이었다. 그러니 아무리 몸값이 올라간들 그녀에게 돌아오는 것이란 아무것도 없었다.

기생들 중 사대부나 돈깨나 있는 사내의 첩실로 들어가 기방을 떠나는 이들이 왕왕 있긴 했다. 그러나 그것은 어느 정도 나이를 먹거나, 관아의 수령을 오래도록 모신 기생들에게나 해당되는 이야기였다. 아직 머리도 얹지 않은 동기에게 그런 것이 허용될 리 없었다.

누가 홍에게 홀딱 반해 전답이며 집을 통째로 내놓은들, 그 모든 것은 옥련의 주머니를 살찌울 뿐이었다.

"동기가 사내에게 관심을 가져 봤자 머릿값만 떨어진다고 하지 않았습니까? 늘 행수께서 귀에 딱지가 앉도록 말씀하셨잖아요."

정곡을 찌르는 홍의 말. 허를 찔린 옥련의 눈빛이 잠시 흔들렸다. 그러나 그녀가 이런 일로 포기할 만큼 배때기가 비좁은 여인일 리 없다. 옥련이 이내 핏대를 올렸다.

"하나만 알고 둘은 모르는구나! 왕족의 가족이 되시는 분이다. 궁궐에 출입하는 사람이란 말이야!"

굴러 들어온 복을 차도 유분수라는 듯, 옥련은 답답하다는 표정이었다.

"네가 처음 월야관에 왔을 때 내가 했던 말을 기억하느냐?"

"그리 오래된 이야기를 기억할 리가 없잖아요."

건조한 대꾸였다. 옥련이 갑갑한 듯 재차 목소리를 높였다.

"내 너에게 약조했지 않으냐? 큰 기생이 되게 해주겠노라고. 그런 기회가 달리 있다 여기느냐? 공자께서 바로 너의 기회인 게지. 이런 분의 마음을 얻었다는 것만으로도 기생으로서의 네 격이 달라지는 게다!"

"격이요?"

격이 아닌 값이 올라가는 것이 아니냐고 되묻고 싶은 것을 홍은 꾹 눌러 참았다.

"그러니 반드시 공자를 붙들 궁리를 해야지! 홍이 너는 아리땁고 재능이 있으니 분명 전주에서 으뜸가는 기생이 될 수 있을 게다."

정작 홍은 별 관심 없이 묵묵한데, 옥련 홀로 제 일인 듯 열에 들떠 떠들고 있었다.

젊은 날 반짝 피고 지는 노류장화의 삶.

하필 가장 미천한 창기의 딸로 태어나 평생을 은근짜 기생으로, 그리고 이제 기생들을 관리하는 행수로 늙어가고 있는 옥련에게 시헌은 꿈과 같은 존재였다.

세월이 야속하기 짝이 없었다. 젊은 날이었다면, 옥련은 무슨 수를 써서라도 시헌을 치마폭에 감싸 제 등에 날개를 달았을 것이다. 한데 홍 저것은, 그리 큰 복이 제 발로 굴러들어온 줄도 모르고 걷어차 버릴 궁리를 하고 있지 않은가!

"큰 기생이 되게 해주겠노라고, 아리땁고 재능이 있으니 분명 전주에서 으뜸가는 기생이 될 수 있을 거라고……"

홍이 옥련의 말을 따박따박 따라 읊었다. 이상하도록 감정이 배이지 않은 건조한 말투였다.

"그 약조, 제가 한 것이 아니잖습니까."

"무슨 말을 하려는 게냐?"

"행수께서 하신 말이었잖아요. 저를 큰 기생으로 만들겠다고, 이름을 떨치게 해주겠다고."

홍이 가만히 옥련을 응시했다.

월야관에서 보낸 시간 동안 가장 많이 부대꼈던 저 여인은, 대체 저에 대해 얼마나 알고 있는 것일까?

"제가 한 말이 아니었다고요. 그러니 착각 마시오. 저는 그런 것, 바란 적 없으니."

"뭐야?"

대체 이 무슨 해괴한 소리냐는 듯 옥련이 반문했다. 홍이 다시금 대답했다.

"행수가 말한 그런 거요. 이름을 떨치고, 사내들을 홀리고……. 그런 건 관심 없어요."

늘 그랬다. 열 살, 고사리 손을 한 채 옥련의 앞에서 옷고름을 끄르고 벗은 몸을 내보여야 했던 그 순간부터 그래왔다.

기생이 된 것이 기뻐서, 사내들을 치마폭에 휘감으리란 원대한 꿈이 있어서, 혹은 화려한 치장에 둘러싸여 세월을 보내다 돈 잘 쓰는 늙은 이의 첩이라도 되고픈 욕심이 있어 살아가는 것이 아니었다.

"어쩔 수 없이 동기가 되었으니 당연히 기생이 되리라 여기는 게지요. 저는 팔려 온 몸이고, 제 처지를 바꿀 힘이 없으니까. 그저 그리 살아갈

뿐이라고요."

홍은 아무런 꿈이 없었다. 처음 월야관에 와 동기가 된 것도, 그 이후의 삶도, 그녀에게 따스한 말 한마디 해준 적 없던 본가에서의 삶 역시 그러했다.

애당초 그녀가 결정할 수 있는 것은 아무것도 없었기에, 일찍이 홍은 무엇인가를 꿈꾸는 것을 포기했다. 그뿐이었다.

옥련이 팽, 하고 크게 코웃음을 쳤다.

"멍청한 년."

갑자기 옥련이 홍의 턱을 틀어쥐었다.

"아악!"

홍이 비명을 내질렀다. 중년 여인의 손아귀 힘이 어찌나 드센지, 버둥대 보지만 좀체 빠져나올 수가 없었다.

"아파요!"

"아프라고 하는 것이다. 무지한 것아."

탁, 옥련이 손을 떨었다. 손아귀에서 벗어난 홍이 숨을 몰아쉬며 옥련을 노려보았다.

아파서가 아니었다. 너무나 분하고 원통하기 때문이었다. 마음 같아선 머리끄덩이라도 잡고 드잡이를 하고 싶으나, 미우나 고우나 옥련은 제게 어미나 다름없는 이였다.

"멍청한 계집년 같으니. 그런 낯짝을 하고서 신선처럼 바람이 불면 부는 대로, 비가 오면 오는 대로 살 수 있을 줄 알았느냐? 콧대가 높아도 분수가 있는 법이야. 기방에서 몇 년을 보냈는데 여전히 기생이 무얼 하는 계집들인지 모른단 말이냐?"

"콧대 높게 군 적 없어요."

"없어? 웃기는 소리 하지 마라. 물 흐르듯 살아가겠다고 하는 것 역시 기생에겐 가당찮은 일이다! 기생이면 기생답게 굴어. 사내에게 아양을 떨고, 속살을 내보이고, 요망을 떨란 말이다! 그런 것 하나 못 하는 목석 같은 년이었다면 애당초 너를 살 필요도 없었다."

말문이 막힌 홍이 입을 앙다물었다. 그런 홍을 향해 야멸차게 눈을 흘긴 옥련이 자리에서 일어섰다.

"제 복을 걷어차는구나. 네 마음대로 해라. 네가 아니어도, 제 가랑이라도 기꺼이 벌리고 달려들 계집들이 차고 넘친다."

쯧쯧, 혀를 차며 뜰을 가로지르는 옥련의 뒷모습을 바라보던 홍이 탁, 방문을 닫았다. 목구멍이 뜨끈뜨끈했다.

"……내가 이깟 일로 울 것 같아?"

홍이 이를 악물었다. 그러나 그런 노력이 서글프게도, 다음 날 느지막이 자리에서 일어난 홍의 눈은 퉁퉁 부어 있었다.

❀

"개똥이 게 있느냐?"

문밖에서 들려오는 우렁찬 목소리에, 제 방에 앉아 의관을 차리던 시헌이 가볍게 미간을 찌푸렸다. 이내 덜컥 방문이 열렸다.

"개똥이 네 이놈, 어찌 방에 있으면서 숙부의 부름에 대꾸조차 하지 않는 게냐?"

타박하는 말과는 다르게 사내의 선 굵은 얼굴에는 웃음기가 배어 있다. 중년 사내의 이름은 강영완. 그는 시헌의 숙부이자 전주의 거상이었다.

그제야 자리에서 일어선 시헌이 꾸벅 인사를 올렸다.

"관례를 치른 어엿한 선비의 아명(兒名)[5]을 그리 함부로 부르시니, 저를 찾으시는 줄 꿈에도 몰랐던 것이지요."

5) 아이 때의 이름

"아하! 그런 게로군. 그러나 어쩌란 말이냐. 이 숙부는 개똥이라는 네 아명이 무척 정겹고 좋은 것을."

강영완이 껄껄 너털웃음을 터뜨렸다.

번듯한 생김새에 걸맞지 않게, 시헌은 어린 시절 '개똥이'라는 아명으로 불렸다. 이는 외아들인 시헌의 무병장수를 기원하고자 하는 아명이었다. 어린 시절의 이름이 천하고 보잘것없으면, 귀신마저 눈길을 주지 않아 장수한다는 미신이 존재했던 것이다.

"그나저나 어인 일로 찾으셨습니까, 숙부님?"

"다른 것은 아니고, 네가 전주에 내려온 지 한 달이 지났거늘 바쁜 탓에 환대하지 못한 것이 마음에 걸리는구나. 이제 한성관리들도 모두 돌아갔으니, 귀한 조카님과 술 한잔 나눌까 하여 찾았다."

"주색잡기를 멀리하라 전주까지 저를 내치신 어머니께서 아시면 큰일 날 일 아닙니까?"

"원래 여인들이란 사내의 일에 지레 놀라고 겁을 먹는 법이지. 술과 색(色)과 잡기 없이 어찌 풍류를 안다 하겠느냐."

네 마음을 다 안다는 듯, 강영완이 시헌의 어깨를 툭툭 두드렸다.

그의 누님이자 시헌의 어머니인 부부인 강씨는 본디 몹시 예민한 성정을 타고났다. 명문 세도가로 시집가 내리 딸 일곱을 낳은 이후, 그러한 강씨의 성격은 더욱 날카로워졌다.

그녀는 아들을 낳지 못한다 하여 첩실과 씨받이를 들이는 온갖 풍파를 다 겪은 끝에 가까스로 아들 시헌을 낳았다. 그런 상황이었으니, 그녀가 외아들 시헌에게 집착하는 것은 어찌 보면 당연한 일. 강씨는 시헌의 일거수일투족에 대해 손바닥 보듯 알기를 원했다.

머리가 커진 시헌이 일탈을 거듭하는 데는, 저를 속박하는 어머니에 대한 반감 역시 작용하고 있었다.

"네가 다니던 한성 기방만은 못할 것이나, 전주에도 훌륭한 기방이 꽤 있다. 그러니 이 숙부와 오랜만에 회포를 풀자꾸나."

강영완의 음성은 다정했다. 그는 시헌을 친자식처럼 아꼈다.

시헌 역시 외숙부의 마음을 알고 있었다. 유배라도 오듯 내쳐진 셈이었으나, 어머니의 곁에 있느니 숙부와 함께 지내는 쪽이 훨씬 편하다는 것은 부인할 수 없는 사실이었다.

마침 생각났다는 듯 시헌이 자연스레 말을 꺼냈다.

"숙부께서 기방 이야기를 꺼내시니 말인데, 혹시 한벽당 쪽에 월야관이라는 기방을 아십니까? 향교의 유생들이 자주 이야기를 하여 내심 한번 가보면 좋겠다 생각하고 있었습니다."

"월야관?"

전혀 생각지 않은 기방인지라 강영완이 의외라는 듯 반문했다. 거부인 그가 굳이 질 낮은 이들이나 다니는 은근짜 기방에 출입할 까닭이 없었기 때문이었다.

"월야관? 꽤나 질펀하게 노는 것으로 소문난 곳인데……. 그보다 훨씬 풍류를 즐기기 좋은 곳이 많다."

"하지만 꼭 한번 가보고 싶었습니다."

"그래? 그렇게까지 말한다면야……. 한번 가보는 것도 나쁘지 않겠지."

강영완이 고개를 끄덕였다. 월야관은 문턱이 낮은 하급 기방이었으니, 젊은 유생들 사이에서 인기가 있는 모양이라고 그는 지레짐작했다.

"그렇다면 나흘 후에 월야관으로 함께 가자. 내 미리 사람을 보내 방문하겠다 일러놓겠다."

"알겠습니다, 숙부님."

시헌이 공손히 고개를 숙였다.

"만나게 될 이는, 결국 만나게 된다지."

그가 중얼거렸다.

홍. 며칠간 꽤 자주 떠오르곤 하던, 도도한 동기.

잠시 생각에 잠겨 있던 시헌의 뺨에 차가운 것이 달라붙어 스르르 녹아내렸다. 이번 겨울의 하늘은 유난히 변덕스럽다. 또다시 눈이 내리고 있었다.

## 2장. 독화(毒花)

"그, 그제 말이야……. 무슨 일이 있었기에 눈이 그리 퉁퉁 부었던 거야?"

"일은 무슨. 아무 일 없었어."

"호, 혹시……. 운 거 아니야?"

"팥쥐 너, 이상한 생각 좀 그만하라고 내가 그랬지?"

"아니, 어, 언니한테 무슨 일이 있나 걱정이 되니까 그렇지……."

해가 설산 너머로 저물어가는 오후.

홍의 방 안에는 허드렛일을 마치고 돌아온 팥쥐가 앉아 있었다. 물일을 한 탓에 꽁꽁 언 손을 호호 불던 팥쥐가 궁금한 듯 홍에게 물었다.

"그, 그럼 그때 그 선비님은 누구야?"

"선비님?"

시헌을 뜻하는 것임을 단박에 알았으나, 홍은 누군지 모르겠다는 듯 반문했다. 팥쥐가 답답하다는 듯 인상을 썼다.

"그 있잖아! 누, 눈 오던 날에……."

"아."

눈 오던 날.

그 말만 들어도 이제 반사적으로 시헌이 떠올랐다. 그리고 사실, 홍은 눈 이야기를 듣지 않아도 종종 그를 생각하곤 했다.

옥련의 바람처럼 시헌을 발판 삼아 팔자를 펴보리란 생각을 한 것도 아니었고, 잠깐 사이 연정이 생길 만큼 남녀 관계에 대해 잘 아는 처지도 아니었다. 그저 시헌의 기억은 아무 까닭 없이 불쑥불쑥 떠오르곤 했다. 소맷부리에 콕 박힌 세 개의 검은 점과, 차디찬 눈 향기와 함께.

그 덕분인지 홍에게는 평소와 다른 버릇이 하나 생겼다. 방문을 열기 전에 꼭 매무새를 가다듬는 습관이 그것이었다.

문을 열면 툇마루 너머, 조소 같은 웃음을 띠고 있을 서늘한 인상의 선비를 마주할 것만 같았기 때문에.

"누구냐니까……."

팥쥐가 재차 묻는다. 팥쥐는 홍에 대한 것이라면 무엇이든 알아야만 직성이 풀리는 성격이었다. 월야관의 그 누구에게도 살갑게 구는 법이 없었는데, 홍만 보면 어울리지 않게 뺨까지 붉히며 졸졸 쫓아다니곤 했다.

"그냥 기방에 든 객이야. 나한테 뭘 물어보려 들른 참이었어."

"무엇을 물어봤기에 그리 그 선비를 노려보고 있었어? 나, 난 그 선비가 언니를 희롱하려 들거나 괴롭히려는 줄 알고……."

제가 더 억울하다는 듯 불퉁대는 팥쥐를 바라보던 홍이 대꾸했다.

"희롱한 게 뭐 대수겠어? 어차피 나는 기생인 것을. 앞으로도 두고두고 겪을 일이야."

"그, 그래도 말이야! 아직 언니는 동기잖아. 다른 기생과는 다르잖아."

"내 나이가 몇인데. 이제 길어야 여름쯤 되면 나도 머리를 올리고 진짜 기생이 될 거야. 팥쥐 너, 그때도 이렇게 나를 찾아온 객 앞에서 악을 쓰고 난리를 부릴 테야?"

"무, 물론 정말 기생이 되면……. 그러지는 않을 거지만……."

풀이 죽어 말끝을 흐리던 팥쥐가 꾸물대며 자리에서 일어섰다.

"……나, 나가봐야겠어. 애랑이 년이 제 속곳 다듬이질을 해놓으라고 하도 지랄을 해서."

"애랑이가 너보다 열 살은 많을 것인데, 그리 함부로 부르다가 또 머리채를 잡히면 어쩌려고 그래?"

자칭 월야관 일패, 애랑(愛浪).

애랑은 삼 년 전쯤 머리를 올린 기생이었다. 그녀는 얼굴도 꽤 반반했지만 특히 교태가 많아 제법 따르는 사내들이 많았다. 그러나 홍과 그녀는 서로 소 닭 보듯 하는 사이였고, 그런 까닭에 팥쥐 역시 애랑을 몹시 싫어했다.

"아, 앞에서는 그렇게 안 부르니 되었잖어. 이, 이만 가볼게."

달칵, 방문을 연 팥쥐가 멈칫한다.

"오, 올 겨울에는 뭔 지랄인지 모르겠어. 어, 어찌 눈이 이리 자주 오는 거야……."

투덜대던 팥쥐가 별당을 떠나갔다.

홀로 남은 홍이 문밖으로 시선을 던졌다. 열린 문틈으로 보이는 눈송이들. 팥쥐의 말 그대로 올해는 유난히도 눈이 잦다.

멀거니 밖을 보던 홍이 헛헛한 웃음을 뱉었다. 지금 제가 하고 있는 짓이 믿기지 않아서였다.

"기다리고 있는 거야?"

설마. 칼바람이 사정없이 들어오는 데도 불구하고, 그 선비가 나타나지 않을까 싶어 문밖을 보고 있는 거라고? 그 모욕을 당하고서?

미쳤다. 정녕 제가 돌아버린 게 아닌가 싶었다. 쾅, 홍이 거친 손길로 방문을 닫았다. 문이 덜컹거리는 통에 우박인지 눈송이인지 알 수 없는 조각들이 날아와 후두둑 떨어졌다. 찬 기운에 소름이 끼쳐 바르르 몸이 떨렸다.

그리고 이내 들려오는, 톡톡 문 두드리는 소리.

"팥쥐니?"

홍이 채 손을 뻗기도 전에 문이 열렸다.

스륵, 열리는 문틈으로 드러나는 낯익은 얼굴. 아니, 아니다. 낯익을 리가 없지 않은가. 그와는 고작 두 번 마주쳤을 뿐이었다. 그러므로 절대 낯익을 리 없는 얼굴…….

그러나 실제로 마주친 것이 두 번일지언정, 수시로 휘날리는 눈발을 마주할 때마다 문뜩문뜩 떠올랐던 사람.

"눈이 오기에."

눈 오는 날이면 어김없이 나타나는 사내.

"네 생각이 나서 들렀다."

홍은 귀신이라도 보듯 시헌을 가만히 응시했다. 기분이 묘했다. 반갑다거나 기쁨이 담겨 있진 않았고, 뭔가 기묘하달 수 있는 시선이었다.

눈 오는 날이면 귀신처럼 나타나는 그가 신기하게 느껴지는 것이 반. 그리고 이번에는 또 얼마나 제 속을 뒤집어놓을지에 대한 걱정이 반.

시헌의 모습은 평소와 달라 보였다. 여느 때보다 더욱 호사스러운 차림인 까닭이기도 했지만, 무엇보다 시헌을 달리 보이게 만드는 것은 그의 표정이었다. 그의 얼굴에는 비아냥도, 조소도 보이지 않았다. 사뿐사뿐 떨어지는 눈발 속에, 그는 홍을 모욕했던 이라고는 믿을 수 없는 평온한 모습으로 서 있었다.

"그때 일 때문에 또 오신 겝니까?"

"무슨 일? 우리 사이에 무슨 일이 있었더냐?"

천연덕스럽게 시헌이 되묻는다. 굳이 또다시 으르렁거릴 일을 만들지 않겠다는 듯이, 태평하게.

그를 믿어도 될까. 작은 의구심이 일었다.

"나와 보아라. 정녕 괴롭히거나 군소리를 하러 온 것이 아니니."

홍은 그제야 툇마루로 걸어 나왔다. 아직 경계를 담은 눈으로, 홍이 물었다.

"갑자기 든 생각인데…… 혹시, 눈을 내리게 하는 도술을 쓰십니까?"

시헌이 피식 웃는다. 사람 기분을 잡치게 하는 소리를 늘어놓을 때의 그는 비식대며 비웃음을 흘리곤 했다. 그러나 지금의 웃음에는 비틀린 구석이 없었다. 그는 그저 순수하게 즐거운 표정을 짓고 있을 뿐이었다.

"큰일이구나. 산신의 자손이라 눈을 부리는 것을 들키면 아니 되는데 네가 알아버렸으니. 이를 어찌해야 하느냐?"

"되었습니다. 아무리 기방에만 처박혀 지내는 계집이기로소니, 그런 거짓부렁에 속아 넘어가지는 않습니다."

"나를 믿지 못하는 것이냐? 내 매번 눈이 오는 날 네 앞에 나타나지 않았더냐."

"겨울에 눈이 오는 것은 당연한 일이니, 우연이겠지요."

"내기라도 하겠느냐?"

홍의 심드렁한 반응에 오기가 난 걸까. 시헌은 불쑥 제안했다.

"내기요? 무슨 내기를 말입니까?"

"나흘 후에 숙부님과 함께 이곳에 들 것이다. 그날 눈이 올지, 안 올지 내기를 하지 않겠냐, 이 말이다. 내가 정녕 눈을 부릴 수 있다면 그날도 눈이 오지 않겠느냐?"

홍이 기가 막힌다는 표정으로 헛웃음을 지었다. 그러나 눈앞의 시헌은 요지부동이었다. 그의 말이 농이 아닌 진심임을 깨달은 홍의 표정이 진지해졌다.

"만약 눈이 오지 않는다면요?"

"그렇다면, 내게 거짓을 고한 죄를 깡그리 잊어주지. 다시는 입 밖으로도 꺼내지 않겠노라 맹세한다."

홍의 입술 새로 흐음, 낮은 소리가 흘러나왔다.

날이 궂으면 객의 발길도 끊기기 마련. 그렇기에 옥련은 매일 밤 다음 날의 날씨를 점치는 것이 일과였다. 그런 옥련이 말하길 겨울 날씨란 삼한사온(三寒四溫)이라던가. 사흘은 춥되, 다음 나흘은 반드시 따뜻한 법이라고.

그제까지 온건했던 날씨가 어제부터 확 추워졌으니, 분명 나흘 후에는 날씨가 포근할 것이다. 비라면 몰라도 눈이 올 리 없었다.

"만약 눈이 오면 어떻게 되는 것입니까?"

곰곰 생각에 잠긴 홍의 표정을 재밌다는 듯 바라보던 시헌이 재빨리 답을 건네었다.

"그럴 때는 내가 원하는 것을 하나 들어줘야 한다."

"그것이 무엇인데요?"

"춤을 추어 보이면 된다."

"또 그놈의 춤 타령이십니까?"

홍이 인상을 찡그렸다.

"싫으냐?"

"아, 아니요. 좋습니다."

홍은 선뜻 응낙했다. 날씨는 분명 따스할 것이다. 눈은 절대 오지 않으리라.

설령 눈이 온대도 손해 볼 것 없는 내기였다. 춤 한 번 춘다고 세상이 뒤집어지는 것도 아니지 않은가. 그때야 갑작스레 춤을 추라 요구하니 기분이 나빠 거절하였을 뿐이다.

"나흘 후를 기약하겠다. 드디어 너의 춤을 다시 보겠구나."

"대단치 않은 솜씨입니다. 무엇이 그리 특출하다고 늘 춤 타령을 하십니까?"

"내가 말하지 않았던가? 아름다웠다고 말이다."

"……쓸데기 없는 소리 하지 마옵소서."

민망한 기분이 들어, 홍은 괜스레 쏘아붙였다.

"쓸데기 없는 소리라니. 나는 진심을 말하는 것이다."

"한낱 동기의 춤을 보고 그런 말씀을 하시니, 당연히 진심으로 들리지 않을 밖에요."

"춤도 물론 아름다웠지. 하나 춤을 추는 모습보다 네 표정이 더욱 아름다웠다."

"말 같지 않은 소리 하지 마시고, 이만 돌아가시옵소서."

"홍아."

"……"

갑자기 제 이름을 부르는 것이 당황스러워 홍은 잠시 말을 잊었다. 무언가가 가슴 밑바닥을 덜컹 치고 지나갔다. 뺨이 더워졌다.

매일같이 월야관 사람들의 입을 통해 불리는 이름. 그러나 그의 입에서 제 이름이 튀어나오는 것이 낯설었다.

"홍아."

"어찌 그리 부르십니까?"

홍은 물끄러미 그를 본다. 그녀에게 보이는 것은 그의 눈동자 안에 쏟아지는 눈발 사이로 비치는 제 모습뿐. 그의 속내를 읽을 수는 없었다.

"내가 그리 싫으냐?"

홍이 예상치 못하게, 시헌은 부드러운 미소를 지었다. 그가 말을 고쳐 재차 물었다.

"나와 잠시나마 함께 있는 것이, 그리 싫으냐?"

"……"

종잡을 수 없는 기이한 사내. 그가 입고 있는 의복의 빛깔은 천 길 물속처럼 푸르렀다. 도무지 알 수 없는 그의 속내 역시 깊디깊을 것이다.

그는 좀처럼 헤아릴 수 없는 이였다. 모욕했다가, 놀라게 했다가, 훌쩍 다가왔다가, 비난했다가……. 어제는 칼날처럼 서스렇던 이가 오늘은 중전마마의 동생이라는 신분에 걸맞게 진중하고 반듯하니, 대체 무엇이 그의 진짜 모습인지 알 수 없었다.

"나흘 후에 뵙겠나이다. 기다리고 있겠습니다."

눈을 내리깔며, 홍은 작별 인사를 고했다.

"눈과 함께 보자, 홍아."

홍이 고개를 들었을 때, 시헌은 몸을 돌려 월야관을 떠나고 있었다. 눈과 함께 보자, 라는 말 뒤에 따라붙은 그녀의 이름이 귓가에 맴돌았다.

정녕 눈이 오려나? 모를 일이었다. 기분이 괴이쩍었다.

"잘한 짓일까……."

이상한 내기를 했다는 생각이 들어, 홍은 잘근 입술을 깨물었다. 그의 뒷모습이 멀어진다. 드문드문 떨어지는 눈송이 사이로 푸르게 펄럭이는 너른 등을 홍은 한참이나 바라보고 있었다.

그녀의 평온하던 겨울날에 뛰어든, 거친 파도를.

"이리 환한 대낮에 동기 방 앞을 얼씬대는 사내라니, 누구야?"

시헌의 모습은 사라진 지 오래. 그럼에도 깊은 생각에 잠겨 밖을 응시하던 홍이 퍼뜩 정신을 차렸다.

별당 앞에 삐기듯 서 있는 여인은 다름 아닌 기생 애랑이었다.

"누구긴 누구겠어. 객이지, 뭐."

대수롭지 않다는 듯, 홍은 태연하게 대꾸했다.

"저 선비가, 행수가 말한 중전마마의 동생이라는 그분이셔?"

"잘 알고 있으면서 굳이 묻는 이유가 뭔데?"

홍은 마뜩잖은 표정을 숨기지 않으며 툭툭 내뱉었다. 애랑이 이죽대며 웃었다. 둘은 함께 동기로 지내던 시절부터 사이가 좋지 않아, 몇 차례 큰 싸움을 벌인 적도 있었다.

"동기 주제에 팔자 참 좋네. 하기야, 여기 처박혀서 사람 구경도 못하는 신세이니, 누구든 눈길 한 번 주면 좋기도 하겠지."

슬렁슬렁 옅은 웃음을 흘리던 애랑이 들릴락 말락 한 소리로 덧붙였다.

"되바라진 년."

부러 속을 긁으려는 행동이 분명했으나 홍은 눈 하나 깜빡하지 않았다. 어차피 애랑이 홍을 싫어하는 것 이상으로, 홍 역시 그녀가 딱 질색이기 때문이었다.

"그러게. 너야말로 요즘 찾아오는 객이 뚝 끊겨서 매일 밤 독수공방한다지? 그런 너보다야 내 팔자가 훨씬 낫겠지, 아무렴."

"뭐라?"

홍의 대꾸에, 애랑이 이내 표독스러운 표정으로 되받아친다.

"사내들이 월야관을 찾았다면 꼭 불러들이는 기생이 이 애랑이란 말은 못 들었나 보지?"

"그래봤자 낯짝에 저승꽃이 그득한 늙은이들인 걸 모를 줄 알고? 그런 말 같잖은 소리 듣지도 못했거니와, 들었기로서니 요만큼도 부럽지 않으니 어찌하누?"

홍의 말이 꽤 분했던 모양이다. 애랑이 벌게진 얼굴로 쏘아붙였다.

"늙은이들 상대하는 내 꼴이 우습니? 너도 곧 머리를 올릴 텐데, 너라고 뭐 다를 것 같냐고!"

"다를 것 같지 않아. 어차피 기생 팔자야 거기서 거기겠지. 그렇지만,

나는 가만히 있는 이에게 굳이 찾아가 되바라졌네, 어쩌네 하고 주절거리다 욕을 벌지는 않거든."

애랑이 기가 막힌다는 듯 목소리를 높였다.

"팥쥐 그 어린년이 누구한테 배워 반말 짓거리인가 했다! 네년 뒤꽁무니만 졸졸 따라다니더니 여기서 배워온 모양이구나."

"반말? 같이 동기 시절을 보낸 처지에 위아래가 어디 있어? 그리고 어린 팥쥐가 보기에도 네가 어른답지 않게 보였나 보지."

말문이 막혔는지, 홍을 흘겨보는 애랑의 얼굴이 붉으락푸르락했다.

"그래. 네 맘대로 지껄여 보아. 나중에 저승길이 오늘내일하는 노인네 수청 드는 게 억울하여 목이나 매달지 말고."

보랏빛 치마폭을 꾹 모아 쥔 애랑이 몸을 홱 돌렸다.

별당을 떠나려던 와중, 누군가를 발견한 애랑이 걸음을 늦추었다. 맞은편에서는 세답한 옷가지를 두 팔 가득 껴안은 팥쥐가 오고 있었다.

"에, 에구머니나!"

애랑과 몸을 부딪친 탓에 중심을 잡지 못한 팥쥐가 철퍽 바닥에 주저앉았다. 순식간에 팥쥐가 들고 있던 치마며 속곳들이 우수수 흙바닥에 흩어졌다.

진눈깨비가 내린 땅은 축축이 젖어 있었다. 금세 희고 푸르던 옷가지에는 거무튀튀한 흙물이 들었다.

"이, 이게 뭐 하는 짓이여!"

팥쥐가 버럭 성을 냈다. 걸음을 멈춘 애랑이 버러지라도 보듯 고약한 표정을 지었다.

"곰보때기에 말까지 더듬는 년이 길눈마저 어두우면 어쩌자는 게야? 요년 봐라, 뭘 그리 쳐다보는……."

순간 철썩! 요란한 소리가 울려 퍼졌다. 애랑의 눈앞에 도깨비불이 번쩍였다.

애랑이 믿기지 않는 표정으로 그새 제 앞까지 다가온 홍을 바라보았다. 어찌나 호되게 뺨을 맞았는지 혼이 쏙 나갔다 들어온 기분이었다.

"흥! 너, 너!"

"왜? 한 대 더 맞고 싶으냐?"

비록 나이는 조금 어렸으나, 홍의 키는 애랑보다 한 뼘이나 컸다. 홍이 손을 허공에 휙 치켜들었다. 애랑이 저도 모르게 흠칫 목을 움츠리며 질색을 했다.

"내가 무서워?"

"흥, 네 이년……!"

바득 핏대를 세우지만, 애랑의 기세는 금세 수그러들었다.

저를 쏘아보는 홍의 눈빛. 살벌하기 짝이 없는 강렬한 눈동자 앞에 애랑은 감히 말을 잇지 못했다.

"내가 무섭냐고 묻잖아. 팥쥐에게 하듯 해 보라니까? 왜? 나한테는 그렇게 못 하겠어?"

홍이 흙을 털며 자리에서 일어서는 팥쥐를 한 팔로 감쌌다. 씩씩대던 팥쥐 역시 덩달아 애랑을 죽일 듯 노려보았다.

"이년들, 내 행수에게 당장 이르고 말 것이다!"

"그러려무나. 내가 너처럼 겁먹을 것 같아?"

얼굴이 타는 저녁노을처럼 시뻘게진 애랑이 몸을 홱 돌렸다. 주먹을 꽉 쥐고 사라지는 뒷모습을 보던 홍이 퉤, 침을 뱉었다.

"팥쥐 너, 다치진 않았지?"

"다, 다치기는……. 그나저나, 행수한테 매라도 맞으면 어쩌려고 그래?"

"팥쥐 네가 소리소리 지르다 쫓겨나는 것보다야, 내가 종아리 몇 대 맞는 게 나아."

"무슨! 어, 언니……. 그런 소리 하지 말어! 차, 차라리 내가……."

팥쥐의 입술이 바르르 떨렸다. 그 모습을 보던 홍이 고개를 내저었다.

"너는 성깔이 독해서 일이 생기면 꼭 사달을 내고 말잖아. 한 번 더 그러면 너를 쫓아낸다고 안 하디? 그러지 말란 뜻이야."

"……내, 내가 쫓겨나는 게 싫은 거야?"

팥쥐의 물음에 홍이 피식 웃었다.

"그걸 질문이라고 해? 당연히 싫지. 아무튼, 내 말 알아들었지?"

"아. 알았어……. 알았어, 언니."

"그래. 그랬으면 됐어."

홍이 울먹이는 팥쥐의 콧잔등을 콩, 작게 쥐어박았다.

❀

시헌과 눈이 올지, 안 올지 시답잖은 내기를 한 지 꼬박 나흘이 지났다.

홍은 일찍부터 뒤뜰을 거닐고 있었다. 시헌이 다녀갔던 날은 숨결마저 하얗게 얼어붙을 만큼 추웠었다. 그러나 전날부터 날씨는 완연히 따스해졌다.

그의 방문이 예정되어 있는 날, 기온은 봄날처럼 포근했다. 이런 날씨에 눈이 올 리 없었다. 맑게 갠 하늘은 눈이 시리도록 푸르렀다.

"……이겼다."

홍이 중얼거렸다.

물론 상이래 봤자 별다를 것 없다. 본의 아니게 그를 속였던 것을 잊어주겠노라는 약조가 전부. 상이 대단하여 즐거운 것이 아니었다. 제멋대로인 콧대 높은 공자를 이겼다는 사실이 기쁠 뿐이었다.

"게서 무얼 하고 있느냐?"

옥련의 목소리가 들려와, 홍은 뒤를 돌아보았다.

"눈이 올까 싶어 하늘을 보고 있어요."

옥련의 말투도, 홍의 대답도 대수롭지 않았다. 한동안 옥련이 틀어쥐었던 턱이 시큰거렸던 홍이었다. 그러나 홍도, 옥련도 언쟁을 벌였던 이들 같지 않게 태연했다.

옥련은 조선의 맨 밑바닥에 위치한 천한 여인들을 관리하는 이였고, 월야관에서 기생이 행수에게 매를 맞는 것은 사건이라고도 할 수 없는 작은 일에 지나지 않았다. 비참한 일이었지만 그것이 그들의 일상이었다.

얼마 전 홍과 애랑 사이에서 있었던 싸움 역시 그러했다. 어찌 되었든 간에 동기가 어엿한 기생의 뺨을 쳤으니 벌을 받아야만 했다. 그럼에도 불구하고 처분은 가벼웠다. 홍은 종아리 열 대를, 그것도 평소답지 않게 가볍게 맞았을 뿐이었다.

"이런 날씨에 눈이라니. 아서라. 그런 소리 말아. 귀한 객께서 친히 방문하시는 날이다. 이런 푹한 날씨에 눈이 왔다간, 순식간에 온 땅이 진흙탕이 되고 만다."

옥련마저 덩달아 하늘을 바라보며 중얼거렸다.

강영완과 그의 외조카 시헌이 곧 도착할 것이다. 주색을 즐기기에는 다소 이른 시각이었으나 월야관은 귀객(貴客)을 맞이할 준비를 모두 마쳤다.

월야관은 주로 장사치나 중인들이나 찾는 하급 기방으로, 평소에는 벼슬아치는커녕 양반 구경하기도 쉽지 않았다. 그런 곳에서 왕후의 남동생쯤 되는 지체 높은 공자를 모시는 것만도 대단한 사건이 아닐 수 없었다. 한데 전라 일대에서 손꼽히는 거상인 강영완까지 함께 등장하다니. 옥련으로서는 심장이 떨릴 수밖에.

"가서 계집들 몸단장하는 것을 보아야겠구나. 귀한 분께서 오시는데,

천한 은근짜들이라 책잡힐까 두렵다."

안뜰로 향하던 옥련이 홍에게 문득 말을 건넸다.

"너도 들어가 단장을 하고 있어라."

"동기가 단장을 하여 무얼 합니까?"

"자리에 들라는 말이 아니라, 혹시나 공자께서 너를 보자 할 수 있으니 미리 차려입으라는 소리다."

"알았어요."

홍은 순순히 대답하고 제 방으로 돌아갔다. 그녀가 반닫이를 열어 진홍색 치마와 푸른 저고리를 꺼냈다.

동기 처지에 군이 필요 없는 화사한 옷은 옥련이 포목전 상인을 불러다 맞춰준 것이었다. 보나 마나 오늘을 위해 마련해 준 것이 분명하여, 홍은 두말 않고 새 옷으로 갈아입었다.

"……곱긴 하네."

새 옷을 쓱 쓰다듬어 본 홍이 중얼거렸다. 손에 잡히는 비단의 감촉이 곰살가웠다.

옥련은 시헌의 신분을 굳이 감추지 않았다. 그리하여 월야관의 모든 기생들은 오늘 방문하는 두 사람이 얼마나 대단한 이들인지 잘 알고 있었다. 애랑뿐 아니라 모두가 그들의 눈에 들기 위해 안간힘을 쓸 것이 자명했다.

술, 가락, 춤, 여흥. 무엇이든 온 정성을 쏟을 것이고, 또한 두 사내를 위해 기꺼이 옷고름을 풀어 헤치고 벗은 몸을 드러낼 것이다. 그로 인해 주어지는 것이 재물이든, 권력이든, 자유든 간에 그들은 귀한 사내들의 눈에 들기 위해 무슨 일이든 기꺼이 할 것이었다.

하지만 홍과는 관계없는 일. 머리를 얹지 않은 동기란, 본디 기생과 객 사이의 풍류에 끼어들어서는 아니 되는 법이었으므로.

"……."

오랜만에 입은 새 옷이 낯설다. 지나치게 **빳빳한** 동정이 살갗을 스쳤다. 문득 궁금했다. 월야관 기생들 중 누가 시헌의 여흥을 돋우게 될지. 애랑? 이화? 그도 아니면 명선?

시헌은 제게 했듯 기생에게도 그리 대할까. 다정했다, 종잡을 수 없이 날이 섰다가…….

생각에 잠겨 있던 홍이 소스라쳤다.

"무슨 상관이람."

그게 다 무슨 상관이란 말인가. 홍의 삶은 정해져 있었다. 동기는 곧 기생이 된다. 그것이 홍의 정해진 운명이었다.

옥련이 말했듯 기생이란 사내들을 불러 모으는 꽃. 그러나 불러 모을 뿐, 결코 스스로 다가갈 수는 없는 존재였다. 누가 오고 누가 가든 선택하는 것은 나비와 벌이다. 꽃에겐 선택권이 없었다.

"이상한 생각 말아야지."

잡생각을 떨쳐 내려는 듯 홍이 머리를 가로저었다.

바라는 것 없이, 꿈꾸는 것 없이. 그렇게 살아야지. 그리 살아가야지…….

그래야 살지.


'월야관'이라는 이름에 걸맞게 유난히 큰 달이 뜬 밤. 멀찍이 선비 둘과 몸종임이 분명한 사내의 그림자가 보인다. 시헌과 그의 일행 강영완이었다.

이를 발견한 옥련이 종종걸음으로 그들에게 달려갔다.

"오셨습니까, 나리님들. 이년 목이 빠져라 공(公)들께서 오시기만을 기다리고 있었나이다."

전주를 호령하는 거부, 그리고 조선왕실의 외척. 강영완과 시헌은 평생 다시 오지 않을 큰 손님이었다.

객 앞에서 옷깃을 벌리는 것을 수치스럽게 여기지 않던 한창 때의 옥련 역시 이들처럼 대단한 사내를 품어본 적은 없었다. 또한 행수가 되어 기방을 꾸려가는 것에 더 관심을 가지게 된 지금의 옥련 또한 마찬가지였다. 그들은 그녀로서는 처음 맞아보는 진짜 세도가였다.

시전 장사치나 별 볼 일 없는 촌부들을 상대해 온 옥련에게는 감개무량한 순간이었다. 그녀가 주름이 진 입꼬리를 끌어 올리며 황홀감을 내비쳤다.

"어려운 걸음 하시느라 고생하셨나이다. 인사는 안에 모신 후에 드리겠습니다. 춥지 않으셨습니까?"

"추워야 겨울이지. 이 정도 추위도 견디지 못하면서 어찌 정취를 안다 하겠는가."

시헌은 별다른 말이 없고, 대신 대꾸하는 것은 그의 외숙부인 강영완이었다. 훌륭한 허우대는 시헌 외가의 내력인지라, 강영완 역시 장신에 풍채가 크고 인상이 뚜렷했다.

강영완은 전라 전체에 세력을 떨치고 있는 크게 성공한 장사치였다. 그는 수완이 좋을 뿐 아니라 아니라 학식마저 대단히 뛰어나다고 알려져 있는 인물이었다.

"군자께서 어찌 말씀하시는 것마저 이리 운치 있으실까요. 나이 든 계집의 마음이 벌써부터 오르락내리락합니다."

"말재간이 좋구나. 오늘 밤 몹시 기대가 된다."

강영완과 옥련 사이에 주거니 받거니 만담 같은 말이 오갔다. 감복한 옥련이 높은 웃음소리를 냈다. 온 얼굴에 웃음꽃이 핀 그녀가 급히 아뢰었다.

"어서 안으로 드시지요. 누추하여 부끄럽습니다만, 제가 정성을 다해 모실 것이옵니다."

옥련의 인도에 따라, 시헌과 강영완은 대문을 지나 안뜰로 들어섰다.

걸음을 옮기던 시헌이 무심코 안채 바깥쪽에 시선을 던졌다. 저 모퉁이를 돌아 좀 더 깊숙이 들어가면 홍이 기거하는 별당이 나온다. 길모퉁이를 바라보던 그의 시선이 힐끔 하늘로 향했다.

눈은 오지 않았다. 애당초 별 뜻 없이 계집과 말장난하는 것이 즐거워 던졌던 말. 그러니 눈이 오든, 오지 않든 간에 마음 쓸 것 없는 일이었다.

"음……?"

그러나 그 순간 반짝, 맞닿은 시선.

차디찬 겨울 밤, 새색시가 입을 법한 연푸른 저고리며 진달래꽃빛 치마폭은 어둠 속에서도 선명하게 눈에 띄었다. 그러나 시헌의 눈길을 사로잡은 것은 화사한 의복이나 새치름한 낯빛, 앙다문 입매가 아니었다.

홍의 새까만 눈동자. 한 번 깜빡이지도 않고 뚫어져라 저를 보는 눈빛이 그의 눈길을 잡아맨다.

외숙부와 옥련을 앞세워 보낸 시헌이 걸음을 늦춰 조금 뒤처졌다. 그 사이에도 홍을 향한 시선은 떼지 않았다. 그의 입가에 옅은 웃음기가 맴돌았다.

그래. 저 요요한 얼굴에 마음이 동하지 않았다면 거짓이겠지. 이제야 인정하건대, 지난 나흘간 그는 이날만을 손꼽아 기다렸다.

"으음?"

그 순간, 홍의 팔이 움직였다. 그녀가 검지를 쭉 뻗어 하늘을 가리켰다.

"뭐라는 것이냐?"

다시금 홍의 손가락이 허공을 찌른다. 그녀가 입술을 벙긋거렸다. 홍의 입술에 시선을 집중한 시헌의 미간이 좁아진다. 홍의 붉은 입술 사이로 흘러나오는 말들을 그는 어림짐작하여 낮게 읊조렸다.

"눈…… 이…… 오지……않……."

눈이 오지 않았다?

"……내게 그 말을 하려고?"

시헌의 입에서 웃음소리가 터져 나왔다.

'눈이 오지 않았다.'

고작 제가 이겼다는 말을 하고자 추운 밤 희뿌연 입김을 뿜어대며 저 모퉁이에 숨어 있었단 말인가.

"시헌아, 어찌 그리 웃느냐?"

갑자기 들려오는 웃음소리에 강영완이 뒤를 돌아보며 물었다.

"아무것도 아닙니다, 외숙. 안으로 드시지요."

시헌이 황급히 웃음기를 지웠다. 외숙부의 뒤를 따라 걷던 시헌이 다시금 홍에게 시선을 던졌다. 눈이 마주치자, 홍의 입가에 득의양양한 미소가 떠올랐다.

그녀가 다시금 손가락으로 하늘을 가리켰다.

"제가 이겼습니다."

도도하게 턱을 치켜든 그녀가 들릴 듯 말 듯 입을 뻥긋댄다.

"알았다, 알았느니라."

계속 눈을 맞추고 있다간 속절없이 다시 웃음이 터질 것 같았다. 헛기침을 한 시헌이 급히 걸음을 재촉하여 안채로 들었다.

만개한 봄날의 산자락 같은 진분홍색 치마폭도 모퉁이를 돌아 사라졌다.


"무엇을 보았기에 그리 웃음을 흘리는 게냐. 여기 꿀단지라도 묻어놓은 게냐?"

"꿀단지는요. 아무것도 아닙니다."

뜨끈하게 불을 지펴놓은 방으로 든 강영완이 외조카에게 물음을 던졌다. 전주에 하고많은 고급 기방을 두고 굳이 월야관을 찾은 것도 이상한데, 피식피식 웃고 있는 모양새가 더욱 수상쩍었다.

"이보게, 행수. 혹시 월야관에 시헌이 몰래 숨겨놓은 기생이라도 있는가?"

강영완이 옥련에게 기습적인 질문을 던졌다. 시헌이 아니라 손사래를 치려는 찰나, 옥련이 능청스럽게 말을 받았다.

"그럴 리가 있습니까. 향교에 계시는 유생들께서 종종 찾아오시기는 합니다만, 공자님을 모신 것은 이번이 처음입니다."

"그런가? 한데 어찌 그리 실실대는 게야?"

시헌이 속으로 안도의 한숨을 내쉬었다.

옥련이 은근슬쩍 그와 눈을 맞추었다. 속해 있는 기방의 급이나 규모와는 관계없이, 기생으로 지내온 세월만큼의 눈치가 있는 것이리라.

"외숙부와 이리 술자리를 갖는 것이 실로 오랜만이지 않습니까? 기분이 좋아 절로 웃음이 나는 것이지요."

"예끼, 이놈아. 산적 같은 사내들끼리 술잔을 기울여 봤자 무슨 맛이 있겠느냐?"

면박을 주는 듯하면서도, 시헌의 대답이 싫지 않은 듯 강영완의 만면이 환해졌다.

"맞는 말씀이십니다! 술자리에는 여인들이 있어야 흥이 나는 법이지요. 비록 누추한 기방이지만 기생들만은 전주 어디에 내놓아도 빠지지 않을 것이라 자부합니다."

"열 마디 말이 무어 필요한가. 어서 들이시게나. 내 외조카님 덕에 전주 제일의 기생들을 오늘 구경하겠구나."

"여부가 있겠습니까! 금방 들이겠나이다. 잠시 회포를 풀고 계시옵소서."

옥련이 내내 굽실댄 것은, 높은 신분의 세도가에 대한 천것의 본능적인 복종이었다. 그러나 거느린 기생에 대해서만큼은 큰 자부심을 가지고 있는 그녀였다.

기생이 되는 여인들은 주로 기생의 딸이거나, 관노비 신분이거나, 홍처럼 중인 이상 계급이되 돈 때문에 팔려 온 이들이었다. 제가 속할 기방을 스스로 결정할 수 있는 기생은 극히 드물었다. 보통 기생들은 어린 나이에 기방으로 오기 때문이었다. 그렇기에 큰 기방이라 하여 반드시 특출한 기생들을 데리고 있으리란 법은 없었다.

이윽고 옥련의 목소리와 함께 문이 열렸다.

"엄동설한에 귀한 분들께서 납셔주셨으니, 조금이라도 어긋남이 있어선 아니 될 것이다. 알겠느냐?"

자욱한 분 냄새, 그리고 사향과 난초향이 섞인 기방 여인 특유의 향취가 확 풍겨왔다. 이어 꽤나 공들여 치장한 젊은 기생 넷이 방으로 들어섰다.

도도하게 고개를 쳐든 채 맨 앞에 자리한 것은 이날을 위해 몇 날 며칠 몸치장을 하느라 몸종들을 쥐 잡듯 했던 애랑이었다. 애랑은 본디 사내를 홀리는 재주가 좋았기에, 귀한 객이 오면 늘 첫 번째로 방에 들었다. 물론 나머지 셋 역시 월야관에서 가장 재색이 좋은 기생들이었다.

"호오, 큰소리를 칠 만한 이유가 있었구나. 한데, 어찌 이리 많은 기생을 들이시나."

"평생 한 번 모실까 말까 한 귀인들이 오셨는데, 어찌 달랑 하나를 들여보내오리까. 소인의 정성이라 여겨주십시오."

본디 사내가 여럿이라 하여 기생까지 짝을 맞춰 들이는 법은 없었다. 홀로 오든, 둘이 오든, 혹은 열이 오든 기생은 하나만이 들어오는 것이 보통이었다.

그러나 입안의 혀처럼 살가운 옥련의 말에, 강영완 역시 흡족한 듯 고개를 끄덕였다.

"나리, 모두 들일까요, 아니면 마음에 드는 계집만 남기고 내보낼까요?"

"사내 둘에 여인 넷은 과하지 않은가. 시헌아, 어떤 여인이 마음에 드느냐?"

"누구든 괜찮습니다."

"누구든 괜찮을 리가 있느냐? 정 그러하면 이 외숙부가 골라줘야겠군."

강영완이 옥련을 돌아보았다.

"제일 방중술이 좋은 계집이 누구냐? 사내를 치마폭에 감싸 밤새 정신을 차리지 못하게 희롱할 계집 말이다."

존경받는 군자의 입에서 나온 말이라기엔 과하게 노골적이었다. 하기야, 본디 사내의 아랫도리에는 귀천이 없다던가. 옥련이 소리 없이 웃음을 흘렸다.

방에 들어 있던 기생들이 민망한 듯 살짝 시선을 돌렸다. 오직 애랑만이 고개를 빳빳이 쳐들고 생글생글 웃고 있었다. 새치름하게 접히는 애랑의 눈가가 유독 붉은 것은, 입술과 볼을 위한 연지를 눈가에까지 발랐기 때문이었다.

강영완이 손가락을 들어 애랑을 가리켰다.

"이리 오너라. 눈빛이 맹랑한 게 자신이 있는 모양이구나. 제법 사내를 홀릴 줄 알 듯하다."

도도하게 고개를 들고 있던 애랑의 얼굴에 만족스러운 웃음이 걸렸다.

"오늘 밤, 이 젊은 공자를 정히 기쁘게 해드려야 할 것이다. 알겠느냐?"

"명심하겠으니 걱정 마시옵소서."

옥련이 부산하게 애랑의 등허리를 떠밀어 시헌의 곁에 앉혔다.

옆으로 긴 도도록한 눈매와 끝이 웃는 듯 살짝 치켜 올라간 붉은 입술, 그리고 유독 육감적인 몸. 애랑은 사내의 눈길을 끄는 여인이었다.

"이름이 무엇이냐."

시헌의 물음에, 애랑은 그에게로 몸을 당겨 붙였다.

"애랑이라 하옵니다, 나리."

애랑이 제 자랑인 풍만한 상체를 은근슬쩍 시헌의 팔에 밀착했다. 얇은 숙고사 자락 사이로 말랑한 감촉이 노골적으로 전해졌다. 짙은 난향에 뒤섞인 여인의 살냄새는, 한성에서 보냈던 시헌의 한 시절을 떠오르게 했다.

"술을 올리겠나이다. 받으소서."

애랑이 교태 어린 목소리로 속삭였다. 참으로 품어볼 만한 사내 아닌가. 젊고, 거부의 자손이며, 세도가 있는 데다 이리 아름답기까지 하다니.

넋을 잃고 시헌의 수려한 용모를 감상하고 있던 탓일까. 그만 술잔이 넘쳐 시헌의 바지 자락을 적시고 말았다.

"송구하옵니다! 어찌 이런 실수를……."

애랑이 당황한 듯 눈을 굴렸다. 주변을 훑어보아 봤자 기방 한복판에 무명천 따위 있을 리 만무한 일. 애랑은 얼른 제 치마폭을 끌어다 시헌의 바지 위에 포개었다. 뭉근한 손길이 허벅지를 어루만졌다.

"그냥 두어라. 괜찮다."

"소녀의 잘못으로 옷을 적신 것을요. 제 옷으로나마 닦아드리겠습니다."

술에 젖은 손바닥만 한 자국 위로 여인의 손길이 오간다. 의미 없는 우연처럼 손은 허벅지의 제법 위쪽을 건드리곤 했다.

시헌의 허벅지를 매만지던 애랑의 입가에 회심의 미소가 감돌았다. 돈깨나 있어 뵈는 사내를 만날 때마다 그녀는 부러 술을 쏟곤 했다. 술을 닦아낸다는 핑계로 허벅지를 만지작대다가 탐스러운 가슴을 밀어붙였다. 그리하면 넘어오지 않는 사내가 없었다.

제가 생각해도 참으로 얄팍한 술수란 것을 안다. 그러나 사내들의 본능 역시 얄팍하긴 매한가지였다. 아무리 고귀한 신분이라 해도 욕망마저 고귀할 리 없는 법이었다.

게다가 이토록 탄탄한 넓적다리라니. 다 늙어 주색잡기만 쫓아다닌 탓에 부실하기 짝이 없는 하체를 놀려대는 영감쟁이들을 상대하다, 젊고 건장한 사내를 끼고 있자니 벌써부터 황홀감이 차올랐다.

시헌을 바라보던 애랑이 탐욕스럽게 입술을 핥았다. 애랑은 오늘 밤, 반드시 이 선비를 자빠뜨려 제 치마폭에 휘감을 생각이었다.

시헌이라고 다르겠는가. 오늘 밤이 지나면, 그는 틀림없이 애랑의 것이 되리라.


밖에서 들려오는 여흥의 소리는 좀체 끊이지 않았다.

어느 방에서는 거문고 연주가 한창이었다. 다른 방에서는 꺄르륵 간드러지는 여인의 소리가 교성처럼 요란했다. 또 어딘가에서는 목청 좋은 기생이 소리 한 곡조를 뽑고 있었다.

그러나 빳빳한 새 옷이 무색하게 방에 들어앉은 홍은 애써 관심 없는 척, 딴청을 하는 중이었다.

홍은 영 부산하게 굴었다. 낫 놓고 기역자도 모르면서 굴러다니는 서책을 휘휘 넘겨보기도 하고, 댕기며 빗 같은 잡동사니들을 늘어놓기도 하고, 괜스레 머리채를 풀어 내렸다 다시 땋아 올리기도 했다.

"거문고 뜯다 죽은 귀신이 붙었나."

무언가 마뜩잖은 듯 입술을 깨물던 홍이 중얼댔다.

거문고 소리는 점점 더 현란해지고 있었다. 저것은 필시 거문고를 사랑하다 못해 밤마다 서방처럼 끌어안고 잔다는 소문이 도는 나이 든 기생 소화의 솜씨. 무료해 견딜 수 없던 와중 하필 거문고 소리가 귀에 꽂혔다. 자꾸만 손끝 발끝이 달싹거렸다.

왠지 모르겠지만 가슴팍이 갑갑하고 신경이 날카로웠다. 몸도 풀 겸, 답답한 마음도 잊을 겸 춤이나 추어볼까 생각해 보지만, 지난번처럼 시헌을 마주칠까 걱정되어 쉽게 엉덩이가 떨어지지 않았다.

순간 덜컥 문이 열렸다.

"홍아, 나오너라."

"어디를요?"

"어디긴. 이 시간에 부르는 이유가 달리 있겠느냐? 어서 나와 나리님들께 춤사위 한번 보여 드려라."

"어떤 나리님 앞에서요?"

재차 묻는 홍에게 옥련이 눈을 부라렸다.

"요즘 고얀 버릇이 들었구나. 어찌 이리 말대꾸를 따박따박 하는 게야? 나오라면 나올 것이지!"

옥련이 홍의 팔을 잡아 일으켰다. 얼결에 자리에서 일어섰지만 시헌의 방에 들이려나 싶어 영 내키지 않았다. 머리 얹을 날도 정해지지 않은 동기를 객 앞에 내보이는 경우가 어디 있나 싶었다.

"대체 누구 앞에서 춤을 추라는 것이냐고요."

"거참 말이 많다. 누구긴 달리 누구……."

옥련이 쏘아붙이는데, 들려오는 발소리.

"내 앞."

그새 뒤뜰 한가운데 서 있던 시헌이 싱긋 웃는다.

"어찌 여기까지 나오셨습니까? 모시는 계집이 성에 차지 않으신 겐지……."

"아니네. 잠시 바람이나 쐴까 하여 나왔을 뿐이네."

옥련을 돌아본 시헌이 덧붙인다.

"잠시 홍과 대화를 나누어도 되겠나?"

"예, 그러믄입쇼!"

시헌의 말이 어명이라도 되는 양, 옥련이 급히 자리를 떴다.

이내 시헌은 성큼성큼 홍에게로 다가왔다. 열린 방문을 사이에 두고 방 안의 홍과 방 밖의 시헌이 얼굴을 마주했다.

월야관에 든 이래 거푸 술을 권하는 외숙부도, 콧소리를 내며 은근히 몸을 비비는 애랑도 시헌의 주의를 끌지는 못했다. 그는 내내 다른 생각을 하고 있었다.

안뜰 모퉁이에서 배꼼 얼굴을 내민 채 입을 벙긋대며 하늘을 가리키던 홍. 그녀의 얼굴에 번지던 득의양양한 웃음.

홍은 알까. 그 순간 그녀의 모습이 얼마나 어여삐 보였는지.

술잔이 오가는 사이에도 시헌은 내내 홍의 웃는 얼굴을 떠올렸다. 이상하게 실실 웃음이 나왔다. 하여 그것이 저를 보고 웃는 것인 줄로만 알았던 애랑은, 시헌을 사로잡고 말았다며 행복한 미소를 숨기지 못했다던가.

"가자."

바짝 다가온 시헌이 방문턱에 서 있는 홍을 향해 손을 내밀었다.

홍의 눈이 동그래졌다. 말똥말똥, 홍이 제 앞에 내밀어진 시헌의 손을 내려다보았다.

"어딜 가요?"

"안채로 간다."

"제가 거길 왜 갑니까?"

시헌이 홍을 보며 씩 웃었다.

"춤 한 수 보자."

"무슨 소리를 하십니까? 내기를 하셨음을 잊으셨습니까? 소녀가 이겼습니다. 눈 따위, 오지 않았잖습니까."

또 시헌이 되지 않을 억지를 부리는가 싶어, 홍의 눈매는 금세 야멸치어졌다.

"지키지도 않을 약조는 대체 무엇 하러 하시는지……."

순간, 시헌이 손을 들어 올렸다. 곧고 길쭉한 손가락이 하늘로 향했다. 영문도 모른 채 허공을 바라본 홍의 눈동자가 거세게 흔들렸다.

그녀의 검은 눈동자 속에 담기는, 드문드문 떨어져 내리는 희고 차가운 무언가. 눈이 내리고 있었다.

하나, 둘. 살을 에는 추위에 채 피지 못하고 낙화하는 새하얀 꽃잎처럼, 눈송이는 춤을 추듯 나부끼며 떨어졌다.

"약조를 지켜야 한다."

시헌이 홍에게로 몸을 기울였다. 그의 얼굴이 그녀의 코앞까지 다가왔다. 독한 술 냄새의 끝에 코끝 시큰한 묵향이 훅 끼쳤다.

저도 모르게 홍의 시선은 시헌의 옷소매로 향하였다. 지난번과 다른 옷, 그러나 같은 자리에 콕콕 새겨진 까만 먹 자국. 쿵, 마음이 내려앉는다.

"어찌 대답을 하지 않아?"

저놈의 눈. 언제부터 내린 것일까. 조금의 낌새도 채지 못했는데, 어느 사이에 오기 시작하여 저리 돌담장 위를 새하얗게 물들인 건지…….

"……알겠습니다."

시헌을 바라보던 홍은 끝내 고개를 끄덕였다.


"동기인지라 평소에는 객 앞에 내보이지 않지만, 귀한 분들이 오셨으니 특별히 춤사위를 보여 드릴까 합니다. 춤 솜씨가 제법 괜찮습니다."

"호오, 그런가? 어서 들이게. 내 두둑하게 춤 값을 낼 것이다."

"여부가 있겠습니까. 무얼 하누. 어서 들이거라!"

덜컥. 장지문이 열렸다. 먼저 모습을 보인 것은 팥쥐였다. 고개를 푹

수그린 채 들어온 팥쥐의 손에는 제 몸뚱이만 한 비단 방석이 들려 있었다. 방석을 내려놓은 팥쥐가 도망치듯 방을 떠났다. 이어 나이 든 기생이 제 키에 버금가는 거문고를 껴안고 들어와 방석 위에 앉았다.

이윽고 홍이 차분한 걸음으로 모습을 드러냈다.

"음."

시헌이 무심코 낮은 신음을 흘렸다.

홍은 아까와 같은 복장이었다. 넓게 퍼진 진홍색 치마폭도, 연푸른 저고리도 그대로였다. 달라진 것이 있다면 수식(首飾)[6]에 매달아 얼굴을 가린 너울 하나뿐. 속이 비치는 검은 너울 아래 흐릿한 얼굴은 미소조차 짓지 않은 무표정이었다.

그러나 시헌의 시선은 홍의 얼굴 위를 떠나지 못했다.

"곱구나. 자태가 참으로 좋다!"

강영완이 반색했다. 이어 부러 들리도록 크게 내는 애랑의 코웃음이 들려왔다. 옥련이 눈을 부라리지만, 다행히 미리부터 홍에 취한 강영완이나 홍에게 시선을 고정하고 있는 시헌 모두 애랑에게는 신경 쓸 겨를이 없는 듯했다.

"평안하시옵니까. 홍이라 하옵니다."

너울 안에서 들려오는 목소리. 공손히 절을 올린 홍이 제자리에 멈춰 섰다. 턱을 바짝 당기고, 목과 등허리를 꼿꼿이 세운 그녀가 제 앞에 늘어앉은 이들을 바라본다.

거부 강영완임이 분명한 중년의 사내, 그리고 그녀를 물끄러미 바라보고 있는 시헌.

시헌의 곁에는 애랑이 앉아 있었다. 홍과 눈이 마주친 애랑이 의기양양한 미소를 지으며 시헌에게 몸을 밀착했다. 벌어진 옷섶 사이, 뽀얗고 풍만한 살결이 유독 눈에 띄었다.

---

6) 머리 장식

"덥구나. 옆으로 가라."

"예?"

"더우니 이만 떨어지라 했다."

"나리……."

"어서."

시헌이 귀찮다는 듯 내뱉었다. 애랑의 얼굴이 금세 시뻘겋게 달아올랐다.

그 와중에도 시헌은 홍에게서 시선을 떼지 않는다. 너울 속, 홍의 까만 눈동자 역시 그를 응시했다.

문득 홍은 궁금해졌다.

분명 싫은 이였다. 제 화를 돋운 치졸한 사내였다. 그 역시 분명 저를 못된 계집이라 여겼을 것이다. 한데, 제 무엇이 저 아리따운 공자를 저리 집중하게 만드는 걸까. 그리고 저 역시 그를 자꾸만 떠올리는 이유는 무엇일까…….

둥– 거문고의 첫 음이 울렸다.

길이 잘 든 현(絃) 위를 움직이는 손가락 사이사이로 음률이 흐른다. 느릿한 단조로 시작된 거문고 가락 위로 홍의 몸이 움직이기 시작했다.

둥둥– 방 안을 채우는 현악을 타고 홍의 발이 사뿐 미끄러졌다. 유려한 춤사위의 시작이었다.

호리호리하고 가녀린 몸의 선. 희고 긴 목덜미, 반듯하게 각진 어깨와 그 아래로 떨어지는 쭉 뻗은 팔이 거문고 선율에 어우러졌다. 잘록한 허리 아래 동그란 반원을 그리는 엉덩이로부터 이어지는 쭉 뻗은 허벅지와 종아리, 그 끝에 자리한 새치름하게 치켜 올라간 발끝까지 홍의 몸 전체에 부드럽지만 흐트러짐 없는 절도가 흐르고 있었다.

빙글, 버선발이 돈다. 작은 기방 안에 가둬놓기에는 안타까우리만큼 아름다운 여인의 몸도 함께 돌았다.

이윽고 거문고 선율이 점점 현란해졌다. 단조와 장조, 전조(轉調)가 어우러졌다. 사뿐사뿐 움직이던 홍의 춤사위에도 힘이 들어갔다. 발꿈치를 바짝 세우고 팔을 뻗었다. 몸의 흔들림을 따라 허리께까지 늘어진 탐스러운 머리채가 함께 춤췄다.

춤을 추는 홍은 다른 것에 신경 쓰지 않는다. 그녀는 스스로에게 취하고 몰두할 뿐이다. 꿈속을 헤매는 사람처럼, 오직 홀로이 존재하는 이처럼.

그것은 자신을 향한 도취인 동시에 독취(毒臭)였다. 무언가를 선택할수도, 제 운명을 결정할 수도 없는 천한 기생에게는 어울리지 않는 표정이기 때문이었다.

그러나 좌중에 모인 이들이 홍 때문에 세상을 잊었듯, 홍 역시 움직이는 제 몸뚱이를 제외한 모든 것을 잊었다.

탕탕! 거문고를 타는 기생 소화의 오른손이 좌단을 세게 쳤다. 그와 함께 허공을 거닐 듯 우아하게 움직이던 홍의 춤이 끝났다.

거문고 소리가 뚝 끊기고, 잠시 찾아온 고요.

"대단하구나! 대단해! 내 이런 춤사위는 처음 보았다!"

강영완이 자리에서 벌떡 일어섰다. 이미 취기가 오른 상태였으나 술보다 홍의 춤에 더욱 취한 듯했다.

"감읍하옵니다, 나리."

홍이 공손히 고개를 숙였다. 춤을 출 때 떠올라 있던 애틋한 표정은 사라지고, 홍은 그새 담백한 얼굴로 되돌아와 있었다.

"이보게, 행수! 어찌 저 아이를 이제야 들인 것이냐? 어디서도 볼 수 없는 춤이다. 게다가 보기 드문 미색이구나."

"말씀드리지 않았나이까. 아직 머리를 올리지 않은 동기이옵니다."

"아아, 동기라 하였지. 춤사위가 하도 놀라워 까맣게 잊었구나."

옥련과 주거니 받거니 대화하는 강영완의 말투에는 짙은 아쉬움이 배어 있었다.

"세상에 춤 따위 못 추는 기생도 있나."

심기가 편치 않은 애랑이 입을 배죽거렸다.

그러나 그 와중, 시헌만은 내내 고요하다. 시헌은 홍의 춤이 멈춘 이후 내내 묵묵부답이었다.

훌륭한 실력이었으나, 시헌은 춤이 아닌 오롯이 홍에게 집중하고 있었다. 펄럭이는 옷자락과 들썩이는 너울 뒤에 감춰진 그녀의 진짜 모습이 궁금했다.

고작 열대여섯밖에 되지 않았으면서 삶의 모든 희로애락을 아는 것처럼 움직이는 여인. 홍은 눈을 뗄 수 없을 만큼 아름다웠다.

춤사위는 진즉 끝났으나 시헌의 심장은 여전히 춤추고 있었다.

한성에서 난봉꾼으로 이름을 날릴 적에 시헌은 무수한 여인들을 접했고, 무수한 춤을 감상하였으며, 무수하게 어여쁘다 뜻 없는 감탄을 일삼았다.

홍을 대하는 시헌의 방식 역시 크게 다르지 않았었다. 홍이라는 계집은 여느 기생과는 달랐다. 날렵한 암고양이를 닮은 눈매처럼 그녀는 결코 호락호락하지 않았고, 그것이 그의 관심을 끌었다. 늘 그렇듯 시헌은 쉽게 호기심을 가졌고 또 쉽게 다가갔다.

그러나 이 순간 시헌의 머릿속은 그야말로 난장판이었다.

머릿속에 폭설이 내린다. 운명처럼 홍을 마주쳤던 날이 떠올랐다. 왜 달이 뜬 밤마다 자꾸만 월야관이 있는 지척의 서녘을 흘깃댔는지, 기어이 이곳에 찾아들고야 말았는지, 어찌하여 제 심장이 거문고 장단처럼 둥둥 요동치는지. 그것들의 의미를 시헌은 아직 몰랐다.

"그럼 이만 소녀는 물러가겠습니다."

홍이 가볍게 절을 올리려는데, 갑자기 강영완의 목소리가 들려왔다.

"아니다! 거기 있어라. 내 좋은 생각이 났느니라. 이보게, 행수."

"예, 나리."

"저 아이, 나이가 어떻게 되는가? 머리를 올릴 때가 되지 않았더냐?"

강영완의 속내를 알아챈 옥련이 급히 자세를 가다듬었다.

"예. 해가 바뀌면 대발식을 치를 예정에 있습니다."

"누군가 저 아이를 미리 내정한 자가 있는가?"

"보시다시피 어디 내놓아도 빠지지 않을 계집이라 탐내는 이들이 많긴 하지만……. 달리 내정한 이가 있지는 않습니다."

"그렇구나. 잘되었다."

강영완이 호쾌한 웃음을 터뜨렸다. 그가 옥련에게 넌지시 말을 건네었다.

"내 저 아이의 머릿값을 치르겠다. 서른 냥이면 되겠는가?"

"서, 서른 냥이요?"

당황한 옥련이 말을 더듬었다.

이럴 것을 염두에 두고 홍에게 춤을 추라 종용한 것이긴 했다. 하나이리 큰돈을 내겠다고 할 줄은 몰랐다. 정신이 번쩍 든 옥련이 이내 흥정에 응했다.

"강영완 나리께서 친히 홍의 머리를 올려주시는 것이니……."

갈까, 말까 머뭇대던 홍은 그대로 제자리에 얼어붙었다. 피식, 애랑의 코웃음소리가 작게 들렸다.

"내가? 아닐세, 아니야. 머릿값을 치르겠다는 의미지, 내가 품을 것이란 소리는 아니네."

강영완이 시헌을 향해 고개를 돌렸다.

"내가 아니라, 외조카님께서 저 아이의 머리를 올려줄걸세."

"외숙부."

갑작스러운 말에 시헌이 미간을 찌푸렸다.

오늘 외숙부의 행동은 영 평소답지 않았다. 강영완은 기방을 찾을지언정 술과 풍류를 좋아했지, 색을 밝히는 자는 결코 아니었다.

시헌 역시 마찬가지였다. 홍에게 흥미를 가진 것은 사실이었으나, 이런 일을 예상하거나 바라지는 않았다. 갑작스레 여인의 머리를 얹어주라니. 이 무슨 날벼락 같은 소리란 말인가.

"내 많은 기방을 돌아다녔으나 이렇게 특출한 데가 있는 기생은 처음 보았다. 한성에서 전주로 내려온 지도 이미 꽤 되었지 않으냐? 외숙부의 선물이라 여기고 거절하지 마라."

"외숙부답지 않게 이 무슨 말씀이십니까. 숙부와 술을 마시는 것으로 족합니다. 그런 말씀 마십시오."

그러나 강영완은 술이 얼근하게 오른 탓인지 물러서지 않았다.

"사내대장부가 되어 이미 말을 꺼낸 것을 어찌 되돌린단 말이냐. 자고로 풍류를 아는 선비란, 머무는 지역마다 정을 나눈 기생 하나쯤 있는 법이다."

홍의 빼어난 춤 솜씨가 예기(藝妓)를 높이 치는 강영완의 마음을 사로잡은 모양이다. 기실 시헌은 여인을 마다한 적 없는 사내였다. 아마도 지난 어느 날 이런 제안을 들었더라면 결코 거절하지 않았을 것이다. 그러나 지금 그의 머릿속은 혼란스러웠다. 결정을 내리는 것 역시 불가능했다.

시헌은 깨달았다. 다른 기생을 품듯 아무렇지 않게 홍을 취할 수는 없을 것이다.

처음 느껴보는 동요였다. 이 기묘한 감정의 원인을 찾기 전에는, 그럴 수 없다.

"정말 너무들 하십니다."

순간 들려오는 목소리. 방의 적막을 깨뜨린 것은 시헌도 옥련도 홍도 아닌 곁에 앉아 있던 애랑이었다.

"이럴 거면 무엇 하러 잘 모시라 신신당부를 하셨으며, 무엇 하러 색이 좋네 마네 하시며 들이신 겝니까? 옆에 있는 저는 꿔다놓은 보릿자루랍디까? 아무리 기생보고 해어화(解語花)[7]라 한다지만 이리 없는 사람 취급을 하실 거면……."

"조용하지 못하겠느냐?"

옥련이 눈을 부라렸다. 분한 듯, 애랑의 입술 끝이 파르르 경련했다.

본디 애랑은 아주 단순한 성격을 가졌다. 또한 기생이라는 제 신분에 충실한 여인이기도 했다. 그녀는 교태를 부려 사내들을 홀리는 것을 제 삶의 의미라 여겼다. 밖에서 창기라 손가락질 받을지언정 그것이 애랑의 삶의 기쁨이었다.

그러나 시헌은 제게 조금도 관심을 주지 않았다. 그뿐인가. 강영완마저 눈엣가시인 홍을 칭송하니, 그 설움이 폭발하고 만 것이다.

"아니다. 가만 듣고 보니 애랑이의 말이 맞구나."

산전수전 다 겪은 강영완이었다. 그의 눈에는 애랑의 행동이 그저 귀여운 앙탈처럼 느껴지는 모양이었다.

"아니옵니다, 나리! 나리께서 계신 자리에서 저리 눈을 치켜뜨고 발끈하다니요. 제가 잘못 가르친 탓입니다. 어디 감히 기생이 조강지처라도 된 듯 사내를 두고 다툰답디까. 본디 기생이란, 대단한 사내일수록 독점치 않고 나눠 쓸 줄 알아야 하는 법입니다."

옥련이 강영완에게 머리를 조아렸다. 강영완이 사람 좋은 웃음을 지었다.

"그래. 듣고 보니 행수의 말도 맞다."

"외숙부. 황희 정승 흉내라도 내십니까? 이 사람도 맞다, 저 사람도 맞다 하시다니요."

보다 못한 시헌이 툭 내뱉었다. 그러자 강영완은 기다렸다는 듯 입을 열었다.

7) 말을 알아듣는 꽃

"그래. 네 말도 맞다! 허허, 시헌아. 내 가만 듣자니 애랑의 말에도 일리가 있고, 행수의 말에도 틀림이 없다. 그러니 당사자인 네가 어느 여인과 밤을 보낼지 결정하는 것이 어떻겠느냐?"

"숙부. 대체 오늘따라 왜 이러십니까? 싫다 말씀드리지 않았습니……."

시헌의 말이 채 끝나기도 전에, 홍이 입을 열었다.

"저는, 싫습니다."

"뭐, 뭣이야?"

옥련이 당황한 듯 큰 소리를 냈다. 옥련은 기방 한복판에서 벌어지는 진풍경에 뒷골이 다 땅길 판이었다.

한 년은 제가 아닌 다른 계집을 어여삐 여긴다며 투기를 하고, 또 다른 년은 머릿값 서른 냥을 내겠다는 귀인 면전에 대놓고 싫다 소리를 지껄이다니. 기생 어미인 옥련으로서는 기가 막히고 코가 막힐 일. 아무래도 월야관 문을 닫아야 할 날이 머지않은 듯싶었다.

"싫다 하였습니다."

홍의 입술이 설핏 떨렸다. 너울 속 얼굴은 분칠을 하지 않았음에도 백짓장처럼 희게 질려 있었다.

홍은 내내 그 자리에 있었다. 강영완이 머리를 올려주겠다는 말을 꺼낸 이후, 그들 곁에 우두커니 선 채로.

시헌이 거부의 의사를 밝히고, 애랑이 시샘을 부렸으며, 옥련이 그런 애랑을 나무랐다. 강영완은 애랑도 옥련도 옳다며 모두의 편을 들었다. 이 모든 대화는 홍의 머릿값을 두고 일어난 것이었다.

그러나 누구도 당사자인 홍에게는 묻지 않았다. 마치 아름다운 도자기나 벼루를 보듯 품평하고 값을 매겼을 뿐이다.

"싫습니다. 얼마를 주신다 해도, 이리 갑작스럽게는 싫습니다."

홍의 말투가 너무나 단호한 탓에 옥련마저 말을 잃었다. 이내 강영완이 껄껄 웃었다.

"오, 자태만 뛰어난 것이 아니라 성격까지 당돌하구나. 얼굴값을 하는 모양이로고. 미처 네 뜻이 어떤지 묻지 않았구나. 이제야 물음을 용서하라."

강영완은 오가는 대화가 몹시 즐거운 모양이었다. 웃음을 숨기지 않은 채, 그가 다시 물었다.

"그런데 어찌 싫은 것이냐? 아직 사내를 모르는 까닭에 두려워 그러느냐? 아니면 내가 모르는 다른 이유라도 있는 것이더냐?"

홍이 강영완의 얼굴을 마주 보았다. 그가 '괜찮다'는 듯 부드럽게 고개를 끄덕였다.

"소녀 나이 열에 동기로 팔려 와, 지금껏 기생이 알고 배워야 할 것들을 혹독하게 익히며 지냈습니다."

이 대목에서 홍은 옥련을 향해 고개를 돌렸다.

"행수께서 제게 늘 말씀하시기를, 기생에게는 머리를 얹는 대발식이 가장 중요한 것이라 하셨나이다. 또한 해가 바뀌면 크게 대발식을 치러주겠노라 약조하셨습니다."

옥련이 무안한 듯 헛기침을 하며 시선을 돌렸다.

구구절절 모두 맞는 말이었다. 홍은 결코 무언가를 요구하거나 조르는 법이 없었다. 그런 홍에게 틈 날 때마다 머릿값을 운운하며 대단한 기생을 만들어주겠다 큰소리를 치곤 했던 이는 다름 아닌 옥련이었다.

"소녀, 내년에 머리를 올릴 것이라 알고 있어 꾸준히 기예를 익혔나이다. 한데 이리 갑자기 머리를 얹으라 하시니 어찌 받아들일 수 있겠습니까?"

말을 마친 홍이 초조한 시선을 떨어뜨렸다. 속내를 털어놓고 나자 입 안이 바짝 말랐다.

"그러니 부디 소녀의 마음을 헤아려 주시옵소서."

공손히 머리를 숙인 홍이 그대로 방을 나섰다. 시헌의 강렬한 눈빛이 느껴졌다. 무어라 외치는 옥련의 목소리가 뒤통수에 꽂혔다. 그러나 그녀는 뒤돌아보지 않았다.

방에서 나와 꽃신을 신고 나서야 식은땀이 났다. 제가 무슨 짓을 저지른 것인가 싶어 순간 등줄기가 시렸다.

분명 옥련은 매를 치겠지. 그토록 잘 모시라 당부했던 귀한 객들 앞에서 되바라진 소리를 하였으니, 종아리가 터지는 정도로 끝나면 차라리 다행일 것이다. 자칫하다간 더 험한 꼴을 당할지도 몰랐다. 과거 옥련에게 단단히 밉보인 기생 하나가 쥐도 새도 모르게 사라진 적도 있지 않은가.

"내 꼴도 그리되려나……."

중얼거리는데, 콧잔등에 찬 눈송이가 내려앉았다.

"망할 눈."

홍이 원망스러운 눈빛으로 하늘을 올려다보았다.

수청을 들 수 없는 이유에 대해 주절주절 늘어놓았으나 그저 순간을 모면하기 위한 말들이었을 뿐이다. 어차피 해가 바뀌면 누구에 의해서든 머리를 얹어 기생이 될 몸이었다.

생판 모르는 늙은이의 노리개가 될 바에야, 차라리 시헌과 밤을 보내는 편이 낫지 않았을까. 어차피 기생이라면 누구나 겪는 일. 조용히 받아들이는 것이 옳았을까…….

홍이 도리도리 고개를 저었다.

그럴 수 있었다면 좋았을 것이다. 아무런 거리낌 없이, 수치심 없이, 고통 없이 그저 막대한 머릿값에 기쁨을 느낄 수 있었더라면 좋았을 것이다. 그러나 그럴 수 없다.

몸이 아닌 마음이 이리 뻐근하게 시린 이유를 알기 전에는, 그럴 수가 없었다.

홍은 무릎을 껴안은 채 깊은 생각에 잠겨 있었다. 깊은 밤임에도 불을 켜지 않아 방 안은 칠흑처럼 캄캄했다.

월야관의 여러 방들에서 이어지던 여흥의 소리는 더 이상 들리지 않았다. 이 방 저 방 옮겨 다니며 연주하던 소화의 거문고 선율이 끊기고, 목청 좋은 누군가의 소리 한 수가 끝나고, 술에 취해 불분명한 발음으로 떠들어대는 사내들의 목소리도 잠잠해졌다.

이후에는 옥련의 것임이 분명한 높은 목소리가 대문간에서 오래도록 들려왔다. 필시 시헌 일행을 배웅하는 것이리라.

끼익- 대문 여닫히는 소리가 들렸다.

이내 가까이 다가오는 기척에 홍은 잘근 입술을 깨물었다. 옥련이 제 방을 향해 오고 있었다.

"홍아, 자느냐?"

그러나 옥련의 음성은 의외로 차분했다. 방금 전 대문간에서 교태 어린 소리를 내던 여인이 맞나 싶을 정도였다.

"아니요."

물론 자는 척을 할 수도 있었을 것이다. 그러나 조용히 묻고 지나갈 수는 없을 일이었다.

홍은 조심스레 문을 열었다.

강영완과 시헌 앞에서 내내 웃음을 흘리며 비위를 맞추던 옥련. 그녀의 주름진 눈가에 검은 그늘이 드리워져 있었다.

"흠……."

옥련이 할 말을 고르는 듯 잠시 뜸을 들였다. 어둠 속이라 잘 보이지는 않았으나, 옥련의 눈빛이며 태도는 예상 외로 표독스럽지 않았다.

"홍아, 기생이란 무엇이라 생각하느냐?"

돌아온 것은 질타가 아닌 질문, 그것도 생각지 못한 물음이었다.

"예술을 알고, 흥을 돋우고, 풍류를 즐기는……."

그런 것이 기생이라고 배웠다.

그러나 그것은 퇴기들의 입에서 입으로 내려오는 사장된 구전이거나, 높으신 나리들과 어울리는 일패들에게나 해당되는 이야기였다. 전주 구석에 틀어박힌 질 낮은 기방 월야관과는 하등 관계없는 말임을 모두가 알고 있었다.

"그래. 내 그리 가르쳤지. 그러나 현실은 그렇지 않아. 이곳 전주 교방에 속한 기방이 십여 개가 넘는다. 그중 나리님들과 풍류를 논하며 절개를 미덕으로 여기는 기생들이 몇이나 될 것 같으냐?"

"……."

"양반과 상놈, 나리와 노비만이 다른 것이 아니다. 기생들 중에서도 일패기생이며 예기며, 또 명기라 추앙받는 계집들이 있지. 그네들은 같은 천출이라도 나리님들과 교분하며 마마님처럼 살아간다."

낮게 한숨을 내쉰 옥련이 말을 이었다.

"그런 대단한 기생들이 있다면, 우리처럼 긍지보다는 돈푼이 중요하여 창기라 손가락질받는 은근짜들도 있지. 그게 이 세상의 이치이다. 양반과 상놈만 급이 나뉘는 것이 아니라, 천것들 사이에서도 위아래가 있는 것이."

"……그래서요?"

홍은 문득 의문스러웠다. 그녀는 월야관에 속한 제 처지가 서글프다 토로한 적 없었다. 또한 이름을 날리는 명기가 되고 싶다는 꿈을 꾸어 본 적 역시 없었다. 남들이 제게 거창한 것을 기대했을지언정, 홍은 그런 데 관심을 두지 않았다.

그녀는 동기의 삶을 받아들이며 살고 있었거늘, 어찌 저런 말을 하는 것일까.

"춤을 그만두어라. 앞으로 다른 기생들이 춤을 배울 때 참여하지 말라는 뜻이다. 너 홀로 연습하는 것도 하지 마라."

"예?"

"황진이처럼 송도를 뒤흔들 명기가 될 것도 아니요, 매창처럼 선비들과 풍류를 논할 것도 아니요, 또 장녹수처럼 나라를 뒤엎을 것도 아니지 않으냐? 한낱 은근짜에게 춤이며 기예가 다 무슨 소용이더냐? 지금의 실력으로도 사내들의 흥을 돋우고도 남는다. 그러니 그만 배워도 된다는 것이다."

홍이 미간을 찌푸렸다. 옥련의 통보는 당황스러웠고, 모순적이었다.

"아까는 춤을 추라 온갖 성화를 다 부리더니, 이제는 춤을 추지 말라는 겁니까?"

"아까는 아까고, 지금은 지금이지."

그리고 이내 옥련은 속내를 털어놓았다.

"월야관 계집 중에 사내를 거절한 이는 지금껏 없었다. 그놈의 춤 좀 춘다고 나리님들께 칭찬을 들으니, 네가 무슨 한성의 일패라도 된 듯 느껴지는 모양이지? 그놈의 춤이 네 콧대를 이리 높여놨으니 그만 배우라 하는 게다."

"그런 뜻으로 한 말이 아니었습니다."

"그런 뜻이었든 아니든 안 되는 건 안 되는 것이야. 어차피 해가 바뀌면 너도 머리를 얹고 기적에 이름을 올릴 것이다. 그때 가서도 이렇게 사내를 퇴짜 놓는다면, 손해 보는 것은 결국 너뿐임을 알아야 할 게다."

홍은 곧 깨달았다. 이곳 월야관의 주인이 제가 아닌 옥련이듯, 월야관에 팔린 동기 홍의 몸도 제 것이 아닌 옥련의 것이다. 옥련이 아니 된다면 그 말이 곧 법이었다.

"세상천지 너 말고는 계집이 없을 것 같지? 절개를 지키는 기생이 뭔가 대단한 대우를 받을 줄 알았다면, 당장 그 꿈을 깨야 할 게야."

옥련이 무심히 몸을 돌렸다.

"시헌 공자께서는 애랑이를 데리고 침소로 드셨다."

"……."

"꼴좋게 되었구나. 귀한 공자를 모신 기생이라는 이름을 얻을 기회도 잃고, 서른 냥이라는 머릿값도 잃었으니. 이제 알겠느냐? 그게 주제를 모르고 함부로 입을 놀린 대가인 것을."

옥련의 걸음이 멀어져 간다. '쯧쯧, 아둔한 년.'이라며 혀를 차는 나지막한 목소리가 들렸다. 홍의 귀에 그 소리는 마른하늘에서 쏟아지는 우레처럼 들렸다.

노란 등잔불 아래 작은 술상이 놓인 방. 그 방 안에 자리한 애랑은 어느 때보다 행복한 표정이었다.

강영완은 시헌을 잘 모시라며 해웃값으로 무려 스무 냥을 놓고 갔다. 이는 애랑이 처음 머리를 얹을 때 받았던 돈에 맞먹는 큰 액수였다. 게다가 돈이 대수일까. 제 앞에 있는 시헌은 지금껏 그녀가 본 중에 가장 아름다운 용모를 지닌 사내가 아닌가.

"애랑아."

"예, 나리."

괜스레 마음까지 설레어, 애랑은 다소곳하게 대꾸했다.

애랑을 애지중지 여기는 돈 많은 중늙은이들이 여럿이었다. 그럼에도 이리 기분이 날아갈 듯한 것을 보니 역시나 젊음이 보배인 모양이다.

하기야 그가 보통 사내겠는가. 용모와 풍채도 남달랐지만 천출 처지에 평생 한 번 볼까 말까 한 귀인이었다. 퀴퀴한 영감 내를 풍기는 촌로들과 그를 비교하는 상상만으로도 미안해질 판이었다.

"내 몹시 피로하니 조용히 잘 수 있게 해주겠느냐?"

"벌써 주무시려고요?"

"머릿속이 어지러워 그런다."

무엇 때문에 시헌의 속내가 복잡한지 알 턱 없는 애랑이 그를 말끄러미 바라보았다. 그리고 대뜸 묻는다.

"선비님, 술 한 잔 더 올릴까요?"

"이미 충분히 마셨다. 방이 뜨거워 열이 오르는구나."

"그렇지요? 더우시면 옷을 벗으십시오. 구겨지지 않게 잘 개켜놓겠습니다."

"그래. 그리하도록 해라."

시헌은 만사가 귀찮은 표정을 짓고 있었다.

애당초 동침을 원하여 기생을 끼고 방에 든 것이 아닌 그였다. 외숙부의 권유를 거듭 거절하였으나 만취한 강영완은 황소고집이었다. 결국 시헌은 될 대로 되라는 심정으로 월야관에서 하룻밤을 보내게 된 참이었다.

자리에 비스듬히 누워 있던 시헌이 그대로 팔을 쓱 내밀었다. 옷을 벗기라는 뜻 같아, 애랑은 그의 옷자락을 살갑게 잡아당겼다.

저고리와 도포를 한쪽으로 밀어놓은 애랑이 감격한 눈빛으로 시헌을 바라보았다. 역시나 귀한 도령이시라, 생전 본 적이 없을 만치 희고 깨끗한 속적삼 자락은 살빛이 비치기라도 할 듯 얇고 보드라웠다.

그러나 더욱 마음을 들뜨게 하는 것은, 값비싼 비단 자락보다 더 말간 낯빛을 한 시헌의 얼굴. 깊은 생각에 잠겼는지 그의 반듯한 미간에 가느다란 주름이 져 있었다.

곱디고운 사내.

아무리 은근짜며 창기라 불리는 처지인들 어찌 사람을 가리지 않겠는가. 마음과 몸이 동시에 동하는 것은 실로 오랜만이었다. 뺨부터 가슴 언저리, 아랫배까지 홧홧한 기운이 몰려와 열이 올랐다.

"선비님 말씀처럼 꽤나 덥습니다. 저도 옷을 좀 벗겠습니다."

애랑이 제 옷고름을 슥 잡아당겼다. 저고리 옷섶이 벌어지며 치마끈으로 칭칭 동여맨 가슴이 드러났다. 치마끈을 꽉 조인 것은 가리려는 의도가 아니라 더욱 풍만해 보이고자 하는 눈속임이라, 졸라맨 치맛단 위 가슴은 당장에라도 쏟아질 듯 탐스러웠다.

저고리 옷감이 스치는 스슥 소리에 실눈을 뜬 시헌이 헛웃음을 토했다.

"조용히 자게 해달라 했더니, 어찌 옷을 훌훌 벗어 재끼는 것이냐?"

"아까부터 꿰다놓은 보릿자루처럼 저를 천대하시니, 그것이 서운하여 이렇게라도 시선을 끌어볼까 하여 그럽니다."

의외로 솔직한 대답이었다. 시헌은 그제야 눈을 제대로 떴다. 그가 잠시 불빛에 드러난 애랑의 몸을 응시했다.

"어찌 그리 뚫어져라 보십니까?"

"보아달라고 그리하고 있는 것 같아서."

"해서, 보기에 나쁘시진 않지요?"

애랑이 생글거리며 물었다. 시헌이 무심하게 내뱉었다.

"그래. 나쁘지 않다."

"저 말입니까, 아니면 이년의 이것 말씀입니까?"

애랑은 이 밤, 반드시 시헌을 유혹하여 홍의 콧대를 바짝 눌러줄 생각이었다. 보아온 바 그는 대놓고 교태를 부리는 것을 반기지 않는 선비임이 분명했다. 욕정에 눈이 멀어 덤벼들 리 없으니 제 스스로 유혹하는 것만이 방법이었다.

애랑이 새초롬하게 웃으며 제 손을 가슴께로 가져갔다. 양쪽으로 벌어진 저고리 사이, 새하얀 여린 살 위로 애랑의 손이 느리게 오갔다. 보아달라는 듯 시헌과 눈을 맞추며 애랑은 천천히 저고리를 벗어 떨어뜨렸다. 가슴께 뽀얀 살결이 출렁거렸다.

흥미가 동한 걸까. 내내 무심하던 시헌의 눈빛이 조금 달라진 것도 같다. 애랑이 가슴을 동여맨 치마끈을 잡아당겼다.

"그것마저 벗는 게냐?"

"이렇게라도 해야 눈을 감지 아니하시고 보아주시니 별수 있겠습니까?"

피식. 애랑의 답을 들은 시헌이 바람 빠진 소리를 내며 웃었다. 이내 끈이 풀리며 풍성하게 감겨 있던 치마폭이며 너른 속곳이 바닥으로 떨어졌다. 애랑의 나신 위에 비친 등잔 불빛이 흔들렸다.

애랑의 나이 올해 스물. 청춘을 맞은 몸은 싱그럽고 탐스러웠다. 그녀가 시헌의 손을 잡았다. 젊은 공자는 긴 허우대만큼이나 길게 뻗은 섬섬옥수를 가졌다. 애랑이 시헌의 손을 제게로 이끌었다.

"그리 계속 무심히 바라만 보실 것입니까? 계집의 몸을 이리 달게 하시다니요. 정말 너무하십니다."

애랑이 입술을 비죽 내밀었다. 제 심장 위에 놓인 채 여전히 미동 없는 시헌의 손과, 속을 알 수 없는 묘한 눈빛이 야속하다. 그러나 안아주지 않는다 하여 어찌 물러날까. 애랑은 이미 스무 냥이라는 큰돈을 해웃값으로 받았다.

하지만 이제 돈은 문제가 아니었다. 이리 고운 사내와의 운우지정(雲雨之情)을 어찌 마다하겠느냐 말이다.

시헌의 곁으로 다가간 애랑이 몸을 붙였다. 드러난 상체에 와 닿는 그의 살결의 감촉에 몸이 쭈뼛 긴장했다. 느슨한 옷섶 사이로 비치는 시헌의 단단한 가슴팍 위로 노란 등불이 어른대고 있었다. 그의 모습은 어쩌면 여인의 벗은 몸보다 더 은밀하고 유혹적이었다.

"아웃……."

마음이 달뜬 애랑의 입에서 조급한 신음이 흘렀다. 애랑은 몸을 비틀어 좀 더 시헌에게 가까이 밀착했다.

몸이 달았다. 다리 사이가 불같이 뜨거웠다. 어서 시헌이 자신을 정복해 주길 바랐다. 그러나 그는 좀처럼 움직이지 않았다. 조바심이 난 애랑이 시헌의 입술에 제 입술을 포갰다.

창기에게 사내란 곧 돈에 지나지 않음을 누구보다 잘 아는 애랑이었다. 한데 이리 마음이 동하다니. 반응이 없는 까닭에 더욱 안달이 나 미칠 것 같았다.

순간, 그의 손이 그녀의 가슴께에 와 닿았다. 마침내 시헌이 유혹에 굴복하였다는 생각에 절로 입술이 벌어져 긴 신음이 흘러나왔다. 그러나 시헌의 손은 애랑의 몸뚱이를 부드럽게 뒤로 밀어냈다.

"이상한 일이지."

"무엇이…… 말입니까?"

어정쩡하게 몸을 일으킨 애랑이 물었다. 애랑은 그제야 깨닫는다. 불이라도 땐 듯 뜨거운 제 살갗과는 달리 시헌의 몸은 냉골처럼 서늘하다는 것을.

"원래 이런 것이거늘."

"선비님. 무엇이 말입니까?"

애랑이 시헌을 향해 몸을 기울였다. 그러나 시헌은 자리에서 벌떡 일어나 버렸다. 당황한 애랑이 인상을 찡그렸다.

"술을 따르고, 입안의 혀처럼 달게 굴고, 내가 원한다면 언제든 취할 수 있는 것. 그것이 기생 아니더냐. 갖고 싶으면 가지면 되고, 원치 않으면 내치면 그만인 것을."

"무슨 말씀이신지……."

저를 바라보는 시헌의 눈빛이 기묘하여, 애랑은 기어들어 가는 소리로 되물었다.

서늘한 몸과는 다르게 시헌의 눈 안에는 열(熱)이 있었다. 그러나 그것은 욕망에 타오르는 끈적한 열기가 아닌 등골이 오싹할 만큼 시리고 괴괴한 열. 그 열기가 저를 향한 것이 아님을 애랑은 본능적으로 깨달았다.

"그런데 왜 이러는 게냐."

시헌이 중얼거렸다. 애랑에게 묻는 말처럼 들리지는 않았다. 그는 스스로에게 묻고 있었다.

"대체 왜 이러는 거냐고. 여인이 곁에 있으니, 하룻밤 살을 맞대면 그만 아니더냐?"

그는 다시금 애랑의 몸뚱이를 눈으로 훑었다.

여체는 유혹적이었다. 잔뜩 욕망에 달아오른 몸은 팽팽하게 긴장하고 있었다. 흠잡을 데 없이 미끈한 살결, 사내라면 시선을 주지 않고는 배기지 못할 육감적인 몸. 게다가 시헌을 간절히 원하고 있음을 숨기지 않는 애랑의 눈빛. 여인의 눈가는 열에 들떠 촉촉했다.

그러나 조금도, 조금도 마음이 동하지 않는다. 당장 손을 뻗어 움켜쥐고 싶을 만큼 탐스러운 몸뚱이였음에도 아무런 욕구가 들지 않았다. 애랑의 존재가 태초부터 그 자리에 있었던 익숙하기 짝이 없는 물건처럼 느껴졌다.

갖고 싶지 않았다. 조금도 원치 않았다.

"어찌하여, 이리 갈피를 잡지 못하는 게냐."

시헌은 선문답이라도 하듯 중얼거렸다. 한기가 돌아 떨어진 옷가지로 드러난 몸을 가리는 애랑의 존재는 이미 안중에도 없었다.

여인이라면, 특히 그 대상이 기생이라면 시헌은 언제나 망설임 없이 가졌다. 한성의 손 큰 난봉꾼으로 이름을 날리던 그에게 여인이란, 눈앞을 가로지르는 냇가에 놓인 징검다리처럼 잠시 지르밟고 지나치는 존재에 불과했다.

하루, 길면 사나흘. 그것이 전부. 결코 뒤돌아보지도, 다시 떠올리지도 않았다.

"가거라."

"뭐라고요?"

"이만 가라 했다. 혼자 있게 해다오."

어정쩡하게 가슴을 가린 애랑의 눈빛이 요동쳤다. 앙다문 입술이 파르르 떨렸다.

교합을 하지 않았을 뿐 벗은 몸을 내보인 여인에게 깊은 밤 나가라는 사내가 세상천지 어디 있단 말인가. 애랑에게는 있을 수도, 있어서도 아니 되는 일이다. 소박을 맞았다며 기생들에게 두고두고 비웃음을 살 것이 뻔했다.

"어찌 이러십니까. 이리 오십시오. 오늘 밤에……."

애랑이 은근히 속삭이며 몸을 들이댔다. 그 순간, 비스듬히 상체를 기대고 있던 시헌이 몸을 일으켰다.

"가라는 말, 듣지 못하였느냐?"

그러나 애랑은 쉽게 포기하지 않았다. 다시 한번, 그녀의 손이 시헌의 허리에 감겼다. 턱ㅡ. 애랑의 손목을 시헌이 붙들었다.

"옷을 챙겨 입고 네 발로 나가겠느냐, 아니면 벌거벗은 채 쫓겨나겠느냐?"

"나리!"

더 이상은 애랑도 참을 수 없었다. 내내 억누르고 있던 분기가 치밀어 올랐다.

이 모든 것이 그년이 방에 들어 요사한 춤을 춘 이후부터 벌어진 일이다. 이는 분명 홍, 그 발칙한 계집 때문이었다.

"지금 홍 그년 때문에 이러시는 겝니까?"

"……가라 했다."

바드득 이를 가는 소리. 이내 쾅 하며 문이 거칠게 여닫혔다. 문밖에 도사리고 있던 한풍이 들이닥쳤다. 정신이 번쩍 들도록 콧잔등이 시린 바람이었다.

"지금 홍 그년 때문에 이러시는 겝니까?"

애랑이야 기생의 본분에 충실했을 뿐이다. 그녀에게 가혹하게 굴었음을 시헌 역시 안다. 게다가 그의 긴 고민에 대한 답까지 내려주고 떠나지 않았는가.

시헌이 자리에서 몸을 일으켰다. 그는 그대로 방을 나섰다.

❀

시헌은 팔 남매의 막내이자 외아들이었다.

본디 친가, 외가 모두 거부로 이름 높은 명문가의 귀하디귀한 아들. 당연하게도 시헌은 태어난 순간부터 온 집안의 기대를 받으며 자랐다. 그러나 집안사람이 아닌 타인의 눈으로 보기에도 시헌은 퍽 특별한 구석이 있는 아이였다.

"계집아이가 커서 대단한 절색이 되려나 보구나. 어린 것이 참으로 곱다!"

"쉿! 자네 미쳤는가? 계집이 아니라 도령일세! 게다가 김용헌 대감 댁 아드님인 것을……. 계집이라 하는 소리를 그 집 사람들이 들었다간 쥐도 새도 모르게 경을 칠지 모르니 그 입 다물게!"

유달리 해사하고 고운 용모를 타고난 탓에, 어린 시절 계집아이라는 오해를 사기도 여러 번.

그러나 열두 살을 넘긴 시헌은 하루가 다르게 키가 자랐고, 열여섯 무렵에는 사람들 틈에서 머리가 불쑥 튀어나올 정도가 되었다. 또한 본래 선이 곱던 얼굴에 사내다움이 더해져, 나이가 들수록 더할 나위 없는 미공자의 용모를 갖추었다.

물론 외모만 훌륭한 것은 아니었다. 시헌은 총명하여 일찍 글을 깨쳤고, 어린 시절부터 **빼어나게** 아름다운 문장을 써 주변의 기대를 한 몸에 받았다.

그의 어머니와 대부분의 누이들은 그런 시헌을 하늘처럼 떠받들었다. 당연하게도 그의 성격은 나날이 강퍅해졌다.

시헌은 원하는 것을 손에 넣지 못한다는 게 어떤 의미인지조차 몰랐다. 갖고 싶은 것, 먹고 싶은 것, 배우고 싶은 것 그 무엇이든 요구하면 다음 날에는 틀림없이 대령되어 있었다. 시헌의 어머니가 아들에게 퍼붓는 애정은 과하다 못해 집착에 가까웠지만, 소년 시절의 그는 크게 개의치 않았다.

그리고 시헌의 나이 열일곱 되던 해. 집안에 크나큰 경사가 생겼다.

"김용헌의 여식을 왕비로 간택하였으므로 김용헌을 부원군에, 부인 강씨를 부부인에 봉한다."

시헌의 여섯째 누이가 임금의 계비로 간택된 것이다. 부모는 부원군과 부부인에 봉해졌으며, 시헌 역시 평범한 반가 도령이 아닌 중전의 남동생, 즉 외척의 신분이 되었다.

그러나 누이의 중전 책봉은 집안의 영광이었을 뿐, 시헌에게는 그렇지 않았다.

조선의 임금, 즉 시헌의 매형이 된 왕은 외척들이 정치에 개입하는 것에 반감을 갖다 못해 혐오하는 사람이었다. 그는 시헌에게 글공부를 중단하고 초야에 파묻힌 선비로서 살아갈 것을 명했다. 이는 곧 벼슬길에 나서지 말라는 의미였다.

어떤 이유로든 어명을 거스를 수는 없었다. 평생 서책과 지필묵 외에는 가까이 한 적 없던 시헌의 삶은 그날로 뒤바뀌었다.

이후 꼬박 일 년 가까이 제 방 안에 틀어박히다시피 은거하던 시헌이 밖으로 걸어 나왔을 때, 그는 완전히 다른 사람이 되어 있었다.

그는 완벽한 파락호로 새로 태어났다. 기방, 투전장, 색주가. 가는 곳 곳마다 시헌은 손 큰 난봉꾼으로 이름을 떨쳤다. 그의 발길이 닿지 않은 기방이 없었고, 그와 패를 섞지 않은 노름꾼이 없었으며, 그에게 정복되지 않은 일패기생이 없었다.

시헌의 방탕은 나날이 더해갔다. 그가 탕진한 돈이 천 냥이라더라, 아니, 이천 냥에 육박한다더라는 소문이 장안에 파다했다. 본디 돈이라면 썩어날 지경인 가문인지라 버텨낼 수 있었지, 평범한 집이었다면 진즉 기둥뿌리가 뽑혀 패가망신했을 것이다.

결국 시헌의 지나친 방탕함은 궁 안까지 전해져, 그의 누이인 중전의 귀에 들어가기에 이르렀다.

산전수전 다 겪은 냉혹한 지아비인 임금과 어머니뻘 후궁들 사이에서 살얼음판 같은 삶을 살던 중전. 그녀가 시헌의 행각을 전해 듣고 진노한 것은 당연한 일이었다.

그 결과로 시헌은 몸종 하나 없이 말 한 필, 옷 보따리 하나가 전부인 행색으로 외숙부가 있는 전주까지 쫓겨 내려오게 된 것이다.

"시헌 공자께서는 어찌 되셨대?"

"어찌 되셨기는. 하도 난봉질을 해대서 전주로 귀양을 갔다더라. 소문에 중전께서 다시 한성 땅을 밟을 생각일랑 꿈에도 말라 하셨다나."

"내 평생 품어본 사내 중에 제일 아리따운 사람이었는데. 그이와 이불 속에서 희롱하던 걸 생각하면 아직도⋯⋯."

"웃기고 자빠졌다. 한성 기생들 중에 너와 똑같은 소리를 지껄이면서 눈물짓는 년이 백은 될 게다. 아마 지금쯤 전주 계집 스물은 후렸을 걸?"

"그런 소리 말아. 흐흑⋯⋯."

"미친 것아. 누가 보면 혼인이라도 한 줄 알겠구먼. 그 공자가 후린 계집이 한둘이야? 고작해야 하룻밤 몸정 가지고 눈물바람이라니."

시헌이 사라진 한성 기방과 색주가들에는 기생들이 한숨짓는 소리가 끊이지 않았다. 그러나 함께한 밤을 추억하며 정을 그리는 것은 어디까지나 여인들뿐. 시헌은 수많은 여인을 품었으되, 누구에게도 마음을 주지 않았다.

여인들이란 시헌이 살아온 삶의 방식과 다르지 않은 존재였다. 눈에 띄면 눈길을 주었다. 눈길을 주면 웃음이 돌아왔다. 그 웃음에 몸이 동하여 갖길 원하면 제 발로 품에 안겨들었다. 그리고 가진 후에는 곧 잊었다. 그것이 그가 아는 남녀의 정이었다.

여인 때문에 마음이 어지럽고 심란할 수 있다는 사실을 그는 나이 스물하나가 되어서야 깨달았다.

바로 지금, 홍을 만나고 나서야.

❀

가슴팍에 스며드는 바람이 몹시 차다. 대충 걸친 도포의 느슨한 옷섶 사이로 찬바람이 들어왔다.

시헌의 걸음은 월야관의 뒤편에 다다라 있었다. 사방은 쥐죽은 듯 고요했고, 성을 내며 나간 애랑의 소리도 들리지 않았다.

그가 문득 걸음을 멈췄다.

불빛. 홍의 방. 한지를 바른 반투명한 문에서 새어 나오는 빛. 그에 비친 홍의 그림자는 방문이라는 화폭 위에 붓으로 그린 듯 선명했다. 그녀는 잠들어 있지 않았다. 생각에 잠겨 있거나, 혹은 무언가 할 일을 하는 중인지도 모른다. 땋은 머리를 한쪽으로 늘어뜨린 홍의 그림자는 미동 없이 앉아 있었다.

"제길."

시헌이 낮은 소리로 중얼거렸다.

내내 홍을 생각하고 있지 않았던가. 머릿속에서 하염없이 맴도는 홍의 이름을 애랑이 입 밖으로 낸 순간, 그는 당연히 그래야 할 것처럼 방을 뛰쳐나와 별당까지 왔다. 방구들을 지고 끙끙대며 고민하는 것은 시헌의 성미에 맞지 않았다.

그는 확인하고 싶었다. 정녕 애랑의 말처럼 홍 때문에 이리 갈피를 잡지 못하는 건지, 그렇다면 이 감정의 정체는 무엇인지.

그러나 창호지에 비친 홍의 그림자를 멀거니 보기만 할 뿐, 좀체 발이 떨어지지 않았다.

"정녕 미친 게냐."

기가 막혀 헛웃음이 나왔다.

평생 무언가 해야 한다고 느낀 것을 실행에 옮길 때 고민해 본 적 없는 시헌이었다. 본인의 성정 탓이든, 그를 하늘같이 떠받들었던 집안 환경의 영향이든 간에 그는 그렇게 살아왔다. 한데 이것이 무슨 황망한 꼴이란 말인가.

깊은 밤, 제게 아양을 부리며 달려드는 나체의 여인마저 마다하지 않았나. 그런데 어린 동기의 방문 앞에서 뭐 마려운 강아지라도 된 양 어쩔 줄 몰라 하는 꼴이라니. 정녕 돌아버린 게다.

순간 덜컥 방문이 열렸다. 홍과 시헌의 시선이 마주쳤다.

"……"

달빛 아래 드러난 홍의 얼굴을 본 시헌이 대뜸 물었다.

"……어찌 우느냐?"

홍은 한참 눈물을 쏟은 모양이었다. 얼굴에는 눈물길이 선연했다. 눈가며 코끝, 입가까지 물을 들인 듯 발갰다. 문밖에 귀신처럼 서 있던 시헌 탓에 커다래진 홍의 눈 속에 바다처럼 차 있던 눈물이 왈칵 쏟아졌다.

홍은 할 말을 찾지 못하고 한참을 머뭇거렸다. 애랑과 밤을 보내러 갔다던 사내가 어찌하여 늦은 밤 제 방 앞에 있는지 모르겠다. 그에게 우는 꼴을 보인 것이 부끄러워 견딜 수 없었다. 동시에 그가 미워졌다. 까닭이 무엇인지는 모르겠으나, 어쨌든 밉살스러웠다.

"어찌 우느냐 물었다."

시헌이 재차 물었다. 홍이 고개를 들었다.

어찌 우냐면, 제 삶이 서글퍼 울었다.

바늘처럼 아프게 박히던 옥련의 말들. 뼈아픈 대화 속에, 홍은 비로소 제가 어찌 살게 될지를 똑똑히 깨닫게 되었다.

제가 팔려 온 곳이 하필 기방이라는 것 따위 상관없었다. 월야관이 창기나 다름없는 은근짜들의 기방이라는 것 역시 아무렇지 않았다. 참을 수 없는 것은 홍, 자신이 제 삶의 주인이 아니라는 잔혹한 사실이었다.

인생은 길 것이다. 홍은 인생의 길목마다 원하고, 바라는 것들을 마주칠 것이고 또한 원치 않는 것들 역시 마주할 것이다. 그러나 홍은 선택할 수 없으리라. 그 무엇도 선택할 권리를 갖지 못하리라.

그녀는 기생, 창기, 은근짜, 천민. 어떤 이름으로 부르던 간에 삶의 주인일 수 없는 존재였다. 우스운 일이지만 홍은 이제야 그것을 깨달았다. 동기라는 이름이, 기생이라는 삶이 어떤 것인지를.

살을 찢는 생생한 무력감이 덮쳤다.

"고달파 울지요. 제 주제가 고달파……."

홍이 조용히 뇌까렸다. 눈물은 그쳤지만, 울음 끝이 남아 어깨가 부르르 떨렸다. 잦아드는 흐느낌 사이로 모진 바람소리가 섞여 함께 울었다.

"……울 줄도 아는 계집이었나."

시헌이 혼잣말처럼 중얼거렸다. 바람이 부는 곳은 겨울 뜰만이 아닌 모양이었다. 시헌의 몸속, 심장이 뛰는 언저리에도 바람이 부는 듯 속이 차게 시렸다.

고개 숙인 홍의 모습이 애달프다.

시헌이 툇마루에 걸터앉았다. 외로운 청춘에게는 세상천지 혼자가 아니라는 사소한 사실마저 위로가 되는 법. 두어 뼘 떨어진 몸의 온기가 마음으로 스몄다. 손끝 하나 닿지 않았으나 마음은 전해지고 있었다.

밤은 흐르고, 큰 달은 무심히도 밝았다.

"다 울었느냐?"

한참 고요하던 둘 사이, 시헌이 먼저 입을 열었다. 민망함을 감추려 홍은 대충 고개를 끄덕댔다.

"어찌 이 시간까지 자지 않고 있는 것이냐."

"……기생이란 본디 밤에 활동하고 낮에 잡니다."

우는 모습을 들켜 부끄러웠던 탓에, 홍의 말은 감정 없이 무뚝뚝했다.

"그러는 선비님께서는요?"

"나야말로 잠이 오지 않아서. 산책하다 보니 여기까지 왔을 뿐이다."

눈물이 멎은 후에야 홍은 고개를 들었다. 시헌을 바라보자니 까닭 모를 원망이 밀려왔다. 애랑과 살을 비비며 질펀한 유희를 즐기고 있을 시간에 어찌 동기의 방 앞에 있는 것일까.

"한참 좋은 시간을 보내셔야 할 분께서 어찌 외간 계집의 방 앞을 서성이십니까?"

"좋은 시간이라니? 요즘에는 낯선 곳에서 홀로 잠드는 것을 그리 부르더냐?"

홀로 잠든다는 말에, 고개를 돌리고 있던 홍이 힐끔 눈길을 주었다. 그녀는 어쩐지 미심쩍은 표정이었다.

"홀로 잠들다니요? 아아, 벌써 일을 치르고 애랑이를 내보낸 것입니까? 퍽 빠르십니다."

까닭이 무엇이든 간에 홍 역시 저를 신경 쓰고 있었다는 의미. 시헌의 입술이 비뚜름하게 호선을 그렸다.

"일을 치르고 내보낸 것이 아니다. 관심이 가지 않아 나가라 하였다. 내가 외숙부의 말을 계속 거절하는 것을 너 역시 듣지 않았느냐? 숙부께서 술이 과하여 고집을 피우셨을 뿐, 애당초 나는 그럴 뜻이 없었다. 보아 알지 않으냐?"

표정을 읽힐까 두려워 홍은 급히 눈을 내리깔았다. 그러나 여전히 경직된 입꼬리는 영 새치름했다.

"무엇 하러 그리 구구절절이 설명하십니까. 그런들, 아니 그런들 저와 무슨 상관이라고."

"홍아."

"예?"

"지금, 투기하는 것이냐?"

시헌의 물음을 들은 홍이 어처구니없다는 듯 헛웃음을 지었다.

"……세상 할 일이 없어 뉘신지 잘 알지도 못하는 선비님께 투기를 하겠습니까?"

말하고 나서도 못내 억울한 듯, 홍이 눈을 치켜떴다.

"제가 그럴 여인으로 보이십니까?"

순간 성큼, 걸음을 내디딘 시헌이 홍의 문턱 바로 앞까지 다가섰다. '그렇게 보이냐 물었으니 내 기꺼이 보아주겠노라'는 것처럼, 그는 감정하는 듯한 태도로 홍의 얼굴을 내려다보았다. 고이 빚은 듯한 여인의 이마에 달빛이 내리쬐고 있었다.

"아니. 아니다. 그렇게 보이지 않아."

정녕 홍은 그렇게 보이지 않았다. 물론 한눈에 시선을 빼앗길 만한 아리따운 얼굴이긴 했다. 그러나 홍의 생김새에는 정돈되지 않은 날것의 느낌이 있었다.

눈, 코, 입, 이마와 볼 모두 더할 나위 없이 아름다웠지만, 오래도록 바라보고 있으면 왠지 모골이 송연해졌다.

꽃은 꽃이되 줄기 안에 맹독이 흐르고 있는 꽃. 꺾었다간 손마디를 시커멓게 썩게 할 독을 품은 꽃. 그러나 꺾어보기 전에는, 그저 아름답게 여길 뿐 누구도 그 사실을 알지 못하는. 홍은 그런 꽃이다.

시헌은 홍을 지그시 응시했다.

비록 마음의 정을 모르나 몸의 정이라면 넘치도록 많이 겪어본 그였다. 그러나 홍을 파악하기는 힘들었다. 그녀는 그가 알았던 그 누구와도 같지 않았기 때문이었다.

홍은 때 묻지 않은 소녀 같기도, 세상 이치를 깨달은 여인 같기도 했다.

월야관 모퉁이에 숨어 얼굴만을 내민 채 득의양양하게 하늘을 가리키던 홍, 그리고 어떤 이의 마음이라도 빼앗을 수 있을 법한 춤사위를 선보이는 홍.

한쪽은 세상을 모르는 소녀처럼 순진무구했고, 다른 한쪽은 온갖 희로애락을 겪은 여인의 얼굴을 하고 있었다. 같은 사람이되 전혀 같지 않았다. 하여 향기인지, 혹은 독취인지 갈피를 잡을 수가 없었다. 그의 마음을 어지럽히는 것이 두 모습 중 어떤 홍인지조차.

"어찌하여 나를 거절하였느냐?"

"거절하다니요?"

"내가 머리를 올려주는 것이 싫다고 말하지 않았더냐."

"공자께서도 원치 않는다 하시지 않았습니까? 이제 와서 아쉬운 생각이 드십니까?"

"아쉬워 그러는 것이 아니다. 그저 궁금하여 묻는 것이지."

시헌은 다시금 물었다.

"나와 있는 것이 싫었느냐?"

"……싫었을까요?"

모호한 반문. 그러나 홍의 목소리는 답을 구하기 위해 질문하는 사람처럼 간절했다.

"제가 그것을 싫어하든, 싫어하지 않든……. 그것이 의미가 있었을까요?"

홍은 그제야 옥련이 한 말의 진짜 의미를 깨닫는다. 그녀에게는 아무런 권한이 없었다. 응낙의 권한도, 거부의 권한도. 싫고 좋은 것도, 옳고 그른 것도 그녀에게는 아무 의미 없는 일이었다. 그것이 동기이며 곧 기생이 될 홍의 운명이었다.

"네가 기생이 아닌 평범한 여인이었다면 답이 달라졌겠느냐?"

홍이 시헌을 바라보았다. 의미 없는 물음이었다.

"제가 기생이 아닌 여염집 처녀라면, 어찌 외간 사내와의 밤에 대해 고민하겠습니까?"

무심히 대꾸하며 홍은 시선을 내리깔았다.

"어찌하여 그런 것을 물으십니까? 설마 소녀에게 거절당하신 것이 억울하여 이 시간에 여기까지 찾아오신 겁니까?"

홍이 당돌하게 물었다. 목구멍이 시큰했다. 될 대로 되라, 는 심정이 북받쳐 올랐다.

시헌 앞에서 독무를 추던 순간의 홍과 지금의 그녀는 완전히 다른 사람이었다. 이전의 홍은 제가 천한 기녀인 것을 모르고 날뛰는 천둥벌거숭이였다. 아니, 정확히는 동기이면서도 기생이 무엇인지조차 제대로 모르는 바보천치였다.

동기로서 살아온 시간 동안 갈고닦은, '기생의 미덕'이라 불리던 것들이 떠올랐다. 용모를 단장하고, 춤을 추고, 거문고를 타고, 말버릇을 곱게 하는 것 따위가 기생의 본분이라 여겼던가. 그러나 마침내 홍은 깨닫게 되었다.

기생의 본분이란 무언가를 하는 것이 아닌, 아무것도 하지 않는 것임을. 천한 기생에게 생각하고, 사고하고, 뜻을 가질 자유란 주어지지 않으리라는 것을.

"원하신다면 지금이라도 방으로 찾아갈까요? 가서 밤새 선비님의 수청을 들까요? 그걸 바라십니까?"

"무엇 때문에 그리 날이 서 있는 게냐? 내 너에게 수청을 들라는 말 따위 한 적 없다."

"기생년이 주제를 모르고 머리를 올려주겠노라는 뜻을 거절하여, 이리 귀찮게 구시는 것 아닙니까?"

홍이 시헌에게로부터 시선을 돌렸다. 그의 탓이 아님을 안다. 제가 미천한 운명을 타고났으므로, 언제고 일어날 일이었다는 사실도 알고 있었다.

단지 그가 미웠을 뿐이다. 제 몸뚱이에 값이 매겨지는 자리에 앉아 있던 그가 꼴도 보기 싫을 뿐이었다.

그때였다. 홍을 응시하던 시헌의 손이 그녀의 뺨 위에 얹혔다.

"홍아."

찬 공기에 언 뺨에 놓인 그의 손에서 뜨거운 열기가 느껴졌다.

"기생, 기생 운운하지 마라. 내 비록 너와 내기 장난을 쳤으나, 늘 기생이 아닌 평범한 여인을 대하듯이 했다."

예상치 못한 행동에 홍은 몸을 비틀어 빠져나가는 것조차 잊은 채 시헌을 올려보았다.

"무슨 일이 있었던 게냐. 마치…… 다른 사람 같구나. 어찌 이리 독기가 가득한 게야."

그러나 시헌의 얼굴이 비치는 홍의 눈동자는 점점 더욱 캄캄해지고 있었다.

"저를 기생이 아닌, 평범한 반가 규수 대하듯 하셨다 말씀하셨습니까?"

홍이 꾹 쥔 주먹으로 시헌의 손을 쳐 냈다.

"지나가던 개가 웃겠습니다. 저를 정녕 평범한 여인이라 여겼다면, 처녀 얼굴에 어찌 손을 대셨겠습니까?"

"……."

"돌아가십시오. 어찌 이런 시답잖은 질문으로 밤잠을 어지럽히시는 겐지 도통 알 수가 없사옵니다."

시헌이 깊은 한숨을 뱉었다. 기분이 몹시 나빴다. 더욱 기분이 나빴던 것은, 홍의 말이 틀리지 않다는 사실이었다.

"정 잠이 오지 않으시면 애랑이를 다시 불러다 드릴까요?"

가시 돋친 홍의 목소리. 시헌이 기가 막힌다는 표정으로 비소를 내뱉었다.

고약한 계집. 잠시나마 저런 독한 것에게 끌렸다 느낀 제가 정녕 미쳤던 게다.

꽃은 꽃이되 줄기 안에 맹독이 흐르고 있는 꽃. 그러나 꺾어보기 전에는, 그저 아름답게 여길 뿐 누구도 그 사실을 알지 못하는. 저건 분명 독초였다. 잎이며 줄기며 가시까지 온통 맹독이 그득하여, 그것을 숨기고자 필사적으로 더욱 아름답게 피는 독화(毒花)였다.

홍의 방문이 턱 닫혔다. 덜컹대는 문소리에 인상을 구긴 시헌 역시 밤길을 되짚어 월야관을 떠났다.

홍과 시헌 모두 잠시 닿았던 며칠간의 연(緣)을 몹시 고약한 악연이라 여겼다.

❀

문살 사이로 청명한 겨울 햇살이 스며들었다.

누워 있던 애랑이 잠이 매달린 눈꺼풀을 들어 올렸다.

"어후⋯⋯."

갓 잠에서 깨어났음에도 벌써부터 심사가 뒤틀린다. 이상하게 기분이 더러웠다. 이내 애랑은 제 가슴팍이 이리 쓰린 이유를 떠올렸다.

유혹하던 제 몸뚱이를 냉정하게 밀어내던 시헌의 손길. 그리고 옷조차 제대로 챙겨 입지 못한 저를 쫓아내고서 홍에게로 향하던 그의 모습. 그 꼴을 보고 있다가는 열이 올라 죽을 것만 같아, 애랑은 뒤도 돌아보지 않고 제 방으로 돌아왔었다. 밤새 얼마나 가슴팍을 쾅쾅 두드렸는지 갈빗대가 다 뻐근했다.

"천하의 망할 연놈들."

애랑이 이부자리에서 벌떡 몸을 일으켰다. 문밖에서 지저귀는 새소리가 들렸다. 기방의 하루를 시작하기엔 아직 이른 시각이었다.

그러나 시간이 대수일까. 어젯밤 시헌이라는 작자에게 당한 수모를, 그리고 홍, 그 간악한 계집의 일을 옥련에게 당장 일러바쳐야 숨통이 트일 것 같았다.

"내 이러다 정녕 화병이 나서 뒈지고 말 게야. 두고 봐라. 홍 네년을 가만히 두나, 안 두나. 무슨 짓을 해서라도 네년에게 본때를 보여주고 말 테니!"

장옷을 대충 꿰어 입은 애랑이 이를 바득바득 갈았다. 옷고름도 채 묶지 않은 채 애랑은 제 방을 나섰다.

하룻밤 사이 날씨는 제 마음처럼 써늘해져 있었다. 한기가 들어 오싹 소름이 끼쳤다. 기다란 장옷 자락이 몹시 거치적거렸다. 툇마루에 선 애랑이 바닥을 내려다보지도 않고 대충 발끝으로 섬돌 언저리를 두드렸다. 이내 발에 걸리는 꽃신. 신을 구겨 신은 애랑이 조급히 마당에 내려섰다.

"어, 어!"

순간, 애랑의 발이 섬돌 아래 조그맣게 패여 있던 웅덩이에 닿았다. 몰아닥친 한파 탓에 웅덩이가 있던 자리에는 볼록한 얼음 연못이 생겨 나 있었다.

주룩, 발이 미끄러졌다. 벗겨진 붉은 꽃신이 허공으로 붕 떠올랐다.

"아악!"

콰당! 엉덩방아를 찧는 요란한 소리와 함께 애랑의 머리가 섬돌에 쾅 하고 부딪쳤다. 뒤통수에서 검붉은 피가 퍽 튀었다. 애랑의 몸이 축 늘 어졌다.

쏟아진 선혈에서 피어오르는 김마저 싸늘하게 얼어붙는 겨울 아침이 었다.


"아아! 아⋯⋯."

"가만있지 못하겠느냐?"

"아, 아프단 말이에요!"

"뒤통수에 술잔만 한 구멍이 뻥 뚫렸는데, 당연히 아프지 안 아프겠 느냐? 계집이 이리 조심성이 없어서야. 내 살다 살다 신 신다 자빠져 돌 부리에 머리를 찧었다는 기생년은 처음 본다. 아둔한 년, 쯧쯔."

"행수, 대체 누가 아둔하다고 그래요! 내 진짜⋯⋯. 아아⋯⋯!"

그러나 옥련 말마따나 족히 한 됫박은 될 만한 피를 쏟은 애랑이었 다. 흥분하여 핏대를 세우니 눈앞이 새하얘지고 숨이 턱 차오른다. 이 러다 꼼짝없이 죽는 게 아닐까 싶었다.

다친 곳은 머리뿐만이 아니었다. 얼마나 호되게 넘어졌는지, 엉덩이 며 무릎이며 팔꿈치며 피멍이 잔뜩 들어 성한 곳이 없었다.

"그 성질부터 죽여야 살 것이다. 상처가 제법 커서 의원 역시 질겁을 했어. 쓰잘머리 없이 성을 내고 돌아다니다가는 요절이 날 거라 하였으니, 꼼짝 말고 구들장을 지고 누워 있도록 해라."

"그러니까요. 그러니까! 행수……."

애랑이 제법 간절한 눈길로 옥련을 바라보았다.

"뭐가 그러니까야? 그러다 엉치뼈라도 부러져 반신불수가 되었음, 이 월야관에 네 뒤치다꺼리 할 사람이 하나라도 있을 것 같으냐?"

"아이 참, 그런 소리가 아니라니까요. 내 영 개운치가 않아서 그래요."

"뭐가 개운치가 않아?"

"생각해 봐요. 어디 오늘만 추웠소? 올 겨울은 오늘뿐 아니라 내내 추웠잖소. 그런데 내내 없던 웅덩이가 왜 하필 오늘, 그것도 내 방 섬돌 아래 생겨났으며, 비도 오지 않았는데 어찌 물이 차서 밤사이 꽝꽝 얼었겠냐고요."

눈을 무섭게 치뜬 옥련이 사나운 얼굴로 애랑을 노려보았다.

"다 뒈져 가는 걸 살려놨더니 무슨 흰소리를 하고 자빠진 게냐? 그래서, 누가 부러 네 방 섬돌 아래 웅덩이라도 파놓았다, 이거냐?"

"다른 계집들 처소 아래를 확인해 봐요! 거기도 그 웅덩이가 있나 보라고요! 다른 데도 웅덩이가 있으면 내 그저 도깨비 장난질이라 생각할 테니."

"시끄럽다! 발칙한 것, 어찌 다른 이들을 모함하느냐? 대체 네게 그런 일을 할 만한 사람이 누가 있다고 그런 소리를 해?"

"없기는 왜 없어요! 분명 그 계집의 짓인 것을!"

"그 계집이 대체 누구인데?"

"누구긴 누구겠어요! 홍이 년이지! 내 어제 선비와 그년에게 수모를 당한 것을 생각하면……. 아악!"

철썩, 옥련의 매운 손이 애랑의 팔뚝 위로 떨어졌다.

"닥치지 못해? 기생이라는 년이 사내 하나 휘어잡지 못해 밤일도 치르지 못하고 쫓겨난 것이 자랑이냐?”

“행수! 어찌 말을 그렇게 하시오!”

“게다가 투기할 것이 없어 아직 머리조차 올리지 않은 동기를 모함하려 들어? 네 이런 심보를 가지고 사람을 대하니 소박을 맞는 것이지!”

“홍이 년이 머리를 올리기 싫다 하였을 때, 행수도 기가 막히다며 탄식하지 않았소? 어찌 하룻밤 사이에 이리 말을 싹 뒤집으십니까?”

지지 않고 애랑이 쏘아붙이자, 옥련이 자리에서 벌떡 일어났다.

“닥치고 있어! 먼 앞은 죽어도 못 보는 아둔한 것 같으니.”

“행수!”

“듣기 싫다 했다!”

옥련이 거칠게 문을 홱 당겨 열었다. 옥련과 애랑의 다툼 탓에 차마 문을 열지 못하고 있던 팥쥐가 흠칫 놀라 뒤로 물러섰다. 팥쥐의 손에는 탕약을 올린 소반이 들려 있었다.

“팥쥐 너는 어찌 거기서 멀뚱대고 있는 게냐? 저 망할 계집에게 약을 주고 썩 할 일을 하러 가거라!”

“알았습니다요, 행수.”

옥련이 눈을 부라리며 애랑의 방을 떠났다.

쪼르르 애랑에게 다가간 팥쥐가 조심성 없는 손길로 소반을 내려놓았다. 탕약이 왈칵 넘쳐흘렀다. 그러나 방바닥에 시커멓게 쏟아진 탕약을 닦을 생각조차 없는 듯, 팥쥐는 그대로 몸을 돌려 방을 나섰다.

“야, 팥쥐 이년아! 약을 먹여줘야 할 것 아니냐? 내 지금 드러누워 꼼짝도 할 수 없는 거 안 보이냐?”

“타, 탕약을 가져다주래서 들고 왔지, 야, 약을 떠 멕여줘야 한다는 소리는 못 들었어.”

“뭐어? 팥쥐야! 야! 이년아!”

그러나 조그만 계집아이는 뒤도 돌아보지 않고 애랑의 방을 떠났다.

아우성을 치는 애랑의 목소리가 팥쥐의 뒤통수에 꽂혔다. 어찌나 새된 소리인지, 손을 들어 귀를 막고 싶을 지경이었다.

"뒈져 버렸으면 좋았을걸."

부엌을 향해 가던 팥쥐가 작은 소리로 중얼거렸다.

## 3장. 열 (熱)

톡, 톡. 기왓장 위며 장독대, 나뭇가지 위 얼어붙어 있던 성에가 갈라지는 소리.

며칠 내내 기승을 부리던 동장군의 위세가 한풀 꺾였다. 눈이 아리도록 새파랗게 갠 하늘에서 쏟아지는 햇살이 천지에 일렁댔다. 아직 겨울의 끝은 멀게만 느껴졌으나, 잠깐 사이 바람은 한결 포근해졌다.

설이 다가오고 있어 월야관은 잠시 동안 문을 닫았다. 문턱이 닳도록 기방을 드나들던 사내들마저 설 즈음에는 발길을 끊기 때문이었다. 조상 앞에 몸을 정결히 하고자 하는 까닭에서였다.

"웃기고 자빠졌어. 일 년 내내 정결치 못했던 몸뚱이가 고작 열흘 기방을 멀리한다 하여 깨끗해질 리 있누?"

옥련은 우스운 일이라며 조소하곤 했다. 어쨌든 기생들은 모처럼의 여유를 만끽했다. 그녀들은 손을 호호 불며 친한 기녀와 팔짱을 끼고 저자 구경을 다니거나, 포목상이나 방물장수, 혹은 매분구(賣粉嫗)[8]를

8) 화장품 행상을 하는 여인

찾아 장신구며 연지며 향료 따위를 구입하곤 했다. 그마저 귀찮은 기생들은 사랑방에 배를 깔고 드러누워 곰방대를 피우며 하루를 소비했다.

기생들의 처지가 이러하였기에 월야관에 속한 몸종들 역시 한가해졌다. 뒤통수가 손가락 두 마디만큼이나 찢어졌던 애랑도 차츰 회복되는 중이었다.

홍의 일상 역시 겉보기에 별다른 일 없이 평온하게 흘러가고 있었다.

어쩌면 평온하다기보단 오히려 무료하다고 하는 편이 옳을 것이다. 동기 신분인 홍은 월야관의 자잘한 일들을 맡아 하고 있었는데, 기방 문을 닫았으므로 일손이 필요치 않았다. 게다가 춤 연습마저 그만두었으니 그야말로 할 일 없이 허송세월하는 격이었다. 종일 멍하니 밖을 내다보는 게 그녀가 하는 일의 전부. 그러다보면 어둑어둑 어스름이 밀려오는 밤이 되곤 했다.

"언니……. 호, 혹시 무슨 일이라도 있어?"

툇마루 끝에 앉아 있던 팥쥐가 슬금슬금 눈치를 보며 물었다.

평소의 팥쥐라면 진즉 방 안으로 비집고 들어와 아랫목을 꿰어 찼을 것이다. 그러나 근래 홍은 이전 같지 않았다. 홍은 날카로워졌다. 본래도 과히 살갑지 않은 성격이었던 그녀는 근래 정도를 지나쳐 표독스럽다 느껴질 만큼 차가운 사람이 되었다. 팥쥐에게만은 모질지 않던 그녀였으나 그마저 남을 대하듯 싸늘해졌다.

다른 이들은 까닭을 몰랐으나, 홍 자신은 알고 있었다. 변화가 시작된 건 그날부터였다. 시헌이 다녀갔던 그 밤.

"일은 무슨. 왜, 무슨 일이 났으면 좋겠어?"

홍의 날 선 반응에 팥쥐가 급히 손사래를 쳤다.

"그게 무, 무슨 소리야. 그저 난 걱정이 되어서……. 요, 요새 통 다른 사람 같으니까……."

팥쥐가 몸을 움츠려 자라목을 만들며 두런거렸다. 쭈뼛대며 홍의 표정을 살피던 팥쥐가 시선을 떨어뜨린다. 미동 없이 바깥만 노려보는 홍의 눈빛이 오늘따라 매서웠다.

"팥쥐야."

"으응?"

"너는 하고 싶은 게 무엇이야?"

"하고 싶은 거?"

팥쥐가 반문했다. 곰곰 생각에 잠긴 팥쥐의 발이 흔들거렸다. 나이치고도 키가 작아, 팥쥐의 발은 바닥에 닿지 못하고 허공에 엉거주춤 떠 있었다.

열 살. 홍이 동기로 팔려 왔던 나이. 팥쥐를 보던 홍은 그 시절의 자신을 반추한다.

저를 볼 때마다 마뜩잖은 듯 헛기침을 하며 시선을 돌리던 아버지, 사소한 실수에도 온몸의 살갗이 터져 나가도록 매질을 하던 할머니. 저를 낳다 죽었다는 어미가 그리울 법도 하건만, 홍은 한 번도 그리 생각해 본 적이 없었다. 그녀에게 가족이란 공포의 대상이었지, 애정의 대상이 아니었기 때문이었다.

그러나 팥쥐는 가족도, 진짜 집도 가져 본 적이 없는 아이였다. 태어난 지 고작 며칠이 채 되지 않았을 때 월야관 앞에 버려진 까닭이었다. 그런 팥쥐에게 생이란 어떤 것일까.

"어, 언니가 잘 지내고……. 무슨, 무슨 일인지는 모르겠지만……. 좀 웃고…… 그랬으면 좋겠어."

"그런 걸 묻는 게 아니잖아. 네가 하고 싶은 일이 뭐냐고."

조그만 계집아이의 미간 사이에 팍 주름이 졌다.

"그, 그게 내가 하고 싶은 일인데……."

"그게 말이 돼? 뭘 먹고 싶고, 뭘 갖고 싶고, 하다못해 나이가 차면 뉘 집 몸종이랑 눈이라도 맞아서 살고 싶다, 그런 거 없어?"

"난 그런 거 없어⋯⋯. 그, 그냥 언니랑⋯⋯."

"나랑 뭐?"

"어, 언니랑⋯⋯."

팥쥐가 말끝을 흐리며 치맛단을 배배 꼬았다.

홍이 자기도 모르게 하아 숨을 내뱉었다. 돌덩이가 앉은 듯 가슴이 갑갑했다. 제 몸뚱이 하나 뜻대로 건사할 수 없는 삶이다. 이런 제가 다른 누군가의 버팀목이 될 주제던가.

"말끝마다 언니, 언니! 내가 진짜 네 언니라도 된다고 여기는 게야?"

"어, 언니⋯⋯."

고사리 같은 팥쥐의 손마디가 바들바들 떨리는 것이 보였다. 툇마루에 내려놓았던 이불 홑청을 거둬들이던 팥쥐의 손이 허공을 스치고, 새하얀 천 무더기가 와르르 무너져 바닥에 떨어졌다. 그런 와중에도 열 살 먹은 계집애 같지 않게 팥쥐는 눈물을 흘리지 않았다.

그 꼴을 보는 홍의 속은 괜히 더 북받쳤다.

"너나 나나, 어차피 뜻대로 살지 못하는 천것들인 걸 몰라? 네가 나한테 이렇게 질척거린들 나는 아무런 것도 못 해줘. 행수도, 애랑이도 다 너를 쫓아내겠다며 매일같이 벼르는데, 정신을 번쩍 차리고 살아도 시원찮을 판에 내 꽁무니만 그리 따라다니면 어쩌자는 거냐고!"

말은 채 끝나지도 않았건만 입안이 꺼칠하고 따끔거린다. 말을 지껄이는 것이 아니라 후두둑 바늘을 내뱉고 있는 것 같았다. 대체 누구를 향해 날을 세우고 있는지조차 알 수가 없었다.

팥쥐에게 화풀이를 하고 싶었던 걸까? 아니면 그저 제 비탄을 자조하고 싶은 것일까.

"으흠."

지척에서 들리는 헛기침 소리.

언제부터 서 있었는지 모를 옥련의 모습이 보였다. 눈이 녹아내린 흙바닥에 뒹굴어 엉망이 된 홑청을 주워 올리던 팥쥐의 등이 **뻣뻣하게** 긴장했다.

"종년이 한가하게 노닥거리기나 하고, 정녕 팔자가 늘어졌구나."

옥련이 마땅치 않다는 듯 중얼거렸다.

"잘한다, 잘해. 기껏 빨아놓은 걸 죄 더럽히다니. 미련한 것……. 어휴, 저리 꼴이 흉하니 어디 내다 팔 수도 없고……."

"자, 자, 잘못했어요……."

고작 열 살 난 팥쥐의 얼굴은 세상 다 산 늙은이 같은 흙빛이었다. 팥쥐는 신조차 제대로 신지 못한 채 더러워진 세답거리를 껴안고 도망치듯 자리를 떠났다. 멀어지는 뒷모습을 보던 옥련이 끌끌 혀를 찼다.

월야관에서 살아가는 대부분의 사람들이 그러하듯 옥련 역시 팥쥐를 싫어했다.

낯짝이 고약할 뿐 아니라 속내가 영 의뭉스러운 계집애였다. **빽빽** 울어대던 핏덩이가 안쓰러워 거둬들인 것을 지난 세월 동안 얼마나 후회했는지 모른다. 얼굴이라도 봐줄 만했다면 진즉 매음굴에라도 팔아버렸을 것이다. 그러나 꼴이 하도 험한지라 그마저도 불가능했다. 팥쥐를 구해주고 먹여 살려주고 있는 것은 옥련 저였는데, 마치 개새끼가 주인을 졸졸 따르듯 홍만을 바라보는 꼬락서니도 영 못마땅했다.

"세답이야 다시 하면 되는 것을, 어찌 그리 모질게 합니까? 아무리 그래도 어린애인데……."

"모질기는. 세답을 저리 더럽혔는데 매 안 맞은 것만도 다행인 줄 알아야지."

옥련이 신경질적으로 대꾸했다.

"나리님들 문자(文字)에, 먹을 곁에 가까이 두면 아무리 희고 고운 이도 검어진다 했다. 가만 보면 홍 너도 참 이상하지. 기방 안에 꽃처럼 고운 계집들이 널렸는데 어찌 팥쥐 저것만 싸고도는지……."

"꽃처럼 고와요?"

홍이 팥쥐에 대한 얘기를 하는 대신 화제를 돌렸다.

옥련의 말이 틀렸다 생각하는 것은 아니었다. 기생이야 본디 꽃이라 불리는 존재였으니까. 그러나 그들은 해어화, 말을 알아듣기만 할 뿐 제 생각 따위 가져서는 안 되는 꽃. 가타부타 말 따위 삼켜 없애고, 바람이 아무리 꽃가지를 흔들어도 한없이 붉고 곱기만 해야 하는 꽃이었다.

홍은 그런 삶을 살아가고 싶지는 않았다. 그러나 또한 선택할 수 없었다. 꽃이었으나 꽃일 수 없었고, 꽃일 수 없으나 꽃으로 살아야만 하는 숙명이었다.

오랫동안 생각조차 하지 않았던 기억이 떠올랐다. 월야관으로 팔려 왔던 그날. 그날이 얼마나 슬픈 날이었는지 이제야 알았다.

옥련 앞에서 이를 앙다물고 옷고름을 끌러내던 열 살 계집 배홍. 그 시절로 돌아간다면, 결코 옷고름을 풀지 않았을 것이다. 어린 홍의 손목에 시퍼렇게 멍이 들도록 틀어쥐고서 끌고 가던 조모(祖母)의 닳아빠진 치맛자락이라도 붙들고 매달렸을 것이다. 제발 저를 기방에 팔지 말라고, 어떤 삶이어도 관계없으니 그저 평범한 양인으로 살아가게 해달라고. 사정했을 것이다. 땅을 치며 목 놓아 애원했을 것이다.

"속에서 천불이 나느냐?"

옥련의 말에 홍이 고개를 들어 올린다.

"너만 그런 것이 아니다."

"대체 무엇이 말이오?"

"갈피를 잡지 못하고 미친 계집처럼 멀거니 하늘만 쳐다보는 꼬락서니 말이다. 나라고 안 그랬을 것 같으냐? 나도 그랬고, 애랑이 같이 기생 팔자를 타고난 듯 보이는 계집들 역시 그러했었다."

"뭐가 그러했다는 말입니까?"

옥련이 호홍, 낮은 웃음소리를 냈다.

"동기 시절을 끝낼 무렵에 말이다. 머리를 올릴 때가 다가오면……. 홍 너뿐 아니라 모든 기생들이 다 그렇지. 기생으로 살아간다는 말의 무게를 그제야 깨닫는 게다. 비단옷에 휘감겨 하하호호 사는 것이 전부가 아니란 걸 아는 거지. 갑자기 제가 가여워 못 견디게 된다고."

모든 기생들이 그런 과정을 겪는다. 천한 창기의 딸로 태어나, 단 하루도 빠짐없는 평생을 기방에서 보내온 옥련 역시 그러했었다.

나이가 찬 동기들은, 아무나 쉽게 꺾을 수 있는 꽃을 뜻하는 노류장화(路柳墻花)라는 말의 진짜 의미를 머리 올릴 즈음이 되어서야 깨닫는다. 꽃은 누구에게 꺾일지, 누구의 품에 안길지 무엇 하나 결정할 수 없으며, 눈을 감는 순간까지 한평생 그러할 것임을. 기방 안에 핀 해어화는 사람이 아니라 거래되는 물건에 지나지 않음을.

"그러나 어찌하겠느냐. 그것이 우리의 운명인 것을."

"……."

홍은 반문치 않았다. 홍 저 하나뿐 아니라 모든 기생들, 심지어 옥련이나 애랑 같은 이들마저 같은 시기를 겪었다는 말이 위로가 되었다. 그러나 그것이 운명이라는 말은 위안이 되지 않는다.

"받아들여야 하는 수밖에. 어차피 네 삶이다. 순종하고 받아들인다면 너는 꽤 좋은 기생이 될 것이다. 전주 일대에서 제법 이름을 떨치게 되겠지."

"받아들이지 않는다면요?"

대뜸 당돌한 질문을 건네지만, 옥련은 무감한 표정이었다.

"한성이나 평양처럼 명기가 많다는 지역에서도 하루가 멀다 하고 도망 기생들이 생기지. 그래봤자 아무 소용 없다. 열에 아홉은 다시 붙잡혀서 기방으로 되돌아오거든."

"그럼, 열의 아홉 중 남은 하나는 어찌 됩니까?"

"글쎄다. 그런 계집들은 처음부터 티가 나기 마련이지. 제 운명을 끝내 받아들이지 못할 아이들 말이다. 그네들은 추노꾼들에게 잡히는 와 중에 목숨을 잃거나, 아예 돌아올 수 없는 먼 곳에 팔아버리든가 하지."

"……."

"그런 계집들은 처음부터 티가 난다 하지 않더냐. 홍 너는 결코 그렇 지 않을 것이니 걱정할 필요 없다. 너는 내가 본 중에 가장 써늘한 계집 이거든."

새삼스러울 것도 없는 평가였다. 지난 세월 동안 옥련이 무던히도 해 왔던 말이기 때문이었다.

"네게는 열(熱)이 없다. 매사 무심하고 속을 알 수 없지. 너처럼 차디 찬 계집들은 결코 모험을 벌이지 않는 법이다."

눈이 맞은 사내와 밤도망을 치거나, 희뿌연 새벽 대들보에 목을 매다 는 기생들이 왕왕 있었다. 그런 일탈을 벌이는 계집들은 처음부터 티가 난다. 그네들은 감정을 내보이는 것을 주저치 않는 이들이었다. 성이 나 면 분통을 터뜨리고, 별것 아닌 일에도 마음이 아프다며 밤새 흐느끼는 여인들 말이다.

그러나 홍은 그들과는 완전히 달랐다. 홍에게는 어디 하나 뜨거운 구 석이 없었다. 그녀의 눈빛도 목소리도 태도도 서늘했다.

홍에게는 기기한 냉기가 있었다. 결코 뜨거워질 리 없는, 생을 위해 불길로 뛰어들 리 없는 냉기가.

"속을 드러내지 않는 게 아니라, 네년의 속이 텅 비어 있어 내놓을 게 없는 게지."

옥련이 중얼거렸다. 그러나 비아냥대거나 책망하는 투는 아니었다. 옥련 역시 홍과 같은 시절이 있었으므로.

"대발을 앞두고 마음이 싱숭생숭한 건 누구나 다 똑같다. 너무 깊이 생각해 봤자 네 마음만 다치지. 시간이 지나면 다 무뎌진다."

그러나 무뎌진다 하여 결코 사라지지는 않는 법. 기생이 된다 해서

절로 세상에 순응하게 될 리 없었다. 그저 짓밟히고 또 짓밟히며 사는 탓에 체념할 뿐이다. 날개가 꺾이고 발목이 부러져 운명에 굴복하게 될 때쯤 되어야, 눈앞의 사내가 누구든 기꺼이 옷고름을 풀어 헤칠 줄 아는 진짜 노류장화가 되는 것이다.

"한성 기생들은 나이 열다섯이면 대발(戴髮)[9]한다 하였다. 너는 이미 그 나이를 지났으니, 이제 때가 된 것이겠지."

옥련이 홍에게 새삼스레 시선을 던졌다.

홍의 겉모습은 단연 눈길을 끌었다. 한성 어느 일패들 사이에 세워놓아도 기죽지 않을 미색이리라. 그러나 앞서 말했듯 홍은 냉랭했다. 세상 천지 저렇게 싸늘한 계집을 기꺼워할 사내란 없는 법이었다.

타고난 자태가 아름다우니 하룻밤 취할 수는 있을 것이다. 그러나 사내란, 더군다나 재력과 권력을 가진 사내란 본디 무정한 존재이지 않은가. 고분고분 곰살갑지 않으며 아양을 모르는 계집을 긴 시간 총애하고 아낄 사내란 없었다.

"내 너에게 약조한 바를 지키겠다. 네 대발식은 꽤 크게 치러줄 테다. 돌아오는 여름쯤이 좋겠지. 지금껏 먹이고 입히고 가르쳐 주었으니, 어엿한 기생이 되면 네 몫을 하며 살아야 할 것이다."

네 몫을 하라는 옥련의 말을 홍은 찬찬이 곱씹었다.

"창기의 몫이란 달리 있지 않다. 술을 따르라면 술을 따라라. 웃으라면 웃어라. 사내가 희롱하려 들면 기쁘게 받아주고, 몸을 탐하는 이가 있으면 해웃값을 두둑이 받고 내어줘라. 그것뿐이다."

"……."

"참 쉽지 않으냐?"

옥련의 물음에 홍이 딴청을 하듯 시선을 돌렸다.

월야관에서 살아가는 모든 기생들이 그리 살아가고 있음을 안다. 사

---

9) 머리를 올림

내의 눈길을 피하지 않고, 손길을 거부하지 않고, 건네는 돈을 사양하지 않고, 밤의 유희를 마다하지 않음을 안다.

정녕 옥련의 말이 맞는 걸까. 시간이 흐르면, 상념 따위 잊고 저 역시 애랑처럼 기꺼이 운명을 받아들일 수 있을까.

"머잖아 머리를 올릴 것이니, 더 이상 별당에서 허송세월할 수는 없겠지. 준비를 하거라."

"⋯⋯예."

홍은 진짜 기생이 될 준비를 시작하게 될 것이다. 그것은 초롱을 켠다든가 하는 허드렛일이 일상의 전부이던 한갓진 동기의 삶이 끝났음을 의미했다.

매일 밤, 홍은 여느 기생들처럼 곱게 단장하여 사내들 앞에서 웃음을 지을 것이다. 그리고 그녀를 눈여겨보았던 사내들 중 가장 후한 값을 치르는 이에게 팔려 밤을 보내게 될 터였다.

동기로 살아온 내내 당연하다 생각해 온 일. 그러나 이상하게 마음이 괴로웠다.

"이틀 후부터 다시 기방 문을 열 것이다. 이제 객들에게 얼굴을 내보이게 될 것이니, 괜히 쓸데없는 생각 말고 단장에나 공들여라."

"알겠습니다."

"홍아."

자리에서 일어나던 옥련이 평소와는 다른 다감한 목소리로 홍을 불렀다. 어조가 사뭇 낯설었다.

"그맘때는 다 그렇다. 마음 없이 몸을 섞는 것이 두렵지. 기생이라는 신분을 타고난 것이 원망스럽고 서글플 것이다."

문득 떠오르는 바가 있어, 옥련은 한 마디 덧붙였다.

"더군다나 너는 기생으로 태어나지도 않았지. 그러니 마음이 편치 않음을 내 이해한다."

"그것이 두려운 것이 아닙니다."

"그렇다면 무엇 때문에 그리 너답지 않게 구느냐?"

"그것은……."

홍의 입술이 바르작댔다. 머릿속엔 온갖 생각들이 소용돌이치는데, 정작 입 밖으로 내자니 좀처럼 정리가 되지 않았다.

월야관으로 오기 이전의 삶은 아무 의미도 없는 것이었다. 홍의 생은 월야관에서 시작된 것이나 다름없었다. 열 살 이후 그녀의 모든 기억에는 트레머리에서 나는 달콤한 동백유 향기와 자욱한 분 냄새가 뒤섞여 있었다.

기뻐하며 받아들인 것은 아니었으나, 지금껏 다른 길을 생각해 본 적도 없었다. 당연히 머리를 올릴 것이고, 당연히 기생이 되어 당연히 다른 여인들처럼 살아가리라 여기지 않았던가.

"어렵게 생각지 마라. 스스로를 가엾게 여기지도 마라. 시간이 흐르면 자연히 살아지는 것이 삶이란다."

내내 딴 곳을 바라보던 홍이 그제야 고개를 들었다.

살아가는 것이 아니라, 살아지는 것이 삶이라고. 그러므로 무엇 하나 선택할 수 없는 노류장화의 삶을 서글퍼 말라고. 머리를 올리고 나면, 월야관의 야트막한 담장 안에 흐드러지게 피어나 누구의 손길에라도 기꺼이 꺾일 꽃의 삶을 받아들이게 되리라고.

"모레 강영완 영감께서 오실 것이다. 너를 꼭 들이라 명하셨으니 그리 알고 준비하고 있거라."

"그분께서 왜 저를……."

"기생에게 '왜'라는 말은 필요 없다. 들라면 드는 것이야. 알겠느냐?"

"……예."

옥련이 몸을 돌려 사라졌다. 두툼한 둔부를 감싼 남치마 자락이 펄럭대며 모퉁이로 모습을 감췄다.

강영완. 그의 이름은 홍에게 또 다른 누군가의 얼굴을 떠올리게 만든다.

"왜?"

홍이 다시금 조그맣게 중얼거렸다. 기대인지 두려움인지, 좀처럼 정체를 알 수 없는 기분이 들었다.


"향교에서 돌아오는 길이냐?"

강영완의 아흔아홉 칸 대궐 같은 집 앞.

모가지가 뒤로 꺾이도록 드높은 높다란 솟을대문을 사이에 두고, 집을 나서던 강영완과 돌아오던 시헌이 맞닥뜨렸다.

"예, 숙부. 늦은 시각에 어디를 가십니까?"

강영완이 대꾸하는 시헌의 매무새에 시선을 던졌다. 시헌은 향교에 출입하는 유생처럼 보이지 않았다. 유생복은 아예 입지도 않았고, 그나마 걸치고 있는 도포는 빛깔이 수수하지 않은 데다 서책 한 권 들지 않은 빈손이었다.

"술 한잔하러 기방에 가는 길이다."

"아."

"함께 가겠느냐? 상단의 일에 여러모로 도움을 주고 있는 이가 있어 술 한잔 대접하려 하는 참이다. 한동안 충청 방향으로 물품을 운반하는 길이 막혀 걱정이었거든."

"아닙니다. 다녀오십시오, 숙부."

가만두면 주절주절 말이 길어질 게 뻔했다. 시헌은 대뜸 강영완의 말을 끊었다. 본디 숙부는 장사에 대한 말이 나오면 입을 쉬지 않는 사람이었다.

"어디 기방으로 가십니까?"

"어디긴. 월야관으로 간다."

"……."

요즘 시헌은 넋을 빼놓은 이처럼 휘적휘적 집과 향교를 오갔다. 본인
은 인정하려 들지 않았으나, 늘 홍 생각을 하고 있기 때문이었다.

"네 덕에 알게 된 곳 아니더냐. 같이 가지 않겠느냐?"

"안 갑니다. 다녀오십시오."

월야관이 어딘가. 독취가 진동하는 계집, 홍이 있는 곳이었다.

세상천지 널리고 널린 것이 기방이다. 제가 눈길을 주기도 전에 바짓
가랑이를 붙들며 교태를 부릴 기생이 수십 수백이었다. 다시 월야관 따
위, 눈길이라도 줄 것 같으냐!

"기방에 흥미를 잃은 것이더냐? 호오, 이제야 마음을 잡으려는 것이
야?"

"그저 오늘 좀 피로하여 술 생각이 없을 뿐입니다. 또한……."

시헌이 숙부의 퉁퉁하고 기름진 얼굴을 바라보았다. 강영완이 잘못
을 한 것도 아니거늘 괜스레 심사가 뒤틀렸다.

"마음을 잡지 말란 것이 주상전하의 뜻 아니었습니까?"

시헌의 말투가 싸늘해졌다.

"관직에 나서지 말고, 사람들의 명망을 얻지 말고, 초야에 파묻혀 계
집질이나 하며 태평한 난봉꾼으로 사는 것. 금상(今上)께서 그것을 바라
시지 않습니까? 저는 어명을 받들고 있을 뿐입니다."

"허허……."

시헌의 말 한 마디 한 마디에 퍼렇게 날이 서 있음을 강영완이 모를
리 없었다. 그가 쯧, 혀를 찼다.

"시헌아."

"예, 외숙부."

"나는 사내의 뜻을 펼치는 길이 반드시 조정에 나가 벼슬을 하는 것
만은 아니라고 생각한다. 너의 생각은 어떠하냐?"

"무슨 의도로 물으시는지 알지 못하겠습니다."

"의도 따위 뭐가 중요하냐. 네 생각이 중요한 것이지."

강영완이 찬찬히 시헌의 얼굴을 살펴보았다.

시헌의 어미이자 강영완의 누이인 부부인의 경우에서 알 수 있듯, 그의 집안에는 본디 손이, 그중에서도 특히 아들이 귀하였다. 강영완 역시 다르지 않아 두 딸 외에 아들을 두지 못했다. 그런 까닭에 그는 시헌에게 조카 이상의 애틋한 마음을 품고 있었다.

어린 시절의 시헌은 글을 쓰고 시를 짓는 재주도 좋았지만, 문장가에 머무르기에는 꿈이 큰 소년이었다. 산처럼 쌓인 서책의 탑 속에서 소년은 세상을 널리 이롭게 하는 사람이 되기를 꿈꿨다. 소년은 하루빨리 조정으로 나아가 뜻을 펼치길 갈망했다.

그런 시헌이 임금에 의해 벼슬길로 나가는 것을 봉쇄당한 것이다. 강영완은 평생 품었던 청운의 꿈을 빼앗긴 조카가 가졌을 좌절감을 모르지 않았다.

"괴로울 것을 이해한다. 세상에는 뜻대로 되지 않는 일들이 많은 법이지. 외척이라는 이유만으로 죽어나간 자들이 참으로 많다. 불합리한 일이지만, 그것이 또 세상의 법이니……."

"누군가의 날개를 꺾고 다리를 분지르는 법 말입니까?"

시헌이 싸늘하게 내뱉었다. 숙부의 말은 잠시 잊었던 불길을 상기시켰다. 마음이라는 모래밭 속에 파묻고 또 파묻어, 불씨를 삭이려 그토록 노력했던 그 분노를.

"그러지 말고 시헌아, 아예 이곳에 내려와 정착함이 어떠냐?"

강영완으로서는 이미 오래전부터 마음에 담아두고 있었던 제안이었다.

그의 말 그대로 본디 외척의 삶이란 녹록치 못하였다. 역사를 되새겨 보건대 평생 평화롭게 살다 간 외척은 그리 많지 않았다. 왕후의 입지에 따라 외척의 목숨 줄은 쉽게 오락가락하기 마련이었다. 이는 여인의 치마폭에 위태롭게 매달린 권세가 부질없음을 방증하는 것이기도 했다.

"내 이곳에서 많은 부를 쌓았으나 아쉽게도 물려줄 아들이 없다. 해서 제안하는 것이다. 어차피 벼슬을 하는 것은 어렵게 되지 않았느냐. 누님의 성미 탓에 집에 마음 붙이기도 힘든 것 같으니, 네게 생각이 있다면……."

"외숙부."

시헌이 그의 말을 끊었다. 사방은 그새 어둑어둑했다.

"월야관에 간다 하지 않으셨습니까?"

"아아, 그래. 이렇게 집 문간에서 쉽게 꺼낼 이야기가 아니지. 내 생각이 앞섰구나."

"아닙니다, 외숙부. 더 어두워지기 전에 어서 출발하시옵소서."

"알았다. 정녕 함께 가지 않을 것이냐? 내 일을 돕고 있는 자가 있다. 꽤나 사람을 끄는 매력이 있는 호인(好人)이지. 이 기회에 술 한잔 기울여 봄이 어떠냐?"

"다음에 가겠습니다."

"시헌아."

시헌은 저도 모르게 어금니를 깨물었다. 월야관의 이름을 떠올릴 때마다 따라오는 홍의 얼굴이 몹시 거슬리는 참이었다. 제 방으로 들어가 쉬고 싶은 그를 자꾸만 불러 세우는 숙부 탓에 짜증이 났다. 표정을 감추려 애써보지만, 이미 시헌의 관자놀이에는 핏줄이 서느렇게 서 있었다.

"그때 그 동기 말이다. 이름이 홍이었지, 아마?"

"그 동기에 대해서는 어찌 물으십니까?"

"그때, 머리를 올려주라는 내 말을 한사코 거절한 이유가 달리 있느냐?"

시헌의 눈매가 의심스러운 빛을 띠며 가늘어졌다.

홍. 그 되바라진 계집을 떠올리지 않으려는 그의 노력이 무색하게도, 그 이름은 자꾸만 튀어나와 신경을 거스르고 있었다.

"이유가 있을 리가요. 사내가 원하는 바를 귀신처럼 알아채는 야무진 기생들이 널렸습니다. 아무것도 모르는 동기를 상대하는 일이 귀찮았을 뿐입니다."

시헌이 시선을 문간으로 돌리며 심드렁하게 대꾸했다. 그러나 강영완에게 보이지 않도록 돌린 얼굴의 표정은 참담하게 구겨져 있었다.

"그래? 그럼 되었다. 이러다 정녕 약조한 시각에 늦겠구나."

강영완이 그제야 대문 밖으로 걸음을 떼었다. 성큼 넓은 보폭으로 내딛는 그의 발소리가 들려왔다. 그러나 조금 전까지 제 방에 벌렁 드러누울 작정이던 시헌은 움직이지 않았다.

"외숙부."

"할 말이 더 있느냐?"

이미 대여섯 걸음이나 멀어진 강영완이 몸을 돌리며 물었다.

"무엇이 되었다는 말씀이십니까?"

"아, 홍의 일 말이냐?"

시헌에게 대꾸하며, 강영완은 어깨너머로 흘낏 달의 위치를 가늠했다. 술 약조에 늦을까 저어된 탓이었다.

"월야관에서 만나기로 한 일행이 있다지 않으냐. 워낙에 고요하고 점잖은 선비인지라, 내 그에게 홍을 선보이려는 참이다. 내게는 꽤 중요한 사람이기도 하고. 왠지 둘이 함께 있으면 그림이 좋을 것 같거든."

강영완이 재밌다는 듯 너털웃음을 터뜨렸다. 그러나 시헌의 사정은 영 다른 모양이었다. 그는 대꾸할 말을 찾지 못하고 우두커니 서 있었다.

"가야겠다. 내 오늘은 늦을 듯하니, 내일 보자꾸나."

시헌의 표정을 살필 여유 따위 없어, 강영완은 걸음을 재촉하여 멀어져 갔다.

뒤에 홀로 남은 시헌은 여전히 집 안으로 들어가지 못하고-그렇다고 강영완의 뒤를 따라가지도 못하고- 발바닥에 뿌리가 내리기라도 한 듯 제자리에 발이 묶여 있었다. 화가 났다. 쓰잘머리 없이 오지랖을 피우는 외숙부에게 화가 났다. 물론 화를 낼 까닭도, 명분도 없음을 알고 있었다. 그것이 더욱 시헌의 속을 뒤집었다.

"미친 게지."

달리 누가 미쳤을까. 화의 원인은 외숙부가 아니다. 제 탓이었다. 계집 따위에게 흔들릴 리 없다 자부하여 방심하던, 그리하여 단 한 번의 풍랑에 곤두박질쳐 무참히 좌초한 시헌 자신의 탓이었다.

❀

열흘간 닫혀 있던 월야관의 문이 다시 열렸다.

겨울은 그야말로 끝을 향해 달려가고 있었다. 홑처마 아래 주렁주렁 매달려 있던 고드름도, 그 고드름이 제 목덜미로 떨어지지나 않을까 두려워 목을 움츠리던 계집종들의 모습도 더 이상 찾아볼 수 없었다. 훈기를 띤 바람에는 큼큼한 흙냄새가 묻어 있었다.

그 밤, 일찌감치 대문 밖까지 마중을 나가 있던 옥련이 먼 길목을 살폈다. 해가 바뀌고 처음 맞이하는 객. 올해 월야관의 첫 손님이 강영완쯤 되는 엄청난 사람이라는 사실에, 옥련의 모가지에는 힘이 잔뜩 들어갔다. 그녀는 그 목을 쭉 뺀 채 저녁 어스름이 푸르게 깔린 앞길을 힐끔대고 있었다.

이윽고 강영완과 그의 일행인 장신의 사내의 그림자가 길 위에 짙게 드리웠다.

"나리, 한참을 기다렸습니다. 어서 안으로 드시지요!"

귀한 객의 두 번째 방문. 옥련은 지난번보다 더욱 만반의 준비를 갖추었다.

방 안에 차려진 주안상에는 온갖 음식들이 놓여 모락모락 김이 오르고 있었다. 기생들 역시 설빔으로 장만한 새 옷을 차려 입었고, 단장에도 배로 공을 들였다.

"두 분이 방문하신다기에 시헌 공자님과 함께 오실 줄 알았습니다."

강영완의 곁에 엉덩이를 붙인 옥련의 눈이 호기심으로 반짝였다. 그녀의 시선은 강영완 맞은편에 앉아 있는 거구의 사내를 힐끔대고 있었다.

"아, 내 일을 도와주고 있는 사람일세. 내 여러 가지로 큰 신세를 지고 있지. 귀한 객이니, 행수가 알아서 잘 모셔야 할 것이네."

"여부가 있겠습니까!"

옥련이 고개를 주억대며 읍소했다. 그러나 함께 온 사내는 엷은 미소를 띠고 있을 뿐, 과장스러운 기방 분위기에 휩쓸리지 않는 모양새였다.

"최만춘이라 하오."

이름을 밝히는 음성이 꽤나 굵직하고 울림이 좋다. 옥련의 얼굴에 숨길 수 없는 웃음이 넘실댔다.

최만춘이라고 자신을 소개한 사내는 상당히 인물이 수려했다. 그는 지방 관리였으나, 기실 그는 말을 달리고 활을 쏘는 무장(武將)에 더 어울릴 법한 사내였다. 청춘은 이미 지났을 것이고, 서른과 마흔 사이 어디쯤의 나이일 것이다. 그러나 그에게 세월이란 별 의미 없는 것일 듯했다.

강영완보다 머리통 하나쯤은 큰 장신에, 비대하지도 왜소하지도 않은 단단한 체구. 골격이 두드러진 얼굴에 자리한 짙은 눈썹과, 뚜렷한 눈썹산 아래 움푹 들어간 눈동자.

무엇보다 눈에 띄는 것은 집안에 틀어박혀 글만 읽는 선비들과 확연히 다른 거무스름한 살빛으로, 그 탓에 최만춘은 상당히 강인한 인상을 풍겼다. 분명 저잣거리에 나서면, 댕기를 늘어뜨린 처녀부터 쪽진 머리가 새하얀 노파까지 모두 한 번쯤 그를 돌아보리라.

"전주 분이 아니시지요? 처음 뵈옵니다. 이화라 하옵니다."

기생 이화가 살포시 웃으며 최만춘과 눈을 맞추었다. 교태가 선명하게 밴 눈길. 그러나 그는 가벼이 웃어넘길 뿐이었다.

"네가 전주의 모든 사내를 아는 것도 아니면서 어찌 그리 단언하느냐?"

곁에 있던 강영완이 이화에게 물었다.

"만약 한 번이라도 제 눈에 띄었던 분이시라면, 결코 잊지 못할 미남자이시에 그리 말했습니다."

"하하! 기막히게 맞추었구나. 네가 모시고 있는 선비께서는 완주(完州)에서 오셨느니라. 귀한 분이니 특별히 잘 모셔야 할 것이야."

"잘 모시고말고요. 이리 사내다운 나리를 뵈었는데 여부가 있겠습니까?"

주거니 받거니, 정작 당사자인 최만춘은 고요한데 강영완과 기생들의 대화만이 끊이지 않았다. 구석에 자리 잡은 퇴기 소화가 느리게 뜯는 거문고 소리가 고즈넉이 울린다. 연거푸 술잔이 오갔다.

"얼굴만 보아도 이리 계집들이 달려드니, 아쉬울 것이 없어 지금껏 장가를 들지 않는 게로군. 허허."

술이 얼근히 오른 강영완이 실없는 농을 던졌다. 묵묵하던 최만춘이 그제야 고개를 들었다.

"그럴 리가요. 연이 닿은 이가 없어 그렇습니다."

"예끼, 이 사람아. 말이 되는 소리를 하게. 비록 홀아비이긴 하나, 인

물이 이리 뛰어난 데다 향리(鄕吏)[10] 신분이니 먹고살 걱정도 없지 않은
가. 못 가고 있는 것이 아니라 필시 안 가고 있는 게지. 내 말이 맞지 않
나?"

최만춘은 엷은 웃음으로 대답을 대신했다.

홀아비가 된 지 어언 일곱 해가 지났으나, 그는 재취를 들이지 않았
다. 강영완의 말마따나 형편이 어려워서도, 따르는 여인이 없어서도 아
니었다.

"여덟 살 난 딸이 있다 하였지. 계모를 들이는 것이 내키지 않아 그러
나?"

"아닙니다."

짧은 답이 돌아오고, 서먹한 침묵이 맴돌았다. 최만춘이 어색한 미소
를 지으며 술을 들이켠다.

"무언가 자네만의 사정이 있는 것이구만. 알았네. 내 길게 질문하지
않겠네."

"넓은 아량으로 이해해 주시니 감사할 따름입니다."

강영완은 호사가다운 호기심을 순순히 거뒀다. 그 나름의 사정이 있
는 것이리라. 캐물을 필요까진 없었다.

강영완은 전주는 물론이거니와 근방을 넘어 조선 전역을 호령하는
거상이었다. 큰 배포를 지닌 자들일수록 오히려 작은 것들을 소중히 여
기는 법이었는데, 이는 사람을 대함에도 다름이 없었다.

최만춘은 강영완의 상단이 이동하는 데 없어서는 안 될 인물이었다.
그는 물품들의 운송을 담당할 뿐 아니라 관청에 얽힌 크고 작은 귀찮
은 일들마저 맡아 해결했다. 맡은 일을 완벽하게 해내는 이의 기분을 다
치게 하여 좋을 일이 무엇 있겠는가.

"행수."

---

10) 세습직 지방 관리

"예, 나리."

다소 가라앉은 분위기가 마음에 걸렸던 걸까. 강영완이 옥련에게 은밀히 눈짓을 했다.

"들여보낼까요?"

"그리하라. 술과 벗과 아리따운 여인들이 있으니, 춤 한 사위 더하면 여기가 무릉도원이겠다."

"그리하겠습니다. 잠시만 기다리시지요."

강영완이 기대에 찬 표정으로 고개를 끄덕였다. 옥련이 서둘러 방에서 물러났다.

"가서 홍을 데려오거라."

옥련의 말에, 심부름을 하는 몸종이 별채로 달려갔다. 뒤에 남은 옥련이 생각에 잠겼다.

강영완이 오늘의 방문을 통보하며 전한 말은, '홍을 단장시켜 들여보내라'는 것이었다. 평생을 기방에서 기생으로, 그리고 행수로 살아온 옥련이었다. 그녀는 강영완이 홍에게 관심을 가졌음을 단박에 깨달았다.

그것은 사내로서 여인을 취하고자 하는 색욕(色慾)일 수도 있었고, 아직 피어나지 못한 꽃봉오리를 일찌감치 정복하고자 하는 욕망일 수도 있었다. 혹은 돈이며 권력이 썩어빠지도록 넘쳐 나는 그가, 예술에 재능을 가진 동기에게 인문적인 호기심을 가졌을 수도 있었다.

그러나 무엇이 진실인지는 중요하지 않았다. 중요한 것은, 전주는 물론이거니와 조선 전체에서 손꼽히는 거상인 강영완이 홍에게 관심을 보이고 있다는 사실이었다.

옥련은 시헌에게는 큰 기대를 하지 않고자 마음먹었다. 젊은 선비의 지체가 아무리 귀한들, 강영완이라는 거부에 비할 바가 아니었기 때문이었다. 게다가 시헌은 언제 전주를 뜰지 모르는 이 아닌가.

스윽— 순간, 갑자기 나타난 희끄무레한 옷자락. 펄럭, 도포 자락이 바람을 머금어 나부끼는 소리가 들렸다.

"공자님?"

뒤뜰 사립문 너머로 보인 호리호리한 선비의 그림자가 시야를 스쳤다. 여느 사람들이라면 헛것을 보았는가 싶어 지나치겠으나, 옥련은 사람을 상대하는 것을 평생 업으로 살아온 여인이었다.

유난히 희고 고운 선비의 얼굴이 오늘따라 수심에 찬 듯 어둡다. 정녕 잘못 본 것이 아니었다.

"시헌 공자님이 아니십니까?"

이내 들려오는 낮은 기척. 사립문 바깥, 수양버들 그늘 아내 서 있던 시헌이 달빛 아래로 걸어 나왔다.

"아아, 놀랐습니다. 공자께서 어찌 귀신처럼 그늘에 숨어 계십니까?"

시헌을 보며 잠시 미심쩍은 표정을 지었으나, 옥련은 당황한 기색을 지웠다.

늦은 밤, 사내가 기방에 나타난 이유가 달리 있겠는가.

"강영완 나리가 계신 곳으로 인도하겠습니다. 이리 따라오십시오."

"아니다."

"예에?"

"외숙부를 찾아 온 것이 아니다. 나 홀로 마실 것이네."

옥련이 힐끔, 시헌의 눈치를 살폈다. 어둠 속에 혼백처럼 허연 얼굴로 서 있던 모습도 그러하였지만, 더욱 심상치 않았던 것은 음산하기 짝이 없는 낮은 음성이었다.

무언가 괴로운 일이 있는 것일까? 그러나 본디 술이란 기쁠 때만을 위한 것은 아니다. 슬플 때든, 고통스러울 때든 언제나 기꺼이 마음의 벗이 되어주는 것이 술이었다. 옥련은 의심 없이 시헌을 내실로 안내했다.

"공자님, 오셨다는 것을 강영완 나리께는 비밀로 할까요?"

"으음."

애매한 답이었다. 그러나 옥련은 이를 긍정으로 받아들였다.

상심에 빠진 젊은 선비에게 이것저것 캐물어봤자 어차피 답은 돌아오지 않을 것이다. 홀로 있기를 원한다면 그대로 두는 것이 옳았다.

"주안상을 들이라 이르겠습니다. 애랑이 마음에 차지 않으신 듯하니, 다른 기생을 들여보내겠나이다."

지난 밤중에 애랑을 쫓아냈음을 알고 있기에 하는 말이었다. 그러나 애랑이 옥련에게 하지 않은 말이 있었으니, 이는 시헌이 그 밤 홍을 찾아갔다는 것이었다. 그마저 털어놓기에는 차마 자존심이 허락지 않은 탓이었다. 하여 옥련은 시헌이 애랑을 소박 놓았다는 사실만을 알 뿐, 그 까닭은 짐작하지 못했다.

"행수."

"예, 공자님. 말씀하시옵소서."

시헌은 잠시 망설였다.

그는 휘적휘적 밤을 가로질러 이곳까지 걸었다. 갖신 바닥에 달라붙는 젖은 흙을 떨어낼 새도 없이. 제 의지가 아닌 다른 것에 질질 끌려가는 사람처럼.

무언가에 지독하게 홀린 것이 분명하리라.

"홍."

밤하늘에 뜬 달의 등줄기는 오늘따라 유난히 휘어 있었다.

"홍을 불러다오."

꼬박 열흘간 품었던 상념을 남김없이 토해내듯, 시헌이 내뱉었다.


그러나 그 시각, 홍은 이미 강영완의 방에 자리해 있었다. 옥련이 시헌을 내실로 인도하는 사이 홍과 걸음이 엇갈린 탓이었다.

지금껏 그래왔듯 아슬아슬하게 비껴간 그들은 한 공간에 있되 서로

닿지 않았다.

"평안하시옵니까, 나리."

강영완이 있는 방에 들어선 홍이 다소곳이 머리를 조아렸다.

그동안은 여염집 규수들의 것과 다름없는 수수한 차림이었던 홍은 오늘 화려한 선홍빛 의복으로 단장했다. 봉오리 안에 숨어 있던 꽃잎이 처음 피어나는 순간처럼 생동하는 붉은색이 홍을 감싸고 있었다.

"인사 올립니다. 홍이라 하옵니다. 부족한 소녀를 불러주시니 감읍할 따름입니다."

홍은 그간 배워온 대로 차분히 입을 열었다. 담담한 목소리였다. 강영완이 무엇이 그리 즐거운지 호쾌하게 웃었다.

"그래, 네가 가장 잘하는 것이 무엇이냐?"

"대단치는 않으나 춤을 출 줄 아옵니다."

강영완이 묻고, 홍이 다소곳이 대답한다.

머리를 곧 올릴 동기나 신참 기생을 불러 질문을 던지는 것을 기방에서는 '말 묻는다'고 한다. 일종의 신고식이었는데, 보통은 어린 기생의 기를 누른다며 함부로 대하거나 욕보이는 일이 많았다.

강영완이 홍을 찾은 것은 그녀에게도 다행한 일이었다.

"지난번 네 모습이 대단히 인상 깊었다. 하여 불렀으니, 춤 한 수 보자꾸나."

강영완의 성화에 홍이 몸을 일으켜 앞으로 나섰다. 반투명한 너울 자락 너머로 벌겋게 술이 오른 강영완의 얼굴이 보였다.

두둥- 거문고 소리가 들려왔다. 발을 뗀 순간, 내내 말 한 마디 없이 고요하던 최만춘과 홍의 눈이 마주쳤다. 멈칫, 허공에 들렸던 버선발이 정지했다.

"아."

홍이 당황한 듯 자세를 가다듬었다.

"송구합니다, 나리."

"괜찮다. 긴장한 모양이로고. 부끄러움을 타는 것을 보니, 역시 동기는 동기인 모양이다."

홍이 거문고를 타는 퇴기에게 작게 손짓했다. 잠시 호흡을 고른 후 다시 시작하겠다는 의미였다.

그녀를 당황시킨 것은 다름 아닌 최만춘의 눈빛이었다.

처음 방에 들어와, 강영완 옆의 사내를 보았을 때는 체격이 크다는 것 외에 별다른 인상을 받지 못했다. 그 순간의 최만춘의 눈동자에는 생기가 없었다. 어망에 걸린 물고기처럼 죽은 눈을 하고 있는지라 타고난 용모가 뛰어났음에도 눈에 띄지 않았던 것이다.

그러나 지금 최만춘의 눈빛은 완연히 달라져 있었다. 생기 없이 가라앉아 있던 그의 눈동자에 빛이 돌아왔다. 냇가의 검은 돌멩이와 다름없던 눈은 이내 산 사람의 것이 되었다. 기이한 눈빛이었다.

최만춘은 마치 오래전부터 홍을 잘 알고 있기라도 한 듯 그녀를 응시했다. 멀찍이 떨어져 있었으나, 마치 코앞에서 샅샅이 저를 훑는 것 같았다. 홍은 저도 모르게 시선을 떨어뜨렸다.

"홍아, 무얼 하느냐?"

옥련의 재촉이 홍의 정신을 일깨웠다. 홍의 뒤에서 거문고를 무릎에 얹은 채 기다리던 퇴기 소화가 손으로 좌단을 탁탁 두드렸다. 오래 뜸을 들이니 짜증이 난 모양이었다. 홍은 군말 없이 시작하겠다는 의미로 고개를 작게 끄덕였다.

둥, 하는 소리와 함께 산조 가락이 흘러나왔다.

홍의 새하얀 버선발이 바닥에 닿았다. 두툼한 오동나무로 만들어진 거문고에서 퉁퉁 울려 퍼지는 음률이 오늘따라 구슬펐다.

지난 며칠간 홍을 괴롭혔던 마음의 고통은 춤사위에 고스란히 배어 있었다. 미끄러지듯 움직이는 몸이 서럽다. 타오르는 붉은 빛깔 치마폭이 자욱하게 공간을 채웠다. 강영완과 최만춘의 눈에 담긴 홍의 모습 탓에 그들의 눈동자마저 어른어른 붉었다.

그러나 춤은 이전보다 훨씬 일찍 끝났다. 가쁜 숨을 뱉을 때마다 펄럭대는 너울 속, 홍의 눈동자가 흔들렸다.

홍에게 춤이란 삶의 피난처였다. 거문고 산조에 몸을 맡긴 순간만은 그 어떤 상념도 떠올리지 않을 수 있었다. 그렇기에 홍은 춤을 사랑했다.

그러나 이번은 도무지 몰입할 수가 없었다. 춤사위의 와중, 빙글빙글 돌아가는 풍경 속, 자꾸만 최만춘의 시선이 따라붙었기 때문이었다. 음탕하거나 욕망이 어린 시선이라면 오히려 가뿐히 무시할 수 있었으리라. 그러나 그의 눈빛은 기묘하게도 처연했다.

어림짐작하건대 홍의 곱절 이상 살았을 사내였다. 마치 무장과 같이 강대한 모습을 한 그가 지독한 슬픔이 담긴 눈으로 저만을 바라보고 있는 상황이 익숙할 리 없었다. 좀처럼 춤에 집중할 수 없었고, 시선을 감당하기 고역스러웠다.

"여전히 훌륭하구나! 한성에서 태어났다면 분명 장악원(掌樂院)[11] 최고의 예기가 되었을 것이다."

그러나 강영완은 홍의 춤에 관심이 있을 뿐, 그녀의 감정까지 읽지는 못한 모양이었다. 그는 손뼉까지 쳐 가며 홍의 춤을 칭찬하는 데 열을 올렸다.

"며칠 사이에 또 다른 격조를 자아내는구나. 대단한 재능이다."

"항상 이리 칭찬하여 주시니 감사할 따름입니다."

홍이 고개를 숙이며 뇌까렸다. 얼굴을 들어 올리는데, 최만춘과 또다시 시선이 얽혔다. 저도 모르게 홍은 눈을 피했다.

그의 시선은 몹시 낯설었다. 발가벗겨진 듯한 기분이 들었다. 그러나

11) 음악과 춤에 대한 일을 관장하는 궁중 관청

의복 속에 감춰진 속살이 아닌, 더 깊은 곳에 있는 무언가를 관찰당하는 느낌이었다.

"최 향리, 어떤가? 예사 실력이 아니지 않은가? 내 팔도의 내로라하는 기방을 다녀보았으나 이 정도 나이에 이만한 실력을 갖춘 무희를 본 적이 없네."

제 이름이 불리고 나서야 최만춘은 홍에게 닿아 있던 시선을 거뒀다. 홍을 바라보는 내내 꽤나 기묘하던 그의 표정이 순식간에 차분해졌다. 흔들리던 그의 눈빛이 거짓말처럼 가라앉았다.

"예. 인상 깊게 보았습니다."

"내 보기에도 그런 듯싶네. 내 자네와 이번이 세 번째 만남인가?"

"그렇습니다."

"이곳저곳 좋은 곳에서 함께 술잔을 기울였으나, 오늘처럼 기생에게 정신을 빼앗긴 자네는 처음 보네. 마음에 든 게야. 그렇지?"

"제가 그랬습니까?"

최만춘이 무안한 듯 엷은 웃음을 지으며 되물었다.

이런 상황이 찾아오면 으레 그렇듯, 최만춘의 곁에 앉아 있던 기생 이화는 이미 입이 댓 발만큼 튀어나와 있었다. 그런 이화에게 옥련이 슬 그머니 눈을 흘겨 눈치를 준다.

"그러했고말고. 내내 눈을 떼지 못하더구먼."

"사내들이야 다 마찬가지 아니겠습니까. 아름다운 것을 보면 눈길이 가기 마련이지요."

"암, 그렇고말고. 그뿐인가? 눈길을 주다 보면 손을 뻗어 만지고 싶고, 만지다 보면 끝내 꽃을 꺾어 품고 싶은 것이고말고. 그렇지 않은가?"

"……."

최만춘은 대답이 없었다.

"이보게, 최 향리."

"아······."

퍼뜩 상념에서 깨어난 최만춘이 체구에 어울리지 않게 얼굴을 붉혔다. 대화가 끊긴 잠깐 사이, 방 안 공기는 퍽 가라앉아 있었다.

"정녕 홍에게 온 정신을 빼앗기기라도 한 겐가. 자네, 무슨 생각을 그리하는 것인가?"

"송구합니다, 영감. 소인 아무래도 급히 마신 술 탓에 취기가 오르는 모양입니다."

최만춘이 마른기침을 하며 황급히 자세를 가다듬었다. 애써 닿지 않도록 돌리는 시선 끝에 홍의 붉디붉은 옷자락이 스쳤다.

"영감, 소인 잠시 밖에 나가 바람을 쐬고 와도 되겠습니까?"

"먼 길 찾아온 탓에 여독이 생긴 모양이로군. 그러시게나. 행수, 최 향리를 밖으로 안내해 주게."

"예, 영감."

"취기를 가라앉히고 곧 돌아오겠습니다."

평생 남정네라면 신물이 날 정도로 무수하게 보아왔던 옥련이었다. 그러나 최만춘의 호방한 풍모는 나이 든 행수의 마음마저 설레게 하는 모양이었다. 최만춘을 인도하여 바깥으로 나서는 옥련의 얼굴은 이팔청춘 처녀처럼 상기되어 있었다.

최만춘과 옥련이 자리를 비운 후, 강영완이 홍에게 말을 건네었다.

"아깝다."

"예?"

"아깝다 하였다. 네 솜씨가 아깝고, 재능이 아깝노라. 진즉 가치를 볼 줄 아는 이의 눈에 띄었다면 훨씬 화려하고 품위 있는 삶을 살 수 있었을 것을."

홍이 강영완을 물끄러미 바라보았다.

"화려하고…… 품위 있는 삶이요?"

"그래. 월야관을 폄훼하려는 것은 아니니 오해는 말아라. 그러나 근방에만도 이보다 훨씬 나은 기방들이 많지 않으냐? 기예를 아끼고 정취를 아는 선비들이 드나드는 곳 말이다."

"……."

홍에게서는 대답이 없었다.

"혹여 네가 원한다면 내 힘을 써보마."

"무슨 힘 말씀이십니까?"

"예기로서 실력을 닦는 데 도움이 될 기방을 알아봐 주겠노라는 말이니라."

이는 월야관을 떠나 다른 기방으로 가지 않겠느냐는 물음이었다.

월야관 기생들이 암암리에 몸을 판다는 사실은 익히 알려져 있었다. 그러므로 강영완이 하는 말은 창기가 아닌 예기로 살아갈 수 있도록 돕겠다는 것을 의미했다.

기방 처마 아래 스치듯 오간 사소한 인연. 잘 알지도 못하는 계집에게 선뜻 호의를 베푸는 강영완에 대한 고마움이 없지는 않았다. 그러나 감사한 마음보다 크게 밀어닥치는 것은 생에 대한 냉소였다.

사내의 손끝에서 노닐든, 산조 가락에 몸을 맡기든 달라지는 것이 있던가?

"나리."

"그래. 말해보거라."

"나은 기방에 속한다 하여 기생인 계집이 기생이 아니게 되옵니까?"

되물은 그녀가 제가 입은, 피처럼 붉은 홍(紅)치마를 내려다보았다.

화려한 삶. 그것이 무에 좋으랴. 붉고 화려한 꽃일수록 쉬이 꺾이기 마련이었다.

시헌과 다투었던 그 밤 이후의 며칠은 질풍노도와 같이 흘러갔다. 제 등 위에 얹힌 운명이 너무나 거추장스럽고 버거웠다. 그러나 도망칠 용기는 없었다. 어쩌면 옥련의 말이 맞는 것인지 모른다. '열이 없는 계집'이라던, 그렇기에 결코 모험을 하지 않을 것이라는 말이 귓가에 어른거려 고통스러웠다. 도망칠 수도, 도망치지 않을 수도 없었다.

상념의 끝에서 홍은 결국 생에 대한 희망을 꺾기로 마음먹었다.

괴로운 것은 바로 그것, 희망 때문 아니던가. 삶에 대한 의지 때문 아니던가. 옥련은, 모든 것을 꺾으면 살아가지 않아도 절로 살아지는 것이 삶이라 했다. 홍은 기생이라는 가혹한 운명을 받아들 것이다.

"마음 써주심에 감사하나, 소녀는……."

소녀는 어떤 의지도, 희망도 가지지 않으려 합니다.

하고자 했던 말들이 밥에 섞인 모래알처럼 꺼끌대며 입안을 맴돌았다. 다시금 숨을 가다듬고 홍이 입을 떼던 찰나였다.

"에그머니나!"

꿔다놓은 보릿자루 신세가 되어 딴청을 부리던 이화가 외마디 소리를 내질렀다.

결코 부드럽다 할 수 없는 손길로 덜컥 문이 열렸다. 쏴아, 서늘한 바람이 불어닥쳤다. 활짝 열린 문밖에서는 이제 계절의 뒤안길로 멀어지는 겨울밤 냄새가 났다.

바람에 고즈넉이 펄럭이며 밤길을 걸었을 사내의 도포 자락에 묻어온 향기. 청량한 눈 냄새가 후덥지근한 방 안의 온기를 낮추었다.

홍은 그 사내를 알고 있다. 열 몇 해의 생을 살아가며 이토록 강렬한 인상을 남긴 사람은 오직 그 하나뿐이었다. 그는 거침이 없었고 제멋대로였으며 도도하고 오만했다. 온 얼굴에 붉게 그은 생채기를 내주고 싶을 만큼.

성이 난 것처럼 치켜 올라간 눈매에 사내답지 않게 붉은 입술. 그가 싸늘한 표정으로 홍을 내려다본다.

"시헌이 네가 여긴 어인 일이냐?"

시헌을 바라보는 강영완의 눈빛에는 당황한 기색이 역력했다. 이내 그는 시헌에게서 술 냄새가 진동함을 깨달았다.

"함께 오자 청할 때는 끝내 마다하더니, 어찌하여 이리 늦은 시각에 불한당처럼 들이닥친 것이냐."

"무슨 이야기를 나누고 계셨습니까?"

시헌이 다짜고짜 물었다.

강영완은 조카 시헌을 어린 시절부터 무척 아꼈다. 시헌이 중전의 진노를 사 전주로 쫓겨왔을 때도 조카를 곁에 둘 수 있다는 사실에 오히려 기뻐한 그였다. 그가 한성에서 벌인 난봉질 역시 젊은 날의 질풍노도라 여길 뿐 탓하지 않았다.

그러나 아무리 허물없다 해도 그들은 숙질(叔姪) 관계였다. 상하가 분명한 사이에, 기척도 없이 기방 문을 함부로 열어젖히는 것은 예에 크게 어긋나는 일이었다. 아무리 아끼는 조카인들 방자한 짓을 했으니, 어른 된 도리로 꾸짖는 것이 당연했다.

하나 오늘따라 시헌의 표정이며 태도가 평소 같지 않은 것에 마음이 쓰였다.

"대뜸 들이닥쳐 꺼낸다는 소리가 고작 그것이더냐? 헤어질 때만 해도 멀쩡하더니, 어디서 그리 술을 퍼마신 게냐."

그 핏줄이 어디 가겠는가. 강영완 역시 혈기 넘치는 성정을 타고난 자였다. 그러나 장사치로 살며 숱한 사람들을 상대하며 살아온 평생, 그는 스스로의 마음을 다스리는 법을 익혔다. 더군다나 기생들 앞에서 약관이 넘은 조카를 타박하고 싶지는 않았다.

"용서하십시오, 외숙부······."

시헌이 쓴 숨을 내뱉었다. 숨결에서 독주의 향취가 훅 끼쳤다.

"숙부를 찾아온 것이 아닙니다. 오만방자한 행동인 줄 알고 있습니다만, 외숙부, 잠시 홍과 이야기를 나눠도 되겠습니까?"

"대체 이 무슨 해괴한 짓……."

강영완이 기가 막히다는 표정으로 시헌을 바라보았다. 최만춘이 바람을 쐬러 나가 자리에 없는 것이 얼마나 다행스러운지 몰랐다. 하마터면 도움을 받는 입장에 큰 결례를 범할 뻔하지 않았는가.

"숙부, 허해주십시오."

그러나 강영완의 얼굴에 스쳤던 불쾌감은 이내 호기심으로 바뀌었다. 시헌의 음성에 밴 간곡한 열기 때문이었다. 글공부를 접은 이후 세상 무엇에도 관심을 보이지 않던 시헌이지 않은가. 그의 목소리에 밴 진심이 강영완을 당황시켰다.

시헌의 난입은 분명 무례한 행동이었다. 그러나 굳이 따지자면 기생 하나 데리고 나간다고 불쾌해할 만큼 격을 따지는 사이도 아니었다. 그저 강영완의 뇌리에 잠시, '이 집안사람들은 다들 시헌에게 홀린 모양이다'라는 씁쓰레한 생각이 스쳤을 뿐이다.

"나리."

갑자기 홍이 입을 열었다. 오히려 강영완보다 당황한 것은 그녀였다.

시헌과의 마지막 만남은 가시 돋친 언쟁과 함께 끝났다. 그녀 역시 그날의 일을 되새기곤 했다. 하나 애틋하게 두고 떠올릴 만큼 긴 인연도 아니었다. 홍은 시헌을 잊어가고 있었고 그것이 옳다 여겼다.

그런데 다짜고짜 방에 들이닥쳐 저와 이야기를 나누기를 원한다니. 또한 시헌보다 그녀를 더 난감하게 만드는 것은, 호기심이 잔뜩 밴 주변인들의 시선이었다.

"잠시 선비님과 말씀을 나누고 오겠습니다."

"그러겠느냐?"

강영완이 되물었다.

"예, 나리."

홍이 고개를 끄덕였다. 방 안에 계속 머무른다면 질문을 피하기 어려우리라. 본인조차 알 수 없는 관계에 대해 캐물음을 당하느니, 편치 않을지언정 시헌을 따라나서는 편이 나았다.

홍은 고개를 꼿꼿하게 쳐든 채 일어섰다.

문지방에 버티고 서 있던 시헌과 함께, 그녀는 어둠이 깔린 월야관 뜰로 향했다.

타박타박, 때마침 끊긴 거문고 소리 덕에 발소리는 유독 크게 울렸다. 시헌의 도포 자락 위를 불그레하게 물들이던 홍등불이 사라졌을 즈음, 둘은 홍의 방이 있는 별채 근방에 도착했다.

"하세요."

대뜸 홍이 입을 열었다.

"하십시오. 저와 이야기를 하고 싶다 하셨으니, 말씀하시옵소서."

"숙부님과 무슨 이야기를 나누고 있었느냐?"

질문에 어긋나는 답. 홍이 가볍게 미간을 찡그렸다. 시헌에게서 술 냄새에 뒤섞인 짙은 묵향이 훅 끼쳐 왔다.

"설령 어떤 이야기를 나누었다 한들, 그것을 곧이곧대로 발설할 리 있겠습니까?"

"기생의 본분에 충실하기로 마음먹은 모양이구나. 해어화라고 부른다지?"

홍이 까만 눈동자로 시헌을 노려보았다.

"설마 나눌 이야기라 하신 것이 그것입니까? 예. 말을 알아듣는 꽃이 되기로 마음먹었습니다. 천한 제 본분에 충실하고자 함이니, 오히려 장한 일 아닙니까?"

바꾸고 싶어도 무엇 하나 바꿀 수 없기에 순응하였다. 한데 눈앞의 사내는, 어찌 그런 아픈 사실을 조롱하고 비아냥대는 것일까.

홍이 고개를 들었다. 귀신처럼 새하얗게 질린 얼굴. 연지를 발라 피처 럼 붉은 입술은 버석버석 갈라져 있었다.

"너도 그런 것이지."

시헌이 중얼거린다. 내뱉는 한숨에서 독주의 향취가 뭉클뭉클 풍겨왔다.

"외숙부의 첩실이라도 되어 팔자라도 고칠 생각이었던 게로구나. 결국 그걸 바란 것이던가."

홍을 향한 말이었으나, 시헌의 음성에는 자조가 가득했다.

홍이 바짝 마른 입술을 잘근 깨물었다. 당혹이 서려 있던 눈동자가 써늘하게 침잠했다.

"예. 바랐습니다. 잘못된 일이옵니까?"

원하지 않았음에도 그렇다 말하고 싶었다. 연유를 알 수 없으나, 그녀가 매몰차질 때마다 상처받는 표정을 짓는 나약하기 짝이 없는 사내에게 고통을 안겨주고 싶었다.

그녀는 해야 할 일을 했을 뿐이다. 곧 머리를 올릴 동기의 신분. 객의 부름이 있었기에 방에 들어 춤을 선보였고, 거절할 수 없어 청하는 말을 들었을 뿐이다.

"여기는 기방이고 소녀는 곧 기생이 될 동기입니다. 설령 몸을 팔아 팔자를 고치기를 바란들 그것이 흉이 되는 것입니까? 예. 그리할 것입니다. 조금이라도 비싼 값에 팔리는 것을 꿈꾸고, 조금이라도 많은 사내에게 팔려가기를 바랄 생각입니다."

"모질게 말하지 마라."

"모질다니요. 저는 당연한 말을 하고 있을 뿐입니다."

홍의 입술이 바르르 떨렸다.

"모질게 살아가는 것은 이년인데, 어찌 선비님께서 모질다 하십니까?"

홍은 시헌이 미웠다. 그러나 다짜고짜 기방에 난입하여 저를 모욕하여 미운 것이 아니었다. 이미 모든 희망을 버리기로 마음먹은 그녀 아니던가.

그가 못 견딜 만큼 미운 것은 그런 이유 때문이 아니었다. 그건 '시헌', 그 자체 때문이었다.

꽤 먼 과거의 일처럼 느껴지지만 실상은 머지않은 날이 떠오른다. 갑작스레 쏟아진 눈 탓에 문밖 세상이 새하얗던 날. 어디가 하늘이고 또 어디가 땅인지 구분조차 가지 않는 설원에 나타난 시헌의 모습이.

그날부터였을 것이다. 자꾸만 사립문 밖을 내다보고, 눈이 오나 안 오나 하늘을 바라보는 습관이 생긴 것이. 그리고 그때부터였을 것이다. 몸뚱이를 저당 잡힌 채 창기로 평생을 살아야 할 천한 동기 따위가 반가의 규수처럼, 세상의 밑바닥을 모르는 순진한 아씨처럼 살아갈 수 있으리라는 헛꿈을 꾸었던 것이.

일장춘몽(一場春夢)이라 했던가. 시헌과 함께 날아들었던 소박한 꿈은 시헌과 함께 와스스 바스러져 썩은 낙엽처럼 나뒹군다.

"기생이 기생의 일을 함을 비난하시면 소녀는 무엇이라 대꾸해야 하오리이까? 기생임을 비난하시는 겝니까? 송구합니다만, 공자님께서는 그럴 자격이 없으십니다."

"자격."

시헌이 처음 듣는 말을 입에 담듯이 되뇌었다.

"어떤 자격이 필요하단 말이냐?"

"……묻지 마시옵소서. 제게 그 무엇도 하려 들지 마시옵소서."

홍이 되똑하게 고개를 쳐들었다.

"저를 괴롭히지 마시옵소서. 소녀가 정 거슬리신다면, 부디 그냥 지나쳐 주십시오."

이상하게 속이 뜨거웠다. 이 사내와 대화할 때면 늘 그랬다. 겨울 산처럼 고고한 외양을 한 사내. 그러나 그와 대화를 나누다 보면 매번 분기인지 열기인지 구분되지 않게 얼굴이 홧홧해졌다. 그 지경에 이를 때면 그의 차디찬 아름다움마저 녹아 보이지 않는다. 그저 미지근한 물처럼 질척거릴 뿐이다.

붉디붉은 연지가 칠해진 입술 위로 툭 짠물이 떨어졌다.

시헌은 홍을 괴롭게 한다. 홍의 평온하던 일상에 하루아침에 몰려온 폭풍우처럼, 그는 그녀의 삶을 뒤흔들어 망가뜨렸다.

"더 하실 말씀이 없으신 듯하니 이만 물러가겠습니다."

침묵 끝의 통보였다. 홍이 몸을 돌리자 사륵 옷깃 스치는 소리가 났다.

주변에 깔린 고요만큼 캄캄한 밤. 시헌의 팔이 그 어둠 속에서 불쑥 튀어나왔다. 가녀린 홍의 팔이 한 손 안에 들어찼다.

"……서라."

"놓으십시오."

"그날 밤……. 내가 한 말들."

팔을 비틀어 그에게서 빠져나가던 홍이 걸음을 멈췄다.

"언제를 말씀하시는지 모르겠습니다."

"우리가 내기를 했던 밤 말이다. 눈이 왔던 날."

시헌은 그가 애랑을 내쫓고 홍을 만나러 왔던 밤을 말하는 것이리라. 그러나 홍은 생각한다. 그를 만났던 날 중 눈이 오지 않은 밤이 없었노라고. 그리하여 그를 떠올리면 언제 어디서든 싸한 눈 냄새가 밀려드는 지경에 이르렀다고.

"그 밤, 내가 네 마음을 다치게 했다면, 용서해 주겠느냐?"

예상외의 말이었다. 그러나 용서를 구하는 말 한마디에 지친 마음이 풀어질 리 없었다.

"그 밤."

홍이 어둠 속에 파리하게 비치는 시헌의 얼굴을 올려다보았다.

"기억나지 않습니다. 저는 이미 잊었습니다."

"……잘 잊는구나."

"무엇을 말입니까?"

"나를."

대답이 참으로 낯설고 생경하여 홍은 고개를 갸웃 움직였다. 그와의 마지막 만남을 상기한다. 캄캄한 밤 속에 흩어진 모진 말들은 죄 홍의 입에서 나온 것들이었다. 그리고 그녀는 시헌을 잊었다.

없는 이처럼 기억조차 지운 것은 아니었다. 그러나 애당초 잊었노라고, 혹은 잊지 않았노라고 말할 수 없는 관계였다. 시헌은 겨울눈과 함께 왔다 갔고, 포근해진 날씨 속에 홍은 그를 잊었다. 그뿐이었다.

"제가 공자님을 잊은 듯하여 마음이 상하셨습니까?"

그다지 동요하는 기색 없이 홍이 되물었다. 그리고 시헌이 답을 준비하는 새, 그녀는 재차 물었다.

"잊지 말아야 할 까닭이라도 있습니까?"

불현듯 시헌이 낮게 웃었다. 그러나 웃음에마저 취기가 묻어 있었다. 무어라 대답해야 할지도 떠오르지 않았다. 잊지 말아야 할 까닭은 단 하나도 없었다. 홍의 말이 맞다.

"없다. 그런 이유 따위."

시헌이 힘없이 중얼거렸다. 객의 방에 있던 여인을 억지 부려 끌어낸 이후, 고작 할 수 있는 말이 이것뿐이라니.

"내가 왜 이러는지 나도 모르겠다. 정녕 모르겠어."

마지막으로 홍을 보았던 날부터 꼬박 보름 가까이가 지났다. 한 달의 절반이 지나는 사이, 시헌의 삶은 평소와 크게 다르지 않았다. 향교에 가고, 글 나부랭이를 읽고, 그러다가 이런 것이 다 무슨 소용이냐며 구들장을 지고 드러누워 한참 동안 천장을 바라보기도 했다.

그리고 그 틈틈이 홍을 생각했다.

그 밤 홍이 내뱉었던 모진 말들을 떠올리면 이상하리만치 화가 났다. 다른 이가 했더라도 그리하였을까?

시헌은 여인을 사모해 본 적 없었다. 원하기도 전에 먼저 품에 들어와 안기는 것이 그가 아는 여인들이었기 때문에. 그렇다고 여인들을 거부하거나 꺼리지도 않았다. 여인을 갖는 것은 순간이나마 즐겁고 기뻤다.

그러나 홍은 그렇지 않았다. 떠올리면 화가 치밀고, 괴롭고, 머릿속이 종잡을 수 없었다. 정도, 연도, 탐(貪)도 아니었다.

그리하여 어쩌면 그의 말은 정확한 답이었다. 모르겠다, 정녕 모르겠다. 이 마음을 모르겠다. 너라는 여인을 모르겠다. 나 자신이 어찌 이러는지도 모르겠다…….

"너는 답을 내줄 수 있느냐?"

시헌의 목소리는 조금씩 격앙되고 있었다.

월야관으로 향하는 밤길은 생경했고 한벽당 근처에서 들려오는 물소리는 을씨년스러웠다. 그러나 그 밤을 헤치고 오는 길조차 기억에 남아 있지 않았다. 늘 그래왔듯이, 무엇에 홀린 것처럼. 홍, 너라는 여인의 독취에 이끌린 것처럼.

"선비님, 저는……."

"답을 내어줄 수 있느냐?"

어린아이가 떼를 쓰듯, 시헌은 묻고 싶었다. 어찌하여 너의 곁에만 가면 이렇게 괴로운 것인지. 그리고 괴롭고 고통스러움에도 한 걸음조차 물러나지 못하는 이유가 무엇인지.

나는 이랬던 적 없어. 단 한 번도 이랬던 적 없다고…….

캄캄한 어둠 속에서 시헌을 뚫어져라 바라보던 눈동자가 도리도리 흔들렸다.

"답 같은 거, 알지 못하는 무식한 계집입니다."

"그러하면, 부디, 홍아……."

엷게 부는 바람결에 먹 냄새가 실려왔다.

"네가 내 답이 되어줄 수는 없겠느냐?"

시헌의 팔이 홍의 몸을 잡아당겼다. 이렇게나마 빈 가슴을 채우고 싶었다. 여인의 몸이 속절없이 끌려와 그의 품에 안겼다.

홍의 입에서 외마디 소리가 흘러나왔다. 그러나 의외로 홍은 버둥거리거나 뿌리치지는 않았다. 당황하고 황망한 데다, 그녀 역시 잔뜩 긴장하여 넋을 잃은 것이리라- 두려운 것이리라.

시헌이라는 사내가 두려운 것이 아니었다. 난생처음 닥쳐 드는 사사로운 감정이 낯설어 어려운 것이다.

그사이 시헌의 단단한 팔은 홍의 등을 지탱하고, 너른 가슴은 거대한 해양처럼 얼굴 앞에 닥쳐 들었다.

"……선비님."

머리가 어지러웠다. 홍의 숨결이 어둠 속에 뽀얗게 흩날렸다. 그의 팔이 단단히 몸을 받치고 있지 않았으면 분명 넘어지거나 쓰러졌을 것이다. 벗어나고자 힘을 줘보지만, 그의 팔 안에 갇힌 탓에 움직일 수 없었다.

"무엇을 바라시는지…… 모릅니다."

홍의 목소리가 가느다랗게 떨렸다.

기분이 이상했다. 시헌을 생각할 때 홍은 으레 인상을 찌푸리곤 했는데, 지금은 완전히 다른 느낌이었다. 비록 내색하지는 않았으나 그는 대단히 매력 있는 사내였다. 그녀도 그것을 인지하고 있었다. 그러나 아름다운 겨울날의 선비에게 호감을 표하기에는, 홍은 제 삶조차 견인할 수 없는 위태로운 계집이었다. 그리하여 더욱 날을 세우고 그를 밀어냈는지도 모른다.

"나도 모른다. 그리고 아마 영영 알지 못할지도 몰라. 무엇 때문에 이렇게 광인처럼 어쩔 줄 몰라 하는지, 어찌하여 늘 네 생각을 하고, 무엇 하나 손에 붙들지 못하고 안절부절못하는 건지. 네가 무엇인지, 너를 생 각하는 나는 무엇인지……."

그녀만이 혼란스럽고 두려운 것은 아니리라. 시헌의 음성 역시 아득 하게 잠겨 있었다.

"홍아."

시헌이 낮게 읊조렸다. 가슴 깊은 곳에 꽉꽉 구겨 넣었던 홍의 이름. 막힌 둑이 터져 버린 것처럼 마음이 벅찼다. 그가 홍의 가녀린 등줄기 를 가만히 쓰다듬었다. 그녀의 입에서 더운 숨이 흘렀다.

그렇게 밀려오고 있었다. 홍이라는 여인이, 발간 입술과 밤처럼 새카 만 눈동자가.

"이런 감정이 무엇인지 나는 모르지만, 알 수 없지만……."

망설임을 떨치기 위해 시헌은 훅 맑은 공기를 들이켰다.

조금 느슨해진 그의 팔 틈에서 바르작대던 홍이 고개를 들었다. 참으 로 이상하게도, 독취는 사라지고 사방은 꿈결처럼 아늑해졌다.

"알 수 없다 하여, 모른다 하여 그냥 흘려보내지지가 않아. 나는 네가 거슬린다. 자꾸 눈에 밟힌다고."

갑자기 시헌이 홍의 손을 잡아끌었다. 그가 홍의 손을 제 가슴팍 위 에 얹었다.

고동치고 있었다. 심장이 뜨겁게 뛰고 있었다. 그는 누군가 이 감정을 알아주고 확인해 주기를 바랐다.

"알아야겠다, 너를. 어찌하여 너와 마주치면 심장이 울컥대는지, 걷 잡을 수 없어지는지. 나는 알아야겠어. 이 감정이 대체 무엇인지. 연모 인지, 뭔지……."

시헌은 열 오른 사람처럼 말을 쏟아내고 있었다.

"나는 네가 거슬린다. 네가 자꾸 눈에 밟힌다고."

"연모인지, 뭔지……."

그리고 홍의 귓가에는 시헌의 음성이 끝없이 맴돈다.

연모.

낯선 단어. 제 삶에 등장하리라 여겨본 적 없는 그 말을 듣는 순간
왜 숨이 턱 막히고 가슴께가 아프도록 진동했을까.

시헌이 홍의 뺨을 양손으로 감쌌다. 밤공기에 언 뺨에 온기가 스몄
다. 검은 파도처럼 일렁이는 눈동자, 가빠진 숨을 고르는 벌어진 입술.
바라보고 있자니 아름다움에 취해 머릿속이 흐릿해졌다.

"홍아."

홍이 대답하기 위해 입술을 떼는 순간 시헌이 고개를 숙였다. 닿을락
말락 홍의 코끝을 스친 그의 입술이 끝내 홍의 입술 위에 포개졌다.

"아앗……."

당황한 것일까. 홍의 입에서 낮은 소리가 흘러나왔다. 그러나 이내 그
마저 시헌에게로 삼켜졌다.

긴장한 듯 뻣뻣해지는 홍의 등줄기. 시헌의 손이 가냘픈 등 위에 놓
였다. 위안하고 안심시키는 듯한 느릿한 움직임이었다.

시헌은 서두르지 않았다. 잠시 머무르는 이처럼, 네 차게 식은 입술에
온기를 지피겠다는 듯 부드럽게 어루만질 뿐. 닫혀 있던 홍의 입술이 마
침내 살짝 벌어지자, 시헌은 곧 그 열린 틈으로 미끄러지듯 파고들었다.
강렬한 감촉이었다. 정신이 번쩍 들 만큼, 그리고 또 반대로 온 정신을
혼미하게 하는 몽환적인 느낌이었다. 오가는 숨결도, 타액도, 서서히 번
져 가는 몸의 온도도 온통 뜨거웠다.

"하아……."

틈 없이 포개진 입술이 잠시 떨어진 순간, 홍의 입에서 애타는 신음

이 흘러나왔다.

홍이 내내 굳게 닫혔던 눈꺼풀을 들어 올렸다. 그녀의 눈동자는 많은 감정들로 인해 어지러웠다.

처음 겪는 입맞춤의 감각을 되새겼다. 입안이 얼얼하도록 달고 아린 그 맛은 꿈결처럼 황홀했다. 입안 가득 들어차던 부드럽고 질척하며 끈끈한 감촉. 그것은 도저히 멈출 수 없는, 온몸의 감각을 일깨우는 맛이었다.

그제야 까마득하게 잊혔던 주변 풍경이 되돌아왔다. 홍의 등을 단단히 받치고 있는 굳센 손길, 자욱하게 밤공기를 물들이는 습한 숨결. 이 모든 것이 시헌의 것이었다. 비로소 느껴졌다. 난폭하리만치 거친 시헌의 숨소리. 그의 살짝 벌어진 입술 사이로 보이는 감각의 동굴. 그 속을 탐닉하며 느꼈던 아찔한 희락이 가슴 밑바닥에서부터 치밀어 올라 오소소 소름이 돋았다.

"아, 홍아……."

홍의 몸과 닿아 있는 시헌의 가슴팍이 거칠게 오르내렸다. 홍은 이내 작은 자괴감에 휩싸였다. 예상치 못한 일이었다. 그녀 역시 처음에는 당황했고, 두려웠다. 그러나 입술이 맞닿고 밀려들어 오자 두려움은 깡그리 사라졌다.

입술이 얽힘과 동시에 홍의 안에서도 무엇인가가 시작되었다. 어린 기생들이 이부자리에서 몰래 속닥이듯이, 입술을 수줍게 내준 것이 아니었다. 야음을 틈타 기방 모퉁이에 숨어 쾌락을 갈구하며 입술을 탐했다. 시작한 것은 그였으나, 홍 역시 도저히 멈출 수 없었다. 시헌이 그녀의 입술을 가졌듯 홍 역시 그의 것을 소유했다. 마치 무언가에 취한 것 같은 느낌이었다. 쾌감을 제외한 모든 감각이 사라지고 무뎌졌다. 오직 둘만이 존재하는 세상이 빙빙 돌아갔다.

이제야 홍은 수줍었다. 참으로 늦었지만, 이제 와서야 부끄러웠다.

홍이 빙글 몸을 돌려 그를 등졌다. 시헌을 마주 볼 자신이 없었다. 쥐 구멍에라도 숨고 싶은 기분이었다. 그러나 동시에 온 몸뚱이가 불처럼 뜨거웠다. 아직도 가슴 깊은 곳이 우렁우렁 요동쳤다.

입술을 맞대고 숨결을 나눌 때 온몸을 점령했던 짜릿한 감각들이 여전히 아우성치고 있었다. 도저히 말로는 표현할 수 없을 만큼 강한 욕망이 솟구쳤다. 홍 스스로를 놀라게 할 만큼 낯선 욕구였다.

더 바랐다. 여인답지 못하게, 초야조차 치르지 못한 동기답지 못하게. 아무리 기생일지언정 이런 행동을 하면 여인답지 못하다 욕을 먹는 법이다. 제가 애랑이나 다름없이 색을 밝히는 여인이라는 사실을 이제야 똑똑히 깨달은 것 같았다. 부끄러웠다.

"홍."

그러나 고작 한 발을 떼기도 전에 시헌은 홍을 불러 세웠다. 뒤돌아선 홍의 몸이 다시금 시헌의 팔에 갇혔다.

"홍아, 어디 가느냐."

물음과 동시에 시헌은 고개를 숙였다. 달빛 아래 새하얗게 빛나는 홍의 목덜미가 어찌나 유혹적인지, 그는 참지 못하고 매끈한 살결 위에 입술을 갖다 댔다.

"……선비님."

홍이 흠칫 몸을 떨었다. 낯선 감촉은 목덜미를 타고 머리끝까지 치밀어 올랐다. 쭈뼛 소름이 돋았다. 자기도 모르게 발끝에 힘이 들어가 중심을 잡기가 힘들었다.

누구 하나 밟은 이 없는, 밤사이 내린 첫눈이 쌓인 산길 같은 목덜미였다. 시헌은 그 청아한 설원에 입을 맞추었다. 밤새 소록소록 쌓인 눈밭에 첫 발자국을 찍는 방문자처럼 그는 여린 살갗을 살며시 입에 머금었다.

"아아……."

홍의 몸이 휘청거렸다. 술을 마시지도 않았는데 세상이 빙글빙글 돌고 있었다. 몸이 허공에 붕 떠 있는 것 같았다. 시헌의 입술이 닿아 있는 목덜미는 제 것이면서 동시에 남의 살처럼 느껴졌다.

가까스로 가라앉힌 호흡이 다시금 격해졌다. 심장이 튀어나올 듯 고동쳤다. 뱃속 깊숙한 곳에서부터 뜨끈한 열기가 올라와 온몸이 더워졌다. 자꾸만 다리가 배배 꼬여 홍은 저도 모르게 시헌에게 몸을 기댔다. 순간 시헌의 손이 느슨해진 저고리 앞섶을 파고들었다. 열 오른 살갗에 서늘한 손이 닿는 순간 퍼뜩 정신이 들었다. 홍이 그의 손을 꼭 붙들었다.

거칠 것 없이 원하는 것을 찾아가던 시헌의 손이 멈춘다.

"그만……. 이제 그만……."

그의 손을 붙들어 허리 언저리로 내리는 홍의 음성에 달뜬 숨이 섞였다. 비로소 몇 가지 감정이 교차했다. 누군가에게 들키지나 않을까 싶은 걱정, 처음으로 사내를 접한 탓에 밀려드는 부끄러움, 또한 경험하지 못한 낯선 감각들이 절제되지 않는 것에 대한 당황스러움.

그리고 무엇보다, 그 대상이 시헌이라는 데서 오는 종잡을 수 없는 감정.

그것은 두려움이기도, 또한 만족감이기도 했다. 그의 입술이 제 입술을 침범하고 정복했을 때 찾아든 것은 강렬한 희열인 동시에 본능적인 공포였다. 그 아슬아슬한 경계에서 오는 날 선 긴장 탓에 몸은 더욱 예민해졌다.

시헌의 손길과 입술의 움직임이 멈췄다. 목덜미에서는 저릿한 쾌감 대신 그의 따뜻한 숨결이 느껴졌다. 홍은 문득 그에게서 등을 돌리고 있음에 안도했다.

제 얼굴에 떠올라 있을 표정은 분명 볼만하리라. 얼빠진 계집처럼 보이지나 않으면 다행이었다.

"이제 그만……. 누군가 보기라도 하면……."

순간 허리에 감긴 시헌의 팔이 홍의 몸을 빙글 돌렸다. 그녀는 다시금 달보다 더 희끄무레한 시헌의 얼굴과 마주했다.

참으로 이상한 일. 언제부터 저리 따스하고 부드러운 눈빛으로 저를 보았던 것인지 알 수 없었다. 열기 대신 온기가 가득한 눈동자에 달이 빛나고 있었다. 그 달 속에 홍의 얼굴이 비쳤다. 눈조차 깜빡이지 못한 채, 망연히 시헌을 올려다보는 여인의 입술은 연지가 모조리 지워졌음에도 붉디붉었다.

"……알았다."

아쉬움이 밴 음성이었으나 시헌은 가까스로 고개를 끄덕였다. 그러나 한껏 고조된 몸은 쉽게 제어되지 않았다. 거친 숨을 고르며, 그는 눈을 질끈 감았다.

캄캄한 세상 속에서 시헌은 한성의 난봉꾼으로 이름을 날리던 시절의 그가 했을 법한 행동을 상상했다. 여인들은 '아니 된다'며 앙탈을 부리곤 했다. 그러나 시헌은 집요한 한량이었다. 끊임없이 입술이며 목덜미를 탐하고, 끈덕진 손길로 말랑한 살결을 희롱하다 보면 그녀들은 저항을 포기하고 함락을 선택했다.

학습된 본능은 쉽사리 꺾이지 않는 법. 그는 폭주하고 싶었다. 홍의 몸을 감싼 붉은 옷가지들을 떨궈낸 채 미끈한 흰 몸뚱이를 맛보고 핥고 싶었다. 입술로, 혀로, 손끝으로, 온몸과 한껏 달아오른 묵직한 본능으로 여체를 희롱하고 소유하기를 원했다.

과거의 그가 늘 그러했듯이, 당장 갖고 싶었다.

"선비님. 이제 그만……."

다시금 홍의 애타는 목소리가 들려왔다.

흐트러진 옷고름이 펄럭거렸다. 벌어진 옷섶 사이, 동여맨 치마끈 위로 불룩한 가슴은 배 속살처럼 희고 탐스러웠다.

시헌이 차분히 숨을 내쉬었다. 애써 가라앉혔던 열기가 눈으로 몰리는 듯 시야가 흐리다.

그는 반가의 도령이었고, 외척의 자손이었으며, 세도가의 유일한 아들이었다. 그리고 홍은 가진 것이라고는 몸뚱이 하나뿐인 어린 기생이었다. 그가 홍을 원했으므로, 언제든 가질 수 있으리라는 것 역시 시헌은 잘 알고 있었다.

만일 홍이 거부한들 기방의 생리란 어느 곳이든 다르지 않은 법이었다. 옥련에게 홍을 가져야겠노라 전한다면, 설령 눈물콧물이 범벅된 낯으로 끌려오는 한이 있더라도 그녀는 그에게 취해질 것이다.

"참 이상하지."

시헌의 참을성은 이미 한계점에 다다라 있었다. 욕망에 잠식된 몸뚱이는 어서 저 여인을 취하라며 아우성이었다.

그러나 그럴 수 없다. 시헌은 그리할 수 없었다.

그의 눈에 비치는 것은 흐트러진 매무새 사이로 드러난 여인의 속살이 아닌 홍의 간절한 표정이었다. 홍, 그녀의 새카만 눈동자 속에 담긴 제 얼굴이 욕망으로 번질거린다는 불편한 사실이었다.

시헌은 진정 홍을 원했지만, 또한 지금껏 겪어보지 못한 완전히 새로운 방식으로 갈망했다.

취하기를 원하는 것이 아니었다. 하룻밤 뒹구는 것을, 정복하는 것을, 일방적으로 욕망을 채우는 것을 바라지 않았다. 뜻 없이 탐닉하고 미련 없이 망각하기를 원치 않았다.

시헌의 마음속에 꿈틀대는, 그가 단 한 번도 느껴보지 못했던 낯선 감정. 그는 제 마음을 뒤흔드는 여인에 대해 알고 싶었다.

"무엇이 이상하십니까?"

홍이 되물었다. 그녀의 눈동자에 스며 있던 공포심은 완전히 사라졌다.

"네가, 내가. 모든 것이."

심장이 이리 덜컹대며 뛰는 것은 살아 있음의 방증이었다. 생이라는 바다에서 목표를 잃은 채 좌초했던 사내는, 실로 오랜만에 욕망을 자각했다.

가족도, 벗도, 여인도, 그리고 자기 자신마저 사랑한 적 없는 그가 마침내 누군가를 갈망하는 순간이었다.

"저도 그렇습니다."

이번에는 홍의 손이 시헌의 손을 감싼다. 그리고 붉은 천이 나풀대는 제 가슴팍으로 그의 손을 이끌었다. 사내처럼 거칠지는 않았으나, 그녀의 가슴 역시 고동치고 있었다.

담백하던 눈동자가 일렁였다. 홍이 검은 눈을 깜빡였다.

"……이게 무엇 때문에 이 난리인지 모르겠습니다."

"너도 나도 답을 알지 못하니, 누군가 먼저 알게 된다면 꼭 말해주도록 하자."

"……."

시헌의 얼굴에 말간 웃음의 파문이 번졌다. 어디선가 청아한 설원의 향기가 밀려오는 듯하다. 오랜만에 보는 표정이라고, 홍은 생각했다.

"저를 연모한다고 하셨습니까?"

문득 물었다. 입맞춤이 처음이듯, 그 역시 처음이었다. 사내에게 연모한다는 말을 듣는 것이.

"연모한다 하지 않았다. 그저 이게 연모인지, 뭔지 모르겠다고 했을 뿐이다."

"아……."

홍의 얼굴이 순식간에 붉어졌다. 양 볼에 홧홧한 기운이 몰려들었다. 뻔히 말을 들었거늘 어찌하여 제멋대로 생각해 버린 것인지.

"언젠가는, 홍아."

시헌의 손가락이 발갛게 물든 볼을 톡 건드렸다.

"알게 되겠지. 그저 지나가는 바람인지, 스칠 인연인지, 아니면……."

연모. 패설 나부랭이에서 지겹도록 지껄여 대는 목숨보다 대단하다는 그 감정인지.

"아니면요?"

"……너와 나 사이에 특별한 연이 있는 것인지를."

시헌을 바라보던 홍이 눈을 깜빡였다. 그녀의 어조가 사뭇 진지해졌다.

"선비님은…… 언제부터 그런 생각을 하셨습니까?"

홍은 참으로 궁금했다. 그녀가 그랬듯 그 역시 수시로 저를 생각했었는지, 경험한 적 없는 것이기에 표현할 수 없는 그 이상야릇한 감정들을 그 역시 느낀 것인지.

홍에게 시헌이 그러하였듯, 그에게 그녀 역시 의미 있는 존재였는지를.

"앞이 보이지 않을 정도로 쏟아지던 눈발 사이로 처음 너를 보았을 때부터, 그때부터."

깜빡, 놀란 그녀의 눈꺼풀이 감겼다가 뜨이는 잠깐 사이 시헌의 입술이 홍에게 내려앉았다.

서늘한 입술은 따사롭게, 차근히 홍을 정복해 나갔다. 촉촉한 입술을 머금고, 간질이고, 어루만지고, 쓰다듬었다. 갓 피어난 새순을 돌보듯 그는 길고 부드럽게 입맞춤했다.

홍의 입술에서는 아찔하리만치 달콤한 향기가 났다. 그는 아낌없이 취할 수 있을 것 같았다. 그 어떤 독주의 맛, 아무리 향기가 진한 꽃이라 해도 홍의 향취처럼 중독적이지는 않으리라.

"아……."

주변에서 들려온 기척에, 홍은 반사적으로 시헌에게서 한 걸음 떨어졌다. 갑작스럽게 움직인 탓에 그녀의 몸은 중심을 잃었다. 시헌은 팔을 뻗어 비틀대는 홍을 붙들었다.

"……."

스윽. 장대한 체구를 지닌 사내가 홍과 시헌의 곁을 소리 없이 지나친다.

시헌은 모르는 사내. 그러나 홍은 그를 알았으되 차마 내색하지 못했다. 불청객이 옥련이 아니라는 것에 대한 안도감과, 잠깐이나마 얼굴을 마주했던 사내에게 은밀한 모습을 들킨 것에 대한 부끄러움이 교차했다.

최만춘 역시 그러했으리라.

홍의 붉은 저고리가 반쯤 풀어 헤쳐져 있는 것이 눈에 들어왔으나, 그는 무심히 시선을 거두었다. 사내는 잠자코 강영완이 기다리는 내실로 걸음을 옮겼다.

"홍아! 그새 대체 어디를 간 게냐?"

순간 보이지 않는 안뜰에서 옥련의 목소리가 들려왔다.

홍은 재빨리 흐트러진 옷매무새를 가다듬었다. 내내 하나가 된 듯 닿아 있다 떨어진 입술이 허전했다.

"갈게요."

뒤돌아 잠깐이나마 시헌을 다시 보고 싶었으나 어쩐지 용기가 나지 않았다. 홍은 종종걸음 쳐 안뜰로 향했다. 혹시라도 옥련이 제가 한 짓을 눈치챌까 불안하여, 홍의 손은 자꾸만 아릿한 입술이며 열기가 남은 볼을 쓰다듬었다.

그리고 뒤에 남은 시헌은 모퉁이를 돌아 사라지는 그녀의 모습을 하염없이 바라보고 있었다.

나풀대는 치맛단이 붉은빛 잔상을 남긴다. 그 순간만큼은 시헌의 눈에 보이는 모든 것이 붉디붉었다.

모든 것이 붉디붉어서, 사무치게 아름다웠다.

"대체 어딜 갔다 온 게냐? 시헌 선비님과 함께 나갔다며? 네 이년,
설마……."

홍을 발견한 옥련은 다짜고짜 눈을 부라렸다. 그러나 홍은 무슨 소리
냐는 듯 눈을 동그랗게 뜨고 바라볼 뿐이다. 열기로 붉었던 뺨은 그새
서늘해졌다.

"설마라니, 무엇을요?"

"그 선비, 네년을 마음에 두고 있지. 내 그것을 모를 줄 알아? 그리하
여 불러낸 것 아니더냐. 감히 다른 이도 아닌 강영완 나리의 방에 들어
있는 기생을 다짜고짜 끌고나가다니. 혈연이기에 망정이지, 모르는 객에
게 그런 짓을 했다간 칼부림이 날 짓인지도 모르고."

"설령 그분이 저를 마음에 두었던들, 그것이 제 뜻대로 되는 것입니
까?"

옥련이 야멸차게 눈을 굴렸다. 그러나 홍의 말에 틀림은 없었다.

사내들이 홍을 탐하고 따름을 걱정할 이유는 전혀 없었다. 오히려 옥
련이 걱정하는 것은 그 반대였다. 홍이 누군가와 사랑놀음에 빠져 기생
이라는 본분을 잊는 것 말이다.

'하지만 그럴 리 없지.'

홍을 힐끔대던 옥련이 고개를 지그시 당겼다.

홍은 결코 그럴 리 없는 계집이었다. 정이라고는 없는 목석 같은 계
집, 화려한 얼굴에 어울리지 않게 냉혈하기만 한 계집이므로.

시헌이 홍을 마음에 품었음이 확실해진 지금, 옥련은 좀 더 두고 볼
생각이었다. 시헌이 홍을 보며 더 안달복달할 때까지, 더욱더 폭주하여
색욕에 시뻘겋게 물들도록. 욕망의 크기가 클수록 사내들은 많은 돈을
토해내기 마련이니까.

"다른 객들이 오셨다. 모두 월야관에는 귀한 객들이다. 들어가 나리
님들께 얼굴 한번 보여라."

"예, 행수."

홍이 옥련의 곁을 지나치려는데, 연지가 번져 벌게진 입가가 보였다.
옥련이 홍의 어깨를 잡아 세웠다.

"왜요?"

"입술연지가 다 지워졌구나."

옥련의 어조에 특별히 의심하는 기색은 없었으나 홍의 볼은 다시금
달아오른다. 홍은 최대한 차분하게 대꾸했다.

"안 바르던 것을 칠하니 영 거추장스러워서요. 저도 모르게 또 입술
을 깨물었나 봅니다."

"기생이라는 년이 연지도 바르지 않고, 이 무슨 꼴이냐. 기다려라."

옥련이 치마끈에 매달린 작은 주머니 속을 더듬었다. 이내 꺼낸 조그
만 단지 속에는 잇꽃을 빻아 기름에 갠 연지가 들어 있었다.

"가만있어 보아라."

옥련이 손가락 끝으로 연지를 찍어 홍의 입술에 톡톡 두드렸다. 언제
부터 홍의 입술이 이리 도톰했는지 모르겠다. 옥련이 고개를 갸웃했다.
입술에 전해지는 아릿한 통증. 홍이 살짝 얼굴을 찡그렸다.

❀

그 밤, 홍은 평소답지 않게 춤사위를 선보이는 도중 몇 번이고 발을
헛디뎠다. 반복하여 실수를 범한 끝에, 홍은 몸이 좋지 않다는 핑계를
대어 일찍 방으로 돌아갔다. 그리고 푸른 새벽이 밝도록 잠들지 못했다.

시헌 또한 밤새 잠을 이루지 못했다. 새벽이 밝아오자 거나하게 술에
취한 강영완이 돌아왔다. 시헌은 그제야 가까스로 잠이 들었다. 그의

꿈엔 홍이 나왔다. 온몸을 달게 하는 붉은 꿈이었다.

그리고 강영완의 강권에 못 이겨 기생과 방에 들었던 최만춘 역시 밤새 깨어 있었다. 기생을 진즉 밖으로 내보낸 그는 뜬눈으로 새벽을 맞이하고 있었다. 먼 길을 왔으므로 피곤한 데다 술까지 마셨으나 잠은 요원하기만 했다. 최만춘은 제 불면의 이유에 대해 이렇게 생각했다.

마침내 찾았기 때문이라고.

그토록 그리던 이를 만났기 때문이라고.

# 4장. 합(合)을 청하다

강영완이 눈을 뜬 것은, 해가 중천을 지나 이미 서녁으로 넘어가고 있는 한낮이었다.

거나하게 취했던 탓에 술기운이 남아 정신이 또렷치 않았다. 이부자리에서 눈을 끔벅이던 그가 가까스로 간밤의 풍경을 기억해 냈다.

완주 향리 최만춘과 월야관을 찾은 것. 그리고 그에게 붙여줄 요량으로 홍을 불러들인 것. 최만춘이 방을 비운 새, 홍에게 예기의 삶을 시작하도록 도와주겠다고 제안했던 것. 홍이 완곡한 거절의 뜻을 밝힌 것.

시헌이 방으로 난입한 순간을 상기한 강영완이 인상을 찌푸렸다. 홍을 데리고 나간 시헌은 결국 돌아오지 않았다.

"참으로 별일이로고."

물먹은 솜처럼 묵직한 몸을 일으키며 강영완이 중얼거렸다.

시헌은 내로라하는 한량이었고 난봉꾼이었다. 시헌처럼 기방을 드나드는 가닥이 있는 사내들은 나름의 규칙을 가지고 있다. 여인들을 거부하지 않되 한 여인에게만 마음 쓰지 않는다. 그것이 그들의 법이었다.

그러나 어제 시헌의 모습은 좀체 그의 명성, 혹은 악명과 어울리지 않았다. 마치 홍이라는 계집에게 몸이 달은 양, 눈에 뵈는 것이 없는 사람처럼 굴지 않았는가? 기생에 눈이 멀어 술맛을 떨어지게 하는 것. 기방을 드나드는 치들에게 있어 가장 하찮고 못나게 여겨지는 행동이 바로 그것이었다.

게다가 시헌이 홍을 데리고 나간 이후 돌아온 최만춘의 행동도 영 개운치 않았다.

자주 왕래한 것은 아니나 강영완은 최만춘을 높이 평가하였는데, 이는 그가 예를 지킬 줄 알며 진중하여 믿을 만한 상대라 여겼기 때문이었다. 그러나 바람을 쐬고 온 최만춘은 다른 사람처럼 굴었다. 불러도 대꾸조차 없이 그는 묵묵히 술잔만을 비워냈다. 방 안의 흥이 깨진 것은 두말할 나위 없는 일이었다.

덕분에 강영완은 홧김에 연거푸 술을 들이켠 끝에 몸종에게 업혀 와야 할 정도로 만취하고 말았던 것이다.

"지금쯤 향교에서 돌아왔겠지."

끄응, 몸을 일으킨 강영완은 뜰을 가로질러 시헌이 머물고 있는 별당으로 향했다. 그러나 별당에 당도한 눈앞에 드러난 광경은 기대와는 다른 모습이었다.

"삼월아."

"예, 주인나리."

활짝 열린 별당 문 사이로, 방 안을 청소하고 있던 어린 계집종이 발딱 일어나 머리를 조아렸다.

"도령께서는 아직 돌아오지 않았느냐?"

"도련님께서는 조금 전에 나가셨습니다. 덥다 하시며 겨울 이부자리를 걷어달라 말씀하셔서……."

"향교에서 돌아왔다 다시 나갔다는 말이냐?"

"예, 나리."

"흐음. 알았다. 일 보거라."

강영완이 쯧, 혀를 찼다.

본디 시헌은 어려서부터 대가 센 아이였다. 그런 까닭에 제집에 한 자리 내주었다 하여 손안에 둘 수 있으리라 여긴 것은 아니었다. 그러나 어제 월야관에서 그런 무례를 범하고서, 가타부타 말도 없이 또다시 자리를 비우다니. 허물없이 가까운 숙질 사이가 즐거워 곁을 내주었더니 숫제 위아래 없이 설치는 꼴 아닌가.

"오냐오냐 대한 내 잘못이로군."

강영완이 씁쓸하게 내뱉었다. 그가 마뜩잖은 듯 미간을 찌푸렸다. 해는 저만치 산등성이를 지나 먼 서쪽으로 가라앉고 있었다.

"언니."

"⋯⋯."

"언니."

속닥이는 낮은 목소리에, 홍은 반짝 눈을 떴다.

눈앞에 들이밀어진 사기그릇 안에 불그스름한 액체가 찰랑거렸다.

"마, 마셔. 수정과야."

"⋯⋯이건 언제 또 담갔대?"

"어떤 여, 영감쟁이가 기생들 먹으라고 곶감을 짝으로 주고 갔다나⋯⋯. 그, 그래서 조, 종일 부엌에서 솥만 휘젓고 있었어."

팥쥐가 내민 그릇을 받아 든 홍이 잠자코 몇 모금을 들이켰다. 갓 담근 수정과의 달콤한 맛 틈새로 화한 계피향이 자욱하게 퍼졌다. 입술에 찬 액체가 닿자 아랫입술이 저릿했다. 홍이 살짝 인상을 찌푸리며 그릇을 입에서 떼어냈다.

"왜, 마, 맛이 없어?"

"아니야. 계피향이 강해서……."

"무, 물을 좀 타다 줄까?"

"아니야. 이것도 맛있어. 팥쥐야, 냇가에 가야 한다고 안 했어?"

"마, 맞다. 또 덕이 어멈한테 타박 들을 뻔했네……. 그, 그릇은 툇마루에 둬. 이따 찾아갈게."

"그래. 고뿔 안 들게 겉에 배자(褙子)라도 걸치고 가."

"아, 알았어……. 언니."

겉옷을 챙겨 입으라는 인사치레가 퍽이나 고마운 듯, 팥쥐의 시꺼먼 얼굴이 해사하게 밝아졌다. 경쾌한 걸음으로 한결 따스해진 뜰을 가로질러 가는 팥쥐의 뒷모습을 바라보던 홍이 방문을 콕 닫았다.

머리맡에는 어제 입었던 붉은 옷가지가 가지런히 개켜져 있었다. 소복 위에 그것을 껴입던 홍의 손길이 문득 멈췄다. 무슨 생각인지, 홍은 걷었던 이불을 머리끝까지 뒤집어썼다. 꽁꽁 머리를 감싸자 빛 한 점 들어오지 않는 그녀만의 공간이 생겼다. 이불 속에 자리 잡은 홍이 꿈지럭거리며 손가락을 입가로 가져갔다. 그녀가 가만히 제 아랫입술을 쓰다듬었다.

평소보다 완연히 부풀어 오른 입술. 입술에는 계피향 감도는 액체가 닿았을 때 느꼈던 홧홧함이 아직 남아 있었다. 잘근 아랫입술을 깨물어 보자 뭉근한 아픔이 느껴졌다. 어제는 미처 몰랐던 고통이었다. 희열에 취하고 쾌감에 취한 탓에.

처음이었으나 결코 멈추고 싶지 않았던 그 감촉은 입술에서 시작되어 홍의 온몸에 휘몰아쳤다.

머리를 올린 기생들 중 입이 가벼운 이들은 누구와 접문(接吻)을 했네, 하룻밤에 몇 번 교합을 했네 대수롭지 않다는 듯 떠들곤 했다. 그러나 그들이 말하는 입맞춤도 정녕 이런 것이었을까?

홍은 시헌의 서늘한 입술이 제게로 다가오던 장면을 떠올렸다. 키가 껑충 큰 그가 몸을 낮추어 홍의 입술에 그의 입술을 포개던 순간의 감촉을. 어린아이를 어르고 달래듯 부드럽게 시작하였으나 이내 온도는 점점 뜨거워졌고, 밀어닥치는 그의 입술은 더욱 집요해졌다. 그의 옷자락에서 흐릿하게 풍겨오던 쌉쓸한 묵향은 어느덧 세상천지를 뒤덮을 듯 넘실댔다.

입맞춤의 시작은 조심스러웠으나 끝은 맹렬하고 거칠었다. 그러나 광포했음에도 또한 손끝부터 발끝까지, 그리고 마음 깊숙한 곳까지 전부를 달달 떨게 할 만큼 달콤하며 설레기도 했다.

홍을 한시도 놓아주지 않던 시헌. 저를 삼켜 버릴 듯이 밀어붙이던 입술의 열기. 그리고 치아를 가르고 밀려들어 와 숨마저 모두 휘감아 버리던 그의 뜨거운 혀의 맛.

그저 생각만을 했을 뿐임에도 다시금 온몸이 더워지고 열이 났다. 잠이 모조리 깼음에도 꿈을 꾸고 있는 것 같았고, 훤한 한낮이었음에도 새까만 밤 속에 있는 것 같았다.

그런 홍을 현실로 불러들인 건, 달칵- 들려온 문소리였다. 화들짝 놀란 그녀가 이불을 걷고 일어나 앉았다.

옥련일까? 혹은 팥쥐가 돌아온 것일까 싶어 홍은 문간을 바라보았다.

"해가 중천인데, 어찌 이 시간까지 잠들어 있는 것이냐?"

홍은 두 번 눈을 깜빡, 깜빡였다. 이불 속에서 바르작대느라 나른해진 탓에, 꿈을 꾸고 있는 것이 아닌가 싶었다.

"나는 너를 보려고 한달음에 이곳까지 달려왔거늘……."

그제야 정신이 번쩍 든 홍의 뺨이 순식간에 붉어졌다. 기분이 싱숭생숭하고 가슴 깊은 곳이 자꾸만 간질거렸다. 심장이 두방망이질 쳤다.

손을 들어, 홍은 마른 뺨을 슬쩍 매만졌다. 잠에서 깨어난 지 얼마 되지 않은 그녀였다. 눈곱이 매달려 있거나 꺼칠한 낯은 아닐까, 머리가 흐트러졌다거나 볼에 베갯잇 자국이 나지나 않았을까 걱정스러웠다.

"하룻밤 사이에 내게 싫증이 난 것이냐? 어찌 내 눈을 바라보지 않는 게야."

시헌의 눈동자가 장난스럽게 반짝였다. 그는 다정한 음성으로 농을 걸고 있었다. 안 그래도 화끈거리던 볼이 더욱 뜨거워져, 홍은 가까스로 시헌을 마주보았다.

"그런 농을 다 하시고, 정녕 선비님이야말로……."

변하셨습니다, 라고 말하려는데 시헌의 손이 볼을 쓰다듬는다.

언제부터 이렇게 부드럽고 따사로운 사내였을까. 그리고 언제부터 홍은 세상의 빛깔과 냄새를 구분하게 된 걸까.

시헌이 서 있는 후원 뜰에 내리쬐는 투명한 햇살도, 봄이 성큼 다가왔음을 알리는 맑은 바람도, 그 바람결에 묻어오는 냄새가 한결 노곤하여진 것도. 이전까지는 알지 못했고 관심조차 없던 것들이었다.

봄 뒤에 여름, 여름이 가면 가을, 그 이후에는 겨울, 그리고 다시 봄. 사계(四季)는 늘 곁에 있었지만 홍은 계절에 무상했다.

그러나 간밤의 일 이후 모든 것이 달라진 것 같았다. 눈에 보이고 귀로 들리고 코로 맡아지는 세상이 달라졌다. 살갗으로 느껴지는 주변은 어제와 같지 않았다. 참으로 괴이쩍은 일이었으나, 새삼 밀려드는 풍경들은 지금껏 살아온 월야관마저 낯설게 느껴질 정도로 생경했다.

"어찌 그리 놀란 눈으로 두리번거리는 게냐?"

"낯설어서 그렇습니다."

"내가 낯설다는 것이냐?"

"아니요. 선비님이 아니라……."

홍은 잠시 말을 잇지 못하고 머뭇거렸다. 이상한 느낌의 원천은 시헌도, 월야관도, 생동하는 계절도 아니었다.

"제가 이상하고 낯설어 그렇습니다."

어쩐지 쑥스러운 기분이 들어 홍은 시선을 거두었다. 이부자리 위에서 비비적대는 모습을 그에게 보이기 싫었다. 그녀는 자리에서 일어나 솜이불을 대충 밀어놓았다.

"홍아."

"왜 부르십니까?"

"볕이 좋지 않으냐. 나와보아라."

빙긋 웃어 보인 시헌이 마치 제집이라도 된다는 듯 툇마루에 걸터앉았다. 반쯤 열린 방문 안에 푸르른 도포 자락에 덮인 그의 너른 등이 가득했다. 얼굴이 보이지 않으니 조금 덜 부끄러웠다.

홍은 재빨리 눈이며 볼을 쓰다듬어 마른세수를 하고, 이마께에 삐져나왔을 잔머리를 매만졌다.

"오지 않고 무얼 하누?"

"……가요."

홍의 버선발이 툇마루를 디뎠다. 그녀가 가만히 자리에 앉자, 바람을 머금은 붉은 치마폭이 봉긋하게 솟아올랐다 푸시시 가라앉았다.

시헌의 눈길은 그 고운 홍색 위에 머물렀다.

저리 말간 빛깔이었구나. 간밤에는 생전 본 적 없을 만큼 유혹적인, 화려한 적색이라 여겼다. 그러나 밤의 홍은 사라졌다. 햇볕 쏟아지는 툇마루에 오도카니 앉아 있는 소녀의 모습은 싱그러운 봄꽃봉오리처럼 말갛고 고왔다.

믿기지 않았다. 밤새 그토록 탐닉하였던 입술의 주인이 홍이라는 것이.

충동에 굴복하여 먼저 입술을 마주 댄 것은 시헌이었다. 그러나 세상 모르는 애벌레처럼 움찔움찔 놀라던 작은 혓바닥은 어느새 허물을 벗고 찬란하게 날아오르는 나비처럼 그에게 내려앉았다.

홍은 그가 겪었던 어떤 여인과도 달랐다. 사내가 이끄는 대로 숨죽이며 따라오지 않았고, 그렇다고 농염한 기녀들처럼 그를 기쁘게 하기 위해 애쓰지도 않았다.

홍은 여인의 본능에 따랐을 뿐이다. 그리고 사내의 본능과 여인의 본능이 마주친 결과는, 시헌을 완전히 바꾸어놓았다.

"어찌 그리 보십니까?"

괜스레 꽃나무에 시선을 던지고 있던 홍이 물으며 고개를 돌렸다. 시선이 마주치자, 시헌은 씩 웃음을 지었다.

저런 웃음이었다. 처음 그를 마주쳤을 때도, 그리고 그 이후에도 늘 홍의 뇌리에 흐릿한 잔상처럼 남아 서성대던 미소. 첫 만남의 순간에 눈이 쏟아지고 있었기에 눈 오는 풍경 같은 선비라 여겼는데, 햇살이 쏟아지고 살랑대는 바람이 부는 지금도 그의 미소는 변함없이 청아했다. 그의 아름다움에 감탄이 나왔다.

"낯설어 웃는다."

이는 홍이 방금 전 했던 것과 같은 말. 홍은 대꾸하거나 되묻는 대신 가만히 그를 응시했다.

"내가 낯설다. 그리고 너라는 여인이 낯설다. 내 나이 스물하나, 관직에 나서지는 않았으나 세상 물정 모르는 머저리는 아니라 여겨왔는데, 천치가 된 것 같은 기분이야."

"천치라니요. 어찌 그런 말씀을 하십니까?"

"너를 생각하면…… 그렇다. 재미있는 일이지."

시헌이 엷게 웃었다. 그에게 간밤은 퍽 길었다. 집으로 돌아가 뜬눈으로 밤을 샌 그는 새벽닭이 울 때까지 내내 홍을 생각했다.

그의 입안에서 매끄럽게 헤엄치던 작은 혀, 바르작대던 나긋한 몸뚱이, 몸에 와 감기던 비단옷에 감싸인 종아리와 제게 기대오던 폭신한 젖가슴. 떠오르는 홍의 모든 모습들이 그를 잠 못 들게 했다.

"정녕 무지렁이가 된 듯하다는 게 아니라, 세상 여인을 처음 접하는 것 같은 기분이 들어 그리 말하는 것이다."

시헌이 허탈한 듯 웃었다. 제가 생각해도 기막히다는 표정이었다.

사실, 지금만 봐도 그렇지 아니한가. 홍의 붉은 옷자락만 보았음에도 벌써부터 심장이 고동치고 있었다. 눈이 마주치는 것만으로 가슴 한편이 찌르르 설레는 꼴이, 그야말로 순박한 도령이라 해도 이상하지 않을 지경이었다.

"그간 많은 여인을 접하셨던 겁니까?"

불쑥 홍이 물었다. 시헌은 순식간에 꿀 먹은 벙어리가 되어, 홍을 돌아보았다.

"어떤 답을 원하느냐?"

"원하는 답을 말씀하시라는 것이 아니고, 그저 궁금하여 묻는 것입니다."

어떤 대답을 할까, 곰곰 생각하던 시헌이 냉큼 입을 열었다.

"나에게는 네가 처음이다."

홍과 눈이 마주치자 시헌이 한쪽 눈을 찡긋해 보였다. 장난스러움이 뚝뚝 묻어나는 미소가 그의 얼굴 전체로 번져 나갔다.

"거짓말."

홍이 입술을 비죽거렸다. 문득 그의 웃음이 얄미웠다. 옥련이 엄청난 일인 양 늘어놓던 시헌에 대한 이야기가 떠올랐다. 한성 투전판마다 큰손으로 명성이 자자했다더라. 콧대 높다는 한성 일패기생 중 그 누구도 시헌을 거부하지 못했다더라…….

"그래. 거짓이다."

시헌은 순순히 실토했다. 대답이 마음에 들지 않았던 모양인지, 홍은 그에게서 눈길을 거둔 채다. 그 모습에 조바심이 났다. 시헌은 무릎 위에 얌전히 놓인 홍의 손을 잡았다.

"행수가 보았다간 경을 쳐요."

"내 마음을 정녕 모르겠느냐?"

"제 마음 하나도 낯설어 감당 안 되는 처지인데, 어찌 선비님의 마음까지 알겠습니까?"

홍의 말투가 조금 전과는 달리 서늘했다. 그녀의 머릿속은 어지러웠다. 입을 맞추는 것은 물론이거니와, 하다못해 손을 잡거나 지그시 눈을 마주치는 사소한 것마저도 홍에게는 모두 처음 있는 일. 그러나 당연하게도 시헌은 그렇지 않은 모양이었다.

분명 그는 무수한 여인을 가졌을 것이고, 그렇기에 어떻게 여인을 다뤄야 할지도 손바닥 보듯 잘 알 것이다. 월야관에서 가장 잘난 기생이라 불리는 애랑마저도 시헌에게 몸이 달아 안달복달하지 않았는가. 그런 애랑을 모질게 내친 것 역시 그였다.

사내라고는 한 번도 겪어본 적 없는 저 같은 어린 동기는, 그의 손바닥 안에서 광대처럼 노닐다가 버려질지도 모르는 일이었다.

"부질없는 시절이었다. 되돌릴 수 있다면 나 역시 되돌리고 싶구나. 여인이라고는 몰랐던 시절로 돌아가, 네 마음을 달래주고 싶다."

부드러운 목소리였으나 힘이 있었다. 홍은 그제야 토라진 기색을 거두고 그를 보았다.

"진심이다."

마치 시헌이 말한 '진심'을 찾으려는 사람처럼 홍은 그의 눈을 응시했다. 눈길이 천천히 엉켰다. 붉게 부풀어 오른 입술이 살짝 벌어졌다. 저도 모르게 시헌은 홍에게로 얼굴을 기울였다.

순간, 홍이 자리에서 벌떡 일어섰다.

"이 시간에, 어찌 전갈도 없이……."

모퉁이를 돌아 후원으로 들어온 옥련이 미간을 좁혔다.

툇마루에 나란히 앉은 홍과 시헌. 계집이 입은 새로 맞춘 붉은 옷자락과 선비의 짙푸른 쪽빛 도포가 맞춘 듯 어우러졌다. 그리고 그 기묘한 조화는 옥련의 신경을 크게 거슬렀다.

"무슨 짓을 하고 있는 게냐?"

순식간에 옥련의 눈동자에 노기가 어렸다.

매사 열이 없는 듯, 나이답지 않게 건조하기 짝이 없던 홍이었다. 옥련이 아는 홍은 성정이 차디차서, 훗날 기생 노릇이나 제대로 할까 걱정이 앞서던 계집이었다. 그리하여 무수한 징후들을 보고도 속았던 것이다.

옥련이 성큼성큼 홍과 시헌에게 다가섰다. 남치마가 요란하게 펄럭였다.

"홍 네 이년……."

홍은 대답하지 않았다. 아니, 대답하지 못했음이 옳으리라.

좀처럼 감정을 내색치 않던 홍의 얼굴에는 당황한 기색이 역력했다. 그보다 더한 긍정이 어디 있겠는가.

"어찌 그러는가? 내 잠시 지나가다 들렀을 뿐이네."

"선비님."

아무리 분이 치밀었기로서니 기방 행수 처지에 시헌에게 언성을 높일 수는 없었다. 옥련은 애써 들끓는 속을 가라앉혔다. 그러나 시헌 앞에서 간이고 쓸개고 다 빼줄 듯 알랑거리던 태도는 온데간데없이 사라졌다.

"어찌 대장부께서 한낱 기생 어미를 속이려 하십니까? 지금껏 낌새를 느꼈음에도 아니라 생각하였던 건 선비님과 홍을 믿었기 때문입니다. 수십 년간 기생으로 살아온 접니다. 이 정도 눈치도 없는 아둔한 계집이라 여기셨습니까?"

"그건 또 무슨 소린가. 아둔하게 여기다니?"

상황을 눙치고자 시헌이 애먼 시늉을 하며 물었다. 그러나 옥련은 물러설 기미가 없었다.

"선비님. 이러시면 아니 됩니다. 아무리 천한 기생이고 동기인들, 눈길이 간다고 무작정 취하시면 어찌합니까? 홍은 기생으로 살아갈 날이 창창한 아이입니다. 머리조차 올리지 않은 계집을, 선비님처럼 젊은 분께서 수시로 찾는다는 소문이 나면 어찌 되겠습니까?"

쉴 틈 없이 쏘아붙이는 옥련의 말에 시헌은 쉽게 대꾸하지 못했다. 일견 그녀의 말에 틀린 구석을 찾을 수 없었기 때문이었다.

"그래, 뭐, 재력이며 권세가 대단한 명문가의 자손이시지요? 그렇다면 홍을 첩으로라도 들어앉혀 주시려고 이러시는 겁니까?"

"행수."

홍이 그제야 옥련을 제지했다. 그러나 옥련은 홍에게 흘낏 시선을 던지곤 흥! 코웃음을 치고 만다.

"이제야 애티를 벗고 계집 구실을 하게 된 철없는 것입니다. 저런 것을 구슬리시면 아니 됩니다. 선비님께서 한성에서 어찌 지내셨을지 미천한 소인은 모르오나 전주는 좁은 고을입니다. 이러다가 선비님과 홍 사이에 정분이 났다는 소문이라도 돌면……."

옥련이 실제로 몹시 불쾌하다는 듯 눈살을 찌푸렸다. 그녀로서 가장 큰 걱정은, 다름 아닌 이것이었다.

"누가 정인이 있는 동기의 초야를 사려 하겠습니까?"

"행수!"

왈칵 모멸감이 밀려와, 홍은 주먹을 꼭 움켜쥐었다.

이어 시헌이 입을 열었다.

"나와 조용한 곳에서 이야기를 나누세. 할 이야기가 있으니."

"그러시겠습니까? 알겠습니다. 이쪽으로 뫼시겠습니다."

옥련이 빙글 몸을 돌려 앞장섰다. 옥련의 얼굴에 슬쩍 만족스러운 미소가 솟아올랐다.

미끼조차 던지지 않았는데 월척을 낚은 기분이 이런 것이던가. 그녀는 시헌에게 한몫 단단히 뜯어낼 재량이었다.

"……선비님."

"걱정 마라."

홍의 곁을 스쳐 지나가던 시헌의 손끝이 그녀의 손등에 닿았다. 그는 이내 안뜰로 모습을 감췄다.

"외람되나 감히 묻겠사옵니다. 대체 무슨 생각이신 겁니까?"

옥련은 월야관에서도 가장 은밀한 곳으로 시헌을 인도했다.

옥련이 기거하는 안채의 끝에 따로 달린 작은 방. 놓인 가구라고는 작은 문갑뿐, 드나드는 문 말고는 밖으로 난 창이 없어 갑갑하기 짝이 없었다.

이 방에서는 월야관의 가장 내밀한 일들이 처리된다. 밀실은 때로 죄를 짓거나 주제를 망각한 계집들을 매질하거나 가둬놓는 데도 쓰였다.

"행수."

시헌의 얼굴에 꾸밈없는 미소가 번졌다.

"어찌 그리 정색하는 겐가? 마치 내 큰 죄를 저지른 것 같지 않나. 야단맞는 기분이 든단 말일세."

"선비님."

잠시 말을 끊은 옥련이 한숨을 내쉬었다.

눈이 쏟아지던 황량한 겨울날 시헌과 처음 맞닥뜨린 것은 홍뿐이 아니었다. 옥련 역시 그날 시헌을 처음 보았다.

늙어가는 몸을 의탁할 기둥서방조차 변변치 않은 옥련의 처지에 시헌이라는 공자의 등장은 대단한 사건이었다. 옥련은 김시헌이라는, 제 발로 투망 안에 뛰어든 거대한 잠룡을 낚기를 원했다. 그것이 퇴기 말년에 찾아든 기회일 것이라 믿었다.

처음에는 애랑과 같은 노련한 기생을 붙여 그를 유혹하고자 했다. 그러나 그 얼마나 어리석은 망상이던가.

시헌처럼 귀한 공자가 월야관이라는 은근짜들의 기방을 찾아든 것은 우연이 아니었다. 그는 월야관을 찾아온 것이 아니라, 애당초 홍의 향취에 이끌려 들어왔던 것이다. 그 분명한 사실 앞에 옥련의 머릿속은 분주히 돌아가고 있었다.

'어떻게 이 공자를 옭아맬까.'

철없는 난봉꾼. 그러나 그는 대단한 집안의 자손이었다. 게다가 옥련은 마침 어제, 아들이 없는 강영완이 시헌에게 상단을 물려주려 한다는 풍문을 들었다.

시헌은 그야말로 숨죽이고 있는 용이었다. 아니, 제가 용인 줄도 모르는 이무기였다.

"홍을 마음에 두셨습니까?"

옥련은 한참을 고민한 끝에 진중하게 말을 건넸다.

"부인하지 않겠네."

"무엇을 바라시는 겁니까?"

"사내가 여인을 생각하는데 특별한 이유가 있어야 하는 것인가?"

옥련은 한 자, 한 자 시헌의 답을 곱씹는다. 그녀는 홍을 대하는 시헌의 마음을 가늠하고 있었다.

그것은 한순간의 욕망 어린 불장난일지 모른다. 그렇다면 옥련은, 최대한 비싼 값에 홍의 초야를 시헌에게 팔아넘길 작정이었다. 그에게는 강영완이라는 거부 외숙부가 있으니 서른 냥 이상이라도 충분히 받아낼 수 있으리라.

그러나 만일 홍을 향한 그의 마음이 찰나의 흥미가 아닌 진심이라면, 난봉꾼으로 이름을 날리던 공자의 마음을 은근짜가 될 천한 동기가 사로잡은 것이라면……. 어쩌면 이 김에 팔자를 고치게 되는 것은 홍이 아닌 옥련일지도 모르는 일이었다.

옥련은 배운 것 없는 여인이었으나, 계집을 사고파는 흥정에 있어서는 강영완 같은 거상보다 더 뛰어난 사람이었다.

"정복하지 못한 일패가 없다 소문이 자자한 공자께서 어찌 모른 척을 하십니까. 그럼 소인 감히 물으려 합니다."

옥련이 입꼬리를 끌어당겼다. 입가에 자글자글한 주름이 파였다.

"선비님이 아닌 다른 사내가 홍을 취하여도 괜찮으시겠습니까?"

피식, 옅은 웃음소리가 들려왔다. 시헌은 답을 망설이지 않았다.

"무슨 소리를 하고자 하는지 모르겠구나. 홍은 기생일세. 설마 내 그 아이에게 일부종사(一夫從事)라도 요구할 것이라 여겼는가?"

태연한 말투였다. 그러나 아직 거래는 끝나지 않았다.

"그리 생각하고 계셨습니까? 그렇다면 더더욱 어찌 홍의 앞길을 생각지 않으십니까. 동기에게 대발식만큼 중한 일은 없습니다. 홍은 기껏 몇 달 후면 머리를 올릴 계집이고요. 처녀가 아니라는 소문이 난 동기의 머리를 올려주겠다 나설 호구 같은 사내가 어디 있겠나이까?"

"그게 걱정인 겐가? 홍의 머릿값을 제대로 받지 못할까 봐?"

"기생년은 목구멍에 거미줄을 쳐도 산답디까? 당연하신 말씀을요. 단지 머릿값이 문제가 아닙니다. 선비님은 참으로 젊은 미공자이시지 않습니까? 머리를 올리기도 전에 정인을 만든 기생이라, 이런 계집을 객들이 찾을 리 있겠습니까?"

"정인이라."

시헌은 입속으로 다시 한번 옥련이 내뱉은 말을 되뇌었다.

정인(情人).

무수한 여인들의 품에 뺨을 부비며 지나쳐 온 세월, 그가 단 한 번도 가지지 못했던 것.

"그럼 이리하면 되겠군."

잠시 생각에 잠겨 있던 시헌이 끄덕, 고개를 움직였다.

"내 전주에 내려온 이후 꽤 무료하여 마음 붙일 데가 없었네. 그 와중에 우연히 홍을 만났지. 지금껏 알아온 여인들과 다른 구석이 있어 퍽 마음에 들었네. 그래. 사내로서 마음에 두고 있네. 부정하지는 않을 것이네."

옥련이 고개를 주억거렸다. 그녀는 귀를 활짝 연 채 시헌의 말을 경청하고 있었다.

"하나 옥련 자네는 아직 내가 누군지 모르는 모양일세."

시헌이 옥련에게 시선을 던졌다. 왠지 섬뜩한 눈빛이라, 옥련은 저도 모르게 고개를 움츠렸다.

"아까 무어라 했나? 홍을 첩실로라도 들일 생각이냐 물었나?"

"그, 그, 그것이."

"감히 중궁(中宮)의 동생인 내게 기생을 첩실로 들일 것이냐 물은 것인가? 나의 정인이 다름 아닌 기생이라고, 설마 그리 입을 놀린 겐가?"

"공자님."

옥련의 얼굴이 새하얗게 질렸다. 이러자고 은밀한 방까지 시헌을 데려온 것이 아니었다.

그녀는 홍을 이용하여 큰돈을 만져 보고자 강수를 두었을 뿐이다. 홍의 몸값을 흥정하는 데 정신이 팔려, 장안에 파다하게 퍼져 있는 시헌에 대한 소문을 잊었던 것이다.


"난봉질, 투전질, 계집질 좋아하는 천둥벌거숭이 같은 한량이라 우습게 보았다가는 큰 코 다칠걸세. 아무리 난봉꾼처럼 굴어도, 누군가 저를 우습게 본다 여기는 순간 꽤나 잔인한 성미를 드러내곤 하니 말일세."

"그런 뜻이 아니오라······."

"퍽 오래도록 한량 노릇을 하다 보니, 벌써 내 가는 귀가 먹었나 보네. 분명 자네가 하는 말을 들었거늘, 이제와 아니라 발뺌하는 것을 보니 말일세."

"공자님!"

옥련이 납죽 고개를 조아렸다. 이 길 외에 다른 방도가 떠오르지 않았다.

터무니없는 실수였다. 시헌의 말은 틀리지 않았다. 그저 노닥대며 세월을 보내는 한량이라 만만히 여겨, 홍을 팔아넘기는 데 급급하여 큰 무례를 저지른 것이다.

천것인 기생 처지에, 대단한 세도가의 자식인 그에게 첩실이며 정인 운운한 것 자체가 이미 큰 죄였다. 뒤로는 계집질을 할지언정, 기생첩을 두었다는 것을 추문으로 여기는 모순적인 자들이 조선의 사대부 아닌가.

게다가 시헌의 뒤에는 강영완이 버티고 있었다. 조카의 일이라면 맨발로도 뛰쳐나온다고 명성이 자자한 강영완의 귀에 제가 지껄인 말들이 들어간다 생각하니 옥련은 눈앞이 아찔해졌다. 돈 많은 객을 놓치는 것이 문제가 아니었다. 자칫하면 늘그막에 몸을 뉘일 자리조차 없는 신세가 될지 모르는 일이다.

"송구하옵니다. 미천한 것이 공자님을 모욕 보이다니, 잠시 정신이 어찌 되었나 봅니다. 부디 하해와 같은 마음으로······."

"이보게, 행수."

읍소하던 말이 뚝 끊겼다. 옥련은 가체 아래 희끗희끗한 머리를 슬쩍 들어 올렸다.

"뭐 하시나?"

시헌이 피식 웃었다. 그러나 옥련은 다시금 등골이 서늘해졌다.

아무래도 사람을 단단히 잘못 본 모양이었다. 계집에게 홀린 등쳐먹기 만만한 상대라 여겼는데, 자칫하다 패가망신을 자초할 판이다.

옥련이 겁먹은 눈길로 시헌을 바라보았다. 범상치 않은 빛이 감도는 날카로운 눈초리. 본래부터 저런 눈빛이었던가. 어찌 몰라보았는지 참으로 알 수 없는 일이었다. 저런 눈을 한 사내를 마냥 세월을 낚는 한량이라 여겼단 말인가.

"쓸데없는 짓 하지 말고 일어나 앉게. 내가 겁박이라도 했나? 무얼 하는 짓인가?"

시헌의 말투는 한결 누그러진 상태였다. 옥련이 눈치를 보며 몸을 일으켰다.

"실수였다는 것을 알겠네. 세상에 실수 한 번 하지 않는 이가 어디 있겠나?"

"그렇고말고요, 공자님."

"자네가 무엇을 걱정하는지도 내 잘 알겠다. 하여 제안을 하나 하도록 하지."

쭈뼛대던 옥련이 고개를 들었다. 제 처지가 기막히다는 생각이 들었다.

시헌에게 제안을 하기 위해 불러들인 자리였다. 오히려 주객이 전도된 꼴 아닌가.

"어떤 제안이십니까, 공자님?"

"내 홍의 초야를 사겠네."

예상치 못한 그의 말. 옥련은 애써 놀란 기색을 지웠다. 그러나 정작 당사자인 시헌은 태연자약했다.

"자네가 걱정하는 것은 이것이겠지? 홍이 처녀가 아니라 여겨져, 다른 사내들이 대발식에 참여하기를 꺼리게 되는 일 말일세. 나름 공들여 키운 동기인데 제값을 받지 못할까 걱정하고 있는 것 아닌가?"

"예, 그러하옵니다, 공자님."

정녕 그것 하나만이 문제일까. 그러나 옥련에게는 따박따박 말대꾸를 놓을 기력이 없었다.

이는 망조가 든 흥정이었다. 흥정을 하되, 오직 살 사람의 뜻대로만 흘러가고 있는 꼴이었으므로.

"그러니 내 홍을 사겠다 말하는 것일세. 내 홍의 대발식에 참여하지. 얼마가 될지는 모르는 일이나, 반드시 가장 높은 값을 치르겠네."

옥련이 꿀꺽 침을 삼켰다. 만일 그녀가 수를 부려 가짜 흥정을 붙인다면, 시헌은 꽤나 큰돈을 써야만 할 것이다.

"치졸한 수를 쓰진 않겠지?"

물론 시헌이 옥련의 기대만큼 아둔한 한량이 아닌 점은 퍽 애석하였지만 말이다.

"그럴 리가 있겠습니까. 하루 이틀 지나고 끝날 인연이겠습니까? 제게는 공자님이나, 강영완 나리 같은 분들을 두고두고 모시는 것이 더욱 큰 이득입니다."

시헌이 가볍게 고개를 끄덕였다. 옥련의 일련의 행동들은 그의 마음에 들지 않았다. 그러나 아직 눈앞에 닥치지 않은 대발식보다 더욱 신경쓰이는 것이 있었으니, 그것은 '걱정 마라'며 다독였던 홍의 안위였다.

"홍의 머릿값에 대해서는 내 약조를 하지. 그리고 한 가지……."

"무슨 말씀이십니까?"

"이미 말했지. 내 홍이 퍽 마음에 든다."

"어여쁘게 보아주시니 그저 감읍할 따름입니다. 소인에게는 딸자식이나 다름없는 아이입니다."

확연히 달라진 옥련의 태도에 시헌의 입꼬리가 비틀렸다. 방금 전까지 홍의 초야값을 매기느라 눈이 벌겋지 않았는가? 그래놓고 금세 홍을 딸자식이라 칭하는 상황이 우습다.

실소를 흘리며, 시헌은 말을 이었다.

"내게 잠시 홍을 빌려주게."

"뭐라굽쇼?"

옥련이 눈을 깜빡였다. 무슨 뜻인지 참으로 모호한 말이었다.

"빌려달라니, 그것이 무슨 말씀이십니까? 소인 퍼뜩 이해가 가지 않 사온데……."

"말 그대로 잠시 빌리겠다는 뜻이네. 내 늦은 밤에 빌려달라는 말은 하지 않겠네. 볕 좋은 낮에 몇 차례 홍을 데리고 나가겠네."

"바깥으로 홍을 데리고 나가신다고요?"

옥련이 되물었다. 당황한 나머지 확 언성이 올라갔다.

가문에 대한 긍지가 이다지도 높은 공자께서, 설마 동기를 옆에 끼고 대낮에 거리를 활보하겠다 말씀하시는 것인가?

"무엇이 그리 놀라운가?"

"누누이 말씀드렸다시피 전주는 크지 않은 고을입니다. 홍을 데리고 나갔다 사람들의 눈에 띄시면 온갖 입방아를 찧어댈 것입니다. 홍뿐 아 니라 공자님께도 크게 누가 되는 일입니다. 무엇보다 강영완 나리께서도 보아 넘기지 않으실 것이 뻔한데……."

"내가 강영완의 조카 김시헌일세, 하고 요란 벅적지근하게 외출할 생 각일랑 없으니 걱정 말게. 남의 눈에 띄지 않을 은밀한 방도가 있으니 안심해도 되네."

"그 방도가 무엇입니까?"

"어허, 말이 많구나. 어찌할 텐가? 정녕 내 청을 들어주지 않을 것인 가?"

옥련이 낮게 한숨을 내쉬었다. 이것이 어찌 청일까. 이는 분명 명이 다. 그것도 몹시 강경한 명령이었다.

"알겠습니다, 공자님. 단, 홍이 다른 이들의 눈에 띄어서는 결코 아니

됩니다."

"그래. 약조하지."

거래는 끝났다. 방을 떠나는 시헌의 얼굴에는 화색이 돌았으나, 뒤에 남은 옥련은 우거지상을 하고 있었다.

홍은 우두커니 서 있었다.

이미 서녘 하늘을 붉게 물들이던 태양은 모습을 감췄다. 남은 것은 노을 주변에 운집하여 괴이쩍은 문양을 그리고 있는 구름떼뿐이었다. 누군가 무색무취, 그리고 무미의 공간에 먹물 한 방울을 떨어뜨린 것처럼 어둠이 번져 가고 있었다.

잠시 시선을 돌려 딴청을 한다면, 태양이 남긴 불그레한 흔적들은 언제 그랬냐는 듯 깨끗이 씻기리라. 그리고 그 자리를 짙푸른 어둠이 먹어치울 것이다.

이제 월야관의 진짜 하루가 시작되는 시각이었다.

몸단장을 마치고 객을 맞이하기 위한 준비를 끝낸 기생들의 걸음을 따라 분가루가 폴폴 흩날렸다. 고요하던 공간 속에 속닥이는 여인들의 목소리와 웃음소리가 뒤섞였다.

낮 동안 잠들어 있던 월야관이 활기를 찾아가는 시간. 그러나 동기인 홍은 기생 중 누구와도 살갑게 지내지 못했다. 하여 어느 곳에도 섞이지 못한 채, 홍은 동떨어진 별채 툇마루에 오도카니 앉아 있었다.

옥련과 시헌은 대체 무슨 이야기를 나누고 있는 걸까. 또한 옥련이 제게 어떤 처분을 내릴 것인지 역시 궁금했다.

기생이 사내들과 몸을 섞고 정을 주고받는 것은 별문제가 되지 않았다. 선비들은 그것을 풍류라 여겼다. 행수들 역시 제 기방에 속한 기생이 어엿한 사대부의 마음을 사로잡았다는 사실을 자랑스러워했다.

그러나 동기는 그에 해당되지 않았다. 그들은 애당초 여인으로 취급

받지 못하는 존재였기 때문이었다. 동기들은 머리를 올릴 때가 되어서야 모습을 드러내 사람들의 주목을 받았다.

머리를 올린다는 비유적인 말은, 다름 아닌 몸뚱이를 파는 매음을 의미한다.

소녀를 여인으로 만든다는 핑계로 동기의 몸값을 흥정하는 사내들의 눈에는 번질대는 욕망이 그득했다. 처녀성을 잃은 동기는 사내들의 흥미를 끌지 못했다. 하여 애당초 동기가 외간 사내와 정을 통하는 것은 용납되지 않는 일이었다.

바스락, 기척이 들려왔다. 멍하니 생각에 잠겨 있던 홍이 번쩍 고개를 들었다. 시헌일까, 아니면 옥련일까.

"언니."

모습을 드러낸 것은 둘 중 어느 쪽도 아니었다. 모퉁이를 돌아 나타난 팥쥐가 홍을 향해 줄달음질 쳤다.

"어, 얼굴이 오늘따라 더 허옇네……. 어디 아, 아픈 거 아냐?"

홍이 고개를 저었다. 걱정스럽다는 듯 홍을 바라보던 팥쥐가 용무를 전했다.

"행수가 불러. 방으로 오라고."


"언제요?"

홍이 당황한 표정으로 되물었다.

그럴 줄 알았다는 듯, 옥련은 무감한 목소리로 대꾸했다.

"삼월."

"삼월이요? 고작 한 달 남짓 남은 것 아니오?"

"반복하여 물어 무얼 할 것이냐? 삼월이라면 그리 알아라."

"하지만 행수가 늘 그리 말했지 않아요? 내년 여름쯤으로 생각하고 있으라고……."

옥련이 미간을 찌푸렸다. 이미 시헌과 대화를 나누며 한바탕 기운을 뺀 이후라, 이러쿵저러쿵 설명할 기력조차 남아 있지 않았다.

"여름이든 봄이든 한겨울이든 하라면 하는 것이지! 여름에 머리를 올리면 소똥이가 황진이가 되고, 말똥이가 장녹수가 된다더냐?"

옥련이 눈을 치떴다.

"내 성대하게 대발식을 치러줄 것이라 했지, 언제라고 꼬집어 날짜를 정하지는 않았다. 그러니 정해주는 대로 따르도록 해라. 이마저 싫다면, 오늘이라도 시헌인지 뭔지 하는 공자한테 머리를 얹어달라 청하든지!"

"어찌 말을 그런 식으로 하십니까?"

발끈하여 홍이 대들었다. 이에 옥련은 혀를 끌끌 차며 실소를 흘렸다.

"참으로 깜찍한 년이구나. 참으로 여우 같은 계집이야! 비구니라도 된 것처럼 사내에게 관심을 보이지 않더니, 뒤로는 선비와 눈이 맞아 염병하고 있었다지? 기생도 되지 못한 반 푼짜리 동기 주제에 벌써부터 요망을 떨어 사내를 홀릴 줄은 몰랐구나."

옥련이 화풀이라도 하듯 표독스럽게 내뱉었다. 그러나 홍은 묵묵부답이었다.

행수가 잔뜩 성이 난 이유를 모르지는 않았다. 그러나 옥련과 시헌 사이에 무슨 이야기가 오갔기에 대발식 날짜가 앞당겨진 것인지 알 수 없어 속이 탔다.

옥련의 말이 맞을지도 모른다. 봄이든, 여름이든 큰 차이는 아니었다. 그러나 고작 한 달 뒤라니. 한 달은 빈말로도 길다고 할 수 없는 시간이었다. 이제 홍의 대발식은 말 그대로 코앞까지 닥쳐 있었다.

"나는 모르겠다! 그 선비가 네 뒤치다꺼리를 모두 해줄 모양인 것이겠지. 머리를 얹고, 기생이 되고, 한창 때를 지나 누구도 찾지 않는 뒷방 늙은이 퇴물이 될 때까지 너를 보전해 줄 모양인갑다. 나는 모르겠으니 뜻대로 하라 전해라."

"무엇을 뜻대로 하란 말입니까?"

"무엇이든지! 아아, 귀찮다. 머리가 아프다. 궁금한 건 나중에 묻든, 아니면 너를 아낀다는 그 선비에게 물어라. 이만 나가도록 해라."

"……하지만."

옥련이 짜증스러운 표정으로 홍을 노려보았다. 두통이 이는 듯, 옥련은 관자놀이를 손으로 지그시 누르고 있었다.

"나가라는 말 못 들었어!"

옥련이 소리를 꽥 질렀다. 홍은 그제야 일어서 방을 나섰다. 머리가 어질어질했다. 별다른 일 없이 평화롭던 삶이 와장창 깨져 나가 소용돌이에 휘말린 듯한 느낌이 들었다.

시헌을 만난 것은 축복일까, 비극의 전조일까. 이러다 좌초하거나, 난파하거나, 바다 한가운데서 거대한 폭풍우에 휘말려 갈기갈기 찢겨지고 마는 건 아닐까.

온갖 생각들이 세상과 함께 빙글빙글 돌았다. 그로 인해 멀미가 올라오는 듯해, 고작 별채가 있는 후원까지 가는 사이 홍은 몇 번이고 발걸음을 멈춰야 했다.


"이제 돌아오는 것이냐?"

높다란 솟을대문 앞, 바람이라도 쐴 요량이었던 듯 문밖에 나와 있던 강영완이 말을 건넸다.

그제야 간밤의 소요를 떠올린 시헌이 머쓱하게 웃었다. 그러나 늘 병긋 웃어주던 외숙부의 표정은 오늘따라 좋지 않아 보였다.

"잠시 볼일이 생겨 나갔다 돌아왔습니다. 주무시고 계시기에 따로 문안을 올리지 못했습니다, 외숙부."

"무슨 볼일이 있기에? 향교 바깥에 특별히 교분을 쌓고 지내는 벗이 있느냐?"

"내려온 지 얼마 되지도 않았는데, 아는 이가 누구 있겠습니까?"

"그러니 괴이쩍어 묻는 것 아니냐. 누구와 무슨 볼일이 있었냐고."

시헌의 미간이 설핏 일그러졌다.

투전질, 난봉질, 계집질. 한성 난봉꾼 김시헌이 전주에 내려온 이래 끊은 것들. 그러나 조용히 지낸다 하여 여느 사대부처럼 번듯한 유생의 삶을 살고 있지는 않았다. 그는 '한량이어야만 하는 사람'이기 때문이었다.

시헌은 무엇보다 한량의 본분에 충실하고 있었다. 그는 유생이었으되 밥 먹듯 공부를 걸렀고, 책 한 권 손에 들지 않고 호사스러운 차림으로 산책하듯 향교를 쏘다니는 일도 비일비재했다. 매일 등교를 핑계로 집을 나섰으나 실상은 한벽당 같은 경치 좋은 정자에서 계곡 물소리를 들으며 뜬구름을 낚을 때가 더 많았다.

시헌에게는 지금과 같은 삶이 일상이었다. 불규칙하게 집 안팎을 드나들고, 찾을 때 집에 없으며, 향교 생활을 게을리 하는 것들 말이다.

그러니 갑작스레 일과를 캐묻는 외숙부의 태도가 더욱 괴이쩍게 느껴질 수밖에. 평소의 강영완은 시헌이 밤이슬을 맞든, 해가 중천일 때 일어나든 오히려 괜찮다며 껄껄 웃고 마는 호인이었다.

"대답해야 합니까?"

되묻는 시헌의 말투는 한결 냉랭하게 가라앉아 있었다.

"무엇을 하였다, 죽지 않고 잘 다녀왔다. 이 정도 말씀드렸으면 된 것 아닙니까? 언제 어디서 무엇을 누구와 했는지까지 외숙부께 시시콜콜히 고해야 하는 것입니까?"

시헌은 저도 모르게 으스스 몸서리를 쳤다.

"마치 어머니를 보는 듯합니다."

시헌의 말에, 강영완이 미간을 좁혔다. 그는 시헌이 저리 몸서리치는 까닭을 모르지 않았다.

시헌의 어머니이자 강영완의 누이인 부부인은 평소 아들의 일거수일투족을 감시하며 들볶았다. 시헌이 비뚤어지면 비뚤어질수록 어미의 집착 역시 광포해졌다. 출가외인인 중전께서 몸소 시헌을 한성에서 쫓아내는 강수를 둔 것은 난봉꾼 동생에 대한 분노 때문이었으나, 극단으로 치닫는 모자 사이를 걱정한 영향도 적지 않았을 것이다.

그런 시헌을 닦달한 꼴이 되었으니, 질색팔색하는 것도 무리는 아니었다.

"시헌아. 안에 들어가 이야기를 좀 나누겠느냐?"

"외숙부, 송구하옵니다만 나중에 말씀 나누어도 되겠습니까? 오늘 좀 피로하여서 그렇습니다."

회피하고자 거짓을 말한 것은 아니었다. 간밤 잠을 이루지 못한 탓에 시헌은 지쳐 있었다.

"……그래. 그리해라."

시헌이 허리를 꾸벅 숙였다.

그 역시 외숙부 앞에서 발끈한 것을 후회하고 있었다. 외숙부가 자신을 아끼는 것을 안다. 무엇이 된들 사이가 멀어져 좋을 것 없는 관계였다. 그냥 넘어가도 될 일에 괜스레 날 선 말을 내뱉은 듯하여 후회가 밀려왔다.

'월야관에 다녀온 것이겠지.'

그사이, 별채로 향하는 시헌을 바라보던 강영완이 속으로 되뇌었다.

어찌 속을까. 겉으로는 아니라며 극구 부인하고 있으나, 시헌은 홍이라는 동기에게 마음을 빼앗긴 것이 분명했다.

'홍이라는 계집을 이용하여 시헌을 전주에 묶어둘 수 있지 않을까.'

문득 떠오른 생각에, 수완 좋은 장사치의 머리가 돌아가기 시작했다.

이른 아침의 공기에서 부쩍 풀 냄새가 났다. 겨우내 떠돌던 눈과 서리, 얼음의 청아한 향기는 자취를 감추었다.

봄이 오고 있었다.

꽁꽁 얼어 있던 땅이 녹아 폭신해졌다. 공기는 완연히 온화해졌다. 머지않아 겨울은 완전히 물러갈 것이고, 땅 속에 숨어 있던 새순이 비죽 고개를 내밀 것이다.

홍은 일찌감치 일어나 있었다. 밤새 쉽사리 잠들지 못하고 뒤척인 탓에 그녀의 낯빛은 유령처럼 창백했다. 하얗게 질린 얼굴 가운데 입술만이 연지라도 바른 듯 붉었다.

시헌이 불현듯 다녀갔다 사라지고, 옥련에게서 춘삼월에 머리를 올리게 되리란 통보를 받은 지 사흘이 지났다. 그사이 시헌은 찾아오지 않았다. 그리고 옥련은 여전히 쌀쌀맞았다.

봄의 문턱. 홍은 내내 툇마루에 앉아 생각에 잠겨 있었다.

"곧 머리를 올린다지?"

카랑카랑한 목소리가 날아든다. 생각에 잠겨 있던 홍이 고개를 돌렸다.

저만치 서서 생글생글 웃으며 홍을 바라보고 있는 것은 그녀의 앙숙이라 할 수 있는 애랑이었다. 본디 애랑은 잠이 많아, 해가 저물 즈음에나 깨어나 덕지덕지 분칠을 하곤 했다. 그런 애랑이 어찌 이리 일찍 일어난 것인지 모를 일이었다.

그러나 이러면 어찌하고 또 저러면 어찌할 것인가. 지금 홍은 애랑 따위에게 신경 쓸 기분이 아니었다.

"어찌 묻는데 대꾸를 하지 않아?"

"대꾸해야 해?"

홍이 차갑게 되묻는다. 애랑과는 하나부터 열까지 죽이 맞는 데가 없었지만, 그중에서도 가장 홍을 질색하게 만드는 것은 저런 대화의 방식이었다. 애랑은 답을 알면서 군이 질문을 던지곤 했다. 궁금해서 묻는 것이 아닌, 조롱하기 위해서였다.

"홍 너는 머릿값을 얼마나 받게 되려나? 요새 근심이 많지? 아직 날이 덜 풀려서 기방에 오는 객도 얼마 되지 않는데……."

말로는 홍의 처지를 걱정해 주는 듯하지만, 실실대는 미소에는 분명 조소가 담겨 있었다.

"하기야, 오죽 잘난 홍이겠어. 당연히 꽤 큰돈을 받겠지?"

"얼마가 됐든 너보다야 많이 받을 듯하니 걱정일랑 붙들어 매도록 해."

홍이 대꾸하자 애랑은 피식, 바람 빠지는 소리를 내며 웃었다.

"그러려면 족히 서른 냥은 받아야 할걸? 글쎄다, 이미 정인이 있다고 소문난 동기에게 그만한 돈을 들일 호구 같은 사내가 있을까 모르겠네."

"정인이 있다니?"

홍이 물었다. 그러나 애랑은 호호호 실소를 흘릴 뿐 쉽게 대답하지 않았다.

"내 묻지 않아?"

"누구긴 누구겠어. 김시헌, 부원군의 아드님, 강영완 나리의 외조카겠지. 보나 마나 네 머리를 올려줄 이가 그분밖에 더 있겠니?"

애랑의 물음에, 홍은 대꾸하지 않았다.

"글쎄다……. 흥정이란 게, 경쟁이 붙어야 값이 올라가는 법이잖니? 그 선비 외에는 너를 차지하려 흥정에 나설 이가 없을 듯한데, 과연 서른 냥이라는 큰 머릿값을 받을 수 있을까? 게다가 그분은 한성 선비시니 조만간 본가로 돌아가면……."

"누가 그분이 내 정인이라고……."

질문하던 홍이 말끝을 흐렸다.

시헌이 홍을 보러 드나든다는 사실을 아는 이들은 월야관 안에도 극히 드물었다. 기껏해야 옥련과 몇몇 기생들뿐이리라. 하나 일단 이야기가 애랑의 귀에 들어간 이상 소문은 월야관 객들에게 순식간에 퍼져 나갈 것이 뻔하였다. 애랑은 누구보다 많은 객들을 상대했고 또한 뒷말을 옮기기 좋아했기 때문이었다.

"그러든 말든 난 관심 없어."

홍이 꼿꼿하게 고개를 쳐들었다. 애랑 앞에서 약한 꼴을 보이고 싶지는 않았다.

"조금 전까지는 나보다는 많이 받을 것이라며 의기양양하더니, 그새 말이 바뀌니?"

"네 몸뚱이값이나 신경 쓰도록 해."

"동기 주제에 세상모르고 입을 놀렸지? 너도 이제 머리를 올리고 객을 받는 기생이 되면 알게 될 거야. 얼마나 네가 쓸데없이 콧대 높게 굴었는지 뼈저리게 깨닫게 될 테니."

홍에게 맺힌 것이 제법 큰 모양, 잔뜩 격앙된 애랑의 목소리는 째질 듯 날카로웠다.

"너라고 다를 것 같아? 네년은 언제까지고 고고하게 그리 고개를 쳐들고 지낼 수 있을 것 같지? 고약한 영감쟁이들 술시중을 들다 험한 꼴을 당해봐야 너도 정신을 차릴 테지!"

애랑의 음성이 귀에 거슬려, 홍은 지그시 인상을 찡그렸다.

"이만 좀 가줄래? 시끄럽다."

"별채 전체가 네 거야? 고작 두어 칸짜리 방 하나에 의탁하여 살고 있는 주제에 누구보고 가라 마라 하는 거냐? 아무리 노는계집일지언정 위아래를 알아야 할 것 아냐! 내 너보다 나이도 더 먹은 어엿한 기생인데, 동기 주제에 어디서 감히 눈을 치뜨고 이래라 저래라야?"

몹시 분하다는 듯, 홍에게 쏘아붙이는 애랑의 몸이 바르르 떨렸다.
그 순간이었다.

"내 생각에도 애랑이 네가 자리를 좀 비켜주는 것이 좋을 것 같구
나."

"······."

화들짝 놀란 애랑이 뒤를 돌아보았다. 홍 역시 시헌이 왔음을 단박
에 알아챘다. 그러나 그의 이름은 홍의 입 밖으로 나오지 않았다.

"홍아."

그리고 아마도 홍은, 저를 부르는 저 목소리가 퍽 그리웠던 것 같다.
그러나 홍 앞에는 씩씩대는 애랑이 있었다. 이런 상황에 시헌을 반길
수는 없는 노릇이었다.

"무얼 하느냐? 방금 전에 네 입으로 말하지 않았더냐. 아무리 기생인
들 위아래를 알아야 한다고."

시헌이 천천히 내뱉었다.

"너는 하잘것없는 천것이고, 나는 귀하디귀한 양반이니 위아래가 분
명하지 않겠느냐? 그러니 내 명한다. 자리를 비켜라."

시헌의 음성은 감정이라고는 찾을 수 없이 무심했다.

애랑이 바득 이를 물었다. 그를 마주친 것만으로도 분통이 터져 죽
을 지경이었다. 한데 홍 앞에서 기어이 저를 욕보이는 꼴이라니. 오장육
부가 뒤틀리는 것 같았다.

"애랑아. 무얼 하느냐?"

"꼭 이렇게까지 하셔야겠습니까?"

"내 무얼 어쨌다는 게냐? 네가 홍에게 한 말 그대로 돌려주었을 뿐인
것을."

애랑의 얼굴이 새빨갛게 달아올랐다. 그러나 그런 애랑을 본체만체,
시헌은 홍에게 말을 건넸다.

"아무래도 안 되겠구나. 자리를 비켜줄 마음이 없는 듯하니, 우리가 떠나는 수밖에."

"떠나다니요?"

이번에는 홍의 눈이 휘둥그레졌다.

"긴히 할 이야기가 있어 잠시 들렀거늘, 저기 대장군 같은 여인이 버티고 서서 고래고래 소리를 질러대는 통에 말소리조차 들리지가 않는다. 비켜주지 않으니 별수 있겠느냐? 우리가 자리를 떠나는 수밖에."

"뭐요? 대, 대, 대장군?"

애랑이 파르르 몸을 떨었다. 비록 소박을 놓아 쫓아낸 무정한 사내였을지언정, 찰나의 순간이나마 살을 맞대고 말을 섞었던 사이 아닌가. 잊으려 애썼던 그 밤의 기억이 떠올랐다. 애랑이 뿌드득 이를 가는 소리가 바깥까지 새어 나왔다.

"가자, 홍아."

"하지만, 선비님."

홍은 당황한 기색이었다. 보통의 동기들은 웬만해선 기방 밖에 출입하는 일이 드물었다. 있어봤자 다른 기생들과 어울려 저잣거리 구경을 나간다든가, 늦은 밤 멱을 감으러 냇가에 간다든가 하는 일이 고작이었다. 옷을 맞출 때도 기방으로 바느질장이를 불러들였고, 단장품이 필요할 때면 매분구(賣粉嫗)가 찾아왔다.

웃음을 파는 기생들마저 이런 처지였으니, 양가집 여인들이 얼마나 속박된 삶을 살았는지는 말해 무엇 하랴.

"대체 어딜 간단 말입니까? 기방의 법도에 어긋나는 일입니다!"

홍이 머뭇대는 사이, 저만치 서 있던 애랑이 오히려 목소리를 높였다.

"아직 안 갔느냐?"

"선비님께서는 어찌 저한테만 이리 매몰차십니까?"

'어서 가자'며 홍을 종용하던 시헌이 애랑에게 시선을 던졌다. 애랑은 단단히 약이 오른 듯, 바들바들 몸을 떨고 있었다.

매정하게 군 것은 사실이었으나, 시헌은 모멸감을 느끼는 여인을 보며 히죽대거나 킬킬댈 만큼 비정한 사내는 아니었다. 그는 애랑의 존재가 거슬렸고 귀찮았다. 단지 그뿐이었다.

"너에게만 매몰찬 것이 아니다."

아무런 감정이 담기지 않은 목소리였다.

"나는 모든 이들에게 매몰차고, 모든 이들이 귀찮다. 그러니 눈앞에서 더 이상 얼쩡거리지 말고 네 방으로 돌아가거라."

애랑이 시헌을 노려보았다. 모든 이들에게 매몰차다면서 홍을 그리 감싸고도는 까닭은 무엇인지 따지고 싶었다. 그러나 그렇게까지 하기엔 아직 한 조각 팔락대는 자존심이 남았다.

꽉 쥔 주먹을 바르르 떨던 애랑이 휙 몸을 돌렸다. 땅을 울리는 거친 발소리가 멀어져 갔다.

"어찌 선비님께서 여인들의 싸움에 끼어드십니까."

멀어지는 뒷모습을 바라보던 홍이 시헌에게 묻는다.

애랑과 홍 사이의 감정의 골은 상당히 깊었다. 사실 언제부터 이리 견원지간이었는지조차 가물가물할 정도로 그네들은 긴 시간 앙숙이었다. 그러나 그것은 어디까지나 홍과 애랑 사이의 일. 기방의 객인 시헌이 한쪽을 두둔해 봤자 역성을 든다는 소리나 들을 것이 뻔했다.

"끼어든 것처럼 보였느냐? 그런 것이 아니다. 나 역시 볼일이 있어 왔고 갈 길이 바쁜데 훼방을 놓으니 어쩔 수가 없었다."

"무슨 볼일이요?"

물음을 던지며, 홍은 잠자코 시헌의 얼굴을 바라보았다. 그가 조금 낯설었다. 사흘이 이렇게 긴 시간이었나 싶다.

입술을 맞대고, 뺨을 부비고, 애타게 매만지며 탐했던 그 사내와 눈앞의 시헌이 정녕 같은 사람이던가. 그와 함께 있던 순간의 기억은 지나

치게 강렬하여 오히려 꿈처럼 비현실적이었다. 눈을 뜨면 펑 하고 사라
질 일장춘몽(一場春夢)처럼.

"무슨 볼일은. 방금 말하지 않았느냐?"

갑자기 시헌이 홍에게 손을 내밀었다.

처음으로 보는 것 같은 그의 손. 섬섬옥수란 말이 떠오르는 아름다
운 손이었다. 홍이 손을 잡자, 시헌은 그녀를 끌어당겼다. 홍의 몸이 기
우뚱하며 그의 품에 안겨들었다.

"이러다가……."

"또 누가 볼까 걱정되는 게지?"

시헌은 잠시 품에 안았던 홍을 가만히 떼놓으며 싱긋 웃음을 지었다.

"그러니 나가자는 것이다. 어서 가자."

"선비님, 동기는 행수의 허락 없이 밖에 나갈 수 없습니다."

참으로 이상한 일이었다. 처음 시헌이 나가자고 할 때는 당황스럽고
겁이 나더니, 오히려 지금은 나갈 수 없음이 아쉬웠다.

아까 애랑이 했던 말은 틀리지 않았다. 동기가 밖에 나가는 것은 법
도에 어긋난 일이었다. 옥련이 허락을 해줄 리 만무했다.

"그래. 그리 말하더구나. 허락 없이 밖에 나갈 수 없다고. 그리하여
내 허락을 받아왔다."

"행수가 허락을 해주었다고요?"

"그래. 어찌 이리 못 믿는 것이냐? 어디 보자……."

시헌이 먼 하늘로 시선을 돌린다. 해의 위치로 시간을 가늠하려는 것
이다.

"그래. 진시(辰時)[12]쯤 되었겠지? 해가 그새 높아졌구나. 시간을 너무
허비했다. 어서 가자. 오후가 되기 전에 돌아오겠다고 허락을 받았느니
라."

_____

12)  오전 7시에서 9시

"어디로 가는데요?"

홀린 듯 섬돌로 내려가, 가지런히 놓여 있던 꽃신에 발을 집어넣던 홍이 물었다.

다시금 반짝, 빛나는 시헌의 눈동자.

"너와 나, 아무에게도 방해받지 않을 곳."


"행수, 행수!"

거듭 들려오는 쩌렁쩌렁한 목소리.

그러나 기방에서 아침이란, 보통 사람들의 한밤중이나 다름없는 시간이었다. 곯아떨어져 있던 옥련의 눈은 좀체 뜨이지 않았다.

"행수!"

덜커덕! 문이 열리는 거친 소리와 함께 애랑이 옥련의 방으로 뛰어들어왔다.

열린 문틈으로 번지는 싸늘한 아침 공기. 그제야 옥련이 게슴츠레 눈을 떴다. 끄응, 단잠을 방해받은 옥련이 탄식을 내뱉었다.

"왜 아침부터 지랄이야, 지랄이?"

옥련이 다시금 눈을 감으며 꽉 잠긴 음성으로 타박했다.

"행수! 좀 일어나 봐요. 홍이 년이 나갔다고요!"

"가기는 어딜⋯⋯."

귀찮은 듯 돌아눕던 옥련이 눈을 번쩍 떴다.

시헌이 홍을 빌리겠노라 했었던 기억이 난다. 그날이 오늘이던가. 안 그래도 옥련의 속은 시헌 탓에 말이 아니었다. 한데 눈치도 없는 애랑이 년은 어찌 저리 징징대는지⋯⋯.

"김시헌이라는 선비와 나갔다고요! 어찌 이런 일이 있을 수 있어요? 이렇게 훤한 아침에 동기가 남부끄러운 줄 모르고⋯⋯. 가만둘 겁니까? 아 참, 좀 일어나 보라니까⋯⋯."

휙, 옥련이 이불을 걷었다. 오만상을 쓰며 일어나 자리에 앉은 옥련이 애랑을 노려보았다.

"그 입 닥치지 못해? 아예 북이라도 이고 지고 저잣거리에 나가 떠들지 그러냐?"

"어찌 저한테 타박을 하시오? 행수, 아직 잠이 덜 깬 모양인데 내 말 못 들었소? 홍이가 김시헌이라는 선비랑……."

"내 허한 일이니 가타부타 말고 잠자코 있어라."

"뭐요?"

애랑이 기막히다는 표정으로 반문했다. 그러나 옥련 역시 심기가 불편하기는 매한가지였다. 지은 죄가 있어 빌려달라는 해괴한 소리를 거절치 못했다. 그랬으면 조용히 산책이나 다녀올 것이지 하필 애랑의 눈에 띄어 이 난리를 만드느냐 말이다.

"행수가 허락을 했다고요? 아니, 행수! 미쳤소?"

"이년이……."

철썩! 옥련의 매운 손이 애랑의 등짝 위로 떨어졌다. 어찌나 모진 손길이었는지, 앉아 있던 애랑이 자리에서 펄쩍 뛰어올랐을 정도였다.

"그럴 만하여 허한 것이니 토 달지 마라. 그나저나 애랑이 네년은 대체 뭐가 문제야? 어찌 매번 홍을 못 잡아먹어서 이리 안달인 게냐!"

"안달이라니요? 행수, 지금 홍이 년 역성을 드시는 게요?"

"또, 또! 피가 나도록 종아리를 맞아봐야 흰소리를 늘어놓지 않겠느냐?"

옥련이 버럭 소리를 질렀다. 그러나 애랑은 물러설 기색이 보이지 않는다. 단단히 작정을 한 듯, 애랑이 분통을 터뜨렸다.

"그래요! 이유나 좀 압시다. 행수가 대체 무슨 까닭으로 홍 그년을 그리 감싸고도는지! 그래봤자 하는 일 없는 동기 아니요? 대체 그년이 월야관 돌아가는 살림에 뭐 하나 보탠 거라도 있소?"

"그럼 아무리 창기(娼妓)방이기로서니 동기에게 수청이라도 들게 하란 게냐? 네년에게는 동기 시절이 없었어? 홍이 대체 네게 뭘 그리 잘못했다고 이러느냐?"

"그놈의 홍! 홍 타령!"

애랑이 바락 소리를 질렀다. 하도 격앙된 반응에 당황한 듯 옥련의 눈이 휘둥그레졌다.

"그 재수 없는 것이 처음 월야관에 왔을 때부터 행수는 고년 말고는 안중에도 없었소! 내게는 늘 모진 소리만 늘어놓으면서, 홍은 늘 금은보화 다루듯 애지중지했잖아요!"

애랑의 음성은 점점 벅차오르고 있었다.

"행수가 늘 그리 싸고도니, 어린년이 어엿한 기생인 나를 우습게 여겨 기어오르는 것 아니오! 게다가 이제 하다하다 사내랑 외출을 시켜요? 왜 홍 그년한테만 이리 너그러운 거냐고요!"

감정이 북받친 애랑이 숨을 고르지 못하고 씩씩거렸다.

"하, 참……."

옥련이 기가 막힌지 혀를 끌끌 찼다. 그러나 옥련은 애랑과 홍 사이의 싸움을 심각하게 받아들이지는 않았다. 잘나고 반반한 기생들이 서로 경쟁하고 시샘하는 일은 발에 차일 만큼 흔했기 때문이었다. 게다가 애랑은 본래 샘이 많아서, 홍이 아닌 다른 누구라도 저보다 더 주목받으면 절대 보아 넘기지 못하는 성격이기도 했다.

"어찌 어엿한 기생이 철없는 동기랑 우격다짐을 못 해서 안달이냐? 어차피 삼월이면 홍이는 머리를 얹을 게다. 드잡이를 하려거든 그때 가서 해!"

"……."

"홍이 냉하고 되바라진 계집인 건 나도 안다! 아직 천둥벌거숭이라 그런 게지. 머리를 얹고 나면 그것도 고분고분해질 게다."

"퍽이나 그러겠수."

애랑이 못마땅한 듯 중얼거렸다.

"그러니 더 이상 시끄럽게 좀 하지 말어!"

옥련이 이불을 덮어 쓰고 다시 자리에 누웠다.

"삼월에 머리를 올린다라……."

애랑이 조그맣게 중얼거렸다. 안 그래도 그날만을 기다렸던 터였다.

"두고 봐라."

애랑은 홍에게 아주, 아주 지독하도록 단단히 쓴맛을 보여줄 참이었다.

홍은 좀처럼 눈을 뜨지 못했다.

바람이 휘잉 휘파람 소리처럼 울었다. 귓불이 시렸다. 시헌이 덮어준 두터운 도포 덕에 추위를 느끼지는 않았으나 바람은 무척이나 드셌다.

"뭐라고요?"

무어라 외치는 시헌의 목소리. 그러나 강풍에 짓뭉개져 들리지 않는다.

"……냐고 물었다."

"무얼 하냐고요?"

"무섭지 않냐고 물었다, 홍아."

시헌의 음성은 고삐를 당겨 말의 속도를 늦춘 후에야 또렷이 들렸다.

"무섭긴 하지만, 괜찮습니다."

그들은 말 잔등 위에 올라 있었다. 말은 상당히 훈련이 잘된 준마로, 두 사람을 태웠음에도 동요 없이 전진하는 중이었다.

처음 시헌이 월야관 밖에 묶어둔 말을 보여주었을 때 홍은 저것이 소인가, 혹은 대체 무슨 짐승인가 싶어 한참을 눈을 깜빡였다.

홍은 평생 말을 타기는커녕 본 적도 없었다. 그런 거대한 짐승의 등허리에 올라타 시헌의 품에 안겨 있다니, 그야말로 온몸이 달달 떨릴 일이었다. 그러나 처음의 충격은 곧 사라졌다. 홍은 말의 움직임에 금세 적응했다.

"홍아."

시헌의 따스한 입김이 귓가의 솜털을 간질인다. 시헌은 지금의 상황을 즐기고 있는 것이 분명했다. 그가 홍의 이름을 부를 때마다 내뱉은 숨결이 그녀의 목 언저리에 닿았다.

"홍."

시헌은 제 입술 바로 앞에 자리한 홍의 가녀린 목선을 응시했다. 여린 솜털이 조르르 난 목덜미에 입술을 묻고픈 욕망을 절제하는 것은 쉽지 않았다. 아마 말 잔등에 올라 있는 것이 아니었다면 진즉 입을 맞추었으리라. 소름이 오소소 돋아나 도톨도톨할 살갗 위에 혀를 대는 상상만으로도 피가 뜨거워졌다.

"어찌 그리 이름을 부르십니까?"

"네게 너무나 잘 어울리는 이름이지 않으냐. 홍. 어떤 한자를 쓰느냐?"

"문자 같은 거 모릅니다. 사사로이 부르는 계집 이름에 그런 게 있을 리 있겠습니까?"

"그럼 내가 하나 지어주랴?"

잠시 생각한 홍이 고개를 끄덕였다. 굳이 아니 된다 말할 이유가 없었으므로.

"붉을 홍(紅)."

"그것일 줄 알았습니다."

홍이 대꾸하자, 귓가에 다시금 맑은 바람이 불었다. 시헌의 웃음소리가 들려왔다.

"모두 너를 보면 그리 말하는 것이지?"

"어려서부터 행수가 붉은색이 잘 어울린다며 그리 말했습니다."

"그러한가. 어디 보자……."

시헌이 말고삐를 부드럽게 당겼다. 허리를 감싸고 있던 그의 팔뚝에 팽팽한 근육이 일어서는 것이 느껴져 홍은 저도 모르게 숨을 멈추고 배에 힘을 주었다.

찌릿한 감각이 납작한 배 속을 쓸었다. 어디라고 꼬집어 말할 수 없는 깊은 곳이 간질거렸다. 말의 등에 닿아 있는 허벅지에 뭉근한 열기가 느껴졌다.

서서히 속도를 늦추던 준마가 이윽고 정지했다.

그들이 당도한 곳은 야트막한 동산의 오솔길이었다. 아직 새순이 돋아나기엔 이른 계절이었다. 사방은 사람 하나 없이 적막했다. 갈색 나무와 갈색 땅. 그 와중에 몇 포기 돋아난 초록에 눈이 부셨다.

"말에서 내려야지 않습니까?"

"훈련이 잘되어 움직이지 않을 게다. 무서우냐? 그렇다면 내 바로 내려주마."

"아니요. 괜찮습니다. 무섭지 않습니다."

잠깐 달리는 사이 말에 올라 있는 것이 꽤 안정적으로 느껴졌다. 물론 시헌이 뒤에서 등을 받쳐 주고 있기 때문이겠지만.

"용감한 여인이구나."

시헌의 얼굴이 홍의 어깨에 얹혔다. 뺨이 맞닿았다. 그의 체온이 차갑게 느껴지는 것은 제 볼이 불씨라도 지핀 듯 뜨겁기 때문이리라.

"잘 어울린다, 네 이름."

시헌이 나지막이 말을 이었다.

"뺨은 복숭앗빛으로 물들었고."

그의 달콤한 숨결이 홍의 볼을 간질였다.

"눈가는 밤새 훌쩍이기라도 한 것처럼 이리 붉은빛이고."

시헌의 속삭임이 귓전에 닿았다. 홍의 입술이 벌어졌다.

"입술은 연모하는 사내가 종일 물고 빨기라도 한 듯 붉다······. 붉을 홍, 홍이라니. 이 얼마나 잘 어울리는 이름이냐."

연모하는 사내— 뜨거운 숨결과 함께 들려온 시헌의 말.

연모, 즉 '사랑'이라는 언어가 가진 무게가 홍의 마음을 강타했다. 그 저 비유에 지나지 않는다는 걸 알면서도, 마치 시헌이 제게 연모를 고백 하기라도 한 것처럼 심장이 덜컹했다.

홍은 여전히 말 위에 올라앉아 있는 까닭에 그에게 등을 보인 것이 퍽 다행이라 여겼다. 제 얼굴에 드러난 표정이 어떨지 스스로도 가늠이 되지 않았기 때문이었다.

문득 홍이 주변을 둘러본다. 이상할 만큼 적막한 장소였다. 아직 잎 사귀가 채 돋지 않은 이름 모를 나무 군락이 울타리처럼 그들 주변에 빽빽했다. 마른 가지 사이로 쏟아지는 이른 햇살이 말갈기 위를 비추고 있었다.

"평생을 전주에서 살았지만 이런 곳이 있는 줄은 또 몰랐습니다."

"너와 나다니는 것을 다른 이들이 보면 안 된다고 행수가 하도 안달 복달하기에."

"이런 곳은 어찌 찾으셨습니까? 고작 한벽당까지 가는 길도 못 찾아 헤매시더니······."

"찾고 말고 할 것도 없다. 사람들이 오가지 못하는 사유지이니. 근방 전체가 외숙부의 땅이다. 훗날 내게 물려준다고 약조하셨지."

외숙부의 땅, 이라는 시헌의 말이 낯설어 홍은 잠시 생각했다.

그녀가 걸친 옷과 신고 있는 신, 머리에 매단 댕기 하나마저도 제 것 이 아니었다. 심지어 그녀 자신 역시 월야관에 소유된 자산이었다. 한데 누군가는 말을 갖고, 집을 소유하고, 땅이며 산을 통째로 가진 주인이 기도 하구나······.

"행수는 물론이거니와 기방 사람들 모두가 선비님께서 대단한 부자라고 하더이다."

무슨 까닭으로 하는 말인지 알 턱이 없으나, 시헌은 피식 웃었다.

"무어 그리 잘난 일이겠느냐? 내가 이룩한 부(富)가 아니다. 태어나 보니 그저 주어져 있었을 뿐이지."

홍은 잠시 말이 없었다.

그것이 운명일 테지. 태어날 때부터 결정되어 있는. 홍이 천기의 운명을 타고났듯, 시헌은 귀공자의 운명을 타고났을 뿐이다.

"그래서…… 저를 사실 겁니까?"

홍이 불현듯 물었다. 사실 동기가 던지는 것치고는 지나치게 당돌한 질문이었다.

"네 머리는 내가 얹어주마고 행수에게 약조했다."

시헌은 이런 질문을 던지는 홍의 의중이 궁금하였다.

"틀린 말은 아니다만, 야박하구나."

"무엇이 야박합니까?"

"내가 너를 산다는 말이."

"그 말 말고 다른 말이 퍼뜩 떠오르지 않아 그리하였습니다."

"내 너를 원한다, 고 하면 훨씬 듣기에 좋을 듯하다."

홍의 동그스름한 턱을 매만지던 시헌의 손끝이 톡, 입술을 건드렸다. 그저 시헌의 손가락이 입술에 닿았을 뿐임에도 홍은 등을 세우며 쭈뼛 긴장했다. 그 바람에 어깨에 걸치고 있던 시헌의 푸른 도포가 흘러내렸다. 칼에 베이기라도 한 듯 날카로운 쾌감이 등줄기를 타고 솟구쳤다.

시헌의 손끝이 홍의 입술을 느리게 쓰다듬는다. 적요의 공간 속에 홍의 젖은 숨소리가 울렸다.

순간, 그녀의 벌어진 입술 사이에서 붉은 것이 나와 시헌의 손가락을 핥았다. 축축하고 미끄럽고 뜨거운 감촉이 엄습했다.

"하……."

시헌이 낮은 신음을 내뱉었다. 그는 홍의 머리를 제 곁으로 끌어당겨 입술을 포갰다.

"아웃……."

홍과 시헌의 입에서 동시에 신음이 흘러나왔다. 갈급한 소리가 뒤섞였다. 입술이 부딪치고, 숨결이 얽혔다. 마치 태초부터 하나였으나 어떤 이유로 둘이 된 것처럼 혀가 뒤엉켰다.

갈망의 맛이 이런 것이던가. 시헌은 홍이라는 여인의 모든 것을 집어삼킬 것처럼 덤벼들었다. 그는 홍의 입안 붉은 동굴을 끝없이 탐닉했다. 음미했고, 빨아들였고, 핥으며 숨을 불어넣었다. 그가 도톰한 아랫입술을 잘근 깨물자, 홍은 길게 끄는 신음을 내뱉었다.

"흐웃……."

포개진 입술 사이로 붉은 혀가 느리게 움직이며 입안 곳곳의 감각을 샅샅이 깨웠다. 거칠어진 숨결 사이 억눌린 소리가 종종 흘렀다. 큰 소리를 내지 않으려 애쓰는 홍의 나지막한 신음은 교성보다 오히려 더 자극적이었다.

"앗!"

순간 히힝- 소리와 함께 내내 고요하던 말이 두어 보 뒷걸음질 쳤다. 놀란 홍이 외마디 소리를 내며 시헌에게 몸을 밀착했다.

가슴팍과 허벅지를 누르는 홍의 몸뚱이. 서스럭대는 저고리며 치마폭 아래 숨겨진 여체의 감촉이 고스란히 전해졌다.

시헌의 잇새로 짙은 신음이 흘러나왔다. 한계였다. 더 이상은 도저히 참을 수가 없다.

"참기가……."

끄응, 시헌이 앓는 소리를 내뱉었다.

"힘들구나."

거친 숨을 몰아쉬던 시헌의 손이 홍의 옷고름을 스쳤다. 아무런 저항도 하지 못한 채 풀어진 옷고름이 잔바람에 나부꼈다. 칭칭 동여맨 치마끈 위로 눈부시게 흰 살결이 탐스럽게 빛났다.

시헌의 손이 홍의 목덜미를 거쳐 어깨를 지나쳤다. 손바닥에 와 닿는 여린 살의 부드러운 감촉에 그는 낮은 신음을 흘렸다. 입술과 입술 사이, 투명한 타액이 늘어졌다.

"선비님."

홍이 그의 손을 붙들었다.

거부의 뜻이라 여긴 시헌이 한숨처럼 웃는다. 그가 지그시 눈을 감았다. 당장에라도 풀 이파리처럼 얇은 옷가지를 헤치고 홍을 말 잔등 위에 눕히고 싶었다. 옷자락 속에 숨겨진 홍의 몸은 세상 무엇과도 견줄수 없이 아름다울 것이다.

홍의 눈도, 뺨도, 입술도 붉었다. 붉을 홍이라는 이름을 가졌으니, 그녀의 속곳 속 감추어진 욕망 역시 분명 사무치게 붉을 것이었다.

"선비님."

다시금 애타게 그를 부르는 홍의 목소리가 들린다.

시헌이 쓰게 웃었다. 해탈에 이른 승려라도 이런 상황을 감내하는 것은 쉽지 않으리라. 그러나 안 될 일이었다. 홍의 초야를 사겠노라 호언장담하지 않았나. 그래놓고 뒤에서 은밀히 정을 나누다니. 사대부 체면에도, 홍의 처지를 미루어서도 해서는 안 될 일이었다.

"이만 멈추겠다. 아니 될 일이라는 것을…… 안다."

숨을 고르며, 시헌은 낮은 목소리로 속삭였다. 그가 보송보송 솜털이 일어난 홍의 목덜미에 부드럽게 입을 맞추었다. 여전히 그의 심장은 목구멍 밖으로 튀어나오지나 않을까 걱정스러울 정도로 고동치고 있었다.

"단지 함께 시간을 보내고 싶었을 뿐인데, 미처 몰랐구나……. 내가 이토록 자제력이 없는 자였는지."

시헌이 휴우, 한숨을 내쉬었다.

"그러나 걱정 마라. 약조하겠다. 네 머리를 얹어주는 날까지, 다시 이런 일을 벌이지 않겠다."

시헌이 홍의 어깨에 입술을 눌렀다. 시헌의 뜨거운 숨결이 얇은 숙고사 옷자락을 습하게 적셨다.

순간, 홍이 춤이라도 추듯 손을 들어 올렸다. 어깨에 걸쳐져 있던 살굿빛 저고리가 스르르 벗겨졌다. 얇은 옷자락이 낙화하는 꽃잎처럼 허공을 유영하여 떨어져 내렸다. 홍의 손에 쥐어진 치마끈이 봄볕에 흩날렸다. 홍의 가슴 위를 칭칭 동여매고 있던 풀 먹인 끈이 스륵 풀어졌다.

"원합니다."

"……무어라 하였느냐?"

시헌의 물음과 동시에 홍을 감싸고 있던 치마폭이 활짝 펼쳐졌다. 풀어진 치마가 말의 목덜미를 덮었다. 준마가 콧김을 뿜으며 두어 걸음 앞뒤로 움직였다.

황량한 대지에 내리쬐는 봄볕에 비친 몸이 흔들린다. 쏟아지는 햇살이 홍의 몸을 어루만졌다.

"선비님을 원합니다."

홍은 떨리는 목소리로, 그러나 분명히 욕망을 내뱉었다.

"선비님께 합(合)을 청합니다."

왜 하필 이 순간 그날의 기억이 떠오르는 걸까. 열 살. 기생이 무엇인지조차 모르던 어린 홍이 월야관 문지방을 넘던 날이. 기생이라는 것이 대단한 벼슬이라도 되는 양, 거만한 말투로 옷을 벗어보라던 행수의 말. 그때 제 손에 쥐어져 있던 치마끈을 끄르는 데는 꽤나 큰 용기가 필요했었다.

그것은 양인이었던 열 살 홍이 유일하게 가졌던 선택의 기회였다. 더이상 찢어지게 가난한 집안의 여식, 어미 잡아먹은 년, 쓸모없는 입이 아니었다. 그녀는 그 선택으로 말미암아 기생의 삶을 시작했다.

그러나 시헌과 살을 맞댄 지금 필요한 것은 용기가 아닌 의지. 한 번, 단 한 번이라도 제 삶의 주인이고 싶다는 강렬한 바람이었다.

제 몸뚱이는 비록 제 것이 아니지만, 처음으로 몸과 마음을 내줄 이만은 스스로 결정하겠노라.

동기도, 기생도 아닌 여인 홍은 제 처음을 스스로 선택할 것이다.

"원한다 했느냐?"

홍의 대담한 청 앞에 한동안 묵묵하던 시헌이 물었다. 그의 얼굴에는 가늠하기 힘든 미묘한 표정이 떠올라 있었다.

시헌은 무수한 여인을 품에 안았고, 또 무수한 여인의 배 위에 머물렀다. 그러나 오늘 너를 품겠노라는 제안에 기꺼이 응했을지언정, 그 어떤 계집도 제가 먼저 나서 공자를 취하겠다 선언한 적은 없었다.

사내를 원한다고, 감히 합을 청한다고 제 입으로 고백하는 여인이 있다는 얘기는 들어본 적도 없다. 아무리 기생일지언정 그것은 여인에게는 허락되지 않는 욕망이었으므로.

"예. 원한다 말했습니다."

홍이 느른하게 감겨 있던 눈꺼풀을 들어 올렸다. 묘묘한 눈동자가 그를 빤히 올려다보았다.

언제부터 저리 검었을까. 열길 물처럼 저리 깊디깊은데 어찌 처음 마주쳤던 날은 깨닫지 못하였을까. 사로잡힐 것을, 홍이라는 여인 속으로 추락하여 잠겨들고 마리라는 것을.

애처롭게 드러난 그녀의 어깨가 가녀리게 떨렸다. 바람이 부는 탓이리라. 시헌은 기꺼이 몸을 기울여 여인의 드러난 몸을 덮는 움막이 되었다.

"네가 한 말이 무슨 뜻인지 알고 있는 것이냐?"

"뜻도 모르는 소리를 내뱉지는 않았습니다."

"내 네 머리를 얹어줄 것이라 약조했다. 그럼에도 불구하고 내게 합을 청한다는 말을 꺼내는 것이냐?"

"머리를 얹어달라 청한 것이 아닙니다."

"그렇다면 무엇이냐?"

"동기를 기생으로 만들어달라 청하지 않았습니다……. 비록 창기가 될 운명을 타고난 미천한 것입니다만, 지금은 동기나 기생이 아닌 그저 여인으로서 선비님을 청하는 것입니다."

"……"

시헌은 잠시 침묵한다. 그들을 태운 준마마저 내밀한 이야기가 오가는 순간의 긴장을 느끼는지 미동 없이 고요했다.

운명. 홍의 입을 타고 흘러나오는 운명이라는 비장한 단어는 무척 낯설게 들렸다.

시헌은 미처 생각조차 해 보지 않은 일이었다. 그 역시 제 운명을 저주했다. 그러나 분노하고, 떼를 쓰고, 성을 내며 스스로를 망가뜨리는 것으로 화답했을 뿐이었다.

저는 지금껏 주어진 운명을 거스르거나 혹은 운명에 맞서려는 용기를 낸 적이 있었던가?

시헌의 눈길이 홍의 하얀 목덜미의 선을 타고 내려간다. 백자처럼 맑은 윤기가 고인 등줄기는 홍의 성미를 닮아 한없이 꼿꼿했다. 저 곧은 등 너머에 있을 홍의 얼굴은 어떤 표정을 짓고 있을까.

"네 청을 들어주겠다."

시헌이 속삭이며 그녀의 귓불에 입을 맞추었다.

홍이 스르르 눈을 감았다. 따뜻한 숨결. 서늘한 바람. 맨살에 와 닿는 비단옷감의 감촉. 살에 스치는 말의 잔등은 이상하리만큼 매끈거렸다. 마구(馬具)에서는 기름을 먹인 가죽 냄새가 났다.

"홍……"

시헌의 말은 이내 삼켜진다. 홍이 고개를 돌려 그의 입술에 입 맞추었기 때문이었다.

더운 숨이 입안에서 섞였다. 세상은 사라지고, 오로지 열린 입안을 유영하는 사내의 향기만이 남았다. 다시금 홍의 눈꺼풀이 무겁게 닫힌다. 심장이 수십 개라도 되는 것처럼 몸 이곳저곳이 펄떡거렸다.

"원합니다."

그리 말하였다. 대발식 날짜를 받아놓은 동기 주제에, 뻔뻔스럽게도 그렇게 말했다. 시헌을 원한다고.

"합을 청합니다."

그와의 교합을 청한다고. 사내들이 그러하듯 적극적으로 욕망을 드러내고 그의 몸을 탐하겠노라고. 감히 여인의 몸으로, 한낱 미천하기 짝이 없는 창기가 될 몸으로 그런 말을 내뱉었다.

홍의 대발식은 코앞까지 다가와 있었다. 월야관에서 보낸 세월 동안 홍은 그 의미조차 모른 채 나이를 먹으면 자연스레 머리를 얹고 기생이 되리라 여겼다. 머리를 얹는다는 말이 단지 하룻밤의 유희를 뜻하는 것이 아님을 모르고. 이렇게 펄떡대며 살아 있는 제 삶을 사내들의 아랫도리에 처박는 꼴인 줄 모르고.

홍은 이제야 깨달았다. 눈 쏟아지던 그날, 시헌이 그녀의 앞에 등장한 이유를. 그라는 거친 바다가 홍의 앞에 던져졌던 이유를.

그것은 시헌이 홍의 유일한 선택지인 까닭이었다. 선택할 수 있는 것이 없는 삶. 그녀가 유일하게 선택할 수 있는 것이 그였기 때문이었다.

그리하여 그녀는 원할 것이고 또 바랄 것이다. 감히 동기의 몸으로,

모두가 굽실대는 선비를 취할 것이다.

소녀였던 여인은 스스로 봉오리를 벌려 개화를 시작했다. 그녀 스스로 망설임 없이 벗어 내던진 붉은 치마폭이 말머리를 덮었다. 히힝, 하는 소리와 함께 준마가 푸드득 콧김을 내뿜었다. 작은 걸음이었으나 말의 움직임에 따라 잔등에 올라앉은 여체가 요동쳤다.

홍의 벗은 등 위로 시헌의 뜨거운 숨결이 흘렀다. 마침내 그는 한계에 다다랐다. 시헌이 홍의 허리를 왈칵 끌어안았다. 그가 홍의 몸뚱이를 가뿐히 들어 올려, 자신과 마주 보는 방향으로 돌려놓았다.

짙은 눈썹, 새까만 눈동자, 유난히 붉은 입술, 흰 목덜미와 빳빳하게 도드라진 가슴 위로 서늘한 바람이 불었다. 커다란 눈동자는 사내를 홀리는 촉촉한 이채를 띠었고 입술은 벌에라도 쏘인 듯 부풀어 올라 그를 유혹했다. 시헌의 입술이 닿았던 희미한 자국들마저 홍이라는 화폭에 그려진 꽃잎 같았다.

마침내 오롯이 얼굴을 마주한 채, 시헌은 홍에게 입술을 포갰다.

"아앗……."

홍의 입에서 흐느낌과 같은 신음이 들려왔다. 나른한 소리가 시헌의 귓전을 맴돌며 억눌렀던 본능의 빗장을 열었다.

시헌은 다시 한번 홍의 입술에 길고 길게 입 맞췄다. 부푼 여린 살점에 치아를 누르고, 타액을 나누었으며 숨결을 마셨다. 이내 시헌의 입술은 홍의 뺨으로, 턱으로, 목덜미로 자리를 옮겨갔다.

의복 안에 숨겨야 하는 것이 안타까울 정도로 매끄러운 살결. 속곳이며 단속곳, 속치마, 몇 겹의 홑치마들이며 저고리에 감싸여 오래도록 빛을 보지 못한 흰 피부의 곡선을 따라 빛이 부드럽게 흘러내렸다.

새하얀 백지 위에 그린 담채화 한 폭 같은 여체. 홍은 누군가 무수한 시간과 공을 들여 매만지고 희롱하여 희열로 꽉 채워놓은 것 같은 몸을 가졌다.

술을 마시지 않았으나 시헌은 홍의 향취에 완전히 취하여 있었다.

"아흣……."

귓가에 들려오는 소리가 그의 이성을 마비시켰다. 홍에게서는 낯선 향기가 났다. 흔히 기녀에게서 풍기는 사향이나 분 냄새가 아닌 끈적한 단향. 정체를 알 수 없는 체취였으나 그는 한껏 들이마시고, 또 들이마셨다.

"홍아."

열기에 취해 풀어진 눈동자. 짓뭉개지고 부르트고 피멍울이 잡히도록 탐했던 입술 사이, 위태로운 줄타기를 하듯 타액이 늘어졌다.

홍은 흐린 눈으로 시헌을 본다. 제가 선택한 사내를, 욕망을 느낀 사내를. 기꺼이 유혹하여 취할 사내를.

홍이 손을 뻗었다. 그녀는 시헌의 옷고름을 사정없이 움켜쥐었다. 사내의 단단한 몸을 감싸고 있던 옷자락이 홍의 손길 앞에 속절없이 풀어졌다.

내던져진 시헌의 저고리가 준마의 머리 위로 떨어져 그 눈을 가렸다. 제 등짝 위에서 벌어지는 유희에 아랑곳없이 풀을 뜯던 말이 히힝, 큰 소리를 내며 앞발을 높이 들어 올렸다. 말의 몸이 거세게 요동쳤다.

"아악!"

시헌은 간신히 중심을 잡았으나, 홍의 몸은 순식간의 말의 잔등에서 미끄러졌다. 그녀를 향해 내민 시헌의 팔이 가까스로 홍의 허리를 붙잡아 끌어안았다.

"으앗!"

그러나 결국 시헌마저 중심을 잃었다.

시헌의 몸과 홍의 몸, 허공에 요란하게 나부끼는 옷자락과 벗겨진 저고리, 갑작스러운 소란에 당황하여 앞발을 들어 올리는 준마의 발굽 소리.

쿵!

홍과 그런 그녀를 필사적으로 감싸 안기 위해 애쓰던 시헌의 몸이 바닥에 나뒹굴었다.

"홍아! 괜찮으냐?"

상체를 일으킨 시헌이 다급히 물었다. 홍을 안고 낙마한 까닭에 정작 고통을 호소할 이는 그녀가 아닌 시헌이었다. 그러나 두 배로 컸던 낙마의 충격도, 등이며 어깨에 자잘하게 박힌 자갈돌의 고통마저도 그는 잊은 듯했다.

홍의 눈꺼풀은 감겨 있었다. 그 모습에 더럭 겁이 났다. 시헌이 홍의 창백한 얼굴을 쓰다듬었다.

"……홍."

그러나 멈칫, 시헌의 행동이 정지했다.

홍의 입술이 보일락 말락 실룩거리고 있는 게 아닌가.

시헌이 재차 눈을 부릅떠 홍의 얼굴을 확인했다. 이내 그녀의 입에서 바람 빠진 것 같은 웃음이 흘러나왔다.

"웃…… 어?"

시헌이 물었고, 홍은 그제야 감고 있던 눈을 떴다. 입만 웃고 있는 것이 아니라, 좀체 속을 알 수 없다 여겼던 홍의 눈동자에도 역시 웃음기가 일렁거리고 있었다.

"홍아. 머리라도 부딪쳤느냐? 정신이 어떻게 된 거 아니더냐?"

시헌의 손이 홍의 뒤통수를 매만졌다. 머리통이 깨져 피 칠갑이라도 되었을까 봐 겁이 났다.

"그 꼴을 하고 어찌 그리 웃어대는 게냐? 응?"

홍이 시헌을 빤히 바라보았다.

"이 꼴을 하고 이러고 있는 것이 우스워서 그럽니다."

마냥 진지한 시헌의 얼굴을 마주한 그녀의 입술 새로 피식, 헛웃음이 흘러나왔다.

"보십시오. 선비님과 제가 지금 어떤 꼴인지를……. 이런 몰골을 하고, 선비님과 이런 곳에 이러고 있는 것이 우스워서……."

말끝을 흐린 홍의 시선이 다시 시헌과 마주쳤다. 시헌은 그야말로 얼이 빠진 듯한 표정이었다.

홍은 끝내 웃음을 터뜨렸다. 그제야 시헌도 제 몸을 내려다보았다.

그랬지. 저고리 따위 아무 미련 없이 홀홀 벗어던졌으니 그의 상체는 실오라기 하나 걸치지 않은 맨몸이었다. 홍과 희롱하던 와중에는 느껴지지 않은 한기가 그제야 들었다.

그리고 시헌은 홍을 본다. 겹겹의 치마며 속치마자락이 그녀의 몸 위에 뒤엉켜 있었다.

드러난 홍의 상체를 가까스로 가리는 옷자락, 바닥에 나동그라진 탓에 온통 흐트러진 머리칼. 방금 전까지 담대하게 사내를 유혹하던 농염한 여인의 모습은 온데간데없었다. 욕망 속에서 지극히 매혹적이었던 벗은 몸은, 차디찬 흙바닥 위에서는 민망하고 어색하기 이를 데 없었다.

"……네 꼴이 더 우스워."

하. 시헌의 입에서 실소가 터졌다. 낮게 이어지던 그의 웃음소리가 점점 커졌다.

"아니요. 선비님이 더 우스우십니다."

홍이 지지 않고 맞받아쳤다. 그녀의 눈동자는 유난히도 반짝였다.

홍이라는 여인이 가진 얼굴은 대체 몇 가지나 될까. 그는 홍에게 지금과 같은 모습이 있을 것이라 생각해 본 적 없었다.

"처음 본다."

"무엇을요?"

"네가 이렇게 스스럼없이 웃는 것, 그리고 그런 표정을 짓는 것……."

"제 표정이 어떻기에 그러십니까?"

홍이 물었고, 시헌이 답했다.

"이제야 살아 숨 쉬는 사람 같다."

"……."

"이제야, 꽃이 아닌 사람 같아."

말을 알아듣는 꽃이라는 해어화도, 가시며 독을 숨긴 독화도 아닌, 웃고 울고 말하고 감정과 욕망을 드러낼 줄 아는 그런 여인. 그 순간의 홍은 행복해 보였다.

"선비님도 그렇습니다."

둘은 동시에 웃음을 터뜨렸고, 그와 동시에 실감했다.

살아 있다는 것. 살아간다는 것. 그저 흘러가는 세월에 몸을 내맡긴 채 속절없이 떠밀려 가는 것이 아닌, 뜻을 품고 원하는 바를 가진 삶이 얼마나 아름다운지.

홍도, 시헌도, 살고 싶다. 살고 싶었다— 그렇게.

불현듯 시헌은 홍에게 입 맞추었다. 말 위에서 벌어졌던 질펀한 유희처럼 유혹적인 입맞춤은 아니었다. 촉— 하고 젖은 입술이 닿았다 떨어지는 소리는 욕망이 아닌 생의 기쁨을 담고 있었다.

시헌이 바닥에 떨어진 홍의 저고리를 집어 들어 그녀의 드러난 어깨를 감싸주었다.

"다치지 않았으니 되었다. 그나저나……."

마른가지들이 울창한 공터 저편을 바라보던 그가 작게 인상을 찌푸렸다. 말의 모습이 보이지 않았다.

"일단 말을 데려와야겠다. 시간이 그새 꽤 흐른 듯하구나."

그가 흙바닥에 내팽개쳐져 있던 제 저고리를 집어 들었다.


시헌이 타고 온 말은 그가 한성에서부터 애지중지하던 훈련이 잘된 준마였으므로 멀리 도망치지는 않았다.

또한 예상치 못했던 낙마는 홍과 시헌 사이의 팽팽하던 긴장감을 어그러뜨렸다. 서로의 손끝이 스치는 것만으로도 숨을 가다듬어야 했던 그들은 한결 편안하게 말을 타고 귀로에 올랐다.

월야관의 뒤편, 멀리 아담한 내별당이 보이는 자리. 그들이 처음 만났던 날, 시헌이 눈 폭풍을 뚫고 나타났던 그 지점에 그는 말을 멈추었다.

"조심하라. 내 팔을 잡아."

"예……. 선비님."

먼저 말에서 내린 시헌이 홍의 몸을 붙들었다. 그가 가뿐히 홍의 허리를 안아 바닥으로 내려놓았다.

홍이 살짝 시선을 떨어뜨린다. 시헌을 향한 욕망을 발산하던 강렬한 눈빛, 손을 내밀어 사내의 옷고름을 헤치던 대담함은 어디론가 사라져 버렸다.

어쩌면 그녀는 부끄러움을 느끼고 있는지도 모른다. 아까와는 완전히 다른 모습이었지만, 그것 역시 홍의 또 다른 얼굴이었다.

홍은 이제 본래의 모습으로 돌아왔을 뿐이다. 월야관에 속한 동기. 쾌히 내켜서는 아닐지언정 기생의 운명을 받아들이며 살아가는, 그런 여인으로.

문득 시헌은 아쉬움을 느꼈다. 그는 다짐한다. 최대한 빠른 시일 내로 월야관을 다시 찾으리라.

"홍아."

"예."

어렵사리 얻어낸 동기의 외출도, 타인의 눈을 두려워하는 것이 응당한 세도가 도령의 일탈도 이제 끝이었다.

홍은 월야관으로, 시헌은 집으로 돌아갈 시간.

"내 너의 청, 결코 잊지 않으마."

시헌은 약조했다.

"반드시 들어줄 것이니, 기다리고 있으라."


후원에 나 있는 문을 통해 별당으로 들어선 홍이 걸음을 멈췄다.

"……팥쥐?"

오후의 햇살이 비치는 마루 위. 기둥에 머리를 기댄 채 꾸벅꾸벅 졸고 있는 조그만 계집아이의 모습이 보였다.

순간, 팥쥐가 눈을 반짝 떴다. 그와 거의 동시에 팥쥐가 와다다다 뜰을 가로질러 홍에게로 달려왔다.

"언니!"

"무슨 일이 있어? 얘가 왜 이런대."

"대, 대체 어디 갔었어? 어디 갔기에 아침부터 조, 조, 종일 자리에 없었던 거야? 이런 적은 없었잖아. 나한테 말도 없이 혼자 사라진 적은 한 번도 없었잖아! 해, 행수한테 물어봐도 버럭 성만 내고, 애랑이년은 코웃음을 치면서 약을 올리고……."

"그래서 여기서 내내 기다리고 있었던 거야?"

"하도 안 오니까 그, 그랬지. 무, 무슨 일이 난 줄 알고……. 낮것 물릴 때까지 안 오면 내 나가서 차, 찾으려고 했지……."

팥쥐가 홍의 손을 꽉 붙들었다. 팥쥐는 홍에 대한 일에 늘 그러하듯 상당히 격양되어 있는 상태였다. 팥쥐의 손은 바들바들 떨리고 있었다.

"진정해. 누가 보면 며칠 사라지기라도 한 줄 알겠다. 내가 어디 가기라도 해?"

"거, 걱정이 되니까 그렇지……. 언니는 이렇게 곱고 예쁘니까……. 나, 나중에라도 어떤 나리님이 첩으로라도 들어앉혀 데리고 가버리면 어떻게 해?"

"어이구, 꿈도 크다. 참도 행수가 순순히 나를 보내주겠네. 왜 쓸데없는 걱정을 하고 그래?"

"하지만⋯⋯. 그, 그래도⋯⋯."

무언가 곰곰 생각하던 팥쥐가 홍을 향해 손을 내밀었다. 어린 나이였
으나 하도 물일을 많이 한 탓에 벌써부터 트고 거친 손에 새끼손가락
하나가 비죽 나와 있었다.

"야, 약조해 줘, 언니⋯⋯. 나, 나만 두고 어디 가지 않는다고. 응?"

팥쥐의 말끝이 바르르 떨렸다.

"응?"

"너도 참⋯⋯."

홍은 한숨을 내쉬면서도 팥쥐와 손가락을 걸었다.

하기야, 아주 이해가지 않는 것은 아니었다. 월야관에 속한 그 누구
도 팥쥐에게 살갑게 굴지 않았다. 팥쥐에게 마음 붙일 이는 세상천지 오
직 홍 하나뿐이었다.

"알았어! 약조할 테니까 이상한 생각일랑 하지 말고, 어서 그 얼굴이
나 좀 펴. 내가 가긴 어딜 간다고⋯⋯."

그때였다. 안채에서부터 점점 가까워지는 발소리. 이내 푸르른 남치
마폭이 나타났다.

"홍."

옥련을 본 홍의 시선이 흔들렸다. 팥쥐를 달래느라 미처 매무새에 신
경을 쓰지 못했기 때문이었다.

옷고름이 풀어졌거나, 흙바닥 위에서 뒹군 티가 나는 게 아닐까. 혹
여 눈에 띄는 곳에 시헌의 입술 자국이라도 있다면⋯⋯.

"팥쥐 너는 왜 또 여기 와 있는 게야? 얼굴은 그리 우거지상을 해설
랑. 어서 부엌간이든 어디든 일손 필요한 곳으로 가라. 내 홍이와 긴히
할 이야기가 있으니."

옥련의 어조는 다소 신경질적이었다.

"예⋯⋯. 행수."

다시금 부루퉁해진 팥쥐가 빠른 걸음으로 별당을 벗어났다.

"안으로 들어가자."

팥쥐가 사라진 것을 확인한 행수가 홍을 향해 내뱉었다.

옥련이 먼저 안으로 들고, 뒤이어 홍이 그녀를 따라 제 방으로 들어 갔다. 달칵- 문이 닫힘과 동시에 옥련의 손이 홍의 어깻죽지를 붙잡았 다.

"왜 이러시오?"

"벗어라."

잠시 홍은 어안이 벙벙한 표정으로 옥련을 바라본다.

"뭐라고요?"

"저고리를 벗어보아라. 어서."

바늘로 찔러도 피 한 방울 나지 않을 것 같은 단단한 옥련의 눈빛은, 열 살 소녀에게 옷을 벗어보라 요구하던 과거의 모습을 닮았다.

마지못해 홍은 옷고름을 손에 쥐었다.

지금껏 타인 앞에서 스스로 옷고름을 풀었던 것이 몇 번이던가?

어떤 운명 앞에 내던져질 줄 꿈에도 모른 채 옷고름을 끌렀던 열 살 어느 날의 기억이 첫 번째, 기껏 한 시진 전 운명에 순응하지 않겠다는 일념 하나로 시헌 앞에서 풀었던 옷고름이 두 번째였다.

그리고 옥련은 또다시 홍에게 스스로 옷고름을 풀고 몸을 드러내라 요구하고 있었다.

문득 시헌과 살을 맞대고 있던 온화하던 말 잔등이 못 견딜 만큼 그 리워졌다. 짐승의 털에서 나는 들큼하고도 씁쓰름한 냄새, 기름을 먹인 마구의 녹진한 향기, 바람에 묻어오던 흙냄새와 옅은 풀냄새가.

시헌과 함께하던 순간의 홍은 자유로웠다. 그러나 월야관으로 돌아 온 동기 홍은 자유롭지 못했다. 그녀는 옥련의 명에 복종해야만 했다.

옷고름이 풀어져 아래로 툭 떨어지고, 저고리 앞섶이 양쪽으로 벌어졌다.

"……."

부디 그의 뜨거웠던 입술이 남긴 자국이 없기를. 조급한 마음에 치마끈을 제대로 묶지 않았다거나, 옷자락 어딘가에 땅에 뒹군 흔적이 남아 있지 않기를 홍은 간절히 바랐다.

옥련은 홍의 몸 곳곳을 샅샅이 훑었다. 다행스럽게도 눈에 띨 법한 흔적은 발견되지 않은 모양이었다.

"되었습니까?"

홍이 물었다.

"그래. 다시 입어도 좋다."

홍이 어깨 아래로 끌어 내렸던 저고리를 제대로 입으려는 순간이었다. 옥련의 눈길이 목덜미나 가슴께가 아닌 홍의 어깨 뒤편에 닿았다.

"내 이럴 줄 알았지."

옥련이 중얼거렸다. 저고리에 팔을 꿰던 홍이 움찔했다. 옥련이 홍의 저고리를 잡아챘다. 아직 채 다시 입지 못한 저고리 소매가 팔꿈치까지 끌어 내려졌다.

목덜미와 등 사이, 흰 동정 아래 매화꽃이라도 핀 듯 선명하게 아로 새겨진 붉은 자흔.

"되바라진 년."

"……."

물론 다른 말을 주워섬겨 변명하는 것도 가능했으리라. 그러나 홍은 일언반구 없이 옥련을 바라보기만 했다.

세상 누구보다 눈치가 빠른 옥련이었다. 월야관 안에서 벌어지는 남녀상열지사는 결코 옥련의 시야를 벗어나지 못했다. 여느 행수들이 그렇듯 옥련 역시 기생들이 객과 정분이 나는 것을 좋아하지 않았다. 더군다나 홍은 동기였으니, 더 이상 무슨 말이 필요하겠는가.

시헌의 기에 눌려 어쩔 수 없이 외출을 허락한 옥련이었으나, 그렇다고 분명한 부정의 흔적마저 눈감아 줄 만큼 너그러운 이는 아니었다.

"망할 계집 같으니!"

옥련은 홍의 치마마저 거칠게 잡아당겼다. 어찌나 우악스러운 손길이었는지, 부욱 천 뜯어지는 소리가 들려왔다.

"왜 이러시오!"

"왜 이러냐고? 왜? 몰라서 묻느냐? 내 너를 얼마에 산지 알기나 해? 네년을 먹이고 입히고 재워주며 이날까지 은혜를 베풀었거늘, 동기 나부랭이 주제에 벌써부터 사내와 붙어먹어?"

잔뜩 성이 오른 옥련이 쉬지 않고 쏘아붙였다. 팔을 쥐고 흔드는 옥련의 손을 가까스로 뿌리친 홍이 목소리를 높였다.

"없는 소리 마시오! 내가 뭘 어쨌다고요? 대체 뭐 때문에 팔쥐고, 행수고 이 난리랍디까?"

"뻔뻔한 년. 이 꼴을 하고서도 어디서 거짓부렁을 해?"

철썩! 옥련의 손이 붉은 자국이 난 목덜미에 떨어졌다. 홍이 악 소리를 내뱉었다. 그러나 홍은 이해할 수 없었다.

"저는 밖에 나가고 싶다 한 적 없어요. 선비님과 행수 둘이서 결정한 일이잖소! 내 뜻은 묻지도 않고, 이른 아침부터 사람을 번거롭게 하더니 이제는 또 무슨 이유로 이리 사람을 잡는 겁니까?"

이 말에는 옥련 역시 할 말이 없는 듯했다. 홍의 목덜미에 난 붉은 자국을 바라보던 옥련이 못마땅한 듯 시선을 돌렸다.

"머리도 올리지 않은 년이 남부끄러운 줄 모르고……."

"언제는 부끄러운 줄 모르는 것이 창기의 미덕이라면서요. 부끄러워 말고, 수치스러워도 말고, 사내들에게 몸을 비비고 아양을 떨라면서요!"

"말하는 꼴 하고는. 사내들이 좋아하는 건 정복당하는 계집이지, 너처럼 뻔뻔하고 색을 밝히는 년을 좋아하는 이는 세상천지 아무도 없다!"

"대체 뭘 어쩌라는 겁니까?"

홍이 반문했다. 그녀의 눈동자에 날이 잔뜩 서 있었다.

"부끄러워 말되 부끄러운 줄 알아야 한다는 말입니까? 색을 밝히되 색을 밝히는 것을 드러내지는 말아야 한다고요? 행수께서 무슨 소리를 하시는지 저는 하나도 모르겠단 말입니다!"

"그게 계집이야! 그게 기생이라고!"

옥련이 버럭 소리를 질렀다.

"계집은 그래야 하는 법이야! 아무리 기생이어도, 창기여도, 노는계집이라 손가락질을 받아도! 계집은 그래야 하는 법이니라! 알아도 모르는 척, 있어도 없는 척, 기여도 아닌 척! 모든 조선 여인들이 그렇게 산다. 모든 계집이, 모든 기생이 사내들이 바라는 대로 맞춰가며 그렇게 산다고!"

옥련이 화풀이를 하듯 거칠게 쏘아붙였다.

"주제를 알아야지. 멍청한 년 같으니."

싸늘하게 내뱉은 옥련이 몸을 돌려 홍의 방을 나섰다. 쾅! 여닫힌 문짝이 풀썩거렸다. 잠깐 열린 문틈으로, 오랜만에 벌어진 소란에 모여든 기생과 몸종들의 모습이 보였다.

"구경이라도 났어? 다들 썩 꺼지지 못해!"

옥련이 버럭 소리를 내질렀다. 모여 있던 이들이 오합지졸처럼 우수수 흩어져 각각의 자리로 돌아갔다.

이윽고 옥련마저 사라지고, 방 안에 남은 이는 홍 하나뿐.

"나는 그렇게 살기 싫어."

방 안에 우두커니 서 있던 홍이 중얼거렸다.

"그렇게 살기 싫다고."

찢겨진 붉은 치마폭이 바닥으로 너울너울 가라앉았다.

서서히 어스름이 몰려올 시각.

기생들은 몸단장에 바쁜 시간이었으나 옥련은 두문불출이었다.

"망할 년. 내가 얼마나 애지중지 키웠거늘."

방에 틀어박혀 있던 옥련이 중얼거렸다.

제 말에 모순이 있다던 홍의 토로가 틀리지 않음을 어찌 모를까. 단지 옥련은 화가 났을 뿐이다.

근 이십 년에 가까운 긴 세월 동안, 월야관은 옥련의 전부였다.

여염집 여인들은 어쩌다 옥련이나 월야관 기생 치마 끄트머리만 보아도 천한 창기라며 퉤 침을 뱉곤 했다. 예닐곱 살 먹은 동네 아이들마저 뜻도 모르는 음탕한 소리를 지껄이며 월야관 담벼락에 돌멩이를 집어 던지는 것이 일상이었다.

그러나 옥련은 부끄러워하지 않았다. 월야관은 옥련의 피땀이고 전부였다. 여인들의 멸시, 매음을 눈감아주는 대가로 재물이며 수청(守廳)을 요구하는 너절한 관리들, 몇 푼 되지 않는 돈을 냈다고 제 서방이나 된 듯 거들먹대는 더러운 사내들로부터 지켜낸 그녀만의 성역이었다.

비록 창기의 딸로 태어난 옥련이었으나, 월야관 안에서만은 열이 넘는 계집을 부리며 여느 마마님 못지않게 권세를 누리고 살았다. 그런 그녀가 어찌 월야관을 부끄러워하겠는가. 월야관 안에서는 누구도 옥련에게 감히 맞서거나 그녀의 뜻을 거역하지 못했다. 그것이 기방 월야관의 법이었다.

홍 역시 당연하게도 그래왔다. 살가운 성격이 아닐지언정, 그간 옥련이 거느렸던 동기 홍은 행수의 뜻을 거역한 적 없었다.

김시헌이라는 자가 나타나 월야관을 들쑤시기 이전까지는, 그랬다.

"주제에 맞지 않아."

중얼거리던 옥련이 나지막하게 한숨을 내쉬었다. 어쩌면 저부터 주제를 망각하고 있었는지도 모른다. 양반이라 봤자 허리 한번 감아보겠다 혈안이 된 촌부들이나 상대해 온 처지에, 진짜배기 귀공자를 만났다는 사실에 감격하여 눈이 먼 것이다.

"그 공자는 언제까지 전주에 머물 생각인지……."

갑갑한 마음에 옥련이 혼잣말을 했다.

기왕 홍의 머리를 얹어준다 했으니 해웃값이나 두둑하게 내고 얼른 한성으로 가버렸으면. 지금 그녀가 바랄 수 있는 것은 그뿐이었다.

## 5장. 인 연

"도련님."

문밖에서 계집종의 목소리가 들려왔다. 구들장을 지고 누워 있던 시헌이 고개를 들었다.

오랜만에 말을 탔을 뿐 아니라 낙마하는 사고까지 있었던 탓에 몸 여기저기가 개운치 않았다. 크게 앓아누울 정도까지는 아니었으나 만사가 귀찮아, 시헌은 자는 척 대꾸하지 않았다.

"도련님. 대감마님께서 찾으십니다."

그러나 이내 다시 들려오는 목소리. 시헌이 얼굴을 찡그리며 눈꺼풀을 들어 올렸다.

문득 며칠 전, 외숙부와의 불편했던 짧은 대화를 떠올랐다. 외숙부의 태도에 지나친 데가 있을지언정, 한참 손아래인 데다 몸을 의탁하고 있는 처지에 날 선 반응을 보였던 것이 마음에 걸렸다.

"도련님, 주무십니까?"

"일어났다. 무슨 일이냐?"

"대감마님께서 사랑(舍廊)에 들어 계십니다. 잠시 오시라 전하라 하셨습니다."

"지금?"

"예, 도련님."

"알겠다. 내 금방 갈 것이다."

시헌이 몸을 일으켰다. 그는 가벼운 차림으로 어슬렁어슬렁 사랑으로 향했다.

강영완의 집은 그야말로 고랫등 같은 아흔아홉 칸 저택이었다. 사랑채로 향하는 사이, 각각의 일을 하던 몸종들이 시헌에게 고개를 숙였다.

'내가 무심하긴 했었나 보다.'

전주에 온 지 벌써 한 달이 지나지 않았다. 그럼에도 집 안의 모습은 꽤나 낯설었다. 그저 제 방과 대문, 향교를 왕복할 뿐 다른 곳에 관심을 두지 않았기 때문이리라.

"왔느냐."

이러저러 생각에 잠겨 걷는 사이, 시헌은 사랑 앞에 다다랐다.

진즉 열려 있는 문틈으로 강영완이 어서 들어오라 손짓을 했다. 사랑방 안에는 이미 정갈한 주안상이 차려져 있었다.

"아직 해도 저물기 전인데 벌써부터 술상을 펴셨습니까, 외숙부?"

"우리 조카님과 허심탄회하게 이야기나 나눠볼까 하여 그리하였지. 설마 오늘도 이 외숙부를 퇴짜 놓지는 아니하겠지?"

"퇴짜라니요. 피치 못할 일이 있을 때를 제외하고 제가 언제 숙부의 청을 거절한 적 있었습니까?"

시헌의 태도는 서글서글했다. 제 앞에 앉은 조카를 보던 강영완이 빙

굿 웃었다. 한동안 남처럼 거리를 두더니 오늘은 말도 고분고분하고 태도도 정겨웠다. 기분이 좋아진 그가 시헌을 향해 술병을 내밀었다.

"한잔 받아라. 꽤 좋은 술이다."

"예, 외숙부."

공손히 양손으로 술을 받아 든 시헌이 단숨에 술잔을 비웠다. 목을 타고 넘어가는 차디찬 술. 먼저 독한 술 특유의 향취가 확 밀려왔다가 이내 그윽한 뒷맛이 따라붙었다. 식도를 타고 내려가는 사이, 얼음장처럼 차디차던 술은 한 줌 불길처럼 변모하여 그의 몸을 데웠다.

쉰 줄을 목전에 둔 초로의 외숙부와 약관을 갓 넘긴 젊은 조카는 한동안 주거니 받거니 술잔을 기울였다. 서너 번, 술잔이 오간 후에야 강영완이 먼저 입을 열었다.

"힘들었지?"

"무엇이 말씀입니까?"

"한성에서 지내는 것 말이다. 마마께옵서 간택되신 이후에……."

강영완이 말하는 '마마'란 물론 조선의 국모인 시헌의 누이를 가리키는 것이다. 그의 말에, 시헌은 미묘한 표정으로 시선을 피했다.

"새삼스레 그런 것을 물으십니까. 저야 한량처럼 지냈음을 잘 아시면서요."

"어찌 그것이 네 본심이었을까. 내 평생 너처럼 글을 쓰고 큰 뜻을 품은 이를 보지 못했다. 그런 네가 전하의 명 탓에 붓을 꺾게 되었으니 상심이 컸겠지."

"초야에 파묻혀 수백 수천의 글을 짓고 꿈을 꾸며 살아가는 선비들이 여기저기 많습니다. 정녕 원했다면, 그렇게라도 이어갔겠지요. 제 스스로 꺾은 것일 뿐입니다."

시헌이 강영완을 바라보았다. 아무래도 지난번에 쓸데없이 속내를 드러낸 탓에 외숙부에게 걱정을 끼친 듯하다.

"지난번에 제가 괜한 이야기를 한 모양입니다. 그 까닭에 술자리를 마련하신 겁니까?"

"꼭 그런 까닭이기야 하겠느냐. 내 친아들처럼 아끼는 조카와 술이나 한잔하려고 부른 것이지."

강영완의 말은 솔직담백했다. 그의 말이 진심임을 느낀 시헌이 꾸밈 없이 웃었다.

"외숙부. 저는 전주가 마음에 듭니다. 조용한 곳에서 지내다 보니 마음도 한결 편하고……. 외숙부 앞에서 드리기 부끄러운 말씀입니다만, 한성에서 그러고 다니면서도 사실 마음이 편치는 않았습니다."

"호오. 정말이냐?"

강영완의 물음에 시헌이 고개를 끄덕였다.

"예. 여기 내려와서 투전이니 잡기니 하는 것들과 떨어져 지내보니 이제야 알겠습니다."

"다행한 일이로구나. 역시 중전마마께서 혜안(慧眼)이신 게로군."

시헌을 전주로 내쫓은 것은 다름 아닌 그의 누이인 중궁전.

하기야, 한성에서 둘째가라면 서러울 만큼 난봉질을 해댔다는 악명과는 달리 시헌의 전주 생활은 믿기지 않을 만큼 소박했다. 투전을 하는 낌새는 전혀 없었고, 취미래 봤자 월야관이라는 기방에 가끔 드나드는 정도 아닌가. 한성에서 떨쳤던 명성에 비하면 잡기 축에도 끼지 않을 행보였다.

"그래서, 지난번 내가 꺼냈던 이야기는 생각을 해 보았느냐?"

"무엇 말씀이십니까?"

"아예 전주에 터를 잡을 생각이 없냐는 제안 말이다."

시헌은 잠시 묵묵부답이었다. 강영완이 말을 이었다.

"네게는 가혹한 이야기일 수 있겠으나 이미 마마께서 엄포를 내리셨지 않으냐. 마마의 허락 없이 한성에 다시 걸음을 들였다간 용서치 않으시리라고. 그 시절이 얼마나 될지 사실 알 수 없잖으냐."

그랬다. 그것이 조선의 국모인 누이의 명이었다. 아들을 떼어놓을 수 없다고 울며불며 호소하는 부부인 앞에서도 중전은 그 뜻을 꺾지 않았다.

시헌은 알지 못할 것이나, 강영완은 역시 제 조카이기도 한 중전의 마음을 헤아리고 있었다.

늙은 임금의 계비로 들어간 중궁전에게 궁궐은 잔혹한 공간이었다. 이미 자식을 낳아 기세등등한 후궁들이 여럿이었고, 왕 역시 어린 부인이라 하여 무조건적인 편이 되어주지는 않았다. 안 그래도 저를 견제하는 후궁전에 빌미를 잡히지 않으려고 안간힘을 쓰며 살아가는 중전에게, 한성 곳곳을 들쑤시고 다니는 시헌은 큰 골칫거리였던 것이다.

"하지만 숙부. 제 모든 것이 한성에 있는데, 어찌 그것을 두고 전주에 정착하라 하십니까?"

시헌이 말을 이었다.

"집도, 아버님께서 물려주신 많은 전답과 토지도 여전히 어머니께서 손에 쥐고 계십니다. 말 한 필 외에 가진 것 없이 쫓겨 왔음을 잘 아시지 않습니까?"

시헌의 말을 들은 강영완이 쯧, 혀를 찼다.

시헌의 외가 역시 대단한 집안이었으나 친가를 따라가진 못했다. 시헌의 아버지는 뛰어난 벼슬아치이자 문장가였으며, 동시에 조선에서 손꼽히는 거부이기도 했다.

부친은 막대한 유산을 남겼다. 시헌은 외아들에 장자였으므로 누이들보다 더 큰 몫을 물려받았다. 그러나 표면적으로 시헌의 차지일 뿐, 집안의 자산은 모두 어머니의 손아귀에 들어 있었다.

모르는 이들은 시헌이 투전판에서 날려먹은 돈이 천 냥이네 이천 냥이네 입방아를 찧어댔으나 기실 시헌에게 그 정도는 푼돈에 지나지 않았다.

그러나 아무리 돈이 썩어난들, 사사건건 어머니의 간섭을 받아야 한다면 어찌 제 것이라 할 수 있을까. 그의 어머니는 유산뿐 아니라 아들의 일거수일투족을 옭아매려 들었다. 시헌이 투전판에 뭉텅뭉텅 돈을 뿌려댄 것은 그런 어머니를 향한 도전이자 반항이었다.

모자(母子)간의 무용한 싸움은, 시헌이 전주로 유배되듯 쫓겨 옴으로써 휴전을 맞았다.

"외숙부 앞에서 어머니를 탓하고자 하는 것은 아닙니다. 못난 아들이었으니 가산을 맡기지 못하는 것이 당연하겠지요."

"그러나 사실 도리에 어긋나는 일이긴 하지. 네 이미 약관을 넘겼으니……. 누님이야 워낙 배포가 크신 분이니 집안을 잘 돌보기야 하시겠지만……."

강영완의 말 그대로였다. 아무리 난봉꾼이라 한들, 약관을 넘긴 아들이 버젓이 있는 마당에 어머니가 전권을 쥐고 있는 것은 흔치 않은 일이었다.

그것이 부부인의 역설적인 점이었다. 제 목숨만큼 아들을 사랑하지만, 결코 아들을 믿거나 이해하려 노력하지는 않는다는 것이.

"차라리 혼인을 하는 것이 어떠냐?"

강영완의 말에 시헌이 그를 본다. 틀린 말은 아니었다. 시헌과 같은 명문가의 자손이 특별한 이유 없이 부인을 맞지 않는 것은 일반적이지 않았다.

"이미 혼기가 꽉 차다 못해 늦었지 않으냐? 언제고 너도 장가를 드는 게 당연한 일 아니냐. 생각해 보아라. 혼인을 한다면, 부부인께서도 가주(家主) 자리를 넘겨줄 수밖에 없을 게다. 일가를 이룬 장성한 외아들에게 유산을 넘겨주지 않을 수는 없을 것이니."

"뭐……. 그것도 방법이기야 하겠지요."

운을 떼려던 시헌이 입을 다물었다.

장성한 사내에게 혼인은 당연한 일. 그러나 어머니는 무슨 까닭인지 그마저 막아서고 있었다. 물론 난봉꾼이라 소문이 난 까닭에 혼처를 구하기 쉽지 않은 것은 사실이었다. 그러나 매파(媒婆)들이 혼처를 들이밀 때마다 그의 어머니는 성에 차지 않는다며 혼담을 돌려보내곤 했다.

말인즉슨, 시헌의 어머니는 그에게 그 무엇도 허락하지 않았다.

그러나 강영완은 시헌의 침묵의 까닭을 달리 해석한 듯했다.

"왜. 홍이라는 동기 때문이냐?"

갑자기 외숙부의 입에서 튀어나오는 홍의 이름. 그러나 시헌은 동요 없는 표정으로 피식 웃었다.

"그럴 리가요. 설마 기생 하나 때문에 수절이라도 한다 생각하시는 겁니까?"

시헌의 반문에 강영완이 너털웃음을 터뜨렸다.

"아니다. 설마 내 그렇게 너를 모르겠느냐? 조카님께서 한성의 내로 라하는 기방 여기저기에서 꽤나 이름을 날린 것을 나도 안다. 그렇다마 다. 네가 고작 동기 하나를 마음에 둘 리가 없지."

강영완의 말에 시헌은 대답하지 않았다.

"그렇다면 전주에서 혼인하여 자리 잡는 것이 어떠냐? 전주에는 본래 미인들이 많지. 이 외숙부가 참한 규수를 찾아보겠다."

"괜히 마음 쓰셔봤자 헛수고일 겁니다. 어머니께서 결코 용납하지 않 으실 테니."

"그거야 그렇겠다만……."

하기야. 강영완은 얼굴을 본 지 한참 되어 잊고 지냈던 누님의 성정 을 떠올렸다. 본래 어린 시절부터 매사 제 뜻대로 되지 않으면 견디지 못하던 누이였다.

시헌에 대한 그녀의 지나친 사랑이 아들의 마음에 생채기를 내고 있음을 어서 깨달아야 할 터인데…….

"누님이라고 언제까지 저러시겠느냐? 나이를 먹으면 응당 마음도 약해지는 법이지. 그러니 생각해 보아라. 이곳 전주에서 고운 여인과 혼인하여 일가를 이루는 것을."

"뭐, 생각은 해 보겠습니다."

"한성이야 보는 눈이 많아 다들 이러쿵저러쿵 말만 많지. 전주에선 그럴 걱정 없다. 계집질 좀 한다고, 투전 좀 하거나 기방 좀 드나든다고 타박할 이도 없다. 네가 원한다면 그 홍이라는 동기 정도야 얼마든 첩실로도 들일 수 있지."

"……장가도 들지 않은 이에게 첩실이라니요. 너무 멀리 가신 것 아닙니까?"

시헌이 내뱉었다. 불쾌하게 술이 오른 탓에, 강영완은 시헌의 말투가 그새 싸늘해졌음을 깨닫지 못했다.

"허허. 말이 그렇다는 게지. 아무튼, 생각해 본다 하였으니 그런 줄 알겠다."

탁. 시헌이 깨끗이 비운 술잔을 소반 위에 내려놓았다.

"오늘은 이만하시지요. 말씀하신 것에 대해서는 차차 생각해 보겠습니다."

제 방으로 돌아온 시헌은 요도 깔지 않은 바닥에 벌렁 드러누웠다.

술잔을 기울이는 내내 외숙부는 작정이라도 한 듯 온갖 질문을 쏟아냈다. 난감한 물음을 피해가고자 연거푸 술을 들이켠 것이 좀 과했나 싶었다. 멍하니 서까래를 바라보던 그가 질끈 눈을 감았다.

'혼인.'

외숙부가 불쑥 내던진 말은 사실 새삼스러울 것도 없었다.

간혹 학업에 정진한다거나, 청운의 꿈이 있어 혼인을 미루는 이들이 있긴 했다. 그러나 시헌은 그런 부류는 아니었다. 청운의 꿈은커녕, 오히려 아무런 꿈조차 없는 것이 그의 문제였으니까.

"후⋯⋯."

한성에서의 시간들이 떠오른다. 그가 술과 잡색에 취해 탕진한 나날이 자그마치 사 년이었던가.

"사 년이라니."

시헌이 나지막하게 중얼거렸다. 그 기나긴 날들이 믿기지 않았다. 그제야 문득 허망했다.

독한 술, 여인들의 웃음, 투전장의 소란스러운 풍경과 툭하면 벌어지던 언쟁과 싸움. 쩔그렁대는 엽전 소리, 나동그라진 술병들과 누군지, 어찌하여 함께 있는지 기억조차 나지 않는 여인들의 품 안에서 깨어나던 환락의 나날들.

남들이야 금 탯줄을 타고나 복에 겨워 지랄병이 났다 말하지만, 과거 언젠가의 시헌에게도 꿈이라는 게 있었다.

하지만 허망하다면 또 어쩔 텐가. 어차피 할 수 있는 것이 많지 않은 그였다. 벼슬길은 진즉 막혔고, 한량으로 살아가는 것 외의 선택지는 한정되어 있었다.

문득 시헌은 생각한다. 그런 삶. 한성의 난봉꾼이라는 오명에서 벗어나, 외숙부처럼 존경받는 지역 유지의 삶은 어떨까.

중전께서 계신 한 어머니는 한성을 떠나지 않을 것이므로 그는 비로소 자유를 얻을 것이다. 외숙부가 말했듯 참한 반가의 여인을 부인으로 맞이하여 전주의 촌부로 나이 들어가는⋯⋯.

"혼인이라⋯⋯."

시헌이 낮게 중얼거렸다. 그러나 입으로 내뱉었으나 잘 믿기지 않았다.

그가 상상하는 미래의 어느 여인의 모습은 안개에 감싸인 듯 흐릿하다. 미간을 좁혀보지만 좀체 선명하게 떠오르지 않았다. 이윽고 어그러진 여인의 얼굴이 조각조각 모여 서서히 하나의 형상을 이뤘다.

새하얗고 반듯한 이마 아래 윤기 흐르는 눈썹, 운 것처럼 불그레한 눈가, 소녀처럼 철모르게 굴다가도 그의 욕망을 움켜쥐고 이리저리 뒤흔드는…….

"흥."

시헌이 무심코 내뱉는다.

"아……."

퍼뜩 정신을 차린 그가 고개를 거칠게 흔들었다.

이 순간 떠올리고자 한 건 홍의 모습이 아니었다. 그러나 점점 더 선연해진다……. 바로 곁에 그녀가 존재하는 것처럼.

"홍……."

시헌이 포기한 듯 좀체 떨어지지 않는 이름을 되뇌었다.

홍은 대체 어떤 삶을 살아온 걸까.

홍이라는 여인의 안에 대체 무엇이 도사리고 있기에, 머리도 올리지 않은 동기 처지에 색(色)과 육욕으로 가득한 눈빛을 할 수 있는 것일까. 그 눈가는 또 어찌 모골이 송연하도록 선연하게 붉은 것인지.

자리에서 일어나 앉은 시헌이 문밖 하늘을 응시했다.

보름달이 뜬 밤이었다. 시헌은 불그레한 달무리 너머, 지금쯤 또 다른 하루가 시작되었을 월야관의 모습을 상상했다.

기생들의 분 냄새와 현란한 가야금 소리 위에 여인들의 교태와 사내들의 욕망이 뒤엉키는 곳.

그 속에서 홍은 어떤 모습을 하고 있을까. 그런 소란과는 아무 관계 없이 별당에 숨어, 세상모르는 소녀의 얼굴을 하고 곤히 잠들어 있을까. 혹은 시헌을 유혹하던 그 눈빛으로 사내들의 욕망을 불퉁대게 만들고 있을까.

그 춤, 새하얀 설원 위에서 시헌의 눈길과 마음을 사로잡았던 그런 몸짓을.

"제길."

시헌이 나지막하게 욕지거리를 내뱉었다. 그의 시선이 반닫이 위에 아무렇게나 내팽개쳐져 있는 짙푸른 중치막 위에 닿았다. 그러나 그는 금세 시선을 거두었다.

아침나절에도 등청이라도 하듯 월야관을 다녀왔지 않은가. 아무리 홍에게 마음이 동한들 아침저녁으로 기방을 드나들다니, 천치들이나 할 법한 일이었다.

자리에 누운 시헌이 눈을 질끈 감았다. 그저 잠이나 들었으면 좋겠다.

"홍아. 너⋯⋯."

그가 나지막하게 중얼거렸다.

"대체 내게 무슨 짓을 한 게냐."

그의 품에 기대오던 나긋한 몸, 한 꺼풀 얇은 비단 속에 숨겨져 있던 도자기처럼 매끄러운 속살. 그 도톰한 입술의 맛과, 시헌이 예상치 못했던 말을 내뱉던 그녀의 음성.

"선비님께 합(合)을 청합니다."

하나가 되기를 청한다는, 그 다디단 목소리⋯⋯.

휙, 이불을 걷어낸 시헌이 눈을 부릅뜬 채 자리에 앉았다. 그가 신경질적으로 방문을 열어젖혔다. 거칠게 열린 문이 벽에 부딪치는 소리가 쿵 하고 밤을 울렸다.

그는 깨달았다. 무슨 짓을 한다 해도 결코 잠들 수 없다는 것을.

✿

밤이 늦도록 월야관에 울리는 거문고 소리는 좀체 잦아들지 않았다.

근래 월야관은 평소보다 곱절 가까이 많은 객으로 북적거렸다. 평소에도 기방 문턱이 닳도록 들락거리던 고을 촌부며 장사치들뿐 아니라, 하류 기방에는 눈길조차 주지 않던 세력가들까지 모습을 드러내곤 했다. 거부 강영완이 월야관에 모습을 자주 보인다는 소문이 퍼진 탓이었다.

강영완의 방문에는 분명 까닭이 있으리라 여긴 이들의 발길이 줄지은 덕에 월야관은 난데없는 호황을 맞이했다. 몰려드는 객들 때문에 옥련과 기생들은 물론이거니와 몸종들이며 허드렛일을 하는 이들까지 눈코 뜰 새 없이 바빠졌다.

월야관 안에서 고요한 곳은 오직 홍이 기거하는 별당 하나뿐이었다.

타박타박. 홍의 걸음이 멈추었다.

"후……."

저녁부터 까닭 없이 뒤뜰을 어슬렁대던 홍이 낮은 한숨을 내쉰다. 그녀의 시선이 여태 초롱불이 환한 안채로 향했다.

오늘은 가야금 소리도, 기생들의 웃음소리도 곱절은 크다. 머리를 얹을 날이 코앞이었으므로 평소 같았으면 홍 역시 마냥 쉬고 있을 수는 없었을 것이다.

그러나 옥련은 당분간 홍을 사내들 앞에 내보일 뜻이 없음을 공고히 했다. 그저 홍이 꼴 보기 싫은 것인지, 혹은 머리를 얹어줄 임자가 내정된 까닭인지는 모르겠지만. 어쨌든 그 탓에 종일 들썩대는 월야관 속에서는 홍 홀로 무료했다.

"동이 틀 때까지 저리 초롱을 켜놓을 텐가."

홍이 작게 중얼거렸다.

늦은 밤 내내 뜰을 거니는 것은 시끄러운 소음 탓에 잠이 오지 않기 때문이기도 했고, 고민이 깊어서이기 때문이기도 했다.

여러 방에서 거문고며 가야금 소리가 동시에 들려왔다. 각각의 선율은 박자도, 곡조도 제각각이었다. 둥둥대는 소리 위에 어느 방에선가 들려오는 앙탈인지 교성인지 모를 높은 웃음소리, 술 취한 사내가 흥에 겨워 내뱉는 추임새가 뒤섞였다.

기방에서 매일 반복되는 소리들은 오늘따라 유독 지독한 불협화음이었다. 그리고 기방의 뒤뜰에 서 있는 홍이 느끼는 감정 역시 그렇게 낯선 파열음을 내고 있었다.

질문. 생에 대한 질문.

홍은 월야관에 팔린 계집이었기에 동기가 되었고, 동기였기에 기생이 될 것이었으며, 기생이 될 것이므로 사내의 욕망에 따라 피고 지는 제 운명을 받아들이고 있었다.

그러나 무언가가 변했다. 환경이나 세상이 바뀐 것은 아니다. 달라진 것은 오직 홍뿐. 그녀의 생각이 달라진 것이었다. 홍의 마음이 변화하자, 당연했던 모든 것들이 끽끽 거슬리는 불협화음을 내기 시작했다. 그리고 허락되지 않은 변화는 당연하게도 문제를 일으켰다……. 옥련과 홍 사이에 있었던 일처럼.

홍이 무심코 입술을 지그시 깨물었다. 문득 밀려드는 아릿함. 시간이 훌쩍 지났음에도 시헌과의 기억은 여전했다. 지근한 통증은 제 입술을 물고 희롱하던 감촉을 상기시켰다. 그의 입술이 스쳤던 자리들에는 그 순간의 희열이 고스란히 남아 있었다.

잔잔한 바람결에 실려 오는 거문고 소리. 홍이 눈을 감았다.

떠오르는 시헌의 얼굴. 옷깃 속을 조급하게 파고들던 그의 손길을 생각하자니 그 순간의 건조한 공기와 햇살 냄새가 떠오르는 듯하다.

옥련의 말이 맞는 걸까. 아무리 기생이고 창기가 될 몸일지언정, 조선의 여인이라면 욕망을 감추고 부끄러운 척이라도 하는 게 옳은 걸까. 저는 기방에서조차 용납되지 않는 그런 존재, 계집 주제에 색을 밝히는 더러운 본성을 타고난 것일까.

그때였다. 타다닥, 조급한 발소리가 생각에 잠겨 있던 홍의 정신을 일깨웠다.

곳간에 볼일이 있어 뒤뜰을 가로지르는 몸종이거나, 주전부리 따위를 훔쳐 홍에게 건네려는 팥쥐이거나, 혹은 마음을 바꾼 옥련의 부름일지도 모른다.

금세 홍은 상념에서 깨어났다. 방해받고 싶지 않은 밤. 오늘은 옥련은 물론이거니와 팥쥐마저 내키지 않았다. 또한 혹시라도 술에 취한 객이 수작이라도 부린다면 곤란해지는 것은 홍뿐이었다.

'일단 방으로 돌아가야겠어.'

홍이 몸을 돌렸다. 그와 동시에 지척에서 느껴지는 인기척.

홍이 고개를 돌렸고, 동시에 그녀의 허리를 감아든 손길이 홍을 별당과 담벼락 사이 어둑한 틈으로 끌어들였다.

"헙……!"

순식간에 일어난 일이었다. 무슨 일이 일어난 것인지 깨달을 새도 없이, 홍의 몸은 별당과 담장 사이의 비좁은 틈으로 이끌려 들어갔다. 그리고 응당한 다음 감정, 즉 공포나 놀라움이 채 밀어닥치기도 전에 홍은 자신을 끌어당긴 이의 존재를 깨달았다.

"쉿. 놀라지 마라. 나다."

"선비님……"

이상한 일이었다. 들려오는 소문에 의하면, 주색잡기 외에 관심 두는 일이 없는 난봉꾼이라 하지 않았던가. 그러나 매번 시헌의 품 안에서는 그윽한 먹 냄새가 났다. 비를 흠뻑 머금은 흙냄새를 닮은 쿰쿰한 안료 냄새. 기방에서는 좀체 맡을 수 없는 향기이기에, 결코 잊을 수 없는 그런 향취가 밀려왔다.

꼼짝없이 굳어 있던 홍이 고개를 들었다. 밝은 달빛에 비친 시헌의 예리한 턱선이 보였다. 그는 홍을 바라보고 있었다.

그렇게 서로를 마주 본다-

달빛, 각인처럼 스민 사내의 향기.

어찌 오셨느냐고, 무엇 때문에 깊은 밤 이리 갑작스럽게 나타나 사람을 놀라게 하시냐고, 혹여나 이런 일탈이 옥련이나 다른 월야관 이들에게 발각당하기라도 했다간 큰일이라고.

홍의 입안을 맴도는 말들은, 새까매졌다 하얘지기를 반복하는 머릿속에서 무수하게 점멸하다 사라졌다.

"홍."

그들이 마주 보고 있는 담장 사이 틈은 비좁았다. 밀착된 몸과 꽉 맞물린 눈빛 사이, 한 마디 내뱉을 때마다 숨결이 닿는 거리에서 시헌의 입술이 움직였다.

"잠이 오지 않아서 왔다. 도무지 잠을 이룰 수가 없어서."

그의 목소리는 기묘하게 지친 듯 들렸다. 끝내 싸움에서 패배한 사람 같은 목소리였다.

홍은 묻지 않아도 그 까닭을 알고 있었다.

자리에 누워 눈을 감고 아무리 잠을 청하려 애써도, 머릿속에 자꾸 떠오르는 얼굴을 몰아내고 다른 생각을 하고자 해 봐도, 이불을 뒤집어 쓰고 별의별 노력을 해도 불면은 깊어만 갔을 것이다. 뜰을 거닐거나 애꿎은 밤하늘을 노려보는 것도 소용없었으리라. 생각은 꼬리에 꼬리를 물고 깊어져 도무지 잠들 수 없었을 것이다.

그것이 마음을 움직이고, 달 밝은 밤 시헌의 걸음을 움직인 까닭이라는 것을 홍은 알 수 있었다.

"정녕 잠이 오지 않아서, 그 이유뿐입니까?"

홍이 물었다. 알면서도, 답을 바라고 있었다.

"잠이 오지 않아서."

시헌이 홍을 내려다본다. 그 어떤 답도 찾을 수 없었던 긴 세월. 한량, 난봉꾼, 제 복에 겨워 미쳐 버린 공자라는 말을 들으며 살아온 나날들 동안 그는 답은커녕 생의 실마리조차 깨닫지 못했다.

"그리고, 네가 그리워서."

그러나 달 뜬 밤 무엇에 홀린 듯 조급했던 걸음의 끝에서 시헌은 마침내 답을 발견했다.

"홍, 너는 어이하여 이 시각에 잠들지 아니하고 밖을 서성이고 있었느냐?"

시헌이 물었다. 애써 평온한 척 해 보지만, 급한 걸음이었음을 말해 주듯 채 묶이지 않은 갓끈 매듭이 그의 턱 언저리에 흔들린다.

그를 바라보던 홍이 답했다.

"잠이 오지 않아서요."

잠이 오지 않아서.

"생각이 많아서……."

생에 대한 고민, 동기라는 신분과 제가 가야 할 가혹한 운명에 대한 고민. 그리고 얽히고설킨 생각의 종착지에서 떠오르던 그의 얼굴.

"그리고, 또?"

"달이 하도 밝아서요."

아직 전주의 밤길에 익숙하지 않은 누군가가 이 달빛을 의지하여 굽이굽이 좁은 길을 지르밟아올 것 같아서.

"그리고, 선비님이 오실 것 같아서."

시헌이 내뱉는 따스한 숨이 홍의 콧잔등을 어루만진다. 스칠 듯 말듯 가까운 거리, 밤처럼 아득하고 달빛처럼 청명한 기대를 가득 품은 그들의 입술이 포개졌다.

입맞춤은 아무리 노력해도 결코 잠들 수 없었던 깊은 밤처럼, 그리고 그 깊은 밤의 어둠이 내려앉은 담장 사이 틈처럼 은밀했다.

시헌의 입술이 순식간에 닫혀 있던 홍의 입술을 열었다. 가만히 서 있는 것 외에 옴짝달싹할 수 없는 비좁은 틈, 홍과 시헌의 입술 역시 달빛 한 점 드나들 틈 없이 하나처럼 꽉 맞물렸다. 뜨거운 혀가 홍의 입을 벌리게 했다. 입안 샅샅이 그가 스칠 때마다 평생 깨닫지 못했던 새로운 감각들이 강렬하게 고개를 들었다.

미끈대고 끈적거리며 입안이 얼얼하게 느껴질 만큼 달고 뜨거운 맛.

그저 서로 입을 맞대고 있을 뿐인데, 공간과 시간의 경계마저 흐릿해지는 기묘한 느낌이 그들의 본능을 지배했다.

그 순간만큼은 공기며 바람이며 소리 모두가 펑 하고 부서져 없어진 것 같았다. 그 순간만큼은, 세상에 존재하는 것이 오직 그들 두 사람뿐인 것만 같았다.

"하웃……."

홍이 내뱉은 나직한 신음이 시헌의 입안 검은 동굴 속을 울렸다.

잠시 입술이 떨어진다. 물 속 깊이 잠겨 있다 비로소 공기를 들이마시는 사람처럼 둘 모두 거친 숨을 토했다. 미지의 감각들이 소용돌이치던 뜨거운 입안에 찬 공기가 몰아닥쳤다.

입술에서 시작되어 머리와 목을 지나 등줄기를 훑는 찌릿찌릿한 쾌감. 담장 사이 비좁은 틈새로 서늘한 바람이 휙 불었다. 서로의 몸에 밀착되어 눌려 있던 가슴과 배와 허벅지로 피가 몰려들어 따끔거렸다.

홍의 허리에 감겨 있던 시헌의 팔이 움찔거렸다. 다시 한번, 가뜩이나 꽉 맞닿은 몸을 그가 더 가까이 끌어당겼다.

"아흐웃……."

자꾸 입안을 치고 올라오는 신음을 홍은 애써 삼켰다. 시헌에게 매달려 소리 내고 싶었다. 뱃속 가득히 우렁우렁한 기묘한 감각을 남김없이 토해내고 또 흐느끼고 싶었다.

교합에 이르지 않았을 뿐, 몸뚱이는 이미 완전히 뒤엉켜 있었다. 고스란히 느껴지는 사내의 단단한 몸이 꺼떡거렸다. 들이쉬고 내뱉는 숨소리가 거칠었다. 맞닿은 심장이 동시에 뛰고 있었다.

"아……. 하아……."

허리에 감겨 있던 시헌의 팔이 그녀의 몸을 더 가까이 끌어당겼다. 가뜩이나 비좁은 틈이었다. 숨이 막혔다. 그러나 싫지 않았다.

허리춤을 더듬는 손끝의 감촉이 고스란히 전해진다. 단 한 겹 비단 자락에 가려진 몸뚱이가 애타게 엉겼다. 홍의 허벅지 사이로 고목처럼 단단한 무릎이 쑥 들어왔다.

"하앗……."

몸의 열기가 배 아래로 모여들었다. 하체가 불처럼 뜨거웠다.

"나도."

거친 숨결과 낮은 신음, 그 사이로 불쑥 튀어나온 시헌의 목소리.

그의 음성은 평소보다 훨씬 낮고 아득하게 잠겨 있었다. 그의 뜨거운 숨결이 홍의 귓전을 간질였다.

"나도 원한다. 네가 원한다 했듯이."

생에 대한 질문들이 홍을 괴롭혔듯, 시헌의 삶을 잠식했던 수많은 물음들. 한량의 삶, 난봉꾼의 삶, 권력의 중심부에서 탈락한 외척의 삶. 모든 것을 송두리째 빼앗긴 까닭에 치기 어린 복수심으로 가득 찼던 시헌이 비로소 원하게 된 한 가지.

홍. 나는 너를 원한다.

홍의 허리를 단단히 받치고 있던 시헌의 손이 치마와 저고리 사이 벌어진 틈으로 비집고 들어왔다. 숨이 막힐 만큼 강한 손길로 그는 홍의 허리를 그러잡았다.

그의 손이 맨살을 쥐자 오싹하도록 강렬한 감각이 느껴졌다. 시헌의 품에 안겨 있지 않았다면 진즉 몸을 휘고 비틀었을 것이다.

허윽— 홍이 숨을 훅 들이마시는 소리. 동시에 시헌의 입술이 홍의 입술을 다시금 덮었다. 손길은 능숙했고 입술은 저돌적이었다. 손으로, 입으로, 가슴과 팔과 강인한 장딴지로. 그는 제 몸의 모든 부분으로 홍을 점령하고 옥죄었다.

"아으읏……."

홍의 신음마저 송두리째 그에게 삼켜져 잘 들리지 않았다. 그의 품에 속박되어 있는 한 홍은 결코 벗어날 수 없으리라. 아무런 희망도, 꿈도 없이 배회하던 시헌은 처음으로 원하게 된 유일한 대상을 결코 놓아주지 않을 것이다. 고삐 풀린 그의 욕망을 막을 수 있는 것은 아무것도 없었다.

"하아……."

몸이 터져 나갈 것만 같았다. 다리 사이가 미칠 것처럼 울렁거렸다.

제 배와 가슴을 꽉 짓누르는 시헌의 뜨거운 몸, 그리고 등에 밀착되어 있는 차디찬 토벽의 냉기. 그 사이에 위치한 홍이 밭은 숨을 토하는 순간이었다.

타닥타닥— 갑작스레 총총대는 발소리가 들려왔다. 엉켜 있던 홍과 시헌의 입술이 떨어졌다. 순식간에 입안 가득하던 열기가 사라졌다. 흐르는 긴 신음을 참기 위해 홍은 이를 악물었다.

"쉿."

시헌이 손가락을 홍의 입술 위에 가져다 댔다. 안채에서는 여전히 거문고며 여흥을 돋우는 소리가 들려오고 있었다. 용무가 있어 뜰을 지나치는 몸종이거나 길을 잘못 든 객이라면 다행이었지만, 홍에게 볼일이 있어 찾아든 누군가라면 낭패였다.

꿀꺽. 홍과 시헌이 동시에 마른침을 삼키는 소리.

이윽고 등장한 조그만 그림자가 별당 뜰을 재빨리 가로질렀다. 순식간에 다가온 계집아이의 인영(人影)이 홍의 방문 앞에 우뚝 멈추었다.

"아……."

홍이 나지막하게 신음했다.

달빛 아래 모습을 드러낸 아이는 분명 팥쥐였다. 무슨 까닭으로 이 시각에 저를 찾아왔는지는 알 수 없었다. 그러나 낮 시간 홍이 잠깐 보이지 않았을 때도 지나칠 만큼 안달복달했던 팥쥐 아닌가. 게다가 지금은 이슥한 밤이었다. 팥쥐가 홍의 부재를 깨닫는다면 월야관이 발칵 뒤집어지도록 난동을 부리고야 말 것이다. 이런 야심한 시각에 홍과 시헌, 단둘이 은밀한 곳에 숨어들어 있었다는 사실이 발각되었다간 큰일이었다.

등골이 서늘했다. 갑자기 한기가 들어 홍은 몸을 움츠렸다. 그러나 팥쥐가 이런 홍의 마음을 알 리 없었다. 톡톡- 팥쥐가 닫혀 있는 홍의 방문을 살짝 두드렸다.

"언니."

소곤소곤, 팥쥐가 소리 죽여 홍을 불렀다. 그러나 잠든 이를 깨우려는 의도라기보단, 잠이 들었는지를 확인하려는 듯한 작은 소리였다.

홍이 초조한 듯 입술을 깨물었다. 그녀가 슬쩍 시헌에게 시선을 던졌다.

홍과는 전연 다른 입장인 탓일까. 시헌은 걱정스럽다거나 불안함을 느끼는 표정은 아니었다. 단지 돌아가는 상황이 대단히 마음에 들지 않는 것처럼 보일 뿐.

달칵- 팥쥐가 조심스러운 손길로 홍의 방문을 열었다. 불 꺼진 방 안은 캄캄했다. 팥쥐는 홍이 잠들어 있을 법한 방바닥 어딘가에 시선을 고정한 채 눈을 끔벅거린다. 문간으로 비쳐 드는 달빛에 의지하여 방을 살피던 팥쥐의 눈이 휘둥그레진다.

없다, 없어!

팥쥐가 정신없이 고개를 두리번거렸다.

"어, 언……니?"

그때였다. 간다는 말도 없이 홍은 시헌의 품을 벗어났다.

"팥쥐야."

별당과 담장 사이, 잘 보이지도 않는 틈에서 걸어 나오는 홍을 본 팥쥐가 대경실색을 했다.

"어, 어, 언니!"

"쉿! 누가 들어!"

홍이 팥쥐에게 주의를 주었다.

팥쥐는 여전히 어안이 벙벙한 모습이었다. 비어 있는 방 안, 그리고 갑자기 귀신처럼 홀연히 나타난 홍. 홍은 잠자리에 들 때 입는 소복 차림도 아니었고, 게다가 옷매무새마저 꽤나 흐트러져 있었다.

"어, 언니……. 왜 거, 거기서 나오는 거야?"

팥쥐의 작은 눈구멍 안에는 걱정과 당황, 미심쩍은 기색이 뒤섞여 있었다.

"나 때문에 놀랐구나? 에이, 미안."

"왜 거기서 나, 나오느냐니까?"

"소피를 보느라……."

"으응? 어, 언니가 어쩐 일로……. 아무리 볼일이 급해도 츠, 측간 말고 다른 데서 그러는 거 질색하잖아……?"

"오늘따라 객들도 많고 측간까지 가기가 영 께름칙해서. 밤길도 좀 무섭고 말이야."

"……."

이상한 낌새를 눈치챈 것일까. 문득 팥쥐가 고개를 쭉 빼들었다. 홍이 빠져나온 담장 사이를 흘끔대는 팥쥐의 시선이 어딘지 미심쩍었다. 팥쥐가 아는 홍은 얼마 멀지도 않은 밤길을 무서워할 만큼 담이 작은 사람은 결코 아니었다.

"뭘 그리 힐끔대? 내가 거짓부렁이라도 했을까 봐?"

"요, 요강도 있는데 왜 굳이 거기서 소피를 봐? 언니답지 않게 이상하니까……. 거, 거짓부렁 안 하는 거야 나, 나도 알지만……."

"달이 밝아서 뜰을 좀 거닐다가 볼일이 급해서 그렇게 됐어. 어휴, 민망스럽게 자꾸 그럴 거야?"

"아, 알았어……."

"그나저나, 여기는 왜 왔어?"

"어어……. 그, 그냥……."

홍의 반문에, 무슨 까닭인지 팥쥐는 바로 대꾸하지 못하고 어물쩍거렸다.

"용무도 없으면서 내 방문을 연 거야? 이 시간에?"

"고, 곶감을 하나 얻어가지고……. 언니 주려고……. 훗, 훔친 건 아냐."

팥쥐가 제 옷섶 안을 손으로 더듬었다. 그러나 매무새만 흐트러질 뿐 손에 쥐어지는 것이 없었다.

"이, 이, 이상하다……. 오다가 흘렸나……? 상을 치우다 곶감이 하나 있기에 언니 주려고 가, 가져왔거든……. 진짜로……."

"팥쥐야."

자꾸만 말을 더듬거리는 팥쥐를 바라보던 홍이 몸을 기울였다.

팥쥐의 코앞까지 다가온 홍의 얼굴. 까무잡잡한 팥쥐의 뺨이 수줍음이라도 타는 듯 불그죽죽해졌다.

"너야말로 거짓부렁 같은데. 이렇게 유독 심하게 말을 더듬는 걸 보니."

"아니야! 아, 아니야, 지, 진짜로……. 진짜로 언니한테 곶감 주려고……! 거짓말 아니야!"

"알았어. 알았다고."

피식 헛웃음을 지은 홍이 팥쥐의 머리를 쓱 쓰다듬었다.

"팥쥐야. 여기서 이러지 말고 방으로 가자. 나한테도 곶감 있어. 저번에 네가 준 거 안 먹고 뒀거든. 나랑 반으로 나눠 먹자."

홍이 팥쥐의 어깨를 감싸 이끌었다.

"오늘 일 다 마친 거면 내 방에서 자고 가도 되고."

"저, 저, 정말?"

팥쥐의 얼굴에 화색이 돌았다. 늦은 밤, 주전부리를 준다는 둥 구들장을 살핀다는 둥 오만 핑계를 만들어 홍의 방을 드나들었던 팥쥐였다. 그러나 홍이 선뜻 제 방에서 자고 가라 허락해 준 것은 처음 있는 일이었다.

"들어가자, 어서."

홍이 팥쥐를 재촉하며 방문을 열었다. 감격에 물든 팥쥐의 얼굴을 보자니 양심의 가책이 밀려왔다. 그러나 달리 방도가 없지 않은가. 홍은 여전히 시헌이 서 있을 담장 아래로 힐끔 시선을 던졌다.

담벼락 아래 한 뼘 남짓, 미동치 않는 고요한 그림자. 그 아름다운 그림자에서 시선을 떼지 않은 채 홍은 방문을 닫았다.


쿵!

담장을 뛰어넘은 시헌이 주변을 둘러본다.

여느 기방이 그렇듯 월야관을 둘러친 담장은 야트막했다. 본디 기방이란 가락과 웃음소리, 분 향기가 담장 밖으로 넘실대야 하는 법이기 때문이었다.

글공부를 때려치운 이후 말을 달리거나 활을 쏘는 등의 일로 소일거리 해온 그에게 월담 따위는 식은 죽 먹기였다.

"……힘이 드는 게 문제가 아니라, 모양이 빠지는 게 문제라고."

시헌이 씹어뱉듯 중얼거렸다. 걸음을 떼려던 그가 문득 고개를 돌렸다.

아무 일 없었다는 듯 그저 평온해 보이는 홍의 방. 미련 따위 버리고 어서 돌아가라는 신호처럼 잠시 켜졌던 등잔불 빛이 꺼졌다.

암흑. 시헌은 희미한 달빛이 전부인 바깥 풍경이 눈에 익을 때까지 담장 곁에 머물러 있었다.

"나도 참……."

시헌의 입에서 한숨 같은 자조가 흘러나왔다.

혹여 옥련이나 사내종의 눈에라도 띄었다간 꽤나 우스운 꼴이 될 성싶었다. 진실이야 어쨌든 남들 눈에는, 동기가 홀로 기거하는 별당을 배회하는 파렴치한으로 보일 것 아닌가. 게다가 열 살 남짓 어린 계집애에게 놀라 담 넘어 도망치는 꼴이라니…….

"어쩌다가 천하의 김시헌이 이렇게까지 되었나."

하기야, 어찌하여 제가 이 지경에 이르렀는지 답을 알았더라면 이렇게 무모한 짓을 벌이지는 않았으리라.

한성에서 나고 자란 김시헌과 전주 방문객 김시헌은 완전히 다른 사람 같았다. 여인 하나 때문에 깊은 밤 월담을 하고 마음을 졸이다니. 한성 난봉꾼이던 시절의 김시헌이 그런 이야기를 들었다면, 정신 나간 작자라며 박장대소를 했을 것이다.

"그게 나라고."

그게 나라고……?

하하. 절로 자조가 튀어나왔다.

그사이, 월야관의 하루도 이제 끝인 모양이었다. 안채에서 둥둥거리던 거문고 가락도 완전히 끊겼다. 이제는 정말로 떠나갈 시간이었다.

걸음을 돌리던 시헌의 눈길이 방금 전까지 그와 홍이 몸을 맞대고 있었던 담장 사이 공간에 닿았다.

두 명이서는 옴짝달싹하기 힘든 비좁은 틈. 포개진 몸과 몸. 맞닿은 가슴과 가슴. 꽉 밀착되어 짓눌려 있던 여체의 감촉과 그녀의 다리 사이로 파고든 제 무릎을 뜨겁게 만들던 열기. 그녀의 입술의 맛, 욕망의 향기…….

터질 듯 부풀어 올랐던 하체가 아직도 뻐근했다.

"하……."

걸음을 떼던 시헌이 속절없이 한숨을 내쉬었다.

아무리 백 번 천 번 양보해도 이상한 일이었다. 여인 하나에 이렇게 경거망동하다니. 이렇게 다른 사람처럼 돌변하다니. 이런 감정을 대체 어떻게 설명한단 말인가.

'연모……?'

불현듯 그의 뇌리를 스치는 단어, 연모.

그러나 시헌은 쉽게 장담하지 못했다. 그 말의 무게는 그에게 여전히 버거웠다.

연모라는 건 보다 숭고해야 하지 않을까. 연모라는 건 욕망보다는 훨씬 순수해야만 하는 감정이 아닐까. 사랑이라는 건, 몸이 아닌 마음이 통하는 것이라 들었는데…….

'나에게 있어 홍은…….'

홍은 대체 어떤 쪽일까.

마음, 혹은 몸?

답을 얻지 못한 채 시헌은 집으로 걸음을 돌렸다.

그는 모른다. 욕망과 사랑, 그 경계가 얼마나 부질없이 얄팍한지. 또한 그는 모른다. 욕망을 사랑이라 착각하는 것이 미련한 짓인 것처럼, 사랑을 욕망이라 치부하는 것 역시 아둔하기 짝이 없는 일임을.

시헌이 월야관 담을 끼고 모퉁이를 돌던 순간이었다.

"어어, 저자는……."

"왜 그러나? 아는 사람인가?"

월야관 대문 앞, 술자리를 마치고 나온 듯한 사내 둘의 목소리가 들려왔다.

처음 시헌은 그저 지나치려 했다. 워낙 거나하게 취한 목소리였기 때문이었다. 주정뱅이들이 늘어놓는 소리에 대꾸해 봤자 나는 것은 싸움뿐이라는 것을 숱한 경험을 통해 터득한 그였다.

그러나 사내들은 어쩐 일인지 아예 비척대며 시헌의 뒤를 따라왔다. 점점 등 뒤에서 들려오는 발소리가 가까워졌음을 눈치챈 시헌이 몸을 돌렸다.

"무슨 까닭으로 뒤를 밟는 게냐."

이내 답이 돌아왔다.

"……김시헌."

우뚝 멈춰 선 시헌의 눈동자에 작은 동요가 인다.

시헌의 전주 인맥은 그야말로 얄팍했다. 외숙부 강영완 일가와 그 집에 딸린 권솔들 외에 아는 이라고는 홍과 월야관의 기생들 몇이 전부였다.

향교에 출석하고는 있으나, 어차피 시헌의 본래 소속은 전주 향교가 아닌 한성의 서원(書院)이었다. 게다가 시헌은 향교에 나가는 날보다 밖으로 도는 날이 더 많았다. 그는 훈도(訓導)[13]와 유생조차 제대로 구분하지 못했다. 그런 처지에 야밤 길 한복판에서 그의 이름이 불리다니. 있을 수 없는 일이었다.

시헌이 그의 이름을 내뱉은 사내의 얼굴을 살폈다. 사내가 검은 갓 아래, 어스름에 가려진 얼굴을 쳐들었다.

"하여간에 냉랭하기는. 한성에서나, 여기서나 달라진 건 아무것도 없군."

---

13) 향교의 교육을 담당한 관리

시헌의 미간이 좁아진다. 달빛 아래 드러난 기름한 사내의 얼굴이 낯이 익었다.

아, 이제야 알겠다.

뒤쪽에 처져 있는 둥글고 순한 얼굴을 한 자는 모르는 얼굴이었다. 그러나 시헌의 이름을 부른 사내는 분명 아는 사람임이 틀림없었다.

"나는 한눈에 자네를 알아보았는데, 민망하게도 그리 소 닭 보듯 쳐다볼 텐가? 하기야, 자네야 장안을 뒤흔드는 유명인이었고 나야 한량 나부랭이였으니 기억하지 못하는 것도 무리는 아니겠지."

사내의 말투는 다소 독특했다. 음절 하나하나마다 강하게 끊어 말하는 듯한 꽤 힘이 들어간 목소리. 특이한 목소리가 귀에 익었다.

"자네……."

시헌이 그를 기억하는 낌새를 눈치챈 사내가 말을 이었다.

"그래. 나를 잊으면 섭섭하지. 투전판에서 오가며 마주친 인연이 몇 년인가? 그럼. 기억해야 하고말고."

사내가 씩 웃으며 시헌을 바라보았다.

"하지만 이름은 절대 기억 못 하는 것 같군. 날세. 완!"

"아. 기억났네."

완. 그것이 사내의 이름이었다.

"그래! 자네와 내가 투전판에서 탕진한 돈을 합치면 대궐도 지었을 것이네. 이제야 기억하는구먼."

시헌이 저를 알아보자 기분이 좋아진 모양이었다. 완이 날카로운 인상에 어울리지 않게 입술을 늘리며 웃었다.

'완. 그래, 완이었지.'

그러나 시헌은 그처럼 감흥 어린 표정은 아니었다.

'완'이라는 이름, 꽤 여러 차례 함께 투전을 했다는 기억 정도. 그것이 전부였다. 기실 그가 김가인지, 최가인지, 박가인지도 기억나지 않는다.

투전판에서 닿은 인연이 대수로울 리 있겠는가.

그러나 완이 시헌에 대해 잘 아는 것은 당연한 일이었다. 시헌은 한성 투전판을 들었다 놨다 했던 큰손이었기 때문이다.

"전주로 내려왔다는 소문이야 익히 들었지. 한데 여기서 마주칠 줄은 꿈에도 몰랐네. 어찌 지내나?"

"향교도 다니고……. 별거 없네. 한성에 비하면 지루하지."

고개를 주억거리던 완이 물었다.

"한데, 놀랄 노자로군. 자네처럼 유명한 이가 이런 볼 것 없는 기방에도 오는 겐가?"

"음."

시헌은 굳이 대꾸하지 않았다. 그저 안면이 있을 뿐 그는 벗도 지인도 아니었다. 타지에서 마주쳤다 하여 갑자기 마음을 열 까닭은 없었다.

"따지고 보면 여기서 만난 것도 인연인데, 술 한잔……."

"아니. 다음에 하세. 늦었네."

시헌이 말허리를 잘랐다. 대화가 오가고 있으나 질문을 던지는 것은 오직 완뿐이었다. 시헌이 그에게 관심이 없다는 것을 진즉 눈치채 주면 좋을 텐데.

"하긴. 늦었군. 한성이었다면 인경(人定)[14]이 쳐서 바깥을 다닐 엄두도 못 낼 시간이야."

"그래. 그러니 이만 들어가세."

시헌이 이만 가겠다는 표시로 고개를 끄덕였다. 혹여 귀찮은 질문이라도 따라붙을까 싶어, 그는 재빨리 어둠 속으로 걸음을 옮겼다.

홍은 잠에서 깨어났다. 그러나 눈을 뜨지는 않았다. 짧은 단잠이 깬 것이 마냥 아쉬웠다.

14) 통행금지를 알리는 종

닫힌 눈꺼풀 아래 캄캄한 어둠 속. 홍은 그 속에 머무른다. 분명히 기억나지는 않지만, 꿈에는 시헌이 나왔던 것 같기도 하다.

아니, 그것은 꿈이 아닌 현실이던가?

늦은 밤, 달을 벗 삼아 밤길을 밟아 그녀에게로 온 그와 나누었던 밀회. 입술, 혀, 목덜미, 가슴과 허리, 허벅지……. 온몸의 살갗을 꽉 조이며 몰아치던 뜨거운 쾌감.

정녕 꿈이 아니었나보다. 정녕…….

"하아……."

홍의 입술에서 낮은 한숨처럼 흘러나오는 숨결.

순간 무엇인가가 홍의 아랫입술을 스륵 스쳤다. 홍의 눈이 번쩍 뜨였다.

"……뭐 해?"

"어?"

같은 이부자리 위 지척. 팥쥐의 작은 눈동자가 요동쳤다.

"아, 안 잤어, 언니?"

푸르스름한 새벽빛에 비친 팥쥐의 얼굴을 보고서야 홍은 밀회의 결말을 떠올렸다.

담장 틈에서 벌어진 질펀한 밤의 유희는 불청객으로 등장한 팥쥐로 인해 산산이 깨졌었다. 시헌이 소요 없이 월야관을 빠져나갈 수 있도록 팥쥐를 방으로 데려온 것이 그제야 기억났다. 곶감을 반으로 쪼개 팥쥐와 나눠 먹고, 별것 없는 이야기를 두런거리다 잠이 들었던 것 같은데…….

방금 전, 희미한 어둠 속에서 홍의 입술을 스친 것은 팥쥐의 손이 분명하다.

"어, 언니 입술에 뭐가 묻어서……. 다, 닦아주느라고 그랬지……."

그제야 팥쥐가 후다닥 손을 거두어 이불 속에 감췄다. 남이 보면 큰

일 날 물건이라도 되는 것처럼.

"응."

뭐, 곶감에 붙어 있던 흰 가루라도 묻었던 모양이지. 홍이 고개를 끄덕였다.

"그런데, 왜 안 자고 그리 빤히 나를 보고 있니?"

"자다가…… 깨서. 그, 그냥 보고 있는 거야."

"또 예뻐서 봤구나?"

"으응……."

말끝을 흐리는 팥쥐를 보던 홍이 난감한 듯 작게 웃었다.

"팥쥐야."

"응?"

"너는 내가 왜 그렇게 좋니?"

"……."

새벽빛에 비치는 팥쥐의 얼굴. 거무튀튀한 얼굴 속 작은 눈동자가 불안한 듯 흔들렸다.

"좋지, 당연히……."

"그러니까 왜 좋은데?"

"음……."

무척 어려운 질문을 받은 사람처럼, 팥쥐는 잠시 망설였다.

"언니처럼 곱고, 어여쁘고, 나, 나한테 잘해주고……. 그런 사람이 세상에 또 없잖여……."

"내가 뭘 어쨌다고. 너도 참……."

홍이 팥쥐의 귀밑머리를 슥 쓰다듬었다.

홍은 때로 궁금했다. 이런 무조건적인 애정과 동경은 어디서부터 나오는 걸까. 피가 섞인 것도 아니고, 제가 팥쥐를 위해 엄청난 희생이나 사랑을 베푼 것도 아닌데.

홍은 가끔 팥쥐를 볼 때 그런 이야기를 떠올리곤 했다.

품어줄 어미가 없는 달걀이나 오리 알을 이불에 감싸 아랫목에 묻어놓으면 병아리가 태어난다. 그 병아리는 태어나 처음 본 사람을 자기 어미라 여겨 졸졸 따라다니며 절대적으로 사랑한다던가.

"넌 꼭 새끼 오리 같아."

"무, 무슨 새끼?"

"새끼 오리. 사람이 지 어미인 줄 알고 졸졸 따라다닌다는 새끼 오리."

"오리 새끼라니. 그, 그게 뭐시여."

팥쥐가 궁금하다는 듯 중얼거리지만, 홍은 피식 웃으며 눈을 감았다.

"좀 더 자자. 아직 깨기에는 너무 이른 시간이야."

"응, 언니."

닫힌 눈꺼풀. 다시금 홍의 세상은 새까만 어둠 속에 파묻혔다. 불현듯 홍이 중얼거렸다.

"너는 나 없으면 못 사는 사람 같아, 진짜."

"흐아암……."

느지막한 오후. 향교 뜰을 거닐던 시헌이 늘어져라 기지개를 켰다.

시헌은 혈기왕성한 청춘이었다. 홍과 함께 있는 시간이 길어질수록 욕구를 발산하고픈 욕망도 커져만 갔다. 그런 까닭인지 간밤의 꿈자리는 입 밖으로 내기 민망할 정도로 오묘한 장면들로 점철되어 있었다. 덕택에 자도 잔 것 같지 않게 피로했다.

평소 같았으면 향교에 나올 생각 따위 하지 않았을 것이다. 그러나 구들장을 지고 있어봤자 머릿속은 복잡하기만 했다. 결국 어슬렁어슬렁, 시헌은 바람이나 쐴 겸 서책 한 권 없이 향교로 향했다.

그가 타지 사람인 데다 향교의 가장 큰 후원자가 강영완이었기에 가능한 일이었지, 전주 향교에 속한 유생이었다면 진즉 퇴교당하고도 남았을 것이다.

"봄이네."

시헌이 중얼거렸다. 하기야, 며칠 전이 입춘이었나.

가만 보니 향교 뜰에 즐비한 매화나무 가지마다 희고 붉은 꽃봉오리가 다닥다닥 솟아 있었다. 제가 걸치고 있는 중치막이 무겁고 거추장스럽게 느껴졌다.

"한량의 계절이로구나."

비단 도포 자락 휘날리며 꽃놀이 가기 좋은 계절이 온 게다. 봄이 왔음을 깨닫자 바람도 햇살도 달았다.

"이보게."

뒤에서 들려오는 '이보게'라는 부름에 시헌은 굳이 반응하지 않았다. 그를 찾을 리 없다 여겼기 때문이었다. 시헌은 향교에 들락거린 두 달 남짓한 시간 동안 그 누구와도 대화를 나누거나 교분하지 않았다.

"이보게, 시헌."

턱, 어깨에 와 얹히는 누군가의 손.

"날세, 나야. 자네를 부르고 있는걸세."

"……완."

시헌은 그제야 고개를 돌려 끈질긴 음성의 주인공을 확인했다.

완. 간밤에 월야관 앞에서 마주쳤던 그였다. 지난밤에 그러했듯, 완은 통통한 또래 선비를 뒤에 달고 있었다. 복장과 손에 든 서책을 보아하니 향교의 유생인 모양이었다.

시헌의 시선이 여전히 제 어깨 위에 놓여 있는 완의 손을 물끄러미 응시했다.

"……치우게."

시헌이 어깨를 틀어 완의 손을 떨쳐 냈다.

"아, 미안하네. 남의 손이 닿는 것을 싫어했지? 내 깜빡했네."

완이 순순히 사과의 말을 건넸다.

"여기서 또 마주치는군."

시헌의 말투가 다소 누그러졌다. 제게 호의를 보이는 이를 무작정 내치기도 곤란한 노릇이었다.

"그러게. 누가 보면 내가 자네 뒤를 따라다니기라도 하는 줄 알겠네, 그려."

"전주에는 무슨 일로 왔나?"

"뭐, 어찌하다 보니……. 여기 이자가 나와는 육촌 간이거든. 친척이 있어 잠시 머물게 되었지."

시시콜콜 말이 많은데 반해 자신에 대한 이야기를 하는 것은 내키지 않는 모양이었다. 그러나 시헌은 굳이 캐묻지 않았다. 꼬치꼬치 따져 물을 만큼 관심이 있지도 않았지만, 투전판을 전전하는 한량들의 삶을 알고 있기 때문이었다.

뭐, 안 봐도 뻔한 일이다. 빚이라도 지고 도망쳤거나, 혹은 시헌처럼 집안 어른에게 밉보여 쫓겨난 것이리라.

"내 어젯밤엔 술이 좀 과하였네. 내 지나치게 자네에게 질척대지 않았는가? 혹여 실수한 것이 있다면 사죄하겠네."

완은 진심이라는 듯 빙긋 웃어 보였다.

"월야관에서 간밤에 꽤 재미지게 놀았지. 술이 좀 지나치기도 했고……. 마침 아는 얼굴을 마주치니 반가워서 너무 들떴던 모양이야."

"나는 별로 신경 쓰지 않았다네. 괜찮네."

이렇게까지 공손히 나오는데 굳이 날을 세울 필요는 없으리라. 시헌이 순순히 그의 말을 받았다.

"그리 여겨주니 고맙구먼."

완의 꽤나 날카로운 눈매가 웃음 덕에 누그러졌다.

"시헌. 이렇게 마주친 김에 기방 한번 같이 가지 않겠나? 한성에서 떠들썩하게 지내다 전주에 처박히니 재미라고는 없어. 게다가 나는 투전이 전부였지, 기방에 대해서는 잘 모르거든. 자네처럼 풍류를 아는 이가 함께해 주면 훨씬 즐겁지 않겠는가?"

내내 침묵을 지키고 있어, 벙어리가 아닌가 싶었던 친척이라는 퉁퉁한 유생이 갑자기 끼어들었다.

"그, 그래! 이것도 인연 아닌가. 술은 내가 사겠네. 자네 같은 이와 한잔 기울일 수 있다면 영광이지."

"……음."

시헌의 얼굴에 난감한 표정이 스쳤다. 그는 본래 누군가와 어울려 쏘다니는 것을 즐기지 않는 편이었다. 무엇보다 대단한 풍류를 기대하는 듯한 이들의 눈빛이 껄끄럽고 부담스러웠다.

그의 속내를 읽기라도 한 듯 완이 말을 이었다.

"에이. 부담 갖지 말게. 그저 아는 사람끼리 술 한잔 기울이자는 것이니. 물론 자네처럼 좋은 물에서 놀다 온 처지에 월야관 같은 하류 기방은 마음에 들지 않겠지만……. 원한다면, 다른 기방을 찾아봄세."

월야관. 월야관의 이름은 시헌을 망설이게 했다.

굳이 따지자면, 홍의 머리를 얹어주겠다 약조한 처지에 밤도둑처럼 몰래 기방을 드나드는 것도 과히 떳떳한 일은 아니었다. 객으로서 월야관을 찾아 홍을 불러내는 편이 훨씬 이치에 맞는다.

"월야관이라면 나쁘지 않지. 그래서 기방엔 언제 가자고?"

"오, 같이 가겠나?"

완과 친척이라는 사내의 말투는 제법 들떠 있었다. 아마도 그는 시헌에게서 한성을 주름잡던 시절의 무용담이나, 기생들을 애타게 하는 비

법이라도 전수받을 생각을 하는 듯했다.

"쇠뿔도 단김에 빼라 했지. 내일 어떻겠나?"

"그러하지."

시헌이 응낙하자, 완이 은밀히 목소리를 낮추었다.

"거기 조만간 머리를 올릴 동기가 하나 있다더군. 미색이 출중하다고 소문이 자자하다고 하네."

완이 잔뜩 들뜬 목소리로 주절거렸다.

"……기대되는군."

미색이 출중하다는, 조만간 머리를 얹을 동기.

그것이 누구를 뜻하는지 너무나 잘 알 것 같아, 시헌은 쓴웃음을 지었다.

❀

봄밤. 하룻밤 사이 세상이 뒤바뀐 것처럼 봄은 성큼 찾아들었다.

공기의 냄새도, 바람의 맛도, 멀찌감치 전주천에서 들려오는 물소리도 달라졌다. 거무튀튀하던 흙에 붉은 온기가 돌았다. 겨우내 꽝꽝 얼어붙어 있던 땅은 푸슬푸슬 녹아 한결 폭신해졌다. 안채에서 분주하게 들리는 거문고 소리는 겨울밤과는 또 다른 정취를 자아냈다.

기방이 가장 복작이는 시절. 입춘(立春)이었다.

월야관 곳곳, 연꽃 문양을 그린 종이에 문자를 써놓은 춘첩자(春帖子)가 나붙었다. 옥련이 기방을 드나드는 글월 좀 한다는 선비들에게 조르고 졸라 얻어낸 것들이었다. 한 해의 복을 기원하는 춘첩자는 대문이며 안채 곳곳은 물론이거니와 별당 기둥 위에도 떡하니 붙여져 있었다.

"모(暮)……. 아니, 춘(春)인가……."

홍이 더듬더듬 춘첩자 위에 쓰인 글자들을 읽어본다. 그러나 봄 춘(春)

처럼 쉬운 한자마저 제대로 알지 못하는 처지. 계집이 많이 배워봐야 되바라진 소리나 하여 피곤하다는 옥련의 지론에 따라, 홍은 글을 배우지 않았다.

기방에 팔려오기 전에도 마찬가지였다. 조모와 아비는 계집에게 배움이란 쓸모없는 것이라 여겼다. 그런 까닭에 팥쥐마저 읽을 줄 아는 언문조차 홍은 거의 깨치지 못했다.

홍이 아는 것은 춤, 노래, 기예와 사내를 기쁘게 하는 법이 전부. 평생 낯 뜨거운 그림이 그려진 춘화집 외에 서책이라는 걸 가까이 해 본 적 없는 홍에게 춘첩자란 백지 위에 그린 그림이나 다름없었다.

"언니."

들려오는 목소리에 홍이 고개를 돌렸다. 뜰을 종종대며 가로지르는 팥쥐의 모습이 보였다.

"언니, 행수가 불러."

"지금?"

홍이 의아한 듯 물었다.

"아니⋯⋯. 지금은 아니고. 옷을 챙겨 입고 있으래. 누가 언니를 찾는다던데⋯⋯."

문득 홍의 얼굴에 화색이 돌았다. 저를 찾는다는 이가 시헌일지 모른다는 기대 때문이었다.

"누가 온다고는 말 안 하고?"

"그런 말은 없었어. 그저 곱게 단장하고 있으라고만⋯⋯."

홍을 찾을 법한 이들은 정해져 있었다. 가장 먼저 떠오르는 것은 당연하게도 시헌이다. 그 외에는 강영완이거나, 홍의 춤을 보았던 객들 중하나일 터였다.

"그래. 알았어."

홍이 고개를 끄덕였다.

홍은 몇 벌 되지 않는 제 의복들을 내려다보고 있었다.

그녀는 유독 말간 살결을 가졌다. 햇살이 내리쬐면 푸른 혈관이 비쳐보이는 희고 투명한 피부는 붉은색 옷을 입을 때 유독 화사하게 피어났다. 굳이 눈가가 붉다는 둥, 색(色)이 좋다는 둥 남부끄러운 소리를 하지 않아도, 홍에게는 붉은색이 썩 잘 어울렸다.

그런 까닭에 단장하고 나오라는 옥련의 부름이 있을 때면, 그녀는 꼭 화려한 홍치마를 꺼내 입곤 했다.

"아, 없지……."

홍이 낮게 한숨을 내쉬었다. 그제야 상기했다. 애지중지 아끼던 한 벌뿐인 홍색 치마는 이제 못 입게 되었다. 시헌과 외출했던 날 옥련과의 드잡이 끝에 찢어진 탓이었다. 얇은 숙고사 자락의 윗부분이 넓게 뜯겨 바느질도 소용없을 듯했다. 치마 하나, 댕기 하나도 옥련이 사주기 전에는 가질 수 없는 그녀였다. 아끼던 붉은 치마를 버린 것이 속이 상했다.

그러나 달리 방법이 있을까. 홍은 몇 벌 되지 않는 옷가지 중, 미색 저고리와 푸른 치마를 집어 들었다.

"기왕 못쓰게 된 거……. 치마를 뜯어서 댕기나 만들어볼까."

아쉬운 마음에 붉은 치마폭을 만지작대던 홍이 아, 하고 짧은 소리를 내뱉었다.

잠시 잊었다. 기껏 한 달 남짓 후면, 그녀는 머리를 얹게 되리라는 것을.

동기들은 머리를 얹기 직전에 간소하게 계례(笄禮)[15]를 치렀다. 계례 후에는 여느 여인들처럼 쪽을 찌었으니, 댕기머리 동기 시절과는 곧 작별이었다.

---

15) 여성의 성인식

"홍아."

밖에서 들려오는 옥련의 목소리. 상념에 잠겨 있던 홍이 고개를 들었다. 이내 덜컥 방문이 열렸다.

"단장은 다 마친 게냐? 어서 나오거라. 꾸물거리지 말고."

저고리며 치마폭이 흩어진 방 풍경을 본 옥련이 못마땅한 듯 미간을 찌푸린다.

"막 나가려던 참이었어요."

홍이 자리에서 일어섰다.

"가만있어 봐라. 좀 보자."

문간으로 나오는 홍을 옥련이 불러 세웠다. 옥련은 홍과 마주치는 것이 달갑지 않았다. 바쁜 탓도 있었지만, 홍에게 손찌검을 한 것이 내심 마음에 걸렸기 때문이기도 했다.

"흐음……."

옥련이 홍의 얼굴을 찬찬히 훑어보았다.

"얼굴에 요새 뭘 바르느냐?"

"아니요. 바르는 거 없어요."

당연한 이야기이지만, 기생들은 용모를 가꾸는 것을 가장 중요하게 여겼다. 기생들은 매일 수세미즙과 쌀뜨물로 만든 미안수(美顔水)를 발랐고 분가루를 탄 물로 분세수도 했다. 그러나 그런 것들은 기생들도 귀하게 여기는 물건들이었다. 동기인 홍이 가졌을 리 없다.

"얼굴이 더 뽀애졌구나. 하기야. 네 나이 때는 누구든 다 곱지."

때가 묻지 않고, 사내의 손을 타지 않은 계집들은 누구든 고운 법이다. 심지어 옥련에게도 저리 반짝반짝 윤이 나던 시절이 있었으니까.

지금이야 백자처럼 희고 말갛지만, 홍 역시 세월을 거스르긴 쉽지 않을 것이다. 일찍부터 술과 색(色)에 찌드는 기생들은 젊은 날의 아름다움을 즐길 새도 없이 빠르게 늙어가기 마련이었다.

"제 얼굴에 뭐가 묻기라도 했습니까?"

"아니다."

옥련이 시선을 거두었다. 그녀가 품 안에 늘 소지하는 연지 통을 꺼냈다.

"너도 곧 어엿한 기생이니, 조만간 연지며 백분이며 면경을 사줘야겠구나."

톡, 톡. 옥련의 손끝이 홍의 입술을 두드린다. 붉디붉은 잇꽃 빛이 입술을 물들였다.

"연지며 백분이며……. 꼭 발라야 합니까?"

홍이 물었다. 그녀의 입술은 굳이 연지를 바르지 않아도 충분히 붉었고, 분칠을 하는 것은 오히려 투명한 피부를 가릴 뿐이었다. 눈썹 역시 결이 또렷하여 눈썹먹으로 칠하지 않아도 그린 듯 선명했다.

"당연히 발라야지."

"갑갑하단 말입니다. 얼굴도 영 근질근질하고. 그거 바르나 안 바르나 차이도 없을 텐데……."

"그걸 몰라서 바르라는 게 아니야. 기생이라면 응당 객을 맞기 전에 곱게 단장하는 것이 법이다. 토 달지 마라."

"……예."

홍은 이번에는 가타부타 군말하지 않았다. 애당초 언쟁을 벌일 문제가 아니기도 했다. 옥련의 말이 옳았으니까. 아무리 생각이 많고 머릿속이 복잡해도 월야관에 기거하는 이상 옥련의 말을 따라야만 한다.

"그런데 행수. 누가 저를 찾는다는 겁니까? 혹시…… 선비님이십니까?"

"그거야 네 바람이겠지."

옥련의 대꾸에 머쓱해진 홍이 다시 물었다.

"그럼 강영완 나리이십니까?"

"아니다."

홍은 더 이상 대꾸하지 않았다. 시헌이 머리를 얹어주겠노라고 약조하기 이전, 홍은 몇몇 객들 앞에서 독무를 춘 적이 있었다. 그때 저를 눈여겨본 누군가이겠거니, 그녀는 지레짐작했다.

엷게 분칠을 한 뺨, 주목(朱木) 열매처럼 붉은 입술, 서늘하게 푸른 치마폭.

옥련이 홍의 모습을 쓱 훑어보았다.

"치마가 그것뿐이냐?"

"홍치마는 찢어져서 못 입어요."

"음."

옥련이 머쓱한 소리를 냈다.

"포목상을 오라 해서 치마를 하나 맞춰주마. 네게는 붉은색이 어울린다. 가자."

옥련이 앞장서 걸음을 옮겼고, 홍이 그 뒤를 따랐다.

붉을 홍이라는 이름을 가진 계집에게 어울리지 않는 푸르른 치맛단 주변으로 스멀스멀 어둠이 모여든다.

"귀한 분이니 눈 밖에 나지 않도록 예를 지켜라."

"예, 행수."

문 앞에 당도하자, 옥련은 으레 하는 말을 건네었다. 기실 옥련이 말하는 '귀한 분'이란 말버릇에 지나지 않았다. 옥련에게 있어서는 장사치이든, 뜨내기이든, 진짜 사대부이든 돈을 내는 이는 모두 귀한 분이었으므로.

"나리, 쇤네 들어가겠습니다."

옥련이 기방의 법도에 따라 닫힌 문을 향해 고하였다. 신을 벗던 홍은 방에 있는 이가 하나라는 것을 눈치챘다. 사내의 신이 한 켤레뿐이기 때문이었다.

드륵, 문이 열렸다. 이미 상 위가 깔끔하지 않은 것이 눈에 띄었다. 누군지 알 수 없는 객은 이미 기생을 들여 시간을 보낸 후인 듯했다.

"평안하시옵니까, 나리."

홍 역시 기방의 예에 따라 객의 안부를 묻는다.

"평안하였네."

울림이 깊은 사내의 목소리.

"……잘 지내었는가?"

그대가 잠시 스쳐 지나간 사내를 기억할지 모르겠으나―

"오랜만일세."

홍이 고개를 들어, 그녀를 찾아온 이를 마주 보았다.

"어……."

사내를 마주한 홍의 입에서 낮은 소리가 흘러나왔다. 기억나지 않아도 기억하는 척하는 것이 기생의 본분이라는 가르침은 이미 까맣게 잊어버렸다.

홍이 기억 속을 더듬는다. 분명 아는 얼굴이었다.

장대한 체격, 풍문으로만 들은 먼 북방의 사람처럼 선이 굵고 선명한 이목구비, 눈에 띄게 거무스레한 피부. 숯 칠을 한 듯 새까만 눈썹 아래 움푹 들어간 눈빛과 우뚝 솟은 번듯한 콧날.

그에게서는 거친 향기가 풍겼다. 푸르스름한 도포를 입고 있었으나, 그보다는 갑옷을 입고 검을 차는 편이 훨씬 어울릴 듯 무장(武將) 같은 용모를 한 사내였다.

"어찌 멀뚱대며 서 있느냐. 어서 나리에게 술 한 잔 올려 드리지 않고."

"아. 예, 행수."

그의 곁에 가까이 다가선 순간, 홍은 사내의 정체를 깨달았다.

강영완과 함께 왔던 사내.

그날이다. 시헌이 강영완의 방에 난입하여, 저를 데리고 뒤뜰로 향했던 날. 홍으로서는 결코 잊으려야 잊을 수 없는 밤의 일. 그날을 잊지 못하는 것은 눈앞에 있는 사내가 아닌 시헌 때문이었으나 사내의 눈빛, 저 눈만은 결코 잊을 수 없었다.

처음 보았던 그는 장대한 체격에 걸맞지 않게 흐린 눈을 하고 있었다. 그러나 독무를 시작하던 홍과 눈이 마주치자 그는 변화했다. 거대한 짐승이 죽음 직전에서 기적적으로 회생하는 것처럼 그의 눈동자에 빛이 돌아왔다. 그의 시선은 춤을 추는 내내 집요하게 홍을 따라다녔다. 그 강렬한 눈빛 탓에 그녀는 춤에 몰입하지 못했다.

완주의 향리이면서 동시에 강영완에게 큰 도움을 주는 이라 했던 기억이 난다.

최만춘. 그것이 사내의 이름이었다.

"홍."

옥련이 언성을 높이지 않기 위해 이를 지그시 깨문 채 홍을 부른다. 퍼뜩 정신을 차린 홍이 얼굴을 붉혔다.

"나리, 아직 아무것도 모르는 동기라 실수가 많습니다. 너그러이 살펴 주십시오."

"실수랄 게 뭐 있겠는가."

옥련의 아양 띤 어조에 답하는 최만춘의 말투는 담백했다. 빈 술병이 여럿이었으나 최만춘은 취기가 있어 보이지는 않았다.

"나리. 소녀가 술 한 잔 올리겠나이다."

"그리하게."

그간 술자리의 예법을 배워온 동기답게, 홍은 술 한 방울 흘리거나 넘침 없이 최만춘의 잔을 채웠다.

"나를 기억하느냐?"

"예, 나리. 강영완 나리와 함께 오셨던 분 아니십니까?"

"맞다."

최만춘이 고개를 끄덕였다. 그가 홍이 따라준 술이 담긴 잔을 입으로 가져갔다.

"……."

눈을 내리깔고 있던 홍이 슬쩍 최만춘의 얼굴을 살핀다. 어찌하여 저를 찾은 걸까. 응당 묻는 것이 먼저일 테지만, 무슨 까닭인지 홍은 쉽사리 입을 떼지 못했다.

최만춘에게는 그런 분위기가 있었다. 별다른 말도, 행동도 없이 고요하였으나 압도되는 느낌이 들었다. 마치 배부른 맹수 앞에 떨어진 작은 새가 된 느낌이랄까. 배가 차 있으므로 저를 잡아먹지는 않을 것이나, 포식자라는 사실은 결코 변하지 않는…….

"완주 분이라 하셨지요? 지난번에 말씀하신 것을 기억하고 있습니다. 그래, 전주에는 어인 일로 오셨습니까?"

어색한 분위기를 타파해 보려는 듯, 옥련이 수완 좋게 말을 붙였다.

"일이 있어 잠시 들렀네. 사실 달에 한 번은 늘 전주에 들른다네."

"그러셨습니까? 보잘것없는 기방을 잊지 않고 찾아주시니 감읍할 따름입니다."

오호호, 옥련의 입에서 아양 섞인 웃음이 흘러나왔다.

"늙은 계집의 술도 한 잔 받으십시오, 나리."

최만춘의 술잔을 채우던 옥련이 새삼스레 그의 얼굴을 살폈다.

미남자였다. 달리 표현할 길이 없을 정도로 뛰어난 미남자. 최만춘에게서 풍기는 음험한 분위기는 오히려 그의 매력을 강화시킬 뿐이었다.

기실 기방이란, 곱고 어여쁜 계집들만 우글거릴 뿐 미남자를 보기란 하늘의 별 따기보다 어려운 곳 아닌가. 실로 오랜만에 눈 호강을 하게 된 옥련이 술잔을 비우는 최만춘의 얼굴을 곁눈질했다.

'참으로 잘난 사내다.'

평생 기방 물을 먹고 살아온 옥련이었다. 그간 그녀가 보았던 사내의 머릿수가 수백. 그중 뇌리에 남은 사내들이란 둘 중 하나였다. 돈을 잘 써서 기억에 남았거나, 지랄 맞아서 잊지 못하거나. 인물이 잘나서 기억에 새겨진 이는 극소수였다. 최만춘은 극한 확률 속에서도 유독 인상 깊은 용모를 지닌 사내였다.

'평생 없던 일이로구나. 이리 대단한 미남자가 둘이나 월야관을 들락거리다니.'

옥련이 생각하는 두 미남자 중 하나는 당연하게도 김시헌이었다. 그러나 김시헌과 최만춘, 둘은 나이 차가 큰 만큼 용모 역시 완전히 정반대였다.

김시헌이 갓 세상 밖으로 발을 내디딘 듯 청아한 아름다움을 지녔다면, 최만춘의 용모는 세상 모든 풍파와 맞서 싸워 승리한 사람처럼 거칠고 강인했다. 백 보 떨어져 있어도 단번에 그라는 것을 알 수 있을 듯한 뚜렷한 인상. 조금도 위협적인 태도를 취하지 않았음에도 최만춘에게는 위험한 매력이 있었다.

"행수, 어찌 그리 얼굴을 뚫어져라 바라보나."

최만춘을 바라보느라 잠시 넋을 잃었던 옥련이 퍼뜩 현실로 돌아왔다.

"예, 나리. 아유, 나리의 용모를 보고 있자니 소경의 눈이 뜨이는 듯해 자꾸 넋을 잃습니다."

"남부끄럽네. 과한 칭찬이야."

"과하기는요. 오랜만에 퇴기의 심장이 오르락내리락합니다. 하지만, 술은 젊은 계집이 따르는 것이 옳겠지요?"

진심 어린 칭찬을 늘어놓던 옥련이 홍에게로 시선을 돌렸다. 가만 보니 홍 역시 무슨 까닭인지 술시중을 들 생각은 않고 멍하니 앉아 있다. 잘난 사내를 보고 마음이 동하는 건 젊으나 늙으나 매한가지인 모양이었다.

"홍아. 나리의 잔이 비었다. 어찌 너까지 귀한 분 앞에서 정신을 팔고 있느냐."

옥련이 홍에게 핀잔을 건넸다.

"아, 예."

홍이 술병을 들었다. 이윽고 들려오는 최만춘의 목소리.

"천천히 마시겠네. 꽤 많이 마셨으니."

"따르지…… 말까요?"

홍이 물었다. 그가 홍에게로 시선을 돌렸다.

"잔은 받아두지."

"예, 나리."

쪼르르, 투명한 액체가 최만춘의 잔을 채웠다.

"한데, 나리."

곁에 앉아 있던 옥련이 입을 열었다.

"홍을 불러달라 하셨사온데, 보시다시피 홍은 아직 머리를 얹지 않아 오래 머물지 못합니다. 혹여 아까 모신 계집이 마음에 들지 않아 그러십니까? 하면 다른 기생을 들이겠습니다."

"그럴 것 없네. 술은 충분히 많이 마셨으니. 이제 슬슬 일어나야겠지."

"그렇다면 홍이는 왜……."

자리에 있던 기생을 물러가게 한 뒤 굳이 홍을 불러달라 요구한 그였다.

"잠시 나누고 싶은 이야기가 있어서."

"……저랑 말입니까?"

내내 곁에서 고요하던 홍이 입을 열었다. 최만춘의 의도가 궁금했다. 그들은 홍이 독무를 추었던 짧은 시간 동안 같은 공간에 있었을 뿐이다. 그토록 짧은 인연이었다.

"묻고 싶은 것이 있어 불렀네."

술잔을 반쯤 비운 최만춘의 시선이 다시 홍에게로 향했다. 그 눈빛. 그제야 홍은 상기한다.

방에서의 만남이 전부가 아니었다. 시헌과 함께 어둠 속에 숨어 입술을 탐하였던 밤. 하필 그 곁을 최만춘이 스쳐 지나갔던가. 깊고 어둡고 어지러운 밤이었으나, 홍이 잊지 않고 있는 사실을 최만춘이라고 기억하지 못할 리 없다. 문득 얼굴이 화끈거렸다.

"홍에게 무엇을 물으시려 그러십니까?"

옥련이 자못 궁금하다는 듯 물었다.

"가능하다면, 조용히 둘이 대화를 나누고 싶네."

최만춘의 대답을 들은 옥련이 난감한 표정을 지었다.

"하오나 나리, 홍은 동기입니다. 기방의 법이 있어……. 본디 객은 동기와 단둘이 방에 있을 수 없사옵니다."

최만춘은 타지에서 온 낯선 사람이었다. 김시헌이야 강영완의 조카였으니 신원이 보증되지만 최만춘은 그렇지 않았다. 옥련은 겉모습에 취하여 기방의 법도를 어길 만큼 호락호락한 이는 아니었다.

"그러하다면, 잠시 뜰에서 이야기를 나누어도 되겠는가? 오가는 이들이 있으니 괜찮지 않겠나. 물론 홍이 허락한다면 말이네."

옥련이 고개를 주억거렸다.

"되다마다요. 홍아, 어서 나리님을 모시고……."

"행수에게 물은 것이 아니네."

"예?"

옥련이 반문하지만, 최만춘은 그녀를 보고 있지 않았다. 그의 시선은 홍을 향하고 있었다. 재차 그가 물었다.

"나와 잠시 이야기를 나누어도 괜찮겠느냐?"

"……."

홍이 눈을 깜빡였다. 제게 던져진 질문이 낯설었다.

"불편하다면 나오지 않아도 된다. 어려운 질문은 아닐 것 같으나, 그건 내 생각일 뿐이니……."

최만춘의 말투는 정중하고 온화했다. 여전히 홍을 향하고 있는 그의 눈동자에 낯선 빛이 감돌았다. 홍으로서는 그 속내를 짐작하기 힘든, 그러나 분명히 느껴지는 감정의 동요였다.

"홍아, 어찌 그리 꿀 먹은 벙어리처럼 앉아 있는 게냐?"

옥련이 은근히 답을 재촉했다. 역시나 동기는 동기인 듯했다. 옥련의 눈에 비친 홍은 잔뜩 긴장한 것처럼 보였다.

"가겠습니다."

홍의 목소리가 가느다랗게 떨렸다. 당연히 옥련은 모르리라. 아마도 질문을 던진 최만춘 역시 알지 못했을 것이다. 어찌하여 홍이 그리 경직되어 있었는지를.

"뜰로 나가겠습니다, 나리."

홍에게는, 처음이었다. 옥련이 아닌 그녀의 의중을 묻고 허락을 구한 사람은. 그녀의 뜻이 어떤지 정중하게 물어온 사람은.


월야관 안뜰에 걸린 초롱불 빛 아래, 홍은 새삼스러운 눈길로 최만춘을 곁눈질했다.

지금껏 시헌보다 장신인 사람을 본 적 없었던 그녀였다. 그러나 최만춘은 시헌보다 주먹 하나 이상은 더 큰 듯했다. 시헌이 호리호리한 체격인데 반해, 최만춘은 어깨가 떡 벌어지고 기골 자체가 장대했다.

그런 까닭에 그의 곁에 선 홍은 고목나무에 붙은 매미가 된 기분이었다. 그러나 두려운 기분은 들지 않았다.

순간 불어오는 한 줄기 소슬바람. 홍이 저도 모르게 목을 움츠렸다.

"봄이 왔다 여겼는데, 확실히 밤중은 꽤 서늘하구나. 한기가 드는 모양이다. 괜찮으냐?"

"조금이요. 그렇지만 괜찮습니다. 나리께서는 춥지 않으십니까?"

되묻고 나서 생각해 보니, 이렇게 강인한 체격을 가진 사내에게 참으로 어울리지 않는 질문 같았다.

순간 어깨를 감싸는 손길. 최만춘이 손에 들고 있던 답호(褡穫)[16]를 홍의 어깨에 걸쳐 주었다.

"괜찮습니다, 나리."

"잠시 걸치고 있어라. 어려워 말고."

"예, 나리."

시헌이 아닌 다른 사내에게 이런 호의를 받는 것은 처음이다. 홍에게는 모든 것이 낯설었다.

안뜰과 별채를 잇는 사잇길. 오가는 사람들의 시선에서 벗어나지 않았으나 목소리가 들릴 만큼 가깝지는 않은 지점에서 최만춘의 걸음이 멈추었다. 홍 역시 그를 따라 멈춰 섰다.

"성씨를 물어도 되느냐?"

"배가(家)입니다, 나리."

"가족이나 친척 중에 혹시…… 조씨 성을 가진 이가 없더냐?"

"어릴 적에 기방으로 팔려와 자세히는 모르지만, 제가 알기론 없었습니다. 어머니는 서씨였고요."

"……그렇구나."

무슨 생각인지, 어떤 연유로 하는 질문인지 읽을 수 없는 건조한 음성.

"나리. 제가 나리께서 아시는 누군가를 닮았습니까?"

"……."

---

16) 반소매로 된 남자용 겉옷

최만춘에게서는 대답이 돌아오지 않는다. 홍이 그를 빤히 바라보았다.

즐비하게 홍등이 켜진 안뜰에서 조금 떨어진 자리, 그의 얼굴은 푸르스름한 어둠 속에 잠겨 있었다.

"그래. 닮았다."

최만춘의 목소리는 담담하여 속내를 읽을 수 없었다.

홍은 그가 낯설었다. 기묘하게 느껴졌다. 제 곱절 가까이 나이가 많고, 제가 아는 누구보다 강인한 모습을 한 사내가 저런 눈빛을 하는 것이. 가여운, 처연한……. 왠지 보듬어주어야 할 것 같은, 그런 눈으로 홍을 바라보는 것이.

"그것을 물어보려 하신 것입니까?"

홍이 물었다. 고작 그 두 가지, 제 성씨와 외가의 성을 물으려 굳이 조용한 자리를 만들고자 했던 것일까.

"그래. 이제 질문은 다 했다."

"소녀가 나리께서 아는 누군가를 닮았다 하셨지요?"

"그래. 내가 아는 이와 닮았다."

아니, 알았던 이와 닮아서…….

"그게 누구인데요?"

"……."

최만춘은 잠시 말이 없었다.

"누구라고 말해준들, 네가 그 사람을 알겠느냐?"

최만춘이 반문했다. 그러나 힐책하는 말투가 아닌 따뜻하고 묵직한 음성이었다.

"제가 주제넘은 것을 물었나 봅니다. 송구합니다, 나리."

"송구할 것 없다. 실컷 묻기만 하고 정작 네 물음에는 답조차 해주지 못하니 미안하구나."

"아닙니다."

"내 너의 신상을 함부로 캐물어 마음 상하지 않았느냐?"

"그랬을 리가요. 아닙니다."

"그럼 이만 안으로 들어가도 될까?"

"예. 그리하십시오."

최만춘이 홍을 돌아보았다.

"함께 가자."

반 보 뒤쳐져 있던 홍이 곁으로 온 후에야 그는 걸음을 떼었다. 안뜰에서 방까지의 얼마 되지 않는 거리를 홍은 최만춘과 나란히 걷는다. 힐끔, 그녀가 다시금 그를 곁눈질했다.

'신기한 분이다……'

사소한 일 하나하나마다 홍의 의중을 묻고 허락을 구하는 사람. 홍은 지금껏 이런 이를 만나본 적이 없었다. 월야관에서 동기 생활을 시작한 이후는 물론이거니와, 기생이 아니었던 시절에도 이런 대우는 단 한 번도 받아보지 못했다.

"이만 돌아가거라. 행수가 말하기를, 동기가 객의 방에 오래 머물지 않는 것이 법이라 하였으니."

"아, 예, 나리. 그럼 소녀는 이만 물러가겠습니다."

"또 보지."

최만춘이 몸을 돌려 방으로 들어갔다.

그때였다. 객들을 위한 방이 늘어선 뜰 안쪽이 소란해진다. 행수의 높은 웃음소리가 들렸다. 이윽고 분주히 걸어오는 옥련 뒤로 도포를 입은 젊은 사내 셋이 모습을 드러냈다.

"……선비님."

막 월야관 안뜰로 들어서던 시헌과, 최만춘의 방에서 돌아 나오는 모양새인 홍의 시선이 마주쳤다.

예상치 못한 만남. 홍의 눈동자가 반가움에 일렁였다.

"……."

시헌의 얼굴에 오묘한 표정이 스쳤다. 그의 걸음이 잠시 느려졌다. 그녀에게 무언가 할 이야기가 있는 사람처럼. 그러나 다음 순간, 마음이 바뀌었는지 시헌은 그대로 홍을 지나쳤다.

그가 지나간 자리, 바람결에 남은 그의 향기만이 맴돌았다.

"어깨에 무엇을 걸친 게냐? 저런, 나리께서 덮어주신 게냐?"

시헌을 비롯한 세 선비를 인도하던 옥련이 홍에게 다가와 물었다.

"아……."

그제야 제가 최만춘의 답호를 걸치고 있다는 것을 깨달은 홍이 급히 옷을 끌어 내렸다. 그녀의 시선이 본능적으로 시헌에게로 향하였다.

손에 들린 검은 답호가 그의 표정을 낯설게 한 원인이던가. 그와 눈이 마주친 것도 같았지만, 시헌은 무심히 몸을 돌려 방 안으로 사라졌다.

"쯧쯧. 표정하고는."

철썩, 옥련이 손이 홍의 등짝 위로 떨어졌다.

"재수 없게 어디 객들 앞에서 우거지상이냐? 시헌 공자께서 머리를 얹어주겠다 약조했다 하여 일부종사(一夫從事)라도 하려던 셈이야?"

옥련의 힐난이 귓전에 날아와 박혔다. 그제야 정신을 차린 홍이 고개를 치켜들었다.

그럴 리가. 그렇지 않았다. 시헌은 아리따운 공자였고 마음 가는 선비였다. 홍은 마음을 따라 움직였으나, 그렇다고 가당찮은 꿈을 꾸지는 않았다.

홍에게는 기생으로서의 삶이, 그에게는 공자로서의 삶이 있었다. 함께 마주 보고 있을 때는 세상에 오직 둘뿐이었으나 떨어져 있을 때마저 서로만을 바라볼 수는 없다. 그 역시 그리 생각할 것이 분명했다. 홍은

글도, 바깥세상도 모르는 무지한 계집이었으나 그마저 모를 만큼 아둔
하지는 않았다.

"누가 그런답디까?"

"그런 계집이 어찌 그리 인상을 쓰고 있어?"

옥련이 홍의 얼굴을 재차 살폈다. 최만춘과 무슨 이야기를 나누었는
지 궁금증이 치밀었다. 그러나 객들이 한창 몰려올 시각. 한가로이 주절
거릴 여유가 없었다.

"무얼 하느냐. 어서 나리께 옷을 가져다드려라."

"예."

"그리고, 옷을 드렸으면 너울이나 뒤집어쓰고 저 방으로 들어라."

옥련이 가리킨 곳은 방금 시헌이 모습을 감춘 방이었다.

"네게 큰돈을 쓰실 분인데, 춤이라도 한 번 보여드려야지 않겠느냐?"

"……예."

홍이 입술을 잘근 깨물었다. 싫다, 이런 기분은. 까닭 없이 죄라도 지
은 듯 위축되는 기분은…….

그때였다. 최만춘의 방 장지문이 열렸다.

"저, 나리. 여기……."

홍이 들고 있던 그의 답호를 내밀었다. 그들의 손이 살짝 닿았다.

최만춘의 손은 거칠었다. 평탄하기 마련인 지방 향리, 아전이라고는
믿기지 않을 만큼. 마치 험악한 노동을 하는 이처럼 단단하게 굳은살이
박인 손끝이 홍의 여린 살을 스쳤다.

"홍아."

"예, 나리."

"곧 머리를 얹을 것이라 들었다."

"예, 그렇습니다."

"그때는 동기가 아닐 터이니, 함께 술 한잔 기울이면 좋겠구나."

"찾아주시면 감읍한 일입니다."

불현듯 최만춘이 옅게 미소 지었다. 굳센 사내의 얼굴 어디에 저런 게 숨어 있었나 싶은 부드러운 미소였다.

## 6장. 노는계집

"자네와 기방에 들어와 함께 앉아 있다니 참으로 감개무량하구먼. 이게 꿈인가, 생시인가 싶네!"

시헌과 일행들이 자리를 잡은 방 안.

완, 그리고 완의 친척이라는 사내는 어린아이처럼 들뜬 모습이었다. 이곳이 한성이었다면, 김시헌처럼 대단한 세도가의 자손과 언감생심 겸상하는 꿈조차 꾸기 어려웠으리라.

"자. 한 잔 받게! 오늘 무척 기대가 되는구먼!"

시헌이 떨떠름한 표정으로 술잔을 내밀었다.

"한데 자네, 어찌 표정이 그리 어두워?"

"그러게나 말일세. 무슨 일이라도 있는가?"

일행이 건네는 말에 시헌은 고개를 저었다.

"일은 무슨."

"그렇지? 자, 한잔하세. 기분을 띄우는 데는 술만 한 약이 없는 법일세!"

술잔이 오간다. 시헌의 술잔이 말끔히 비워졌다. 아직 기생은커녕 기생 어미조차 방에 들지 않았는데 술잔이 연거푸 자리를 돌았다.

"음⋯⋯."

애써 떠올리지 않으려 했지만, 기어이 머릿속에서 기어 나오는 아까의 장면.

홍은 분명 객의 방에서 나오는 길이었을 게다. 오가는 길목에서 스치듯 마주친 홍의 어깨에 걸쳐져 있던 시커먼 답호 자락은 꽤나 눈에 거슬렸었다.

"자네, 무슨 생각을 그리 하나?"

"⋯⋯아니네."

그러나 그뿐. 홍은 홍의 신분에 맞는 일을 하고 있을 뿐이었다. 그가 한량이라는 제 처지에 걸맞게 기방에서 술잔을 돌리고 있듯이.

내내 딴 생각에 빠져드는 듯한 시헌이 신경 쓰이는지, 완이 손짓으로 주의를 끌었다.

"시헌. 내 어찌하여 이토록 자네와 술을 마시고 싶어 했는지 아나?"

"내가 알 리 있겠나."

"사실, 내 자네에게 큰 신세를 졌거든."

"신세라니?"

시헌이 되물었다. 완은 시헌에 대해 잘 알고 있는 듯했으나, 시헌은 겨우 그의 얼굴을 분간할 정도에 지나지 않았다. 시헌이 기억하는 한, 우연히 전주에서 마주치기 이전 그들은 투전패나 섞었지 달리 말을 섞은 사이조차 아니었다.

완이 날카로운 인상답지 않게 함박웃음을 피웠다.

"나야 투전판 한량인지라 기방 출입은 그다지 해 본 적이 없었지. 그러다 우연찮게 한성에서 제일간다는 기방에 갈 일이 있었다네."

"그러한데?"

"오랜만에 큰돈을 땄거든. 꽤나 신이 나서 기생들 앞에서 돈지랄을 좀 할 생각이었지. 한데 계집들이 내 행색이 초라한 탓인지, 아니면 뜨내기라 우습게 여긴 것인지 어지간히 쌀쌀맞은 데다 싹수없이 구는 게 아닌가?"

"음."

상황이 짐작이 가는 지라 시헌은 옅게 웃었다.

콧대 높은 일패기생들이 만만한 선비를 우습게 여기는 것은 무척 흔한 일. 일패들의 놀이 중 으뜸이, 명기를 만날 꿈에 부푼 애송이 선비를 놀려먹는 것이라던가.

"처음에는 어찌나 소 닭 보듯 나를 촌뜨기 취급하는지 분기가 치밀어 속이 부글대지 뭔가. 한데 며칠 후에 전주로 내려간다는 말을 했더니, 그 말이 끝나자마자……."

"뭐요? 전주로 가신다고요?"

"어머어머, 애, 전주라면 시헌 공자께서 쫓겨 갔다는 곳 아니니?"

"그럼! 그렇다마다!"

"뭐라고요? 어머, 시헌 공자님과 아는 사이시라고? 세상에 선비님, 왜 그 말을 이제 하고 그러시오? 진즉 말씀하시지……."

"그러게나 말이오. 선비님, 이리 오십시오. 이리 와서, 이년 술 한 잔 받으시오. 그리고 전주 가면 꼭, 이 유월이가 그리워한다 전해주오."

'전주'라는 말 한마디에 안달복달하며 그에게로 몰려들던 기생들이 떠올랐는지, 완이 빙긋 웃었다.

"내 본의 아니게 잘 알지도 못하는 자네 이름을 좀 팔았지. 용서하게."

완의 능글맞은 사과에 시헌은 픽 웃으며 술잔을 들었다.

투전판, 기방, 색주가……. 어차피 그런 곳이다. 진실보다는 거짓과 허풍이 더 가치 있는, 그런 세상.

"그러니 그게 다 자네 덕이지 뭔가. 뜨내기라면 일단 우습게 보는 일패들에게 극진한 환대를 받았으니, 당연히 자네에게 고마울 수밖에."

"고마울 것도 많네. 뭐라 답하기도 민망하군."

"그리고……. 유월이라는 기생이 자네에게 안부를 전해달라더군. 자네가 그리워 죽겠다던데."

"유월이?"

시헌이 기생의 이름을 되뇐다. 그러나 기억날 리 없었다. 그는 한성에서 끼고 놀던 대부분의 기생들의 이름을 기억하지 못했다.

"기억 안 나나?"

재차 질문을 던지는 완의 시선이 시헌의 얼굴을 훑었다.

"가물가물하네. 뭐, 유월이면 어떻고 구월이면 어떨까."

"……."

그때였다. 톡톡- 문을 두드리는 소리.

"들어가겠나이다, 나리."

목소리와 동시에 장지문이 열렸다. 시헌의 시선은 옥련의 등 뒤에 선 홍을 본다. 까만 너울 속에 잠긴 홍의 눈동자는 흐릿하여 잘 보이지 않았다. 그러나 잘 보이지 않았음에도 시헌의 심장은 벌써부터 쿵쿵대고 있었다.

"선비님들, 평안호?"

방으로 든 옥련이 선비들에게 고했다.

기방을 드나드는 데는 나름의 격식과 예법이 있다. 술판이 벌려진 방에 들 때면 문밖에서 '들어갑시다.'라고 전한다. 그리고 문을 연 후엔 '평안호?'라고 물었다. 평안하시냐고 안부를 묻는 것이다.

사실 기방에서는 일행끼리 오붓이 자리하기보단, 낯선 이들 여럿이 모여 기생 하나를 끼고 술을 마실 때가 더 많았다. 해서 그렇게나마 인사를 나누고 술자리에 합석하는 것이 기방의 예법이었다. 이러한 기방 특유의 인사법은 지역을 막론하고 기생이 있는 곳이라면 어디서든 통용되었다.

"아무래도 선비님들 덕에 이 옥련이 회춘을 할 것 같소. 두 선비님은 이틀 내리 찾아주시고, 게다가 우리 귀하신 공자님까지 오셨으니 감복하여 어쩔 줄을 모르겠나이다."

옥련이 천연덕스럽게 인사를 건네었다. 그러나 시헌도, 일행들도 옥련에게는 별 관심을 보이지 않았다. 옥련의 트레머리 뒤에 가려진 홍의 모습을 살피고 싶어 안달복달하던 완이 퍼뜩 깨달았다는 듯 시헌에게 물었다.

"가만. 듣고 보니 시헌 자네, 여기가 처음이 아닌 겐가? 자네 외숙부가 여기 드나든다는 말이 정녕 헛소문이 아니었던 게로군."

완의 물음에, 옥련이 재빨리 끼어들었다.

"처음이 아니다마다요. 공자께서 유독 어여삐 여기시는 계집을 여기 대령하지 않았나이까?"

옥련이 고개를 돌려 손짓을 했다.

"홍아, 어서 들어와 선비님들께 술 한 잔 올려라."

"예, 행수."

사뿐히 방으로 들어온 홍이 공손히 고개를 숙였다.

"평안하시옵니까, 나리님들. 홍이라 하옵니다."

"히야, 곱다!"

완이 큰 소리로 감탄사를 내뱉었다.

등잔불은 그리 밝지 않았다. 홍의 얼굴에 드리워진 가뭇한 너울 사이로 비치는 보일 듯 말 듯한 얼굴이 사내들의 애를 태웠다.

"과연 절색이라는 소문이 날 만한 계집이군."

완이 감탄한 듯 중얼거렸다. 완, 완의 친척이라는 사내. 둘 모두 홍의 자태에 넋을 잃은 듯했다.

시헌 역시 홍을 바라보고 있었다. 눈, 코, 입은 분간할 수 있었으나 홍의 표정은 보이지 않았다. 그러나 알 수 있었다. 홍도 저를 보고 있음을, 그녀와 은밀히 시선을 교환하고 있다는 것을.

경직되어 있던 시헌의 입매가 부드럽게 풀어졌다. 월야관에 들어섰을 때, 사내의 것이 분명한 답호를 걸친 홍의 모습에 그는 잠시 동요했었다. 하지만 다시 생각해 보니 부질없는 감정이었다. 별것 아닌 일에 강짜를 부리는 형편없는 작자가 되고 싶지는 않았다.

무엇보다 시헌의 눈에 비치는 홍의 자태가 참으로 아름다워, 그는 상념들을 모두 잊었다. 시헌이 나지막이 중얼거렸다.

"아리땁다."

그의 말이 들린 것일까. 검은 너울이 살짝 움직였다.

홍 역시 내심 그를 신경 쓰고 있었다. 그러나 이제야 마음이 놓였다. 그녀가 한결 차분해진 시선으로 방 안을 훑어보았다. 시헌의 앞이었고, 동시에 그의 지인들이 함께 있는 자리였다. 홍은 그를 기쁘게 하고 싶었다.

"곱지요? 곱다마다요. 아직 동기이지만, 머리를 얹은 후에는 전주 제일의 명기가 될 것입니다. 한성에도 이리 미색이 좋은 계집은 드물 것이라 내 자부합니다."

홍의 미색을 칭찬할 때 으레 그러하듯 옥련이 뿌듯한 표정을 지었다.

"하기야, 이쯤 되니 시헌 공자님처럼 귀하신 분의 눈에도 들 수 있는 게지요."

시헌의 미간이 좁아진다. 그의 시선이 옥련에게로 향했다. 그러나 옥련은 은근슬쩍 시헌의 눈길을 피했다.

기방에서 객의 사생활을 함부로 입에 올리는 것은 금기된 일이었다. 그러나 무슨 까닭인지, 옥련은 작정한 듯 기어이 덧붙였다.

"동기인지라 잘 내보이지 않습니다만, 공자님을 위해 특별히 데려왔습니다. 당연한 일이지요. 공자님께서 곧 홍의 머리를 얹어주시겠노라 약조하셨으니……."

"적당히 하시게, 행수."

시헌이 옥련의 말을 끊었다. 옥련이 머쓱한 기색도 없이 헤실헤실 웃음을 흘렸다.

그러나 기방에서 잔뼈가 굵은 시헌이었다. 뻔한 속셈을 어찌 모르겠는가. 옥련은 시헌이 홍을 사지 않을까 봐 걱정하는 것이다. 그의 마음이 바뀌어 대발식에 참여하지 않거나, 머릿값을 치르지 않을까 봐 미리 선수를 치고 있는 것이리라.

"호호. 젊으신 나리님들이 세 분이나 계시니 기분이 좋아 말이 많아지나 봅니다. 일단 술 한 잔 올리겠습니다, 나리님들."

옥련이 선비들의 잔에 넘치도록 가득 술을 따랐다.

그사이 어린아이 몸집만 한 큰 방석이 방 윗머리에 놓였다. 이내 거문고를 품에 안은 퇴기 소화가 방으로 들어왔다. 거문고가 자리를 잡느라 방 안은 잠시 분주해졌다.

"에잉."

내내 조용하던, 완과 육촌간이라는 통통한 사내가 입을 열었다.

"저 계집의 머리를 얹어줄 이가 시헌 자네라는 겐가?"

그가 답을 구하듯 시헌을 바라보았다. 그러나 시헌은 대꾸 없이 술잔을 입으로 가져갔다. 갑자기 사내가 실없는 사람처럼 웃음을 터뜨렸다.

"쳇. 다 글렀구먼……. 월야관 동기가 절색이라는 소문이 자자하여, 내 손이나 한 번 잡아볼까 궁리하였는데. 공자께서 점찍은 계집일 줄은……."

그가 꽤나 아쉽다는 듯 제 입술을 핥았다.

"역시 김시헌 자네는 남다르군. 콧대 높다는 한성 기생들도 자네라면 너나없이 옷고름을 풀고 달려들었다지? 그 비결이 뭔가, 대체?"

시헌을 바라보는 사내의 눈동자는 부러움과 동경으로 가득했다.

대단한 세도가의 자손, 왕실에 출입하는 외척, 돈이 썩어난다 소문이 날 정도의 재력. 게다가 계집을 대하는 태도가 워낙에 별스러워, 오히려 기생들을 안달복달하게 한다던가. 주절대며 비결을 묻던 사내가 새삼스레 시헌의 얼굴을 살폈다.

"비결이고 나발이고, 아무래도 나는 다시 태어나야겠구먼. 똑같이 눈코입이 달렸거늘 달라도 이리 다르다니⋯⋯."

사내가 큰 소리로 지껄여 댔다. 그러나 시헌은 굳이 대꾸하지 않았다.

"에이, 되었네! 날 때부터 이렇게 생겨먹은 걸 어찌하겠나. 하기야, 기방 계집들은 사내의 얼굴이 아닌 돈주머니를 보고 웃는다던가?"

스스로 한 말이 꽤나 우습다는 듯, 사내가 요란하게 웃음을 터뜨렸다.

"기방 계집들이야 본래 그런 것들이니 할 수 없지! 하긴 나 같은 주제에 어여쁜 계집을 끼고 술을 먹으려면⋯⋯."

순박해 보이던 사내는 벌써부터 취기에 들뜬 듯 횡설수설이었다.

문간에서 거문고가 준비되기를 기다리던 홍이 눈을 내리깔았다.

이런 계집, 저런 계집, 기방 계집⋯⋯. 당연하게도 사내가 지껄이는 말들은 홍의 귀에도 똑똑히 들렸다.

듣기 싫었다. 그러나 그것이 기방의 법이다. 해어화, 말을 알아듣는 꽃. 말을 알아듣기는 하되 결코 생각하지도, 사유하지도, 의중을 입 밖으로 내지도 않는 마냥 아름답기만 한 꽃. 그것이 기생이었다.

"저 동기라고 해서 안 될 건 또 뭐 있나. 그래봤자 기방에 속한 계집 아닌가."

갑자기 완이 끼어들었다.

"하지만…… 시헌이 머리를 얹어주겠다 점찍었다지 않나."

"모르는 소리 말게. 머리를 얹어준다 하여, 설마 시헌 같은 공자가 기생을 정인으로 삼을 것도 아니지 않나. 그런 생각 말게. 기생은 무릇 여러 사내의 품에 안길수록 명성을 떨치는 법이라네."

완이 홍을 바라보았다.

"그렇지 않으냐?"

갑작스러운 질문에 홍이 마른침을 삼켰다. 독특한 쇳소리. 목덜미를 타고 기어오르는 것 같은 거슬리는 음성이었다. 너울 속에 잠겨 있던 홍의 눈동자가 흔들렸다.

"왜 말이 없어. 벙어리냐?"

"아닙니다. 나리님 말씀이 맞습니다."

홍이 급히 대답했다. 좋든, 싫든 시헌의 일행이었다. 그의 앞에서 실수하고 싶지 않았다.

완이 낄낄대며 웃었다.

"생긴 것은 저리 요망한데, 주제에 동기라고 또 부끄러움을 타는 모양이지."

완의 입꼬리가 비뚜름하게 올라갔다. 그가 말을 이었다.

"아까 말했듯이, 내 시헌 덕에 하룻밤 내내 한성 기생들을 끼고 놀았지. 기생들이 시헌에 대해 무어라 말했는지 아나? 한성 기생은 둘로 나뉜다더군. 시헌의 품에 안긴 계집, 그리고 그렇지 못한 계집!"

탁!

시헌이 빈 술잔을 상 위에 내려놓았다. 꽤나 큰 소리였다.

"그만하지."

"으응?"

"재미없네. 어찌 종일 내 얘기만 떠드는 겐가."

시헌이 미간을 찌푸렸다. 거슬렸다. 무언가가 자꾸 그의 신경을 긁고 있었다. 그러나 완은 분위기 파악을 채 하지 못한 듯했다.

"왜? 없는 일을 말하는 것도 아니고! 자네가 한성에서 얼마나 대단한 위인이었는지를 말하는 걸세! 자네로 말할 것……."

"자네, 나를 잘 아나?"

"으응?"

"나를 아냐고. 나에 대해 대체 뭘 알기에 그리 떠들어대는 겐가?"

그제야 시헌의 음성이 차게 경직되어 있음을 깨달은 완이 말을 멈추었다. 그가 어색하고도 비굴한 미소를 띠었다.

"아니네! 아니야. 이런. 내가 또 주제넘게 주절댔나 보구먼. 술이 들어가 괜히 들떴나 보아. 이보게나……."

분위기가 험악해지는 것을 감지한 옥련이 급히 거문고 앞에 앉은 소화에게 눈짓을 했다. 어서 연주를 시작하라는 신호였다.

둥!

거문고 좌단을 두드리는 소리.

"나리님들, 어차피 밤은 깁니다. 말씀 나누실 시간이야 차고 넘친답니다. 그러니 이야기는 나중에 하시고, 일단 춤이나 한 자락 보십시오."

옥련이 홍의 등을 앞으로 떠밀었다.

"미색만 고운 것이 아니라, 춤 역시 평양 기생 저리 가라인 줄 아뢰오. 필시 감탄하실 겁니다."

잔뜩 긴장한 표정의 홍이 입술을 깨물었다. 그녀가 앞을 향해 걸음을 옮겼다. 한 걸음, 한 걸음 움직일 때마다 검은 너울이 흔들렸다. 너울 뒤에 감춰진 홍의 얼굴에는 핏기가 없었다.

시헌의 일행들은 취기 탓에 눈치채지 못했지만, 방 안에는 진즉부터 아슬아슬한 분위기가 감돌고 있었다. 마치 바늘 끝으로 톡 건드린 순간 뻥 하고 터져 버릴 것 같은 응축된 공기였다. 그 날 선 분위기가 홍의 마음마저 옥죄었다. 까닭 없이 조마조마했다. 목구멍 깊숙이 돌덩이가 앉은 듯 갑갑하고 묵직했다. 전에 없던 일이었다.

'동기로 살아온 시절이 몇 년인데. 고작 이런 걸로 초조해하다니.'

홍이 고개를 바짝 쳐들었다. 자리에 멈춰 서 거문고의 음을 기다리는 그녀의 손끝부터 발끝까지 긴장이 차올랐다.

둥! 첫 음이 울렸다.

"계집 몸뚱이가 야들야들한 게 기가 막히는구만!"

순간 들려와 귀에 꽂히는 완의 목소리. 잠시 멈칫하는 듯하던 홍의 몸이 느리게 시작된 산조를 따라 움직이기 시작했다.

독무를 출 때 거문고 소리에 온 신경을 집중하다 보면, 현의 울림이 마음을 두드리는 순간이 있다. 어쩌다 듣는 객에겐 모두 똑같은 연주처럼 들리겠지만 결코 같지 않았다.

어떤 날의 음률은 온화하고 부드러웠다. 그런 날이면 홍 역시 향기를 찾아 떠도는 나비처럼 나긋나긋하게 춤추었다. 그러나 어떤 날의 거문고 소리는 묵직하고 슬펐다. 그럴 때면 홍의 춤사위 역시 먹먹하고 처연해졌다. 어떤 날은 유쾌했고, 또 어떤 날은 진중했다. 같은 이의 손끝에서 탄생되지만 같은 가락이란 없었고, 매번 홍의 몸을 통하여 표현되는 춤사위였으나 같은 춤이란 없었다.

둥, 두둥!

오늘의 독무는 슬프다. 음악이 슬퍼 춤이 슬픈 것인지, 혹은 마음이 슬퍼 음악이 슬퍼 들리는 것인지 홍은 알지 못했다. 그녀는 그저 흐느끼는 현의 소리에 맞춰 함께 슬퍼할 뿐이다. 서러움에 우는 거문고 소리처럼 홍의 몸도 이리저리 휘어지고 흔들렸다.

제가 원했던, 그리고 저를 원한다는 사내 앞에서마저 사람이 아닌 길가에 피어난 꽃 취급을 받는 신세.

너울을 쓴 것이 다행이었다. 표정이 드러났다면 곤란했을 것이다. 여 홍을 돋우기는커녕, 금방 울음을 터뜨릴 것 같은 얼굴을 하고 있었으므로.

장단이 고조되고, 춤이 절정에 달할수록 홍은 이유를 모르게 고단해졌다. 까닭 없이 서글펐다. 사랑을 몰랐으나 연인을 떠나보낸 것 같았다. 채워진 적도 없는 마음이 텅 비어버린 듯했다. 무엇 하나 가진 것 없는 빈궁한 삶이었음에도 대단한 것을 잃어버린 것처럼 속이 허했다.

탁! 다시금 들려오는 좌단 치는 소리. 그와 함께 아름다웠으나 슬픈 춤이 끝났다.

"이야! 대단하구먼!"

"역시 이래서 그리 소문이 자자했던 게로구나!"

완과 일행은 숫제 술상까지 꽝꽝 두드려가며 박수를 치고 환호했다.

아는 만큼 보인다 했던가. 기생을 사람으로 보지 않는 이들에게 홍의 마음이 보일 리 없다. 그들에게는 재롱을 떠는 강아지를 보듯 그저 빼어난 재주 이상도 이하도 아니리라.

"하아……."

홍이 밭은 숨을 내쉬었다. 평소보다 긴 시간 춤을 춘 것도, 장단이 빠르거나 더 많이 움직인 것도 아닌데 이상하게 숨이 차올랐다.

먹먹했다. 눈가가 따끔거렸다. 목구멍이 시큰하게 조여왔다.

"이런 춤을 보고 가만있을 수야 없지. 더군다나 시헌이 어여삐 여기는 계집이라지 않은가. 자, 이리 오거라."

완이 바지춤을 더듬었다. 투전꾼다운 배포였다. 그가 내던진 은자(銀子)들이 묵직한 소리를 내며 상 위를 데굴데굴 굴렀다.

"춤 값이다."

홍의 독무를 감상한 데 대한 대가였다.

"……고맙습니다, 나리."

홍이 공손히 절을 올렸다.

"어엿한 기생이 된 후에는 옷고름이 뜯어지도록 저고리 속을 두둑하게 채워주마."

완이 헤벌쭉 이를 드러내고 웃었다.

"그럼 소녀는 이만 나가보겠나이다."

춤 값을 두둑하게 받았으므로, 평소 같았으면 응당 술 한 잔을 올렸을 것이다. 그러나 도무지 그럴 수가 없었다. 마치 제가 무슨 잘못이라도 저지른 것처럼 시헌의 눈을 바라볼 용기가 나지 않았다.

거문고를 신줏단지처럼 끌어안고 방을 나서는 퇴기의 뒤를 따라 홍은 도망치듯 자리를 떠났다.

그때였다. 벌떡, 시헌이 자리에서 일어섰다.

"자네, 어디 가나?"

완이 물었다. 분위기 파악을 하지 못한 것인지, 혹은 알면서도 모르쇠인지 완의 말투는 묘하게 상기되어 있었다.

"나갔다 오겠네."

시헌이 남긴 말은 그뿐이었다. 문이 쾅 여닫혔다.

내내 묵묵하던 시헌이 나가 버린 후, 뒤에 남은 두 사내가 서로를 멀뚱멀뚱 바라보았다. 월야관에 들어온 지 얼마 되지도 않았는데 벌써 술두 병이 동난 상태였다.

"이보게, 완."

"왜?"

"김시헌 말일세. 한성 기방을 주름잡았다는 그 위인 맞나? 혹시 동명이인 아니야?"

퉁퉁한 사내의 어조는 어딘지 불만스러웠다.

"왜? 내가 다른 이와 헷갈리기라도 했을까 봐? 투전판에서 매일이다시피 얼굴을 보았다니까? 게다가 그런 일이 있었는데……. 내가 그자를 어찌 잊겠나?"

"자네에게 들었던 말과는 다르니 그러지. 한성에서 날리는 오입쟁이라 안 했나? 기방에서 그자만큼 잘 노는 이가 없다며? 한데 이게 뭔가. 내내 부루퉁하니 비싼 술만 처먹고 있지 않아? 게다가 제가 아끼는 동기에게 수작 좀 걸었다고 불퉁대기는……."

그의 말에 완이 피식 웃었다.

"말 같지도 않은 소리를. 오는 계집 마다 않고 가는 계집 안 붙들기로 유명했던 난봉꾼일세. 동기에게 수작 좀 걸었다고 마음 상할 리가. 일패들이 줄을 서도 마다했던 위인이라고. 두고 보게. 술이 더 들어가면 본성이 나오겠지."

"그렇다면 다행이고. 괜히 설치다 술값만 탕진하는 거 아닌가 싶어서 그렇지."

불현듯 심기가 뒤틀리는 듯, 완이 입을 비죽였다.

"하기야, 황당한 노릇이긴 해. 동기가 기막히다 하여 찾아왔더니, 그 계집마저 진즉 김시헌 차지라는 건가? 진짜 지랄도 가지가지군."

완이 술잔을 들었다. 술잔을 단숨에 비운 그가 갑자기 자리에서 일어섰다.

"으잉, 자네는 또 어디 가나?"

"어딜 가긴! 어서 기생을 들이라고 재촉하러 가네. 여기 행수라는 년도 가만 보니 여우 중의 여우야. 시헌이 없다고 지금 우리를 무시하는 꼴 아닌가?"

까닭 없이 완이 버럭 성을 냈다. 거칠게 문을 열어젖힌 그가 비척비척 밖으로 나섰다.


취기 오른 뺨을 쓰다듬는 온화한 바람.

이 방 저 방을 드나드는 기생들, 술과 음식을 나르는 계집종들, 잔심부름을 하는 노복들이 종종대며 안뜰을 오갔다. 기둥마다 매달린 붉고 푸른 초롱만큼이나 월야관의 밤은 화려하고 분주했다.

"흠……."

소란한 안뜰에서 한 걸음 물러난 시헌은 홍의 자취를 찾고 있었다.

홍이 독무를 마치고 방을 나선 지 그리 오래되지 않았다. 또 다른 방에 들어 객들 앞에서 춤이라도 추고 있는 것일까, 혹은 별당의 제 방으로 돌아간 걸까.

시헌이 별당으로 시선을 던졌다. 홍의 방 불은 꺼져 있었다.

"아니고, 나리! 여기서 무얼 하십니까?"

시헌이 뒤를 돌아보았다. 그와 얼굴을 마주한 옥련이 속없이 생글생글 웃었다.

"어찌 홍을 들여보냈나?"

마치 옥련을 마주치기를 기다린 사람처럼 시헌이 대뜸 물었다.

"다른 이도 아닌 공자님께서 오셨는데, 당연히 들여보내야지 않겠습니까?"

"내 홍을 들이라 청하지 않았네."

"청이라니요. 홍의 머리를 얹어준다 약조하신 분인데, 굳이 청을 하실 필요가 어디 있겠습니까?"

옥련이 반문했다. 그녀가 입술을 늘이며 미소 지었다.

"공자님. 머리를 얹을 때가 다가온 동기가 객들 앞에 얼굴을 내비치는 것은 당연한 일입니다."

"누가 그걸……."

무언가 말하려던 시헌이 입을 다물었다. 헤실헤실 웃어대는 옥련의 얼굴을 마주하고 있자니 까닭 없이 화가 치밀었다.

"되었네."

시헌이 짜증스럽게 내뱉었다. 그런 시헌을 바라보던 옥련의 눈매가 가늘어졌다.

"공자님. 혹시나 해서 여쭙습니다. 일행분들께서 홍을 어여삐 여긴 것이 마음 상하셨나이까?"

"어여삐 여긴다……."

시헌이 옥련의 말을 되뇌었다. 그가 애써 화를 누그러뜨렸다.

그들이 홍을 어여삐 여겼던가. 그래, 가만 따지자니 옥련의 말이 맞는 것도 같다.

곱다, 색이 좋다, 어여쁘다 미색을 칭찬하고, 기방 계집이란 무릇 이렇게 하는 법이라 훈계를 늘어놓고, 눈이며 입술이며 허리며 가슴, 머리 끝부터 발끝까지 품평하며 값을 매기고…….

완과 육촌은 말을 알아듣는 꽃, 해어화인 홍을 어여삐 여긴 것이다. 그뿐이었다.

"되었네. 그만하세."

"공자님."

몸을 돌리는 시헌의 팔에 옥련의 손이 얹혔다. 시헌이 그녀를 돌아보았다.

"공자님, 잠시 제 말 좀 들어주시겠습니까?"

옥련의 어조는 한결 가라앉아 있었다. 흘러넘치던 웃음기도, 과하게 살랑거리는 교태도 사라졌다.

"공자님. 저는 공자님 같은 분을 많이 뵈었습니다."

"무슨 뜻인가?"

옥련이 말을 이었다.

"아, 물론 공자님처럼 지체가 귀하신 분을 모신 것은 처음이지만 말입니다. 선비님, 이년은 사십 평생을 기생으로 살았답니다. 공자님처럼 젊고 앞길이 창창하신 분께서 때 타지 않은 동기를 아끼시는 경우를 저는 많이 보았습니다."

"그래서 무슨 말을 하고자 하는 겐가."

"여쭙는 것입니다. 지난번, 홍을 첩으로 들이기라도 하시겠냐는 제 물음에 노발대발하셨던 것을 기억하니까요."

잠시 뜸을 들인 옥련이 마침내 물었다.

"한데 이제는, 홍이 다른 사내 앞에서 웃음을 파는 것이 싫으십니 까?"

"……싫다 한 적 없네."

"정녕 없으십니까?"

시헌은 대꾸하지 못했다.

옥련의 입가에 희미한 미소가 어린다. 노류장화의 딸로 태어나 그 삶을 그대로 대물림받아 살아온 그녀였다.

옥련에게도 동기 시절이, 푸르른 도포 자락에 괜스레 마음 설레던 날이, 제 주제에 가당치 않은 이와 연정을 나눈 적이, 노류장화가 아닌 오직 한 사내의 꽃으로 피고 싶었던 나날이…… 없었겠는가?

어찌 없었겠는가.

"공자님. 홍도 살아가야지 않겠습니까?"

"……"

"기생으로 제 밥벌이는 해야 하지 않겠습니까. 홍을 아끼시기에, 큰돈을 들여 머리를 얹어주겠다 선뜻 약조하신 것 아닙니까? 홍은 곧 기적(妓籍)[17]에 이름을 올릴 관노비입니다. 그 아이가 할 수 있는 일이 무엇이겠습니까?"

옥련이 시헌에게 물었다.

"그런 얼굴을 타고난 계집이 부엌데기로 밥을 하며 늙겠습니까? 그런 춤을 추는 년이 몸종이 되어 냇가에서 세답이나 하며 살겠습니까? 그런 색이 줄줄 흐르는 눈을 하고선, 땔감이나 부리는 노비의 마누라가 되어 살 수 있겠습니까?"

17) 기생 명부

시헌이 옥련을 노려보았다. 제 얘기가 아님에도 무어라 항변하고 싶었다. 그러나 입가를 맴돌기만 할 뿐 좀체 입이 떨어지지 않았다.

"그러니 홍을 살아가게 해주십시오. 기생으로, 제 분수에 맞게, 타고난 주제에 맞게 살게 해주십시오. 그리고 부디⋯⋯."

옥련의 음성이 훈계하듯 가라앉았다.

"공자님께서도 홍을 그리 대해주십시오. 홍의 주제인 기생답게 대해달란 말입니다. 반가의 아씨처럼 귀히 대하지 마시고, 여염에 숨겨둔 정인처럼 아끼지 마시고, 연모하는 이를 대하듯 소중히 여기지 마시란 말입니다."

"⋯⋯."

"기생답게, 천것답게! 말을 안 들으면 머리채를 휘어잡고, 수청을 거부하면 옷이라도 찢어발기고, 술을 처먹기 싫다 하면 입에 들이붓기라도 하여 말을 듣게 하시란 말입니다."

"행수."

시헌의 얼굴이 일그러졌다.

말을 내뱉는 옥련은 태연자약한 표정이었다. 그러나 그 태연함에 시헌은 오싹함을 느꼈다. 제 삶의 하찮음을 당연하게 받아들이는 그녀의 태도는 지나침을 넘어 기이하기까지 했다.

"행수가 거느린 아이일세. 행수 역시 기생 아닌가. 아무리 천한 신분인들, 어찌 그리 말할 수 있단 말인가?"

옥련이 표정 없는 얼굴로 시헌을 빤히 바라보았다.

"그래야 사니까요. 어차피 공자님이 아니시라도, 다른 나리님들께서 그리하실 테니까요."

돌을 삼킨 것 같았다. 시헌의 말문이 턱 막혔다.

그가 아니어도 누군가 그리할 것이다. 홍을 욕보이고, 굴복시키고, 모욕하고 예고 없이 꽃을 꺾을 것이다.

완이, 완의 통통한 육촌이, 홍의 어깨에 겉옷을 걸쳐 주었던 누군가가, 닫힌 문 안에서 술에 취해 떠들어대는 어떤 이가.

"공자님. 아까 쇤네도 공자님과 일행분이 나누시는 이야기를 다 들었나이다. 왜 갑자기 딴 사람처럼 구십니까?"

옥련이 배시시 웃었다.

"공자님께서 한성에 계실 때는, 더하면 더했지 덜했을 것 같지는 않사옵니다만……."

말끝을 흐리며, 옥련은 눈을 내리 깔았다. 그녀가 조용히 속삭였다.

"홍을 아끼신다면, 입이 아닌 돈푼으로 아껴주시면 됩지요."

이쯤하면 그도 알아들었으리라.

"송구스럽게도 늙은 계집이 지나치게 말이 많았습니다. 바람이 선선하니 잠시 술이라도 깨고 안으로 드십시오, 공자님."

'무엇이 옳았을까.'

뒤에 홀로 남은 시헌은 곰곰이 생각한다.

일행과 함께 월야관 대문으로 들어서던 순간이 떠올랐다. 몇 걸음 지나지 않아 그는 홍을 발견했다. 반가운 마음도 잠시, 제 것이 아닌 다른 사내의 겉옷을 걸치고 있는 홍의 모습이 그는 낯설었다. 날 선 감정이 확 치밀어 올랐다.

아마 그는 잠시 분노했었던 것 같다. 그러나 응당하지 않은 분노였다. 그는 애써 어울리지 않는 감정을 누그러뜨렸다.

'어찌 화를 낸단 말인가. 미치지 않고서야…….'

옥련의 말은 상당히 과하고 지나쳤지만, 기실 틀린 말은 아니었다. 그랬기에 한 마디 반박조차 할 수 없었던 것이다.

그들은 애당초 그런 관계였다.

시헌은 지체 높은 공자, 홍은 천한 기생. 모르고 만나지 않았고, 모르고 이끌리지 않았다.

옥련의 말 그대로였다. 첩으로 들일 것도, 양인으로 삼아줄 것도, 그렇다고 신분의 차이를 넘어 금기를 깨는 사랑을 할 것도 아니지 않은가. 마음이 갔던 것은 사실이었다. 그러나 그녀를 독점하겠노라 생각해 본 적은 한 번도 없었다. 세상에 일부종사하는 동기가 어디 있단 말인가.

"……선비님."

타박타박. 느린 발소리가 우뚝 멈추었다. 분칠을 했는지, 어둠 속에 새하얗게 뜬 얼굴로 서 있는 홍이 보였다.

"어찌 여기 계십니까? 혹시 저를 기다리고 계셨습니까?"

"홍아."

너를 기다렸다마다.

당연하게 혀 위에 얹히던 말을 시헌은 내뱉지 못했다. 그들 사이에 보이지 않는 벽이 세워진 것 같은 기묘한 느낌이었다.

"선비님, 술을 잘 드십니까?"

"어찌 그런 것을 묻느냐?"

"아까 자리에 계실 때, 술을 과하게 드시는 것 같았거든요."

일행이 주절대는 흰소리는 시헌의 심기를 거북하게 했다. 마음을 삭이려 그는 연거푸 술잔을 비웠었다.

"보고 있었던 게로구나."

나를.

홍이 천천히 고개를 끄덕였다.

"내내 보고 있었습니다. 선비님과 눈을 맞추고 있을 때뿐 아니라, 독무를 추고 있을 때도요."

하지만 홍을 보고 반가이 웃던 시헌은 어느 순간부터 그녀를 보고 있지 않았다. 동석한 사내들이 홍을 품평할수록, 한성에서의 그의 기행에 대해 떠벌리면 떠벌릴수록 시헌은 홍을 외면했다.

그래서 홍은 차라리 다행이라 여겼다. 보지 않아서, 저를 감상하지 않아서. 저렇게 타인처럼 애먼 술잔만 들이켜 주어서- 다행이라고.

"내가 야속하지 않았느냐?"

홍이 눈을 들어 시헌을 본다. 홍은 너울을 벗었지만, 대신 어둠을 가면 삼아 표정을 감추고 있었다.

"야속할 리 있겠습니까? 소녀는 기생이고, 선비님은 객이신 것을요."

야속했을까. 잠시, 아주 짧은 순간 야속했을지도 모른다. 그러나 그런 마음이 가당치않다는 것을 알았기에 야속하지 않다 말했다.

"그랬구나."

시헌의 음성은 나직했다. 까닭 없이 맥이 풀렸다. 그러나 한편으로 마음의 짐이 덜어지는 듯도 했다.

홍은 기생이구나.

당연하게도 알고 있었던 사실이 새삼스레 다가왔다.

사내의 눈길을 끌 수밖에 없는 얼굴과 색욕을 동하게 하는 눈, 낭창낭창하여 누구라도 손을 뻗지 않고는 배기지 못할 몸. 그런 것을 가진 처지에 천것의 운명을 타고났으니, 홍은 기생일 수밖에 없겠구나.

"……어찌 그런 눈으로 쳐다보십니까?"

홍이 반보 시헌에게 다가섰다. 그녀가 그의 눈을 바라본다. 충혈된 흰자위가 보였다. 술기운에 탁해진 눈에 물기가 번들거리고 있었다.

"취하셨나 봅니다, 선비님."

"이 정도로 취하지는 않는다."

시헌이 홍을 응시했다. 정신은 말짱했다. 차라리 취할 수 있었다면 좋았을 것이다. 취기가 몰려오는 게 아니었다.

"취한 게 아니라 나는…… 슬펐다."

홍의 까만 눈동자 안에 물음이 담겼다.

"무엇이 슬프셨습니까?"

"네 춤이. 아름다웠으나, 보고 있으니 슬펐다. 해서 끝까지 볼 수가 없었지."

갑자기 시헌이 픽, 웃었다.

"취하지 않았노라는 말은 취소해야겠다. 취했나 보다. 정녕 취했나 봐……."

취했다. 그것이 독주든, 홍이라는 여인이든 간에. 시헌은 완전히 만취했다.

"선비님께서 기뻐하시길 바라며 춘 춤인데……."

하지만 독무를 추는 내내 홍 역시 목구멍이 시큰하도록 슬프지 않았는가. 그러나 그녀는 굳이 그 사실을 입 밖으로 내지 않는다. 부질없는 일이었다.

"홍아."

"예, 선비님."

"문득 그런 생각을 했다. 네가 미천한 기생이 아닌 양반이었다면 말이다. 우리가 처음 마주쳤던, 눈보라 치던 그날 네가 반가의 규수 행세를 했던 것처럼."

눈보라 치던 그날. 시헌의 말을 듣는 순간 홍의 머릿속에 눈발이 자욱하게 휘날리기 시작했다.

"그랬다면 어땠을까, 좋지 않았을까 하는 생각이 들었다."

깊어가는 봄밤의 온화한 공기 속. 기억 속에서 밀려오는 청아한 설원의 향기. 홍의 머릿속이 온통 새하얗게 물들었다.

"저도 그리 생각했습니다."

"네가 기생이 아니라 양반이었다면 좋았겠다고?"

"아니요."

홍이 시헌을 응시했다.

군림하는 것의 반대말이 무엇인지 모르는 것이 분명한 사내를. 가지지 못한 게 뭔지 모르는 사내를.

"선비님께서 지체 높은 양반이 아니라, 저처럼 미천한 이였다면 어땠을까 하고 생각했습니다."

"……뭐라고?"

시헌의 미간이 움찔거린다. 그는 몇 차례 눈을 끔뻑거렸다. 도무지 이해할 수 없는 말을 들은 사람처럼 그는 홍의 말을 곱씹었다.

"그게 대체 무슨 뜻이냐?"

"소녀에게 그리 말하셨지 않습니까? 소녀가 기생이 아닌 양인이었으면 좋겠다고. 저도 선비님과 같은 생각을 했다는 말입니다."

시헌은 다시금 홍의 말을 되뇌었다. 그는 마치 누군가에게 세게 얻어맞은 듯한 표정이었다.

그래. 그런 생각도 할 수 있겠구나. 너와 나 사이를 가로지르는 보이지 않는 벽. 그 까닭이 네가 아닌 나일 수도 있겠구나…….

"선비님?"

홍이 시헌의 얼굴을 살폈다. 아무래도 또 말실수를 한 게 아닐까 싶었다. 그를 처음 만났던 날, 잘 알지도 못하는 문자를 쓰다가 곤란한 일을 자초한 것처럼.

"선비님, 소녀가 함부로 입을 놀렸습니다. 그저 선비님의 말을 듣고 재미 삼아 흉내 냈을 뿐입니다."

"아니다. 아니야."

간곡한 홍의 음성. 생각에 잠겨 있던 시헌이 그녀를 보았다.

"사과할 필요 없다. 불쾌하지 않아. 한 번도 생각해 보지 않은 일이라 곱씹고 있었을 뿐이다."

시헌이 안심하라는 듯 홍을 보며 웃었다.

홍에게는 문득 튀어나와 그를 당황시키는 별스러운 기질이 있다. 눈보라를 뚫고 처음 그녀를 마주쳤던 날에도 그 별난 행동에 한 방 먹었던 기억이 났다.

"홍아, 조금 가까이 와보아라."

"하지만……. 사람들 눈에 띄기 쉬운 자리입니다."

"그럼 나와 조용한 곳으로 도망이라도 갈까?"

"행수가 또 저를 찾을 겁니다. 오늘은 객이 많습니다."

홍이 어쩔 수 없다는 듯, 한 걸음 시헌에게로 다가왔다.

"왜 오라 하십니까?"

"네 얼굴을 좀 더 가까이서 보고 싶어 그렇다."

홍은 아름다운 여인이었지만, 결코 참하고 나긋나긋한 미색의 소유자는 아니었다. 언제 튀어나올지 모르는 가시, 언제 터져 나올지 모르는 독취. 홍의 아름다움에는 그런 비틀어진 부분이 있었다.

그것 때문일까. 그래서 자꾸만 생각하고, 자꾸만 고민하고, 자꾸만 안 하던 짓을 하게 되는 걸까…….

시헌은 한동안 홍의 얼굴을 응시했다. 화장을 한 탓에 그녀의 얼굴은 핏기 없이 새하얗고, 입술은 붉디붉었다. 그러나 희게 분칠을 하고 연지로 물들인 입술은 홍의 매력을 오히려 반감시켰다.

시헌은 홍을 보며 맨얼굴일 때가 훨씬 아름답다 생각했다. 마음껏 비틀리고, 마음껏 가시를 내보이고, 마음껏 생동하는 그녀가 훨씬 아름답다고.

"으음……."

불현듯 시헌의 손가락이 홍의 아랫입술에 닿았다. 홍의 입술을 물들인 연지가 시헌의 손가락 아래 짓뭉개졌다.

손끝이 입술에 닿았을 뿐인데, 몸에서 가장 작고 좁은 부위를 맞대고 있을 뿐인데……. 순식간에 열기가 몰려왔다. 더워지고 얼굴이 뜨거워졌다. 입안에 침이 고였다.

"……누가 봐요."

"보면, 정녕 아니 되느냐?"

"왜냐면 저는⋯⋯."

그때였다. 덜컹! 요란한 큰 소리를 내며 안뜰 가운데 위치한 방의 장지문이 열렸다.

"돈이고 나발이고, 더러워서 네놈들은 상대 안 해! 빌어먹을 것들, 저것도 객이랍시고!"

이윽고 머리끝까지 화가 치민 듯한 애랑이 욕지거리를 하며 튀어나왔다. 만취한 애랑이 비틀대며 뜰을 가로질렀다. 옷고름이 풀어져 드러난 가슴이 희게 출렁거렸다.

"염병할 것들!"

그 외에 갖가지 욕설들이 있었으나, 잔뜩 술에 취해 혀가 꼬인 탓에 알아듣기 힘든 말이었다.

객과 기생의 싸움이란 흥미를 불러일으키기 마련이다. 굳게 닫혀 있던 방문들이 탕탕탕 줄지어 열리며 사내들이며 기생들이 비죽 고개를 내밀었다.

"어찌 나리님들께서 사사로운 일에 이리 관심들이 많으시오? 별일 아니니, 어서 술이나 마저 드십시오!"

어느 방에선가 달려 나온 옥련이 혀 꼬부라진 소리로 구시렁대는 애랑을 부축하여 뒷방으로 사라졌다.

월야관에서는 드문 일도 아니었다. 기생을 욕보이기 좋아하는 고약한 성미를 가진 사내들이 적지 않았다. 객과 객 사이에 싸움이 흔하듯, 손님과 기생 사이에 싸움이 나는 일 역시 비일비재했다. 그나마 애랑쯤 되니 저리 패악이라도 떠는 것이리라.

한바탕 소란이 지나갔다. 잠시간 월야관은 기방답지 않은 고요에 휩싸였다. 그러나 이내 다시 둥둥- 울리는 거문고 소리가 들려오기 시작했다. 마치 아무 일도 없었던 것처럼.

"머잖아……. 저에게도 저런 일이 생기겠지요?"

"어찌 그리 생각하느냐. 점잖은 객들이 너를 찾을 것이다."

"선비님처럼요?"

"나처럼? 아니."

시헌이 피식 웃었다.

"나는 점잖지 않아. 너도 잘 알고 있듯이."

문득 홍의 표정이 미묘해졌다. 무슨 생각을 하는지, 홍은 시헌을 물끄러미 응시했다.

"아까 동행하신 나리께서 말씀하신 것처럼 말입니까?"

"……응?"

"선비님께서 한성에서 어떤 분이셨는지, 말씀하시는 것을 저도 들었습니다. 대단하신 분이라 말은 들었지만 그 정도일 줄은 몰랐거든요. 한성 기생들이 선비님께 안달복달했다는 이야기……."

"으흠."

시헌이 긍정도, 부정도 아닌 모호한 소리를 냈다. 혹시나 비꼬는 게 아닌가 싶었지만, 홍은 정말이지 아무것도 모른다는 듯한 표정을 짓고 있었다.

"그래서 여쭙고 싶었습니다. 그게 선비님의 본모습입니까?"

홍이 물었다. 그러나 진짜로 묻고 싶은 것은 따로 있었다.

"저도…… 선비님께서 취하셨던 많은 기생들 중 하나처럼 되겠습니까?"

홍이 내뱉은 말은 꽤나 직설적이었다. 그녀가 답을 종용하듯 시헌을 빤히 바라보았다.

"어찌 그런 말을 하느냐? 과거에 그랬다 하여 반드시 지금도 그러라는 법은 없다. 네가 보는 나를 믿어라. 다른 이의 말을 통하여 듣는 나를 믿지 말고."

"이상하여 그렇습니다. 평생 그리 사셨다는 분께서, 어찌 제게만 달리 행동하십니까?"

"……."

시헌은 한동안 말이 없었다. 그는 진지하게, 진심으로 홍이 던진 질문에 대한 답을 고심했다. 그도 알고 싶었다.

"나도 그 답이 궁금하구나. 어찌 내 너에게만 이리 안달복달하는 건지."

"저 때문에 안달복달하시는 줄은 몰랐습니다."

"몰랐다고?"

하, 시헌의 입에서 바람 빠지는 것 같은 소리가 흘러나왔다.

"어찌 모르느냐? 사내 앞에서 스스로 옷고름을 풀었으면서. 그뿐 아니라 내 옷고름을 네 손으로 채갔으면서. 내가 평온할 수 있다면, 그거야말로 이상한 것 아니겠느냐?"

"그런 것으로 안달하시는 분이었습니까?"

홍이 눈을 깜빡였다. 순간 시헌의 가슴 속에 무언가가 치달았다. 홍의 단순한 물음이 조롱처럼 들려 신경을 거슬렀다.

"평온한 건 내가 아니라 너겠지. 어느 사내 앞에서든 내 앞에서처럼 웃을 수 있고 춤출 수 있는."

라고 말하는 동시에, 시헌은 깨달았다. 해서는 아니 되는 말을 내뱉었다는 것을. 또 시작이다. 이러려던 게 아니었다. 언제나 그렇듯 그들은 또다시 어긋나고 뒤틀리고 있었다.

열이 났다. 심장이 뛰었다. 까닭조차 알 수 없는 화가 치밀었다.

"평온해 보였습니까?"

홍이 되물었다. 담담한 어조였으나, 시헌은 그녀의 눈동자에 비친 원망을 읽는다.

"남의 말을 듣지 말고, 제 눈에 보이는 선비님을 믿으라 하셨으면서……."

정작 저에 대해서는 그렇게 보고 계셨습니까?"

"홍아."

명백한 실수였다. 치졸한 비난이었다. 시헌이 홍의 손을 붙잡았다. 그렇게라도 하지 않으면 당장 그녀가 뒤뜰에 깔린 어둠 속으로 숨어버릴 것만 같았다.

그러나 홍은 손을 비틀어 그에게서 벗어났다.

"저한테 그리 말씀하셨었지 않습니까. 제가 거슬린다고. 눈에 밟힌다고. 저를 향한 감정이…… 무엇인지 알아야겠다고. 그 말씀을 하실 때는, 제가 어디서든 웃고 춤춰야 하는 계집임을 모르셨습니까?"

홍의 질타는 뼈아팠다.

"모르지 않았다. 실수로 튀어나온 말이야. 진심으로 그리 생각하는 것이 아니다."

"왜 저에게 화를 내시는지 모르겠습니다."

"너에게 화가 난 게 아냐."

시헌이 고개를 저었다.

화가 난 대상은 홍이 아니다. 정작 자신은 불만과 분노로 가득 찬 허섭스레기면서, 외척, 세도가의 아들, 거부의 조카— 그런 쓸데없이 고귀한 겉껍데기를 뒤집어쓴 탓에, 처음으로 마음이 동하는 여인에게 그렇다 말조차 못하는……. 제 더러운 주제에 화가 나는 거겠지.

"쓸데없는 소리를 지껄여서 네 마음을 다치게 한 나에게 화가 난 것뿐이다."

시헌이 다시금 홍에게 손을 뻗었다. 가는 손목이 그의 손아귀에 들어찼다. 이번에는 그녀도 손을 뿌리치지 않았다.

"이러려고 너를 찾아온 게 아니야. 이런 소모적인 말싸움을 하고자 했던 게 아니라고. 홍아, 나에게 너는……."

나에게 너는.

다가가고 싶은데, 가까이 다가가 안고 싶은데 이상하게 한 걸음씩 어긋난다. 비로소 제 마음을 깨달았다 여기면, 그 순간 또 한 번 뒤틀린다.

그녀에게 그리 말했던가. 홍을 향한 감정이 연모인지, 뭔지 알아야겠다고. 그러나 시헌은 여전히 알 수 없었다. 소유와 독점이 없는 연모라는 게 가당키나 할까. 만약 이 감정이 연모라면, 왜 홍과 그는 번번이 어긋나기만 할까. 마음을 내보이려 찾아가서는 대체 왜 분노하고 오해하며 화를 터뜨리는 걸까.

"선비님께 저는, 무엇입니까?"

시헌 대신 그녀가 물었다. 홍의 질문 앞에 시헌은 고심했다. 어쩌면 그는 알고 있었을지도 모른다. 그러나 결코 입 밖으로 낼 수 없었다.

"그저 거슬리는 계집, 눈에 밟히는 계집……. 그뿐입니까?"

담담한 목소리. 온도가 느껴지지 않는 음성. 그러나 건조한 홍의 말속에서 그는 간절함을 읽는다.

대답 대신, 시헌은 그녀의 얼굴을 양손으로 감쌌다.

어차피 말로 표현할 수 없는 감정이었다. 말로 표현해 봤자, 흰소리를 지껄이다 혼란으로 빠지고 마는 설명하기 어려운 감정이었다. 그러나 행동으로는 분명히 표현할 수 있었다.

시헌은 그대로 홍에게 입술을 겹쳤다. 조심성이라고는 찾을 수 없는 무모하고도 격한 행동이었다. 밀려오는 그의 무게 탓에 뒷걸음질 치던 홍의 등이 담장에 부딪쳤다. 쿵 하는 둔한 충격이 시헌의 몸에까지 전해졌다. 하지만 멈출 수 없었다.

그게 그의 마음이었다. 고귀지도, 숭고하지도 않은 마음. 세속적이고도 욕망에 찌든 마음. 더럽고 거칠고 혼란스러운 시헌의 진심이었다.

숨결이 미친 듯 뒤섞였다. 그들은 아플 만큼 서로에게 매달렸다. 누군가의 입술이 터져 입안으로 피 맛이 스몄다.

그 순간, 익숙한 목소리가 거문고 음률을 뚫고 들려왔다.

"홍아! 홍이 이년은 대체 어디 갔느냐?"

안채 뒤편에서 들려오는 옥련의 목소리.

그 무엇에도 물러날 것 같지 않던 욕망이 순식간에 사그라졌다. 처음부터 완벽하게 하나였던 것처럼 포개져 있던 입술이 찌덕 소리를 내며 떨어졌다. 시헌에게 매달려 있던 홍이 고개를 쳐들었다.

"흐웃……."

벌겋게 부풀어 오른 입술. 홍의 손이 시헌의 팔을 꽉 쥐었다.

"가야 해요."

그사이, 또다시 들려오는 옥련의 목소리. 홍의 얼굴에 당혹감이 스쳤다.

그녀가 시헌에게서 벗어나 몸을 돌렸다. 그러나 시헌이 홍의 팔을 붙들었다.

"선비님, 지금 가야……."

"나에게 합을 청한다 했지."

시헌과 홍의 시선이 얽혔다.

시헌의 눈동자에 비친 것은 오롯이 홍, 하나뿐이다.

"내 동이 트기 전에 네 방으로 가겠다."

도저히, 더 이상은 미룰 수가 없었다. 지나치게 커져 버린 욕망 탓에 그 스스로가 침몰할 것만 같았다.

원했다. 이토록 원해본 적 없을 만큼 홍을 원했다. 이 욕망을 터뜨릴 수 있다면, 시헌은 무엇이든지 할 수 있을 것 같았다.

"내 오늘 밤엔 반드시 그 약조를 지키겠다."

멀리 뒤편에서 다시금 들려오는 홍을 부르는 소리. 시헌이 홍의 팔에서 손을 떼었다.

홍이 그를 돌아보았다.

“기다릴게요.”

사내의 욕망과 다르지 않은 말을 남기고, 홍은 빠른 걸음으로 시헌에게서 멀어졌다.

✿

“대체 어디 처박혀 있다가 이제야 나타나는 게야?”

행수며 기생들의 방이 다닥다닥 붙어 있는 안채의 뒤편. 대청 위에 떡 버티고 서 있던 옥련이 홍을 보자마자 목소리를 높였다.

“내가 네년을 부르짖다 목구멍에 담이 걸릴 판이다! 대체 누가 상전이고 누가 아랫것인지 모르겠네.”

옥련이 도끼눈을 치떴다. 그러나 홍은 잘못했다 말조차 없이 말똥말똥 모르쇠다.

“아유, 망할 년. 박 생원네가 사랑에 들어 있으니 가서 얼굴이나 내비치도록 해.”

“예. 행수.”

“한데, 홍아.”

방금 전까지 성질을 부리던 것이 무색하게도 낯을 바꾼 옥련이 벼르던 질문을 던졌다.

“아까 최 향리께서 대체 무엇을 물으신 게야? 뭘 물어보려고 굳이 바깥까지 데리고 나간 게야?”

홍은 최만춘과의 대화를 상기했다. 그러나 특별할 것 없는 이야기였다.

“별거 아니었어요. 제 성씨를 물으시던데요?”

“그래?”

옥련이 미심쩍은 듯 입술을 배죽거렸다.

"고작 그거 물으려고 아씨 모시듯 너를 데리고 나갔던 게냐? 참 나, 허우대답지 않게 싱겁기는⋯⋯. 정말 그게 다야?"

"집안사람 중에 무슨 성이 있냐 물어보셨는데⋯⋯. 조씨였나⋯⋯."

"아유. 됐다, 됐어."

옥련이 고개를 절레절레 저었다.

"마누라가 일찍 죽었다던가. 죽은 마누라를 못 잊어서 십 년 동안 수절한다더니 별 해괴한 걸 묻고 다닌다니? 하여간에, 그 향리 양반도 어지간히 얼굴값 못 하는 모양이다."

옥련이 괜히 입맛을 다셨다.

"그런 허우대에 그런 얼굴이라니, 제 서방을 내다 버리고서라도 달려들 계집들이 천지에 널렸을 텐데. 그 나이 먹도록 홀아비라니 원."

옥련이 입을 배죽거렸다. 평생을 사내들과 부대끼며 살아온 그녀였지만 사내라는 종자들은 도무지 이해가 가지 않았다. 만일 옥련이 천한 기생이 아닌, 김시헌이나 최만춘쯤 되는 사내로 태어났더라면 그야말로 세상을 다 가지고도 남았을 것이다.

"그런데 행수, 아까 애랑이는 무슨 난리였답니까?"

시헌과 있을 때 안뜰에서 벌어졌던 소요를 떠올린 홍이 물었다.

"애랑이? 아유, 말도 마라. 어디서 건달패 같은 자들이 물을 흐려서⋯⋯. 술병을 깨고 머리채를 휘어잡고, 난리도 그런 난리가 없었다. 애랑이나 되었으니 그 정도로 끝났지⋯⋯."

옥련이 퍼뜩 떠올랐다는 듯 혀를 끌끌 찼다.

"내 뭐라 했어? 김시헌 그 선비를 조심하라 안 했느냐? 한성 유생이고 사대부의 자식이면 어디다 쓸까. 그렇게 쓸개 빠진 작자를 일행이랍시고 달고 오다니⋯⋯. 그 공자, 한성에서 어떤 꼬라지로 다녔을지 안 봐도 눈에 훤하다!"

"선비님이랑 애랑이 일이랑 무슨 관련이 있다고 그러십니까?"

"몰랐어? 그 지랄염병을 떤 작자들, 시헌 선비랑 같이 온 이들이었지 않으냐. 완인지 뭔지 하는 그 장작처럼 말라비틀어진 유생! 그 지랄병이 났는데, 정작 공자는 어디 갔는지 코빼기도 안 보이고……. 아유, 말을 말아."

아까의 난리가 다시 떠올랐는지 몸서리치던 옥련이 홍에게 시선을 던졌다.

김시헌은 물론이고, 최만춘을 다시 월야관으로 끌어들인 것도 결국은 홍이었다.

'확실히 머리 얹을 때가 되긴 했나 보네.'

어둠 속에서도 홍의 자태는 반짝반짝 빛나고 있었다. 근래 유독 얼굴에서 윤이 나고 사내들을 홀리는 게, 더 이상 대발식을 늦춰선 아니 되겠다는 생각이 들었다.

"뭐 해? 어서 박 생원한테 가보지 않고?"

용무를 마친 옥련이 몸을 휙 돌렸다.

"알았어요."

안채로 향하는 홍의 뒤통수에 옥련의 목소리가 들려왔다.

"시헌이라는 선비랑 붙어먹든 뭘 하든 간에, 절대 마음은 주지 마라. 내 좋은 말로 할 때 새겨들어야 한다. 그 공자, 결코 좋은 이가 아냐. 같이 어울리는 치들을 보면 알 수 있다. 알았느냐?"

"……."

들어도 듣지 못한 척. 홍은 걸음을 옮겼다.


퍽 고단했던 하루가 끝났다. 세간살이라고는 작은 반닫이 하나가 전부인 제 단칸방으로 돌아온 홍이 깊은 숨을 뱉었다.

여전히 안채에서는 거문고 소리와 흥을 돋우는 목소리가 들려오고 있었다. 동기가 된 이래 일이랄 거 없이 한갓지게 살아온 홍에게는 꽤나 분주했던 밤이었다.

홍은 꽤 많은 객들에게 얼굴을 보이고 춤을 추었다. 객들은 전주 술꾼들 사이에 알음알음 소문이 나 있던 홍의 등장을 몹시 반겼다. 대부분의 이들이 두둑하게 춤값을 내놓았다.

그러나 많은 이들 중, 홍은 이르게 다녀간 최만춘을 떠올렸다.

"이상한 사람이었어."

안타까운 일이다. 배움이 짧은 탓에, '이상하다'는 말 외에 다른 표현이 떠오르지 않는 것이.

그는 낯선 사람이었다. 최만춘은 지나치게 정중했고 과하게 깍듯했다. 제 곱절만큼이나 나이가 많은 사내 앞에서 그렇게 편안해질 수 있다는 것도 퍽 이상하게 느껴졌다. 그가 어깨에 걸쳐 주었던 답호는 질 좋은 비단으로 지어 한없이 매끄러웠다. 홍이 지금껏 느껴본 적 없는 따뜻한 배려였다.

그리고 시헌.

솔직히 말하건대 시헌과 일행의 방에 들었던 것은 그다지 유쾌하지 않았다. 아무리 기생인들, 마음에 담은 사내의 난잡한 과거를 듣고 싶어 하는 여인이 어디 있을까.

그러나 그는 자신을 믿으라 했었지. 타인이 말하는 김시헌이라는 자를 믿지 말고, 홍 그녀의 눈에 보이는 그를 믿으라 했다.

그녀에게 밀어닥치던 시헌의 뜨겁고 습한 숨결이 떠올랐다. 어쩌면 그가 그렇게 덤벼들 걸 알면서 부러 약을 올리고 자극했는지도 모른다. 홍의 입술을 탐닉하는 그는 굶주린 짐승 같았다. 그리고 그의 입술에 매달리는 홍 역시 오직 그 순간만을 기다린 사람 같았다.

"……."

스윽. 홍이 손등으로 제 입술을 문질렀다. 당연하게도 입술에 발랐던 연지는 흔적조차 남아 있지 않았다. 일부는 시헌의 손에 지워졌을 것이고, 나머지는 그의 입술이 먹어치웠을 것이다.

"내 동이 트기 전에 네 방으로 가겠다."
"내 오늘 밤은 반드시 그 약조를 지키겠다."

그의 탁한 음성이 떠올랐다. 그 말을 뱉던 시헌은 열에 들뜬 사람과 같았다. 그의 손은 아프도록 홍의 팔을 압박했다. 대답하기 전에는 결코 놓아주지 않겠노라는 의지를 담은 채.

"기다릴게요."

홍은 시헌에게 했던 말을 한 번 더 되뇌었다.

그 귀하다는 공자께서 야음을 틈타 도둑처럼 제 방에 들겠다 약조한 것이다. 기생 홍이 아닌, 여인의 몸으로 사내를 취하고자 한다는 되바라진 그녀의 청을 들어주기 위해서.

달칵— 홍이 살짝 문을 열어 문밖 하늘을 바라보았다.

유독 달이 가느다란 밤. 빛이 거의 없는 별당 뜰은 암흑이었다. 월야관의 하루도 이제 끝나가는 모양이다. 이제 거문고 소리는 모두 끊겼다. 안채 기둥마다 매달린 초롱불들도 차례로 빛을 잃고 있었다.

길어야 한 시진 후면 새벽. 시헌이 올 때가 다 되었다. 홍은 다시금 방문을 닫았다.

사락, 옷감이 스치는 소리. 조심조심 저고리며 푸른 치마를 벗고 단속곳 차림이 된 홍이 소셋물이 담긴 대야를 제 앞으로 가져왔다.

목욕재계는 못하더라도, 티 없는 고운 몸으로 그를 취해야지. 처음으로 사내의 품에 안기는 밤. 향기 나는 몸뚱이로 그와 합에 이르고 싶었다.

찰박. 찰박. 무명천에 물을 묻혀, 홍은 얼굴이며 목덜미며 드러난 살 위를 문질렀다. 물기 어린 살갗 위에 노란 등잔 불빛이 맺혔다. 말갛게

씻긴 살결이 투명하게 반짝였다.

홍은 이 방 저 방 옮겨 다니며 독무를 추느라 바닥을 쓸고 다녔던 푸른 치마를 고이 접어 반닫이에 넣었다. 잠시 망설이던 그녀가 찢겨진 홍치마를 꺼내들었다. 객들 앞에 나설 때야 결코 못 입을 옷이었으나, 시헌과 그녀 둘뿐이니 잘 갈무리하여 입으면 눈에 띄지 않을 것도 같았다. 무엇보다 홍은 저 붉은색이 입고 싶었다.

붉게 단장한 홍이 살짝 방문을 열었다. 이제 시헌에게 말하였듯 기다리는 것만이 남았다.

진짜 밤이 다가오고 있었다. 여인 홍이 선비를 취하는 밤.

쿵.

생각에 잠겨 있던 홍이 고개를 번쩍 들었다. 누군가 뛰어내리는 것이 분명한 소리에 이어 사람의 것이 분명한 기척이 들렸다. 최대한 소리를 낮춘 걸음 소리는 그녀의 방 근방에서 멈추었다.

그가 온 것이다. 홍이 한 뼘가량 열려 있던 방문을 활짝 열었다.

"선비님?"

분명히 뜰로 들어오는 기척을 들었다. 발소리는 홍의 방 근처까지 다가온 후에야 멈추었다.

장난질을 치는 것인지, 갑작스레 고요해진 사방이 이상하게 을씨년스러웠다.

"선비님."

주변의 동정을 살피느라 답이 없는 것일까?

신을 신은 홍이 뜰로 내려갔다. 달이 흐린 밤이라 밖은 칠흑처럼 캄캄했다.

"⋯⋯."

그때, 담과 별채 사이 비좁은 틈에서 움직이는 그림자. 홍이 희미하게 웃었다. 숨바꼭질이라도 하자는 겐가. 게다가 하필 저기 저리 숨어 있다니.

바로 그곳이었다. 시헌과 그녀가 비좁은 틈 안에서 서로를 미친 듯이 탐하던 그 장소. 등에 와 닿던 차가운 벽의 냉기, 그리고 그녀의 가슴을 누르고 다리 사이로 치닫던 뜨거운 열기가 떠올랐다.

주변을 살핀 홍이 재빨리 그에게로 다가섰다.

"선비님……."

그녀의 말과 동시에 쑥 튀어나온 팔이 그녀를 낚아챘다. 홍의 몸이 검게 입을 벌린 틈으로 순식간에 사라졌다.

"헉!"

홍의 입에서 가쁜 숨이 튀어나왔다. 그녀의 허리에 감긴 팔이 지나치게 몸을 옥죄고 있었다.

아팠다. 숨이 콱 막혔다. 먹은 것도 없는데 속에 든 것이 역류하여 뛰어나올 것만 같았다.

"아파요……. 손을 좀……."

순간, 그의 몸이 홍을 치받았다. 성인 둘이 들어가기에도 가뜩이나 비좁은 공간이었다. 홍의 등이 벽에 거세게 부딪쳤다.

"아앗!"

둔탁한 고통이 홍을 강타했다. 정신이 혼미하여 무슨 일인지 퍼뜩 파악이 되지 않았다. 어둠 속에서, 홍은 눈을 크게 뜨려 애썼다.

"아파……."

순간, 홍의 얼굴 위로 들이받듯이 겹쳐지는 사내의 얼굴. 홍이 숨을 멈췄다.

그는 시헌이 아니다.

시헌이 아니었다. 어둑어둑하던 시야가 그제야 길이 들었다. 온몸을 결박이라도 한 듯 꽉 짓누르는 사내의 마른 몸. 뼈마디들이 몸을 눌러 아팠다.

"조용히 해. 죽고 싶지 않으면."

음산하게 중얼거린 사내의 손이 홍의 옷고름을 잡아챘다. 부욱— 옷
자락 찢어지는 소리가 밤의 정적 속에 소름 끼치도록 선명하게 울렸다.

"돈푼을 받아 처먹었으면서, 술 한 잔 안 따르고 튀었지? 그래놓고 야
밤에 시헌이랑 붙어먹으려 기다리고 있었던 거야?"

"나, 나, 나리……."

"음탕한 년아."

사내가 끼득끼득 쇳소리처럼 킬킬댔다.

"그런데, 너, 시헌이 어떤 작자인지는 알아?"

완의 숨결에서는 술의 독취와 함께 썩은 냄새가 났다. 그의 손이 이
미 뜯어져 너덜거리는 홍의 옷섶을 잡아 뜯었다. 무엇 하나 보이지 않는
새카만 어둠 속에서 홍의 살결만이 허옇게 빛났다.

"제, 제발……."

살려달라 했던가. 잘못했다 애원했던가. 혹은, 제발 보내 달라 하소연
했던가?

극한의 공포와 몸을 에는 고통. 순간 홍의 얼굴로 완의 거무튀튀한
입술이 닥쳐들었다.

"으악!"

홍이 그의 입술을 깨물었다.

"이년이!"

욕지거리를 내뱉은 완이 홍의 뺨을 쳤다. 번쩍! 섬광처럼 새하얀 불
꽃이 튀었다.

"으아아악!"

갑자기 귀를 찢는 새된 비명소리가 들려왔다. 퍽! 하는 소리와 함께
어디선가 날아온 돌덩이가 완의 머리를 강타했다.

순식간에 일어난 일. 단발마의 소리와 함께 완의 눈이 허옇게 뒤집어

졌다. 완의 몸이 허물어졌다. 그의 무게가 몸에 실리는 통에 홍도 함께 바닥으로 주저앉았다. 제 몸을 누르는 무게가 더럽고 혐오스러웠다. 홍은 기를 쓰고 그에게서 벗어나 담장 틈 사이로 빠져나왔다.

"언니! 언니! 으아악!"

홍에게로 달려온 팥쥐가 그녀의 팔을 잡아끌었다. 순간 완의 입에서 길게 끄는 앓는 소리가 흘러나왔다. 그가 몸을 일으켰다.

피. 김이 무럭무럭 오르는 피.

그제야 홍은 깨닫는다. 팥쥐가 집어던진 돌덩이가 완의 머리를 깨버렸다는 사실을.

"이, 이 망할 년들이!"

완의 입에서 피거품이 끓었다. 그가 악귀처럼 홍과 팥쥐에게 달려들었다. 그때였다.

"홍아!"

그제야 나타난 시헌의 걸음이 우뚝 멈췄다.

피 칠갑이 된 완. 눈을 까뒤집기 직전인 팥쥐. 그리고 찢어져 만신창이가 되어 바람에 나부끼는 홍의 붉은 옷자락. 너풀대는 앞섶 사이 드러난 홍의 맨살을 본 시헌의 눈이 돌아갔다.

"으앗!"

순식간에 달려간 시헌이 완의 멱살을 틀어쥐었다.

"무슨 짓이냐!"

"무, 무슨 짓은! 재미있는 짓이지. 왜? 자네도 좋아하잖은가, 이런 거. 계집질, 난봉질, 남의 계집 데리고 노는 거! 그게 자네 특기잖아?"

"대체 무슨 헛소리를 하는 게냐?"

"왜? 부끄러운가? 너도 내 계집이랑 놀아났잖아?"

"개소리 지껄이지 마!"

"기억도 못 하시는가 보군! 하도 수많은 계집을 후린 까닭에 이름조차 잊은 게라고! 나 같은 샌님이 몇 년 동안 훔쳐보며 애태우던 계집을 끼고 뒹굴었지 않아? 그래서 되갚아주려고 했어! 나도 자네 계집 좀 끼고 놀아보려 했는데, 그건 안 되나?"

"닥쳐!"

키와 체격이 압도적으로 큰 시헌이었다. 이미 피를 본 완의 마른 몸이 바닥에 나뒹굴었다. 완의 몸을 깔고 올라탄 시헌의 주먹이 연달아 그의 얼굴에 내리꽂혔다.

퍽, 퍽! 뼈가 부서지는 것 같은 소리가 연거푸 울렸다. 피가 사방에 튀었다.

"이게 무슨 난리요!"

속곳 바람으로 뛰어나온 옥련이며 기생들, 졸다 뛰쳐나온 듯한 노복들이 우르르 시헌과 완에게 몰려들었다. 몸종 서넛이 시헌에게 들러붙어 그를 완에게서 떼어놓았다.

"놓아. 이 손, 당장 놓으라고!"

시헌의 외마디 비명이 포효처럼 울렸다. 바닥에 널브러진 완의 몸은 미동조차 하지 않았다. 그의 몸 아래 시커먼 피 웅덩이가 고여 있었다.

"크흡!"

죽은 듯 늘어져 있던 완이 피거품을 토했다. 목숨은 붙어 있는 모양이었다. 그가 퉤퉤 잇조각을 뱉어냈다.

"워, 워. 나리님! 고, 공자님! 제발 가만 좀……."

움직이는 완을 보고 다시금 시헌이 미쳐 날뛴다. 양옆에서 시헌을 붙든 몸종들은 진땀을 빼고 있었다.

"놓아라."

"놓으면 또 저 양반 나리를 두들겨 패실 것 아닙니까!"

"놓으라고!"

버럭, 고함을 지른 시헌이 노복의 팔을 뿌리쳤다. 대체 호리호리한 몸

어디에 저런 기운이 숨어 있는지 모를 노릇이다. 여차하다간 정말 송장이라도 치울 판이었다.

그러나 시헌은 바닥에 널브러져 꿈틀대는 완을 지나쳤다. 그는 완에게는 시선조차 건네지 않았다.

더럽다. 추접스러웠다. 완이, 그리고 완의 입을 통해 튀어나오는 과거의 자신이. 완은 난봉꾼이며 파락호로 이름을 날리던 과거의 김시헌을 상기시키는 추악한 거울이었다.

"홍아."

시헌은 홍에게 다가섰다. 모두가 시헌과 완의 싸움에 정신이 팔린 탓에, 팥쥐 하나를 제외하고는 누구도 홍의 곁에 있지 않았다.

바닥에 주저앉은 홍의 옷섶이 벌어져 저고리가 너풀거렸다. 실오라기 하나로 가까스로 붙어 있는 옷고름이 빙글빙글 돌아갔다. 길게 찢긴 치맛자락은 누군가에게 짓밟힌 듯 흙물이 들어 있었다.

"뭣들 해! 어서 홍을 안으로 데려가지 않고!"

옥련이 짜증스러운 목소리로 외쳤다. 이윽고 단속곳 바람으로 뛰쳐나온 기생들이 홍과 시헌 사이를 막아섰다. 온몸을 바들바들 떨고 있던 팥쥐가 그들에게 밀려 비틀대며 옆으로 물러났다.

"홍……."

허연 옷자락 사이로 보이는 홍의 얼굴. 시헌과 그녀의 시선이 마주쳤다.

그가 탐하고 또 탐하던 홍의 입술은 피칠갑이었다. 뚝뚝 흘러내리는 눈물과 입술에 맺힌 피가 뒤섞인다. 완에게 얻어맞은 뺨은 참혹하도록 부어올라 있었다. 홍의 어깨가 파들파들 떨렸다.

"홍……."

차마 마주하기 힘들 만큼 지독하게 슬픈 눈이었다.

되바라진 여인, 당돌한 여인, 그를 취하겠노라 선포했던 당찬 여인은 없었다. 힘에 짓눌리고 강제로 굴복당한 가련한 여인이 있을 뿐이다.

"가자, 어서. 방으로 가자."

기생들이 홍을 떠메다시피 부축했다. 마치 낚싯바늘에 허리가 걸려 죽은 물고기처럼 홍은 힘없이 끌려갔다.

"나인 줄 알고……."

자리에 서 있던 시헌이 망연히 중얼거렸다.

"나인 줄 알고 나왔던 거구나……."

내가 오늘 밤 너와의 약조를 지킬 것이라 했으니까. 너를 찾아가겠노라고, 동이 트기 전에 가겠노라고 내가 너에게 말했으니까…….

"아유, 참. 대체 이게 뭔 난리야."

안절부절, 옥련이 발을 동동 굴렀다. 동티라도 난 건지, 아니면 시주를 게을리 했다고 부처님이 노하셨는지도 모르겠다. 대체 이게 웬 날벼락이란 말인가.

"일단 저 나리 먼저 방으로 옮겨라. 누구든 나가서 의원을 불러오고."

일단 월야관에서 사람이 죽어 나가는 일만은 무슨 일이 있어도 막아야만 했다. 완은 눈코입이 분간 되지 않을 정도로 곤죽이 되어 숨만 붙어 있었다.

"소문이 퍼졌다간 낭패인데. 이를 어쩐담……."

울상이 된 옥련이 중얼거렸다. 입안이 바싹바싹 말랐다. 그러나 몸종이며 기생이며, 가뜩이나 가볍기 짝이 없는 월야관 식솔 여럿의 입을 어찌 다 막는단 말인가. 옥련이야말로 주저앉아 대성통곡을 하고픈 심정이었다.

날이 희뿌옇게 밝은 이후에야 상황은 정리가 되었다.

시헌은 옥련과 몇 마디 대화를 나눈 이후 월야관을 떠났다. 가까스로 의식을 찾은 완은 그가 머무는 일가의 집으로 업혀갔다. 그러나 얼굴은 물론 몸 곳곳이 부러지고 터진 데가 많아 한동안 성한 꼴로 다닐 수는 없을 것이다.

남은 것은 간밤의 소란을 목격한 월야관 기생들과 몸종들이었다. 옥련은 이 일을 입 밖에 발설했다간, 단 하나의 예외도 없이 매음굴에 팔아버리겠다 으름장을 놓는 것으로 입을 막았다.

"홍아."

그런 까닭에 옥련은 한참 후에야 홍의 방을 찾았다. 답이 돌아오지 않아, 옥련은 홍의 방문을 열었다.

"눈을 뜨고 있으면서 어찌 대꾸가 없니."

홍은 잠들어 있지도, 자리에 누워 있지도 않았다. 그저 오도카니 이부자리 위에 앉아 있을 뿐이었다.

옥련이 홍의 얼굴을 살폈다.

"어디 보자. 가만있어 봐라."

옥련의 손이 홍의 턱에 닿았다. 눈, 코, 입, 뺨과 턱, 광대……. 보기 흉하게 찢어진 입술과, 주먹에 맞았는지 퉁퉁 부어오른 왼뺨.

"옷 안도 좀 보자."

옥련이 홍의 상체에 손을 가져갔다.

"나중에 하면 안 됩니까?"

"……걱정이 되어 그렇지."

그나마 다행인 건 홍의 말투가 예전과 별다를 바 없다는 것 정도일까. 찬바람이 씽씽 부는 것이 평소의 홍과 다름없어, 옥련은 속으로 안도의 한숨을 내쉬었다.

기방에서 객이 기생을 욕보이려 드는 것은 드문 일이 아니었고, 대부분의 기생 역시 그런 일에는 이골이 나 있었다. 그러나 동기는 다른 존재였다. 아직 사내들과 부대껴 본 적 없는 동기를 건드리는 사내는 질이 나쁜 이들 중에서도 최악이었다. 어리거나, 담이 약한 동기 중에는 겁간을 당한 후에 정신을 놓는 이들도 왕왕 있었다.

"그래도 홍이 너는 기질이 단단하여 다행이다."

옥련이 홍의 등을 툭툭 두드렸다.

"놀랐을 게다. 그래도 이만하니 어디냐……. 홍아, 그자가 다른 데를 건드리지는 않았지?"

"왜요. 겁간이라도 당했을까 봐요? 대발식을 못 치를까 걱정하는 겁니까?"

"무슨 소리를!"

옥련이 당치않다는 듯 쯥, 잇소리를 냈다.

기실 그 정도로 눈치 없는 옥련은 아니다. 옥련이 별채에 도착했을 때는 이미 시헌이 완을 반죽음으로 만들어놓은 후였다. 그러나 홍의 저고리만 뜯겨 있었을 뿐 완도, 시헌도 옷을 제대로 챙겨 입은 상태였으니 흉한 일은 벌어지지 않았다는 것은 짐작할 수 있었다.

"내 아무리 돈돈거리는 년이지만, 동기가 그런 일을 당했는데 머릿값 걱정을 할 만큼 철면피는 아니다!"

쏘아붙인 옥련의 표정이 금세 누그러졌다.

"너도 놀라고 당황하여 그런 게지. 그리 흉한 일을 당했으니……. 얼마나 놀랐을꼬. 이리 와라, 내 새끼."

옥련이 홍을 끌어안았다. 지금껏 처음 있는 일이었다. 옥련의 어깨에 어색하게 고개를 얹은 홍이 눈을 깜빡였다.

감동해야 하는 걸까. 울거나, 흐느끼거나, 역시 기생 어미 당신뿐이라고 눈물을 쏟아야 하는 순간인가……. 그렇게 생각하자니 코끝이 뜨뜻한 것도 같았다. 그러나 꿀꺽, 홍은 치밀어 오르는 감정을 삼켰다.

제 잘못이 아니다. 잘못을 한 것은 완이라는 미친 작자였다. 미친개에 물렸다고 엉엉 우는 꼴을 보이고 싶진 않았다.

울지 말자, 제발.

"그런데 그 공자는 어찌하여 싸움에 끼어들게 된 게냐?"

홍의 등을 두드리던 옥련이 은근슬쩍 물었다. 그 와중에도 궁금한 것은 못 참겠는 모양이었다.

"너를 찾아 기웃거리기라도 한 게야? 아무튼, 내 어제 경고하지 않았어? 그 완이라는 작자, 미친놈이라고. 분명 시헌 공자도 정상은 아닐 게다. 보았지? 그자를 두드려 팰 때 눈깔 돌아가는 거. 어휴, 소름 끼쳐서 원……."

옥련이 부르르, 몸서리를 쳤다.

"그건 그렇고, 홍아. 혹시나 그 작자 몸에 상처를 내진 않았지? 천것이 양반 몸에 흠을 냈다고 관에 고발이라도 했다간……."

옥련이 절레절레 고개를 저었다. 동기를 겁간하려 들었던 자였으니 더한 일을 하고도 남을 것이다.

옥련의 말을 들은 홍의 뇌리를 스치는 기억. 그녀에게 엉겨 붙던 역겨운 몸뚱이와 퍽! 소리와 함께 허물어지던 몸…….

완의 머리는 거의 구멍이 뚫렸다고 해도 좋을 만큼 찢겨 있었다. 팥쥐가 내던진 큰 돌덩이 때문에 생긴 상처였다. 그때 팥쥐가 나타나지 않았다면 제게 무슨 일이 생겼을지 모른다.

"그 사람 머리통 깨부순 거, 제가 그랬어요."

"뭐라?"

화들짝 놀란 옥련이 허리를 곧추세웠다. 그녀의 눈이 등잔불만 해져 있었다.

"공자가 아니라 네가 그랬다고?"

"손에 잡히는 돌이 있어서 찍어버렸어요."

기실 홍이 아닌 팥쥐가 한 짓이었으나, 이 방법밖에 없었다. 만에 하나 양반을 해했다는 죄로 장형이라도 맞게 된다면 큰일이었으니까.

짙은 한숨을 내뱉던 옥련이 고개를 흔들었다. 그럴 리 없다고 자위하는 듯했다.

"됐다. 잊어버려라. 어차피 시헌 공자께서 반죽음을 만들어놔서, 당분간 거동도 제대로 못 할 테니. 정신이나 온전할지 모르겠다. 목숨이 붙어 있는 게 기적이지 뭐야."

말을 마친 옥련이 홍의 얼굴을 빤히 바라보았다.

"아유, 독한 년."

갑작스레 내뱉는 말에, 홍이 인상을 찌푸렸다.

"왜 뜬금없이 욕입니까?"

"독한 년……. 그런 일을 당해놓고서 눈 하나 깜빡 않는 거 봐라. 아유, 찔러도 피 한 방울 안 나올 년."

내 새끼네 뭐네 하며 안 하던 소리를 하더니만 할 만큼 했다 여기는 모양인가. 홍이 옥련에게서 시선을 거두었다.

독한 년, 냉정한 년, 피도 눈물도 없는 년. 옥련은 늘 그렇게 홍을 부른다. 마치 홍에 대해 손바닥 보듯 잘 알고 있다는 듯이.

그러나 옥련은 홍에 대해 아무것도 모른다. 정말로, 손톱의 때만큼도 모른다…….

"그래도 이만하니 다행이지. 이런 일 한 번 겪었다고 죽네 마네 날뛰거나 정신을 놓아버리는 계집보단 홍 네가 낫다."

"병 주고 약 주는 겁니까?"

"진심으로 하는 소리야, 이것아. 재수가 없었다고 생각하면 그만이다. 네가 동기이니 이만큼이나마 신경 써주는 게야. 기생이 되면 옷 찢기는 거야 부지기수고 억지로 배꼽 맞추는 일도 허다하다. 우리 같은 인생은 다 그런 거란다. 저런 치들, 살다 보면 많이 만난다."

"미리부터 좋은 경험 했으니 다행이라 여겨야 합니까?"

"말하는 본새 하고는. 호들갑 떨 것 없다는 소리야. 그래도 네년은 복 받았지. 김시헌이라는 공자가 아주 눈을 까뒤집고 달려들더만. 언제까지 좋아 지낼지 모르겠지만, 당분간은 어떤 미친놈도 홍 너는 못 건드리겠다."

자리에서 일어난 옥련이 홍을 돌아보았다.

"살아 있으니 됐어. 어디 부러지거나 떨어져 나가지 않았으니 된 게다. 며칠 동안은 별당 밖으로 나오지 말고 푹 쉬도록 해라. 내일은 목욕물을 들여줄 테니 그리 알고."

달칵. 방문이 여닫혔다. 옥련이 떠난 방 안, 홍 홀로 남았다. 홍이 손등으로 제 입술을 쓱 닦았다. 찢긴 입술에 져 있던 피딱지가 뜯겨나갔다. 그녀가 인상을 찌푸렸다.

똑. 똑. 또다시 피가 흐른다.

"이런 것 따위."

아무것도 아냐.

제 입술에 상처가 났다면, 그 더러운 작자의 것은 아예 깨물어 버렸으니까. 그 정도로 끝내선 안 됐는데. 아예 혀를 물어뜯어 내던져 버렸어야 했는데.

"그럴 것을……."

툭. 눈물이 뺨을 굴렀다.

홍이 닫힌 문을 바라보았다. 옥련은 떠났다. 별당에는 다시금 홍 혼자뿐이다. 이제야, 비로소 혼자뿐이다.

홍의 몸이 바닥으로 허물어졌다. 손이 파르르 경련했다. 어깨가 바들바들 떨렸다. 이가 거세게 부딪쳤다. 눈물이 쏟아졌다.

"……으흐흑."

마침내 마음껏 울 수 있게 되었다.

❀

강영완은 종일 분주했다.

상단을 움직이기에는 아직 이른 봄. 겨울부터 춘삼월까지 하는 일 없이 집에 머물며 휴식을 취하는 것이 강영완의 낙이었다. 그러나 그날, 강영완은 이른 아침부터 저녁까지 전주 곳곳을 쏘다녀야만 했다. 간밤에 월야관에서 일어났던 큰 소동의 주인공이 바로 시헌이었기 때문이었다.

"너는 괜찮은 게냐?"

어스름이 몰려온 후에야 집으로 돌아온 강영완이 시헌을 사랑으로 불러들였다.

방자하다 싶을 정도로 외숙부 어려운 줄 모르는 시헌이었으나 그 역시 이 날만큼은 경직되어 있었다. 그가 자리가 불편한 듯 몸을 비틀었다.

"다친 데는 없고? 의원에게 보이는 것이 낫지 않겠느냐?"

"흙바닥에 조금 구른 것뿐입니다. 다친 곳은 전혀 없습니다, 외숙부."

"으흠."

강영완이 종일 사람들을 만나느라 잠긴 목을 풀었다. 시헌의 손이 그의 눈에 들어왔다. 주먹이며 손가락 뼈마디마다 터진 피딱지와 긁힌 자흔이 선명했다.

"아무리 글공부를 접었다지만 붓을 쥐는 선비 손이 그게 무어냐."

"……."

"하기야. 그 완이라는 자를 초주검으로 만들었으니, 네 손이 망가질 만도 하지."

"송구합니다."

이번에는 진심이었다. 시헌은 진심으로 외숙부에게 미안함을 느꼈다.

완의 상태는 심각했다. 그는 코뼈가 주저앉았을 뿐 아니라 치아 여러 개가 부서졌다. 퉁퉁 부어오른 얼굴은 눈코입이 분간되지 않을 정도로 곤죽이었다. 명의에게 치료를 받은들, 족히 두어 달은 바깥출입이 힘들 만한 부상이었다.

불행인지 다행인지, 완의 집안은 투전으로 패가망신하기 직전이었다. 강영완은 돈으로 그들의 입을 막았다.

"그리고 힘써주셔서 고맙습니다."

시헌이 강영완에게 고개를 숙였다. 모르긴 몰라도, 꽤나 큰돈이 들었을 것이다. 게다가 고맙게도 강영완은 시헌의 본가에 기별하지 않고 일을 마무리 지었다.

"완이라는 자 말이다. 한성에서 가까이 지냈었느냐?"

"아닙니다. 투전판에서 얼굴을 익혔을 뿐, 왕래하거나 지인이랄 수 있는 사이는 아니었습니다."

"잘 알지도 못하는 자와 기방을 갔단 말이냐?"

"입이 열 개라도 할 말이 없습니다."

강영완이 끌끌, 혀를 찼다.

"내 알아보았다. 대단히 질이 나쁜 작자이더구나. 한성에서 이미 기생을 겁간하고 두드려 팬 것이 문제가 되어 이리 쫓겨 온 것이라더군. 유월이라고 꽤 유명한 일패라던데, 그자에게 그런 꼴을 당하고 반 폐인이 되었다고 한다."

"유월이요?"

시헌이 낮은 신음을 내뱉었다.

월야관에서 술을 마실 때 완이 화제에 올렸던 유월이라는 기생. 기실 시헌에게는 가물가물한 이름이었다. 그러나 분명 그가 아는 기생임이 틀림없었다. 목청이 좋아 곡조를 잘 뽑았던가, 아니면 가야금을 잘 탔던가. 기억은 분명하지 않았다. 지랄병이 나 죽지 못해 살던 시절, 몸을 섞었던 여러 기생 중 하나일 것이라 추측할 뿐이다.

"콧대 높은 일패기생이 저를 거들떠보지 않으니, 무시한다 여겨 욕을

보인 모양이다. 한심한 작자이지. 어디 할 짓이 없어 인두겁을 쓰고 그
런 짓을……."

강영완이 끌끌 혀를 찼다.

"그나저나, 시헌 너는 그 시간에 왜 월야관에 있었던 게냐? 어찌하여
그자와 싸움에 휘말린 게야?"

"……술을 늦게까지 마셨습니다."

거짓. 그러나 어찌 동기와 밤을 보내기 위해 기방을 기웃거렸다 말할
수 있겠는가.

무어라 운을 떼려던 강영완이 입을 다물었다. 그는 알면서도 속아주
는 듯했다.

"내 일처리를 모두 마쳤다. 그 일로 관에서 조사를 나오거나 하지는
않을 게다. 완이라는 자 역시 입막음을 했으니 다시 볼 일 없을 것이다.
월야관이야, 기방의 명운이 달린 일이니 행수기생이 알아서 입단속을
하겠지."

강영완이 시헌에게 시선을 던졌다. 시헌은 굳은 표정으로 그의 말을
경청하고 있었다.

시헌 역시 속이 시끄럽겠지. 무엇보다, 한성의 어머니나 중전마마에게
이야기가 들어갈까 전전긍긍하고 있을 것이 분명했다. 강영완은 내내
궁금하던 질문을 던졌다.

"홍을 두고 싸움을 벌인 게냐?"

"그런 것은 아닙니다."

완이 저와 싸움을 벌일 주제나 되는 자이던가. 치졸하고, 더럽고, 추
악한 본성을 가진 놈이었다.

"알았다. 너도 피곤하겠지. 들어가서 쉬어라."

"예, 숙부."

시헌이 꾸벅, 강영완을 향해 인사를 올렸다.

"시헌아."

사랑을 떠나는 시헌을 강영완이 불러 세웠다. 시헌이 뒤를 돌아보았다.

"당분간은 향교도, 기방에도 들락거리지 말고 집에 머물러라. 요새 한성에서 내려온 별감들이 풍패지관에 들락거린다. 괜한 소문이 중전께 들어가면 좋을 리 없으니."

"예, 숙부."

시헌이 사랑방을 나섰다. 강영완의 말마따나 종일 한숨도 자지 못한 탓에 피로가 몰려왔다. 긴장이 이제야 풀렸는지 뒤늦게서야 손의 뼈마디가 시큰거렸다. 딱지가 앉은 제 주먹을 내려다보자니 피 칠갑이 된 완의 얼굴이 떠오른다.

"제길."

시헌이 욕지거리를 내뱉었다. 여전히 분이 풀리지 않았다.

죽여 버렸어야 했다. 다시는 볼품없는 하초(下焦)를 놀리지 못하도록 코가 아닌 허리를 부러뜨려 버렸어야 했다. 찢겨져 휘날리던 홍의 치맛자락이 뇌리에 선연했다.

잘게 떨리던 어깨, 그를 바라보던 눈동자.

홍에게 가고 싶었다. 바닥에 허물어져 흐느끼던 홍의 어깨를 한 번 안아주지도 못한 것이 마음에 맺혔다.

완과 어울린 제 잘못이다. 그가 술자리에서 흰소리를 늘어놓을 때 진 즉 알아봤어야 했다. 홍이 버젓이 옆에 있음에도 사람이 아닌 물건 대하듯 하고, 세치 혀로 농락하려 들고, 끈적하게 희롱하고…….

"자네도 좋아하잖은가, 이런 거."

"아니야."

시헌이 내뱉었다. 그는 완처럼 지저분하게 놀지 않았다. 한량이었고, 난봉꾼이었고, 파락호이며 오입쟁이라는 불명예스러운 별명을 훈장처럼 달았을지언정, 여인을 겁간하거나 제가 싫다는 걸 강제로 취한 적 없었다.

"계집질, 난봉질, 남의 계집 데리고 노는 거, 그게 자네 특기잖은가!"

"아니라고!"
무심코 입에서 큰 소리가 튀어나오고 말았다. 마당을 쓸던 몸종이 화들짝 놀라 시헌을 바라보았다. 이를 꽉 문 채, 시헌은 급히 제 방으로 걸음을 옮겼다.
"죽여 버릴걸."
감히 홍에게 손을 댔다. 감히 제가 처음으로 마음에 담은 여인에게……. 제 방에 도착한 시헌이 바닥에 널브러졌다. 세상이 핑핑 돌았다. 지금껏 제가 뭘 하고 살았는지, 얼마나 더럽고 추잡한 몰골을 하고 있었는지 알 것 같았다. 그리고 그로 인해 소중한 것을 다치게 했다는 사실이 이제야 똑똑히 느껴졌다.

❀

나무로 만든 목욕통 안에서 뿌연 김이 무럭무럭 솟았다. 홍은 목욕통 안으로 손을 넣어 물의 온도를 가늠했다.
손끝에 스미는 열기. 조금 뜨거운 듯싶었지만 나쁘지 않았다.
치마와 저고리가 바닥으로 떨어졌다. 잠시 망설이던 홍은 속저고리역시 벗어 바닥에 떨구었다. 이내 홍은 단속곳 외에 가슴싸개만 두른

차림이 되었다. 그녀가 조심조심 목욕물에 몸을 담갔다.

"아……."

몸을 감싸는 따끈한 물살. 절로 낮은 신음이 흘러나왔다. 홍이 지그시 눈을 감았다. 몸이 나른해졌다. 온몸의 긴장이 풀어지고, 점점 뜨거워지고…….

순간 떠오르는 그 밤의 기억에 소스라치며, 홍은 눈을 번쩍 떴다.

그녀가 세차게 머리를 흔들었다. 끔찍한 기억을 털어내고 싶었다. 하지만 쉽게 잊히지는 않을 것이다. 옥련 앞에서는 애써 멀쩡한 척을 했을 뿐이다. 약한 꼴을 보이고 싶지 않았기 때문이었다.

그러나 홍은 밤새 잠을 이루지 못했고, 작은 소리에도 깜짝깜짝 놀라 새하얗게 질리곤 했다. 가까스로 잠이 든 후엔 악몽을 꾸었다. 숨통을 옥죄던 손길, 누렇게 뜬 더러운 눈동자, 역겨운 침 냄새와 피 냄새…….

그런 것들이 홍을 괴롭혔다.

"하아……."

스르르, 홍이 몸을 뒤로 기대었다. 머리카락과 뒤통수, 이윽고 얼굴마저 목욕통 속에 잠겨 버렸다. 물속에 잠긴 홍이 긴 숨을 내쉬었다. 부글부글 물방울이 올라왔다.

일단 씻자. 깨끗이 몸을 닦아내자.

오랜만의 목욕이었다. 평소에는 물 한 동이로 아껴가며 씻는 것이 고작이었다. 더군다나 더운 물 목욕이라니. 웬만한 기생들에게도 흔치 않은 일이었으니, 동기인 홍에게는 쉽게 허락될 리 없는 호사였다.

"어, 언니……. 몸을 닦을 천을 가져왔어."

문밖에서 들리는 팥쥐의 목소리.

"들어와."

이내 나무문이 빼꼼 열리고, 하얀 광목천을 껴안은 팥쥐가 안으로 들어왔다. 뿌연 김 때문에 시야가 흐린 모양이다. 팥쥐가 허공에 팔을 휘휘 저었다.

"여기 놓고…… 갈까?"

갈게, 도 아닌 갈까? 라고 묻는다. 생각해 보면, 홍은 그 밤 이후 팥
쥐에게 마음을 쓰지 못했다.

"팥쥐야. 이리 좀 와봐."

"으응."

팥쥐가 쭈뼛대며 홍에게 다가왔다. 눈을 둘 데가 없는지 팥쥐가 어색
하게 시선을 떨어뜨렸다.

"같은 여자끼리 뭘 그리 부끄러워하니? 내가 홀딱 벗은 것도 아닌데."

그제야 팥쥐가 고개를 들었다.

"……모, 몸은 괜찮아?"

"괜찮아."

몸이야, 괜찮았다.

"입술이야 곧 나을 거고, 뺨이 부어올랐던 것도 다 가라앉았고……."

홍이 멀뚱멀뚱 서 있는 팥쥐를 바라보았다. 기억이 떠오를 때마다 애
써 털어내려 애쓰던 그 밤의 장면이 눈앞을 스쳤다.

우악스럽게 밀려들던 사내. 비쩍 마른 비루한 몸뚱이였으나 사내의
완력은 엄청났다. 짐승 같은 자에게 겁간당할 것이라는 공포에 잠식되
어 옴짝달싹할 수 없을 때, 커다란 돌덩이가 날아와 사내의 머리를 강
타했다.

"팥쥐야."

"응?"

"너 때문에 내가 살았다."

"……."

팥쥐는 묵묵부답이었다. 눈을 끔뻑이던 팥쥐가 고개를 떨어뜨렸다.

홍은 다시금 실감했다. 팥쥐는 어린애였다. 고작 열 살, 평범한 계집

아이였다면 결코 모진 노동으로 내몰리지 않았을 나이. 그렇게 어리디
어린 팥쥐가 그녀를 구했다.

"언니······."

"왜 울고 그래······."

뚝. 뚝. 팥쥐의 눈에서 굵은 눈물방울이 쉼 없이 떨어지고 있었다.

홍에게만 상처로 남은 밤이 아니었다. 팥쥐 역시 공포에 질렸으리라.
손에 들기도 버거운 큰 돌덩이를 집어 던지는 데는 큰 용기가 필요했을
것이다. 홍이 그러하듯, 팥쥐 역시 그 끔찍했던 밤의 장면들이 수시로
떠올라 몸서리쳤을 것이었다.

"미안해. 너는 나를 위해서 그리 큰일을 해줬는데, 정작 나는 방에
틀어박혀 있느라 마음도 못 써주고. 많이 놀랐을 텐데······."

"어, 언니가 뭐가 미안하다고 그래? 나, 나는 아무렇지도 않아. 진짜
로······."

"그런데 왜 그리 울어? 너답지 않게."

팥쥐가 손등으로 눈가를 쓱 닦았다.

"소, 속상해서 그래. 분이 치밀어서! 주, 죽여 버렸어야 했는데, 좀 더 있
는 힘껏 쳐서 요절을 내버렸어야 했는데! 그렇게 하, 할 수 있었는데······!"

팥쥐가 꾹 쥔 작은 주먹을 허공에 대고 흔들었다. 조그만 몸뚱이가
바들바들 떨렸다. 뿌드득 이 가는 소리가 났다.

"내 언제고 기필코 죽여 버리고 말 텨. 그, 그러고 말 거야!"

팥쥐는 지나친 흥분 상태에 이르러 있었다. 이대로 방치하면 발작을
일으킬지도 몰랐다.

"팥쥐야."

홍이 팥쥐의 어깨를 붙들었다. 더운물에 젖은 팔 때문에 금세 팥쥐의
어깨도 흠뻑 젖었다.

"진정해. 나는 괜찮아, 정말로······. 그런 짓 하지 마."

"괜찮긴 뭐가 괜찮아! 하. 한잠도 못 자잖아. 계속 무서운 꿈이라도 꾸는지 벌떡벌떡 일어나잖아!"

"나야 차차 나아지겠지. 그 작자, 선비님께 흠씬 두들겨 맞아서 당분간 사람 구실하기는 힘들 거라던걸."

"그거야 다, 당연한 일이지! 언니한테 그런 몹쓸 짓을 하려고 했는데 용서가 돼?"

"용서라니. 용서하는 게 아냐. 나는…… 그자에 대해 생각하는 게 아니라고."

홍이 말을 이었다.

"하지만 네가 다치는 건 싫어. 안 그래도 돌로 그 작자 머리를 친 것 때문에 얼마나 걱정했는지 알아? 그런 세상이잖아. 양반이야 천것을 밟아 죽여도 벌을 받지 않지만, 우리 같은 천것이 양반을 건드렸다간……."

홍의 얼굴에 씁쓸한 표정이 떠올랐다.

"나는 네가 그러지 않았으면 좋겠어."

"나, 나는 괜찮아! 들키지 않을 거야! 그럴 수 있어!"

"대체 무슨 생각을 하는 거야. 쪼끄만 게."

홍이 헛웃음을 지었다. 그녀가 팥쥐의 머리를 다정히 쓰다듬었다.

"내가 안 괜찮다고. 그러다 행수가 너를 팔아버리기라도 하면 나는 어떡하니? 이렇게 나를 아껴주는 네가 다른 데로 가버리면."

"어, 언니……."

팥쥐의 어깨가 아래로 툭 떨어졌다. 조그만 어깨가 흔들리기 시작했다.

"왜 또 울어……. 응? 내가 뭘 잘못했어?"

"아니야……. 자, 잘못은 무슨……. 그, 그, 그런 거 아니야……."

"세상에 울 일도 많다. 뚝 해, 어서. 뚝."

홍이 훌쩍거리는 팥쥐의 등을 쓰다듬었다.

팥쥐에게는 홍뿐이었다.

세상 분별을 하기 시작한 그 순간부터, 알에서 깨어나 처음으로 사람을 본 미운 오리 새끼처럼. 팥쥐의 세상에는 오직 홍 하나뿐이었다.

7장. 만춘(晚春) 一

며칠이 흘렀다.

겨울은 완전히 뒤안길로 사라졌다. 봄은 빠르게 세상을 점령했다. 하루가 지나면 멀찍이 보이는 뒷산자락에, 또 하루가 지나면 아낙들이 세답을 하는 빨래터에, 다음날엔 월야관 뜰 안까지 봄이 침범했다.

앙상하던 나무 곳곳에 새순이 돋고 꽃망울이 맺혔다. 바람에 정체 모를 달콤한 향기가 뒤섞였다.

꽃향기가 벌과 나비를 불러들이듯, 기생이라는 꽃을 찾아 몰려드는 사내들로 온 기방이 가장 분주한 계절. 봄이 온 것이다.

그날의 사고로 인해 홍은 한동안 두문불출했다. '독한 계집'이라는 옥련의 말을 증명이라도 하듯 그녀는 감정의 동요를 내비치지 않았다. 그러나 드러내지 않는다 하여 어찌 속이 성할까. 속에서 울컥울컥 무언가가 치달아 오를 때마다 홍은 옥련의 말을 떠올리곤 했다.

"살아 있으니 됐어. 어디 부러지거나 떨어져 나가지 않았으니 된 게다."

"잊어야 살아."

가끔 홍은 입버릇처럼 중얼거렸다. 그것이 스스로에게 던질 수 있는 유일한 위로였다.

"언제 이렇게 피었대……."

뜰을 거닐던 홍이 자리에 멈춰 섰다.

담장 옆에 자리 잡은 홍매화 꽃망울이 활짝 열려 있었다. 손에 닿으면 물이 들 것 같은 선명한 홍색이 가지 곳곳에 피어나는 중이었다. 제 뜰 한가운데 덜컥 피어난 붉은 꽃. 그것을 보는 홍의 마음도 삽시간에 붉어졌다.

시헌은 그날 이후 월야관에 모습을 드러내지 않았다. 지난 며칠간, 홍은 의식적으로 그를 떠올리지 않으려 애썼다. 그 밤의 기억을 상기하고 싶지 않아서였다.

기생들에게 부축되어 떠메어지듯 방으로 들어갈 때, 흰 소복들 사이로 보았던 그의 눈빛. 망연히 홍을 응시하던 그 슬픈 눈을 그녀는 영영 잊지 못할 것이다.

"왜 안 오십니까, 선비님."

홍이 낮게 중얼거렸다. 그녀는 시헌이 보고 싶었다.

해가 중천인 시각, 방문객이 홍을 찾아왔다. 월야관 기생들의 옷을 대주는 시전 포목점의 여종이었다.

여종이 옷감이며 바늘쌈지며 지필묵을 주섬주섬 늘어놓았다. 본래는 사노비였는데 제 주인의 아들과 눈이 맞아 첩실 노릇을 하고 있다는 여인이었다. 그녀가 홍을 보며 음흉하게 웃었다.

"몇 달 사이 꽃처럼 피었네. 월야관 동기 곱다는 소문이 정녕 헛소문은 아니었나 보오. 혹시라도 우리 주인양반 오시거들랑 눈길도 주지 마소."

여종이 싱글대며 고개를 까딱거렸다.

"치수를 재야 하니께, 저고리니 뭐니 거추장스러운 것들일랑 좀 벗어보시오."

여종은 원래 주저리주저리 말이 많았다. 홍은 군말 없이 저고리와 치마를 벗었다. 흰 살결을 본 여종이 감탄사를 내뱉었다.

"아이구마, 계집이 보기에도 이리 탐스러운데 사내들은 아예 눈이 휙휙 돌아가겠소. 뭣 하러 옷을 맞춘당가? 누더기를 걸친대도 속살 한 점 내보이면 나랏님도 홀리겠소만."

홍이 여종에게 지친 시선을 던졌다. 귀가 따가웠다.

"얼른 치수나 재요."

홍이 내뱉었다. 그 말을 들은 여종이 헤실헤실 웃었다.

"앙칼지기도 해라. 아이구야, 그런 눈깔로 앙탈이라도 부리다가, 남정네들 바지춤이 죄다 터져 나가면 어쩌려구? 주인 영감한테 말해서 포목점에 바지 좀 많이 지어놓으라 해야겠네. 동기 덕분에 바지 팔아 떼돈 벌겠소."

"……그리 떠드는 사이에 열 번은 쟀겠어요."

"헤헤. 나가 좀 말이 많지라? 안 믿겠지만, 늘 그러는 줄 아는가? 자네가 너무 고와서 그라지."

"좀……."

턱— 여종이 홍의 가슴에 무명실을 꼬아 만든 끈을 둘렀다. 몸 곳곳에 끈을 대 표시한 후, 그것으로 치마며 옷소매며 어깨의 길이를 맞추려는 것이다.

"빠알간 홍색으로 할 것이오. 행수가 무조건 홍색 치마라고 신신당부를 합디다. 한데 까닭을 모르겠네. 다른 기생들 대발 할 때엔 시집가는 새색시처럼 노랑 초록으로 지어 입는데, 왜 자네만 심심한 저고리에 뻘건 치마를 맞추라는지……. 나이 든 기생이나 입는 걸."

여종이 가지고 온 꾸러미 들어 있던 붉은 비단을 끄집어냈다. 휙, 펼쳐진 비단천이 홍의 드러난 어깨 위에 걸쳐졌다.

"옴마야. 이래서 무조건 빨간 거라고 그리 입을 털었구마."

포목점 여종이 귀신에 홀리기라도 한 사람처럼 홍을 응시했다.

붉은 천을 드리우자 백자처럼 창백하던 홍의 피부에 혈색이 확 돌았다. 윤기가 자르르 흐르는 비단의 붉은색이 홍의 살결 위에 어른거렸다. 말 많은 여종 탓에 지친 기색이 역력한 홍의 눈가에 붉은 잔상이 어렸다.

"이런 데 있기엔 쪼까 지나친 계집이구마이. 팔자깨나 사납겠네."

주섬주섬 보따리를 챙겨 별당을 나서던 여종이 나지막하게 중얼거렸다.


"도련님, 어디 가십니까?"

슬금슬금 어스름이 내리는 시각이었다. 소리 없이 마당을 가로지르던 시헌이 우뚝 멈춰 섰다. 그가 고개를 돌려 저를 부르는 이의 모습을 확인했다.

"해가 진즉 떨어졌는데요. 이 늦은 시각에 어딜 가십니까?"

의심이 가득한 눈초리를 하고 슬금슬금 다가오는 건, 강영완 집의 사내종 먹쇠다.

"어딜 가긴. 향교에……."

"나리께서 당분간 향교에 가지 말라 하셨구먼요. 그, 누구라던가, 아무튼 도련님이 흠씬 두들겨 팬 놈팡이와 친척간인 이와 괜히 쌈 붙을 수 있다고요."

먹쇠가 퍼뜩 생각난 듯 선 너머로 시선을 돌렸다. 지는 노을이 타오르고 있었다.

"왐마, 이리 늦은 시간에 무슨 향교를 가신대요. 어찌 귀한 도련님께서 거짓부렁을 다 하시고……."

먹쇠가 시헌을 위아래로 훑어보았다.

"게다가 그리 도포며 갓이며 쫙 빼입으시구. 어딜 봐서 그게 글공부하러 가는 차림입니까요?"

하아. 시헌이 한숨을 내쉬었다.

그가 바깥출입을 하지 못한 지 꼬박 대엿새가 지났다. 까닭이 어쨌든 양반인 사내를 피떡으로 만들어놓았으니 몸을 사리는 게 당연하긴 했다. 게다가 외숙부께서 당분간 근신하라 당부했지 않은가. 그 청을 거역하기도 어려운 노릇이었다. 해서 며칠간 시헌은 얌전히 제 방에 처박혀 있었다.

"그만큼 방에 틀어박혀 있었으면 됐지, 내가 유배라도 왔느냐? 위리안치(圍籬安置)[18] 당한 것도 아닌데 얼마나 더 갇혀 지내라는 거냐고."

"이리…… 뭐요? 이리만치로 큰 짐승한테 뭘 당했다고요?"

"그 이리가 아냐."

그러나 시헌의 인내심도 바닥났다. 가뜩이나 심란한 마음을 놀리기라도 하듯 바람은 달게도 불었다. 방문 밖 뜰엔 매화며 산수유 꽃이 지천이었다.

무엇보다 시헌은 홍이 걱정되어 견딜 수가 없었다. 방으로 들어가던 그 처연한 얼굴이 선연했다. 그게 그가 기억하는 홍의 마지막 모습이었다.

"쇤네한테 이러시지 마시고요. 주인마님께 말씀드려 보심이 어떻겠습니까? 저 같은 노비 따위가 뭘 안다고 저한테 물으십니까요? 그저 저야 주인나리 말씀대로 따를 뿐이어라."

18) 울타리 안에 죄인을 가둬두는 형벌

시헌은 잠시 먹쇠를 뿌리치고 도망이라도 칠까, 생각한다. 기골이 장대하여, 한 끼니에 고봉밥 서너 그릇을 먹어치워서 먹쇠라던가. 먹쇠는 강영완 같은 거부가 아니고서야 밥값 때문에 패가망신하겠단 우스갯소리가 돌 만큼 먹성이 좋고 힘이 장사인 사내종이었다.

"……안 되겠지."

저런 덩치를 밀쳐 내고 도망가는 건 불가능할 것이다. 모양이 빠진다는 것을 차치하고서라도 말이다.

"그래. 내 외숙부께 몸소 말씀드리겠다. 그게 낫겠구나."

"그런데 도련님요. 주인마님께서는 지금 댁에 안 계신뎁쇼."

"어디 가셨는데?"

"에이, 주인마님께서 저 같은 노비에게 어디 간다 말씀하실 리가 있습니까? 그냥 나가시는 걸 보았으니 말씀드리는 겁니다요."

"그래?"

시헌의 손이 허리춤 안쪽으로 향했다. 그의 허리께에는 푸른 비단으로 지은 돈주머니가 매달려 있었다. 주머니 안을 더듬자, 묵직한 것이 손가락에 걸렸다.

"먹쇠야. 이거 가져라."

"엥?"

시헌이 내민 은덩이를 바라보는 먹쇠의 눈이 휘둥그레졌다.

"이게 뭐시당가요. 은입니까? 아니, 금인가?"

"은이다, 은. 명색이 전주 거상 집 노복이 은이랑 금도 구별 못 하느냐?"

"주인께서 먹여주고 재워주고 입혀주고 색시까지 얻어주셨는데 은이고 금이고 알아서 뭐 한답니까요."

"팔자 늘어졌구먼. 암튼, 이걸 네게 주마. 네가 좋아 죽는 마누라에게 가락지라도 하나 해주면 좋지 않겠느냐?"

"싫은뎁쇼."

그러나 역시나, 먹쇠는 배때기가 부른 모양이었다.

"뭔지 묻지도 않고 싫대?"

"싫습니다. 은덩이가 아니라 은덩이 할애비를 주셔도 안 되는 건 안 되는 겁니다요. 주인마님께서 절대 어디 못 가게 지켜보라고 당부하셨으니, 뭘 주셔도 밖에는 못 가십니다."

시헌의 온 얼굴에 짜증이 역력했다. 아무래도 오늘도 외출은 그른 모양이었다.

"먹쇠야. 나 따라 한성 가자. 내 숙부보다 더 잘 먹여주고 잘 대우해 줄 테니."

"헤헤. 도련님."

먹쇠가 시헌을 보며 씩 웃었다.

"뭐라고 쇤네를 꼬드기셔도, 못 가십니다. 암요, 못 나가시고말고요."

"지랄."

시헌이 신경질적으로 갓끈을 풀어 헤쳤다. 그가 휙! 갓을 내던졌다. 핑글핑글 허공을 날아간 갓이 홍매화 나무 아래 자리 잡았다.

❀

그 시각. 월야관 내실에는 주안상이 정갈하게 차려져 있었다.

기방이 영업을 시작하기에 이른 시간이긴 했다. 그러나 본래 오는 객 안 막는다는 것이 옥련의 지론이다.

"며칠 되지 않아 이리 찾아주시니 감읍할 따름입니다. 완주로는 돌아 가지 않으셨나 보지요?"

"풍패지관에 며칠 있었네. 강영완 나리와의 술 약조가 미뤄지는 바람에 예정보다 길게 머물렀지."

"아아."

최만춘의 답에, 옥련이 뜬소리를 하며 어색하게 시선을 돌렸다. 보나 마나 강영완은 김시헌의 일을 처리하느라 바빴을 것이다.

기방에서 사내들 사이에 싸움이 벌어지는 것이 드물지는 않았다. 대부분은 싸움은 단순한 주먹다짐으로 끝나기 마련이었지만, 때로는 칼부림이 나거나 일이 걷잡을 수 없이 커져 목숨을 잃는 자가 나오기도 했다. 그러나 지난 밤 월야관에서 벌어진 사고처럼 사대부의 자손들이 피를 보고 살이 터지도록 주먹질을 하는 경우는 드물었다. 그나마 강영완쯤 되는 이가 뒤에 있었기에 재빠르게 수습이 된 것이리라 옥련은 짐작했다.

그때였다. 톡톡. 문살 사이 종이를 살짝 두드리는 소리. 이어 '들어가옵니다.'라는 목소리가 들려왔다.

"들어오라."

옥련의 답과 함께 홍이 안으로 들었다. 홍이 최만춘에게 공손히 고개 숙여 인사했다.

"잠시 담소 나누십시오. 곧 돌아오겠나이다."

옥련이 자리에서 일어나 방을 나섰다.

최만춘과 강영완의 회동이 예정된 자리였다. 약속된 시간보다 반 시진 가까이 일찍 나타난 최만춘은 잠시 홍을 볼 수 있냐 물었다. 옥련으로서는 미심쩍기도 했고, 속내가 궁금하기도 했다.

"하기야. 사내가 계집 찾는 데 까닭이 뭐 있담."

여인 보는 눈 하나만은 사내와 다르지 않다 자부하는 옥련이었다. 물론 홍은 아름다운 용모를 가졌다. 그러나 미색 좋은 기생이 어디 홍 하나뿐이겠는가. 사내들이 홍에게 열광하는 방식에는 묘한 구석이 있었다.

'최만춘도, 김시헌도 이상한 치들이지. 저들 발밑에 납죽 엎드려 아양

을 떨고 교태를 부릴 계집들이 천지에 널렸거늘. 고작 동기 하나를 보자
고 저 안달들이라니.'

옥련이 아는 기생이란, 그래야 하는 존재들이었다. 계집이란 사내들
에게 고분고분 굴어야 하는 것이 응당하다. 감히 그들에게 맞서지 않
고, 옷을 벗으라면 벗고, 웃으라면 웃고, 제 속내는 최대한 안으로 감추
어 드러내지 않아야 하는 존재.

생각에 잠겨 있던 옥련이 고개를 들었다. 맞은편에서는 제 몸뚱이만
한 비단 방석을 품에 안은 팥쥐가 걸어오고 있었다.

"밑을 보면서 걸어라! 또 정신 빼놓고 있다가 자빠져서 방석 버리지
말고!"

옥련이 으름장을 놓았다.

"귀한 객에게 흉한 낯짝 보이지 않게 고개 수그리고 가!"

옥련이 곰방대로 팥쥐의 어깨를 후려쳤다.

아프다는 소리도 내지 못한 팥쥐가 최만춘과 홍이 있는 방문을 두드
렸다.

"……들겠습니다."

우물우물, 발음이 분명하지 않은 목소리로 고한 팥쥐가 방문을 열었
다.

빠른 순간 팥쥐의 시선이 자리를 살폈다. 일단 팥쥐는 홍에게 지분대
는 젊은 공자가 아니라는 것에 안도했다. 보통은 일행이 아닌 여러 사내
들이 섞여 앉아 기생 한둘을 끼고 노는 법이었는데, 사내 홀로라니 아
마도 꽤나 귀한 객인가 보다고 팥쥐는 어림짐작했다.

거구의 사내와 그 곁에 앉아 있는 홍. 팥쥐가 재빨리 홍의 얼굴을 살
핀다. 눈이 마주치자 홍이 살짝 웃었다. 팥쥐가 얼른 고개를 숙였다.

홍은 편안해 보였다, 어느 누구 곁에 있을 때보다 더.

조심조심 방 안으로 걸음을 들인 팥쥐가 품에 안은 비단방석을 고쳐

들었다. 얽은 얼굴을 가리기 위해서였다. 옥련이 늘 당부하는 탓도 있었지만, 객들 앞에 제 얼굴을 내보여 봤자 좋은 소리를 듣지 못한다는 것을 팥쥐는 잘 알았다.

어떤 이들은 어린 계집애 얼굴이 어찌 저리 얽었을꼬, 안쓰러워라, 하며 혀를 찼다. 또 다른 이들은 술맛이 떨어진다는 둥, 꿈에 나올까 두렵다는 둥 낄낄대며 지랄을 해댔다. 둘 중 어느 쪽이라고 나을 리 없었다. 모욕적인 것은 피차 매한가지였다.

팥쥐가 재차 방석을 끌어당겨 얼굴을 묻었다. 커다란 방석에서는 퀴퀴한 묵은 솜 냄새가 났다.

"어엇!"

바닥에 놓여 있던 답호 자락 끈에 발이 걸린 팥쥐의 몸이 중심을 잃고 흔들렸다. 팥쥐는 그만 방바닥에 엉덩방아를 찧고 말았다.

"괜찮아?"

홍의 목소리. 팥쥐는 그 와중에도 고개를 들지 못하고 넙죽 머리를 수그렸다.

"소, 송구합니다요, 나리."

발딱, 자리에서 일어선 팥쥐가 얼른 방석을 들어 얼굴을 감쌌다.

"급할 것 없다. 미안하구나. 내가 답호를 바닥에 내버려 두어 네 발이 걸린 게지."

"아, 아닙니다, 나리."

"다치지는 않았느냐?"

최만춘이 물었다. 방석으로 기를 쓰고 얼굴을 가리고 있는 팥쥐를 본 최만춘의 손이 푸른 비단방석을 끌어 내렸다.

"어찌 그리 얼굴을 내보이지 않으려 하느냐."

"해, 행수가…… 얼굴을 트, 틀림없이 가리고 다니라고 해서……."

당황한 탓에 넋을 잃은 걸까. 팥쥐의 손에 들려 있던 비단방석이 툭

바닥으로 떨어졌다. 고개를 숙여보지만, 등잔불이 훤히 밝혀진 방 안에서 얼굴이 보이지 않을 리 없었다.

"어찌 어린아이 얼굴을 가리고 다니라 하는지 모르겠구나. 별일이다."

"휴, 흉하니까요……."

"어찌 그리 말하느냐. 전혀 흉하지 않다. 별소리를 다 듣는구나."

강인하고 단호한 목소리. 팥쥐가 배꼼 고개를 들었다.

눈이 마주친다. 사내는 대단히 강인한 눈빛의 소유자였다. 튀어나온 눈썹뼈 아래 깊이 들어간 눈동자는 불투명했다. 빛이 형형해서 남다른 것이 아니라, 빛을 모조리 빨아들이는 것처럼 어두워서 강렬한 눈빛.

팥쥐는 그의 눈빛에서 지금껏 누구에게도 받아보지 못한 온기를 느꼈다.

월야관 식솔 대부분이 팥쥐를 사람 취급하지 않았다. 팥쥐에게 다정한 이는 홍 하나뿐이었으나, 그녀의 눈동자에 담긴 것은 애정이 아닌 동정에 가까웠다.

그러나 최만춘의 눈에는 아무것도 없었다. 혐오도, 동정이나 측은지심도. 그의 검은 눈은 그저 어린 계집아이로 팥쥐를 투영할 뿐이다.

"천천히 하여라. 어찌 그리 서두르느냐."

"나리. 이 아이는 수줍음이 많아 낯을 가립니다. 나리께서 마음을 써주시니 부끄러운 모양입니다."

팥쥐를 걱정스레 바라보던 홍이 한 마디 거들었다. 최만춘이 고개를 끄덕였다.

"그 또래에는 다 그렇지. 나이가 어찌 되느냐?"

"그……."

팥쥐의 얼굴이 벌게졌다. 거무튀튀한 작은 입술이 오물오물 움직였다. 월야관에서 살아온 평생, 조롱하는 질문 외에 순수한 궁금증을 던지는 이를 본 적이 없었기 때문이었다.

팥쥐는 잠시 고민했다. 지난 몇 년간 팥쥐의 나이 따위를 궁금해하는 사람은 없었다. 그런 까닭에 스스로도 제 나이가 가물가물했다.

"여, 열 살입니다요."

"열 살? 내 딸아이와 동갑이로구나."

그러나 팥쥐는 작은 체구와 극도로 눈치를 살피는 태도 탓에 열 살은 커녕 여덟 살도 채 되어 보이지 않았다.

최만춘은 문득 집에서 아비가 꽃신을 사들고 돌아오기를 기다리고 있을 그의 딸을 떠올렸다.

"이름이 무엇이냐?"

"……파, 팥쥐예요."

불현듯 최만춘이 미소 지었다. 어찌 보면 무서워 보이는 사내가 짓는 다정한 미소가 낯설어 팥쥐는 슬그머니 눈치를 살폈다.

평생 그런 삶이었다. 까닭 없이 욕을 먹고, 까닭 없이 꼬집히거나 밀쳐지고, 까닭 없이 조롱을 당해야 하는 삶. 홍이 아니었다면 진즉 나락을 보았을 것이다.

"귀여운 이름이다."

팥쥐가 고개를 들었다.

아마도 처음 있는 일이었을 것이다. 홍과 단둘이 대화를 나눌 때를 제외하고, 팥쥐가 얼굴을 들어 누군가를 똑바로 마주 보았을 때가.

회색빛이 도는 거무튀튀한 얼굴, 민둥산이라 없는 것이나 매한가지인 성근 눈썹, 뺨이며 콧잔등까지 넓게 퍼져 있는 마마 자국. 팥쥐의 얼굴 가운데 흰자위가 거의 보이지 않는 작은 눈구멍이 끔뻑거렸다.

"제 이름이 귀, 귀……엽습니까……?"

팥쥐가 의심스러운 눈초리로 최만춘을 바라보았다. 역시나 처음이었다. 누군가의 눈을 마주 보는 것은.

"보기 흉, 흉한 거 알고 있으니 노, 놀리지 마십시오, 나리."

"귀여운 이름이라 귀엽다 하였단다."

최만춘의 목소리는 저 멀리서 말하는 듯 아득하게 들렸다.

"그리고, 팥쥐야. 어찌 그리 말하느냐? 너는 전혀 흉하지 않다."

팥쥐가 눈을 끔뻑거렸다. 이상했다. 흉측하고 못난 계집이라는 소리를 수도 없이 들었을 때는 아무렇지도 않았는데, 왜 흉하지 않다는 말 한마디에 눈물이 날 것 같은지…….

"저, 저는 이만 나가보겠습니다요. 말씀들 나누십시오."

까닭 없이 안절부절못하던 팥쥐가 꾸벅, 절을 하고선 방을 나섰다. 허둥지둥 도망치듯 떠나는 팥쥐의 뒷모습을 바라보던 최만춘이 입을 열었다.

"흥 네 말대로인 듯하구나. 낯을 아주 많이 가리는 모양이다."

"예. 고맙습니다, 나리."

"무엇이 고마우냐?"

"팥쥐에게 친절하게 대해주셔서요. 팥쥐의 태도를 보시면 아실 수 있듯……. 월야관 사람들은 팥쥐에게 그리 잘 대해주지 않습니다."

"너와는 가까운 사이인 듯 보였다."

"제가 여기 처음 왔을 때부터 보았습니다. 친동생 같은 아이입니다. 아마, 지금껏 팥쥐에게 나리처럼 다정하게 대해준 이가 없었을 것입니다."

"딸아이와 나이도, 이름도 비슷하였다. 해서 그리 대했을 뿐이지."

"따님의 이름이 무엇입니까?"

홍이 최만춘에게 물었다.

"공심이다."

"공심이요? 예쁜 이름입니다만, 팥쥐라는 이름과 어디가 비슷하다는 것인지 모르겠습니다."

"이름은 그러한데, 다들 아명으로 부르거든."

"따님의 아명이 무엇인데요?"

"콩쥐. 모두 그리 부른다. 자매의 이름이래도 믿겠구나. 콩쥐팥쥐라니."

"정말 비슷합니다. 그나저나, 나리……."

"응?"

딸 생각을 하는지, 한결 부드러운 표정을 짓고 있던 최만춘이 홍을 보았다.

"나리께서는 소녀가 편안하십니까?"

"어찌 그렇게 생각하느냐?"

"몇 번 뵙지는 못했습니다만, 항상 과묵하고 입이 무거운 분이라 생각했습니다. 한데 오늘은 유독 말씀도 많이 하시고, 늘 반듯하던 모습도 조금 풀어지신 듯해서요."

"그러한가."

최만춘이 흐음- 낮은 소리를 흘렸다.

그랬던가?

"그래. 네가 편한가 보다. 생각해 보니, 내가 누군가 앞에서 딸의 이야기를 꺼낸 것도 처음인 듯하구나."

"다행입니다."

"무엇이 다행이냐?"

최만춘의 물음에, 홍이 대답했다.

"문득 편하다는 생각이 들었거든요. 제가 말입니다. 나리를 뵈올 때 저 홀로만 편하게 여긴다면 아니 되지 않겠습니까?"

"그러하다면."

최만춘이 홍을 물끄러미 응시했다.

"이제부터 서로를 편하게 여기면 되겠구나."

"내 자네에게 실례가 많군. 집안에 일이 생겨 어쩔 수가 없었네. 미안하네."

"아닙니다."

강영완은 반 시진 정도 시간이 흐른 후 월야관에 도착했다. 진즉 홍을 내보낸 최만춘이 강영완을 맞이했다.

이어 옥련이 기생을 들여보냈다.

"구면이로구나. 어서 들어오너라."

강영완이 애랑을 보며 아는 체를 했다. 애랑이 반갑게 인사를 받았다.

"나리, 이렇게 또 뵙게 되어 기쁘기가 한량없나이다."

월야관의 기생은 도합 열 명 남짓이었다. 조선 팔도에서 기생이 가장 많다는 평양에는 수십 명의 예기를 거느린 기방도 있다지만, 작은 고을의 기방 중에는 고작 기생 두셋으로 영업을 하는 경우도 많았다. 그런 까닭에 객들 역시 이미 합석한 전적이 있는 기생을 다시 보는 것을 당연한 일이라 여겼다.

"나리께서 오늘 오신다는 말씀을 듣고 이제나 저제나 서성이며 기다렸습니다."

"혀에 꿀이라도 바른 게냐. 누가 들으면 너와 나 사이에 만리장성이라도 쌓은 줄 알겠다."

강영완이 껄껄 웃었다. 그는 본디 기생들과 시시덕거리는 것을 꽤나 재미있는 풍류라 여기는 위인이었다.

"에이, 나리처럼 귀하신 분 눈에 저 같은 계집이 찰 리 있겠습니까."

애랑은 상당히 기분이 좋아 보였다.

홍에게 사고가 있던 밤, 애랑 역시 그자들에게 큰 고초를 겪었다. 완이라는 사내는 제정신이 아닌 눈빛을 하고 있었다. 그는 사사건건 꼬투리를 잡고, 욕을 하고, 억지로 술을 마시게 했으며 급기야 옷을 찢고 뺨까지 때렸다. 가까스로 그 방에서 도망쳐 나오지 못했더라면 무슨 일이 나고야 말았을 것이다.

그 일도 있었고, 마침 달거리도 겹친 탓에 애랑 역시 며칠간 객을 받지 않았다. 오늘에서야 비로소 다시 단장을 하고 손님 맞을 준비를 하였는데, 마침 강영완이 월야관에 찾아왔던 것이다.

기생 처지에 손이 크고 인심이 좋은 거부를 마다할 까닭이 무엇 있겠는가. 싫은 것은 시헌이었지 강영완이 아니었다.

"한데, 나리께서는 참으로 신기한 재주가 있으신 듯합니다."

"이번에는 또 무슨 말로 나를 즐겁게 하려고?"

"항상 이리 미남이신 분들을 동행으로 모시고 오시니까요."

최만춘과 시선이 마주친 애랑이 눈을 내리깔았다.

"인사 올립니다, 나리. 몇 차례 방문하셨다 들었는데, 이제야 뵈옵게 되었습니다. 소녀, 기생 애랑이옵니다."

"반갑소."

짧은 대꾸였다. 술을 따르던 애랑이 힐끔, 최만춘을 살폈다.

그녀도 최만춘에 대해 몇 차례 이야기를 들은 적이 있었다. 한동안 옥련뿐 아니라 월야관의 다른 기생들 모두가 강영완이 데리고 온 완주 향리에 대해 이야기했던 것이다. 나이를 막론하고 지금껏 본 이중에 가장 사내다운 용모를 한 미남자라고.

그리고 또 하나 들은 이야기가 있었으니, 그 향리가 월야관을 방문할 때마다 잠깐이나마 홍을 보고 간다는 것이었다.

'이렇게 귀한 객을 고년에게 뺏길 수야 없지.'

최만춘을 살짝살짝 살피던 애랑이 속으로 되뇌었다. 애랑이 입꼬리를 화사하게 끌어 올렸다.

"제가 오늘 정성껏 잘 모시겠습니다. 나리님들 앞에서 달리 자랑할 재주는 없지만, 평소 가락을 좀 한다는 칭찬을 많이 받는데 부끄럽지만 한 곡조 불러볼까요?"

"스스럼없이 흥을 돋우려 애쓰는 마음이 어여쁘구나. 한데, 애랑아. 오늘은 내 최 향리와 긴히 할 이야기가 있어 들었으니, 일단 우리가 조용히 대화를 나눌 수 있도록 해다오."

"아, 예, 나리. 여부가 있겠습니까."

애랑이 입을 다물었다. 말은 좋게 하였으나, 결국 조용히 하라는 통보였으니 머쓱하지 않을 리가 없었다.

애랑도 늘 이토록 적극적인 것은 아니었다. 누가 뭐래도 애랑은 월야관의 으뜸 기생이었다. 저를 명기라 칭송하는 사내들 옆에서는 그녀 역시 일패라도 된 듯 고고하게 웃음만 머금고 있곤 했다.

'이분들을 꼭 내 객으로 만들어야 해. 홍에게 빼앗길 순 없지.'

애랑을 초조하게 만드는 것은 홍의 존재였다. 애랑과 홍은 본래 동기 시절부터 눈만 마주치면 으르렁대곤 했다. 그들은 본질적으로 서로 맞지 않았다. 애랑은 매사 우두머리 역할을 해야 직성이 풀리는 데다 샘이 많았고, 홍은 그런 그녀를 좀체 견뎌내지 못했다. 애랑 역시, 늘 저를 조소하는 듯 써늘한 홍의 낯짝을 볼 때면 속이 뒤틀려 참을 수가 없었다.

그러나 사이가 나쁠지언정 얼마 전까지는 문제랄 게 없었다. 애랑은 어엿하게 머리를 얹은 기생이었고, 홍은 별당에서 두문불출하며 가끔 춤이나 추는 동기에 지나지 않았기 때문이었다.

그러나 춘삼월이 코앞. 삼월은 옥련이 홍의 대발식을 치러주겠다 통보한 달이었다. 애랑에게 있어 홍은 이제 성가신 애송이가 아닌 객들의 총애를 저울질할 경쟁자가 될 것이다.

그런 까닭에 애랑의 신경은 온통 홍이 받을 해웃값이 얼마일지, 얼마나 많은 이들이 홍을 찾을지에 쏠려 있었다.

'가뜩이나 콧대 높은 계집인데, 해웃값을 두둑하게 받으면 더 오만방

자해질 것 아냐?'

그리 생각하니 벌써부터 배알이 뒤틀렸다. 애랑은 무엇이든 간에 지는 것이라면 딱 질색이었다. 그중에서 가장 끔찍한 것은 홍에게 지는 일이리라.

'그날 그 작자가 홍을 욕보였다면 아무도 대발식에 참여하지 않으려고 할 텐데……'

무심코 생각하던 애랑이 순간 작게 소스라쳤다. 아무리 홍이 싫기로서니 겁간을 당했으면 좋겠다는 생각을 하다니.

'하여간에 그 계집만 생각하면 열이 올라서 이 지랄이람.'

애랑이 인상을 찌푸렸다.

'그리고 또 뭐가 달라? 머리 얹을 때 다 한 번씩은 겪는 일인걸.'

속이 영 시끄러웠다. 한숨을 내쉬던 애랑이 강영완과 최만춘의 대화에 귀를 기울였다.

"한 잔 받게."

"예, 영감."

강영완이 최만춘의 잔을 채웠다.

"자네가 상단의 일을 도와준 지도 벌써 꽤 되었지. 한데 이제야 이리 술잔을 기울이는 사이가 되었구먼. 어찌 그리 비싸게 구는 겐가?"

강영완이 농담처럼 말을 건네었다.

지난 일 년 사이, 최만춘의 도움이 없었다면 큰 손해를 볼 뻔했던 일이 몇 번이나 있었다. 일단 도움을 받았으면 그만큼 돌려줘야 한다는 것이 강영완의 거상다운 지론이었다. 여러 차례 만남을 종용했으나, 최만춘은 할 일이 많다는 핑계로 연거푸 약속을 미뤘다.

"비싸게 구는 것이 아닙니다. 일처리를 똑바로 해야 영감을 뵐 면목이 있어 어쩔 수가 없었습니다. 상단이 다니는 길목에 거추장스러운 자들이 많이 나올 계절입니다. 준비를 철저히 해야지요."

한동안 상단이 물건을 운반하는 길목인 대둔산 일대에 출몰하는 산적들 때문에 큰 골치를 썩었던 강영완이었다. 그러나 최만춘과 모종의 계약을 맺은 이후 그런 걱정은 사라졌다.

"굳이 캐물을 마음은 없지만, 자네는 참 대단하고도 신기한 사람일세. 일개 향리가 어찌 사병들을 부릴 수 있단 말인가?"

"사병이라니요. 그저 약간의 훈련이 되어 있는 용병들일 뿐입니다. 돈을 주면 누구를 위해서라도 일을 하는 자들입니다."

"그런 이들을 부릴 수 있다는 것 자체가 대단한 것 아닌가. 아무튼, 자네를 만난 것이 내게는 큰 행운일세."

강영완이 흡족한 듯 웃었다.

최만춘은 확실히 기이한 데가 있는 사람이긴 했다. 본디 향리란 대대로 물려받는 세습직으로, 관아의 온갖 잡다한 일들을 처리하는 이들이었다. 관아에서 일을 할 뿐 향리 역시 양반이 아닌 중인이었다. 그들은 수령의 비위를 맞춰야 했으며 양반들의 괄시와 차별에 시달리는 것이 보통이었다.

그러나 최만춘은 그런 보통의 향리들과는 완전히 달랐다. 그는 향리라기엔 이상할 정도로 부유했다. 또한 양반은 물론이거니와 수령에게조차 굽실거리는 법이 없었다. 게다가 완주 관리들 모두가 그런 그의 행동을 용인했다. 때로 강영완은, 완주의 수령마저 최만춘을 함부로 대하지 못하는 게 아닐까 생각하곤 했다.

"최 향리. 지금껏 자네를 만나면서, 자네가 해내지 못하는 일을 내 본 적이 없네."

"과찬이십니다."

"과찬은 무슨. 해서, 한 가지 물어보려고 하네."

"말씀하십시오, 영감."

운을 떼려던 강영완이 멈칫했다. 그가 곁에 앉아 있는 애랑을 쳐다보앉다. 그녀는 무료한 듯한 표정이었다.

"애랑아. 잠시 나가 바람이나 쐬고 오겠느냐?"

"예, 나리."

은밀한 이야기를 나눌 것이니 자리를 비워달라는 뜻을 재깍 알아들은 애랑이 일어나 방을 나섰다. 이윽고 강영완이 입을 열었다.

"최 향리. 자네, 기생을 빼내 양인으로 만들 수 있는가?"

예상치 못한 질문이었다. 최만춘이 신중한 시선으로 강영완의 얼굴을 살폈다.

"못 합니다."

간결한 답이었지만, 분명하고 단호한 어조였다. 강영완의 얼굴에 옅은 실망감이 스쳤다.

"그런 겐가……. 알겠네. 자네가 안 된다면 안 되는 거겠지. 한데 자네가 할 수 없다 말하는 일이 다 있다니, 놀랐네."

"소인이 못 하는 일이 어찌 그것 하나뿐이겠습니까. 영감께서 생각하시는 것만큼 신통한 사람은 아닙니다."

"어찌 아니라 하는가? 내 자네처럼 대범하고 깔끔하게 일처리를 하는 이를 본 적이 없어. 아무리 험한 일을 맡겨도 못 한다 말한 적 없었던 자네 아닌가. 그런 자네가 단번에 거절하는 것을 보니, 기생을 빼내는 게 보통 일이 아니긴 한가 보군."

"바깥의 일이라면 무엇이든 합니다. 하지만 기생은 대부분 관에 속한 신분이니 아니 된다 하는 것입니다."

최만춘의 말은 반은 맞고, 반은 틀렸다. 동기나 머리를 얹은 지 얼마 되지 않아 한창 때인 기생을 빼돌리는 것은 거의 불가능에 가까운 일이었다. 반면 나이 든 기생, 혹은 퇴기에 이른 여인의 경우 빼내는 것이 어렵지는 않았다.

그러나 최만춘은 굳이 자세히 설명하지는 않았다. 안 되는 일은 절대 안 된다. 그것이 그의 철칙이었다.

"세상을 상대하는 것이라면 무슨 일이든 마다 않지만, 관을 상대로 일을 벌이지는 않는다고?"

강영완의 말에, 최만춘이 고개를 끄덕였다.

"그렇습니다, 영감."

"역시 자네는 현명해. 그러니 내 믿고 일을 맡길 수 있지."

"합당한 대가를 치러주시니 그에 맞게 일하고 있을 뿐입니다."

최만춘의 담담한 시선이 강영완의 얼굴 위에 머물렀다.

중년을 넘어선 풍채 좋은 사내. 강영완은 거부다운 기백을 갖춘 모습이었다. 항상 태도에는 여유가 넘쳤고, 기름이 돌아 윤기가 흐르는 얼굴은 호인의 성미를 드러냈다. 옷차림은 장식을 절제한 점잖은 빛깔이었으나 옷감으로 사용된 비단은 상의원(尙衣院)[19]에 들어가도 손색이 없을 정도의 고급품이었다.

속으로 무슨 생각을 하는지야 모르지만, 겉보기에 강영완은 품위가 있는 인물이었다.

그는 기생들과의 풍류를 즐겼으나 그렇다고 기생에게 혹하여 무모한 짓을 벌일 위인은 아니었다. 강영완이 어찌하여 관기를 빼내고 싶어 하는지 궁금증이 일었다. 그러나 최만춘은 굳이 까닭을 묻지 않았다.

그것이 그들 사이의 법이다. 험한 일과 많은 돈이 오가는 관계일수록 비밀을 지키는 편이 서로에게 이로웠다.

"뭐, 그저 궁금해서 묻는 것이지. 마침 기방에 와 있기도 하니 말일세."

강영완 역시 이유를 털어놓을 생각은 없는 듯했다. 술잔이 오가고, 최만춘을 물끄러미 바라보던 강영완이 퍼뜩 생각났다는 듯 질문을 던졌다.

19) 왕실의 옷을 만드는 곳

"최 향리, 자네는 모든 것을 가졌지. 그렇지 않나?"

"무슨 말씀이신지……."

"완주의 양반 중에서도 자네만큼 부를 이룩한 자가 드물 것이네. 따르는 이도 많고, 자네에게 능력이 있으니 아랫사람을 부리는 데도 능하고 말일세. 게다가 같은 사내가 보아도 한눈에 반할 만큼 뛰어난 용모와 풍채를 지녔으니, 아쉬울 것 하나 없지 않은가?"

"그래 보입니까?"

"그거야……."

강영완이 말끝을 흐린다. 그제야 강영완은 잊고 있던 사실을 상기했다.

최만춘은 홀아비였다. 아내가 세상을 떠난 지 벌써 십 년이 다 되어 간다던가. 그는 고명딸을 홀로 키우고 있었다.

그러나 부인이 없어 부족하다 말하기엔, 뛰어난 용모에 부(富)까지 지닌 그가 혼인을 하지 않는 데는 나름의 까닭이 있을 터였다. 혹시 누가 알겠는가. 집의 몸종이나 아이의 유모와 좋아지내는 사이기라도 할지. 부인을 잃은 홀아비들 중에는 몸종을 첩실처럼 거느리는 이들이 꽤 많았다.

"아무튼, 내 자네에게 묻고 싶은 게 있어 말일세."

"말씀하십시오."

"자네처럼 다 가진 사람에게, 평생 살아온 터를 떠나 다른 지역에서 새 삶을 시작하라 한다면 듣지 않겠지?"

"당연한 것 아니겠습니까."

"그런데 나는 그렇게 하고 싶네. 아, 한성에서 내려와 집에 머물고 있는 조카 얘기를 하는 것이라네."

"아, 예."

"어려서부터 내가 아들처럼 여기고 아껴온 녀석이지. 머리가 워낙 비상하고 재간이 좋아, 곁에 두고 일을 물려주고 싶네."

최만춘은 묵묵히 강영완의 말을 듣고 있었다. 그도 강영완의 집에 머물고 있다는 조카에 대해 몇 차례 들은 기억이 있었다.

"한데 조카는 상단에 별 관심이 없어."

"이런 거대한 상단을 물려준다는데도 거절합니까?"

"뭐, 조카야 그래도 아쉽지 않은 사람이라네."

강영완이 아쉬운 듯이 내뱉었다. 이내 그가 빙긋 웃었다.

"여러모로 방법을 생각하고 있네. 글쎄다. 세상 모든 것을 다 가진 공자라면 무엇으로 유혹해야 넘어올까? 정신을 빼놓을 미인? 아니면, 아예 자리를 잡고 정착할 만한 참한 규수? 그것도 아니면 재미있는 흥밋거리?"

강영완이 껄껄 웃었다.

"해서, 여러 가지 궁리를 하는 중이야. 덕택에 팔자에 없는 중매쟁이 노릇을 하게 될 판이네. 참, 자네 딸의 나이가 몇이라 했지?"

"……열 살입니다만."

"열 살이라. 듣기로 세상을 떠난 자네 부인 역시 그림처럼 아름다웠다지? 그러니 자네의 딸 역시 대단한 용모를 타고났겠지."

"아직 어린아이입니다."

"그래. 아쉬워. 난 자네가 참 마음에 들거든."

무슨 소리인가 싶어, 최만춘은 강영완에게 시선을 던졌다.

"자네의 딸이 네다섯 살이라도 더 나이를 먹었고, 또한 자네가 중인이 아닌 양반 신분이라면 기꺼이 조카와 혼인을 추진해 보았을 텐데. 안타깝군."

"……."

평소 동요하는 적이 거의 없는 최만춘의 손이 잠시 움찔했음을 강영완은 눈치채지 못했다.

"과분한 말씀이십니다, 영감."

그러나 최만춘의 음성은 지극히 고요했다.

"아무튼, 기회가 된다면 조만간 내 조카를 소개시켜 주지. 지난번에 술자리를 가질 때 동행하려 했으나 여의치 않았다네."

"예, 영감."

강영완이 힐끔, 문 쪽으로 시선을 던졌다.

"애랑이던가? 잠시 바람을 쐬고 오랬더니 함흥차사(咸興差使)가 따로 없구나."

술병을 집어 들던 강영완이 인상을 찌푸렸다. 그가 술이 떨어졌다는 둥, 기생이 어찌 이리 자리를 오래 비우냐는 둥 시답잖은 말을 늘어놓았다. 그러나 최만춘은 묵묵부답이었다.

"최 향리. 어찌 그리 조용한가?"

"아."

갑자기 최만춘이 자리에서 일어섰다.

"제가 나가서 기생을 들이라 이르겠습니다."

"그러겠나?"

"예. 금방 다녀오겠습니다, 영감."

애랑을 데려온다는 핑계로 방을 나선 최만춘이 뜰 풍경을 바라보았다. 캄캄한 밤이었으나 안채 기둥이며 문 앞에 주렁주렁 매달린 초롱의 불빛이 현란하여 눈이 시렸다. 그에게는 좀 더 조용하고 은밀한 장소가 필요했다.

그가 불빛 휘황한 안뜰을 가로질렀다. 모퉁이를 돌아선 후에야 비로소 눈을 부시게 하던 빛들이 사라졌다. 그가 벽에 등을 기대었다.

"후……."

천천히 심호흡을 하자, 신선한 밤공기가 폐부에 들어찼다.

최만춘이 지그시 눈을 감았다. 눈을 뜨지 않은 채 그는 느릿하게 오른쪽과 왼쪽으로 뻐근한 고개를 움직였다.

"자네의 용모가 이리 뛰어나고, 듣기로 세상을 떠난 자네 부인 역
시 그림처럼 아름다웠다지? 그러니 자네의 딸 역시 대단한 용모를
타고났겠지."
"자네의 딸이 대여섯 살만 더 나이를 먹었고, 또한 자네가 중인이
아닌 양반 신분이라면 기꺼이 조카와 혼인을 추진해 보았을 텐데.
안타깝군."

강영완이 생각 없이 지껄인 말들이 선연하게 떠오른다.
"음."
최만춘의 입에서 낮은 신음이 흘러나왔다. 다시금 깊은 들숨과 날숨
이 오갔다.
무슨 일에든 감정을 드러내는 일이 드문 그였다. 그러나 참을 수 없
는 일. 최만춘을 아는 이들은 결코 그의 앞에서 죽은 부인에 대한 일을
입에 담지 않았다. 그의 부인이 남기고 간 유일한 피붙이인 어린 딸에
대해서 역시 마찬가지였다.

"자네가 중인이 아닌 양반 신분이라면 기꺼이 조카와 혼인을 추진
해 보았을 텐데."

결국 강영완도 그런 작자인 게다.
늘 입에 발린 소리를 늘어놓고, 최만춘을 추켜세우며, 그가 얼마나
대단한 사람인지를 강조하는 데 열을 올리는 강영완이었다. 그러나 실
상 그의 머릿속에 들어 있는 최만춘은 그저 '양반이 아닌 자'에 불과한

것이다.

제 힘으로 처리할 능력이 없는 온갖 더러운 일들은 그에게 맡겨놓고, 사람 좋은 웃음을 흘리며 호인 흉내를 내는 것까진 용납할 수 있었다. 그러나 감히 세 넬빠…… 그녀에 대하여 거론하다니,

만약 제 조카가 그의 딸을 원한다면, 하늘의 은혜라도 내린 듯 굽실대며 받아들일 것이 당연하다는 듯한 오만한 태도가 최만춘의 뇌리를 어지럽혔다.

반복되는 긴 호흡. 서서히 최만춘은 평안을 되찾는다. 그의 입가에 순간 흐릿한 웃음기가 스쳤다. 입 끝이 비뚜름하게 휘어졌다. 강영완을 비롯하여 보통의 사람들은 결코 마주한 적 없는 표정이었다.

"그대가 전주가 아닌 완주 사람이었다면, 죽은 목숨이겠지."

최만춘이 나지막하게 중얼거렸다.

"아니. 이미 죽었겠지."

후, 그가 숨을 길게 내뱉었다. 움찔대던 미간과 꽉 쥐어져 있던 주먹, 경직되어 있던 입가에서 힘이 빠졌다. 심장 박동은 여느 때처럼 지극히 평온해졌다.

최만춘이 눈을 떴다.

"……나리."

그의 몇 발자국 앞에 멀뚱멀뚱 서 있는 어린 계집아이.

최만춘이 그답지 않게 잠시 당황한 표정을 지었다. 그러나 그마저도 순간이었다. 이내 평소와 다를 바 없는 담담한 표정이 그의 얼굴에 떠올랐다.

그가 팥쥐를 응시했다. 팥쥐의 시선은 여전히 제 발끝을 내려다보고 있었다.

"팥쥐로구나."

"예, 나리."

팥쥐가 망설이는 듯 우물거렸다. 용기가 생긴 듯, 팥쥐가 고개를 들었다. 어둠 속에 파묻힌 작은 눈동자는 잘 보이지 않았다.

"기, 길을 잃으셨나 해서요. 아니면 측간을 찾으시나 해서……. 가, 가끔 방으로 돌아가는 길을 잃어버리는 바람에 헤매는 덜떨어진 나리님들이 계셔서……."

"……아니다."

"아, 더, 덜떨어졌다는 건 마, 말실수입니다, 나리."

"이 비좁은 데서 길을 잃었으면 덜떨어진 게 맞겠지. 네 말이 옳다 생각한다."

"아, 예……. 아무튼, 길을 잃으셨습니까? 아, 무, 물론 나리께서 그, 그러실 일은 없지만……."

최만춘이 팥쥐를 잠시 응시했다. 어마어마한 키 차이 탓에 계집아이는 발치라고 해도 좋을 만큼 까마득한 아래에 위치하고 있었다.

들었을까?

그러나 설령 들었던들, 저 어린아이가 무엇을 할 수 있단 말인가.

"팥쥐야."

"예?"

팥쥐가 어정쩡한 자세로 고개를 들어 올렸다. 그러나 팥쥐에게 최만춘의 얼굴이 보일 리 없었다.

초롱 하나 없는 안채와 별당 사이의 길목은 캄캄했다. 설령 빛이 있다 해도, 팥쥐가 최만춘의 얼굴을 보려면 고개를 드러눕듯이 꺾어야 할 판이었다.

"받아라."

불쑥, 최만춘이 저고리 옷섶에서 무언가를 꺼내 내밀었다.

흰 무명천으로 만든 주머니. 그 안에 무엇이 들은 건지 꽤 불룩했다.

"이게 무, 무엇입니까……?"

팥쥐는 평생 누군가에게 뭔가를 받아본 적이 없을 뿐 아니라, 본디 의심이 많았다.

"받으래두."

그러나 최만춘이 거듭 손을 내미는 바람에 팥쥐는 그것을 덥석 받아 들고 말았다.

무명이었지만 흔히 보는 거칠고 뻣뻣한 질감이 아니었다. 주머니는 비단이래도 믿을 만큼 보드라웠다. 주머니 안에는 종이에 싸인 무엇인가가 들어 있는 모양이었다. 바스락대는 소리와 함께 동글동글한 것들이 굴러다니는 감촉이 느껴졌다.

"청나라 당과란다. 딸아이에게 주려고 샀지."

"예?"

멀뚱멀뚱 제 손에 놓인 무명 주머니를 바라보던 팥쥐가 번쩍 고개를 들었다. 피식, 최만춘이 저도 모르게 웃음을 흘렸다. 이러지도, 저러지도 못하는 듯한 팥쥐의 표정이 그를 웃게 했다. 팥쥐는 손에 들고 있으면 안 되는 물건을 억지로 받아 든 듯한 모습이었다. 두꺼비나 도롱뇽 같은 것 말이다.

"바, 받을 수 없습니다, 나리. 따님께 드릴 귀한 다, 당나라 청과, 아, 아니 청나라 당과를……."

"그것 말고도 더 있으니 걱정 마라."

"하지만……. 쇠, 쇤네 같은 천것한테……."

"너 같은 아이가 무어 어떻다고 그러느냐?"

최만춘이 팥쥐를 향해 몸을 조금 기울였다. 순식간에 팥쥐의 얼굴이 벌게졌다.

"저, 저한테 이렇게 친절을 베푸신 나리님은 처음이라서……. 나리님, 언니와 나눠 먹겠습니다. 호, 홍 언니랑요……."

손에 당과가 든 주머니를 꽉 쥔 채 팥쥐는 연신 고개를 조아렸다. 최만춘이 느리게 고개를 끄덕였다.

당과가 여러 개 있다는 것은 거짓이다. 하지만 그는 개의치 않았다. 필요한 것이 있다면 더 사면 그만이었다.

제 자신을 바닥까지 낮추고, 스스로를 천대하는 것에 익숙한 열 살 계집아이. 그는 저 나이에 그토록 스스로를 학대하는 이를 만나본 적 없었다.

"홍이랑 친하다 하였지. 가족과 같은 사이라고 홍이 내게 말해주었다."

"예? 어, 언니가 그랬습니까?"

팥쥐의 목소리가 가느다랗게 떨렸다. 감격으로 벅차오른 음성이었다.

"예. 그럼요. 시, 식구처럼 가까운 사이입니다."

팥쥐의 입가에 어색한 미소가 솟았다. 최만춘이 알 리 없지만, 그것은 그가 입 밖으로 속내를 드러내는 것만큼이나 드문 순간이었다. 한 번도 마음 놓고 활짝 웃어본 적 없는 툭 불거진 입 끝이 어색하게 꿈틀거렸다.

귀한 나리께서 이런 친절을 베푸는 것은 제가 아닌 홍의 덕이다. 홍이 저를 가족처럼 가깝다 말해주었기 때문에, 나리께서 생전 보도 듣도 못한 청나라 당과를 주신 것이 분명하다.

"조, 좋은 게 있으면 나눠 먹고요, 가, 가끔은 홍 언니의 방에 가서 잠도 잡니다. 특히 요, 요즘 같은 때에는……. 더더욱 제가 언니 곁에 있어줘야 하거든요. 지난번에 휴, 흉한 일이 있을 뻔했기에……. 저도 수시로 별당을 둘러봅니다."

들뜬 듯 두서없이 내뱉는 팥쥐의 말. 그중 무언가 거슬리는 것이 있어 최만춘이 되물었다.

"흉한 일? 그것이 무엇이냐?"

"그……."

팥쥐가 꿀꺽, 침을 삼켰다. 멍청이처럼 또 말실수를 한 겐가. 겁먹은 시선으로 팥쥐가 최만춘을 올려다보았다.

"걱정이 되어 묻는 것이다. 말해다오, 팥쥐야."

최만춘의 음성은 진중했다. 절로 믿음이 가는 목소리였다. 느릿한 그의 음성은 특유의 어조를 가지고 있었다. 복종하게 만드는, 그리고 그에게 굴종하는 것이 당연하다는 마음이 생기는 그런 말투였다.

"며, 며칠 전에 어떤 사내가 별당에 숨어들었었거든요. 그, 그래서 언니를 욕보이려다가……."

아주 희미하게, 최만춘의 미간이 좁아졌다.

"다, 다행스럽게도 진짜 흉한 일이 생기지는 않았고요. 어, 언니를 자주 찾는 선비님이 하나 있는데, 그 양반에게 흠씬 두들겨 맞아서 바, 반병신이 되었답니다. 그, 그 사람이요."

"……."

잠시간 침묵이 흘렀다. 장승처럼 키가 크고 떡 벌어진 어깨를 한 사내와, 열 살 나이라고는 믿기지 않을 만큼 조막만 한 계집아이. 둘 사이에 암흑처럼 시커먼 적막이 고였다.

"그랬구나."

마침내 침묵을 깬 최만춘이 가까스로 입을 열었다.

평온하다. 일단은, 평온한 것이 옳다. 그가 혀로 제 치아를 느리게 훑었다. 초조하거나, 마음에 들지 않는 일이 있어 생각을 정리해야 할 때면 튀어나오는 그의 버릇이었다.

그때였다.

"팥쥐! 장을 퍼 오랬더니 그새 어디 간 겨?"

부엌일을 하는 덕이 어멈의 목소리가 들려왔다.

"나리, 그럼 소인은 이, 이만……."

"그래. 가보아라."

"그리고 이거……. 잘 먹겠습니다. 가, 감읍합니다요, 나리."

팥쥐가 최만춘을 향해 꾸벅 절을 올렸다. 그가 가볍게 고개를 끄덕였다. 이내 조그만 몸뚱이는 종종대며 어둠 속으로 사라졌다.